從前從前，在河畔

ONCE UPON A RIVER

Diane Setterfield

黛安・賽特菲爾德　聞若婷譯

獻給我的姊妹曼蒂（Mandy）與寶拉（Paula）。
若沒有妳們，我不會是我。

這個世界的邊境，坐落著其他的世界。
有些地點可以讓你跨越邊界，
這裡就是其一。

第一部

故事開始了……

從前從前有一間酒館，與世無爭地坐落在泰晤士河畔的雷德考，從河流源頭走上一整天即可到達。在這個故事發生的年代，泰晤士河上游岸邊的酒館多不勝數，你在哪一間都能把自己灌醉，然而除了必備的麥芽酒和蘋果酒之外，每一間酒館也各自提供獨門娛樂。凱姆史考特的紅獅酒館提供音樂：傍晚駁船船夫拉著小提琴，乳酪工則憂傷地歌詠逝去的愛情。英格榭姆有綠龍酒館，你可以在這瀰漫菸草味的避風港好好地想事情。如果你好賭，伊頓黑斯汀的雄鹿酒館正適合你；如果你愛逞凶鬥狠，沒有比巴斯考村外的牛犁酒館更好的去處。雷德考的天鵝酒館有它獨特的專長：你要說故事，去那裡準沒錯。

天鵝酒館歷史悠久，或許是所有酒館中最古老的一間。它的建築分成三部分：一部分很舊，一部分非常舊，一部分最舊。這三個不同的部分，因為頂上的茅草屋頂、古老石材上長出的地衣以及沿牆攀爬的常春藤，而融合成完整的一體。夏天的時候，城裡的遊客沿著新建的鐵路而來，到天鵝酒館租一艘平底船或小划艇，然後帶著一瓶麥芽酒和野餐的食物，在河上消磨一個下午；不過到了冬天，酒客全都是當地人，他們全都聚在冬廳裡。冬廳是位於酒館最舊那一區的樸素空間，厚厚的石牆上只鑽了一扇窗。白天，這扇窗讓你看到雷德考橋以及穿過橋底三個雅致拱洞的河水。到了晚上（這個故事的開頭正是在晚上），那座橋被黑暗吞沒，唯有當你的耳朵注意到有大量流動的水發出低沉無邊的聲音，你才會分辨得出有一條烏黑的流體由窗外通過，它不斷幻變、波動，一股源自它本身的能量使它隱隱發亮。

其實沒人知道天鵝酒館的說故事傳統是怎麼開始的，不過或許跟雷德考橋之役有點關聯。在這個故事開始的夜晚之前五百年，也就是一三八七年，兩支大軍在雷德考橋狹路相逢。那些軍隊是什麼人、為什麼雙方會打起來，都已不可考，總之結果是有三個人死於這場戰役——一個騎士、一個騎士侍童，還有一個男孩——另外還有八百人罹難，他們在逃命的過程中溺斃在沼澤裡。對，沒錯，八百人。這故事可有得說了。他們的骨頭如今埋在水芮蒿田底下。雷德考一帶種了很多水芮蒿，當地人採收之後裝箱，用駁船送進城裡，不過他們自己是不吃的。他們抱怨這菜苦，苦到像是反咬你一口，再說，誰想吃由鬼魂提供養分的葉子？像那樣的戰役就發生在你家門口，死人害你喝的水染上毒素，你理所當然會把這故事講上一遍又一遍。憑著不斷重複，你的說故事能力自會熟能生巧。等到危機過去，你的注意力轉向他處，而你把這項新習得的專長應用在別的故事上，又豈不是很自然的事嗎？

天鵝酒館的老闆是瑪歌．歐克威爾。就任何人記憶所及，天鵝酒館一直是歐克威爾家的人在管，而且很可能從天鵝酒館創始之初就是如此。就法律上而言，她應該叫瑪歌．布勒斯，因為她已經結婚了，不過法律是給城裡用的；在天鵝酒館這裡，她仍然是歐克威爾家的人。瑪歌年近六十，風韻猶存。她能靠自己搬酒桶，雙腿結實到她從不覺得需要坐下。謠傳她連睡覺都站著，不過她生了十三個孩子，顯然她總有躺下來的時候。她是上一任老闆的女兒，在那之前，是她的外祖母和外曾祖母經營這間酒館，沒有人覺得雷德考的天鵝酒館由女人當家有什麼奇怪的。事實就是如此。

瑪歌的丈夫是喬．布勒斯。他是在往上游走二十五哩的坎伯出生的，從那裡跳一步，就會到泰晤士河從土壤裡冒出來的發源地，那股水流之細，簡直可說不過是泥土上濕了一塊罷了。布勒斯家的人普遍患有肺炎，天生就瘦小體弱，大部分都活不到成年。布勒斯家的嬰兒在長高的同時，也變得愈來愈瘦、愈來愈蒼白，直到徹底斷氣，通常在十歲以前，經常還不滿兩歲。倖存下來的孩子，包括喬在內，長大成人後比一般人來得矮、來得瘦。冬天裡他們的胸腔呼哧作響，鼻水流不停，眼睛淚汪汪。他們很善良，眼神溫和，時常露出淘氣的微笑。

十八歲的喬已經是個孤兒，他的身體狀況幹不了粗活，便離開坎伯出來碰碰運氣，儘管他也不知道自己能做什麼。要離開坎伯，可選擇的方向多得是，不過河流有一股引力；只有極端叛逆的人才不會沿著河走。他來到雷德考，覺得口渴，停下來喝點東西。這個年輕人看來體弱多病，鬆軟的黑髮與蒼白的臉孔形成強烈對比，他不引人注目地坐在那兒，節省地喝著一杯麥芽酒，邊欣賞酒館老闆的女兒，邊聽別人講一兩個故事。他發覺待在人群中，聽他們大聲講出從他兒時起便一直在腦中鮮活上演的那類故事，這種感覺令人著迷。在靜下來的空檔，他張開嘴，脫口說出：從前從前……

那天，喬·布勒斯找到了他的天命。泰晤士河把他帶到雷德考，他就在雷德考待下來。稍加練習之後，他發現他能駕馭任何類型的故事，不論是街談巷語、歷史軼聞、古老傳奇、民間傳說或童話。他變化多端的表情可以傳達詫異、驚慌、寬慰、懷疑以及任何情緒，就跟演員一樣厲害。還有他的眉毛。那對又濃又黑的眉毛，說的故事不比他的話語遜色。有大事要發生時它們會聚攏，有細節要大家注意時它們會抽動，有角色可能表裡不一時它們會挑高。盯著他的眉毛，仔細留意它們複雜的舞蹈，你就能掌握各種原本可能會忽略的線索。他開始在天鵝酒館喝酒後才過了兩、三週，已經諳知如何抓住聽眾的心。他也抓住了瑪歌的心，而她同樣抓住了他的。

將滿一個月時，喬走了六十哩路到一個離河頗遠的地方，參加說故事比賽。他自然是贏得了首獎，他把獎金花在一只戒指上。他回到雷德考時已累得臉色發灰，倒在床上躺了一個星期，然後他跪在地上向瑪歌求婚。

「我不知道……」她母親說，「他能幹活嗎？他能賺錢嗎？他要怎麼養家？」

「看看我們的收入，」瑪歌指出，「看看打從喬開始說故事以後，我們的生意增加多少。媽，如果我不嫁給他，他可能會離開這裡。到時候該怎麼辦？」

這倒是真的。最近客人來得比較勤，有些人從更遠的地方來，而且來了以後待得更久，都是為了聽喬說故事。他們都買了酒。天鵝酒館生意興隆。

「可是有那麼多健壯英俊的年輕人來這裡，他們都好喜歡妳——從他們之中挑一個不更好嗎？」

「我要的是喬，」瑪歌堅定地說，「我喜歡他的故事。」

她遂行所願。

那些都是這個故事發生前將近四十年的事了，這段期間，瑪歌和喬建立了一個大家庭。在二十年之間，他們生了十二個生龍活虎的女兒。她們全都遺傳了瑪歌濃密的棕髮和結實的雙腿。她們長成豐滿的年輕女子，總是帶著無憂無慮的笑容，彷彿有用不完的快活。現在她們全都已經結婚了。有一個稍胖，有一個稍瘦；有一個稍高，有一個稍矮；有一個稍黑，有一個稍白；但除此之外，她們在各方面都極為相似，酒客根本難以分辨，於是當生意繁忙、女孩們回娘家幫忙時，大家一律喊她們為小瑪歌。生了這十二個女兒後，瑪歌與喬的家庭生活暫時平靜下來，他們兩人都認為她不會再生育了，結果她又懷了最後一胎，生下他們唯一的兒子——強納森。

強納森看起來跟別的孩子不一樣：脖子短，臉圓，誇張地往上翹的杏眼，小巧的耳朵和鼻子，永遠微笑的嘴裡有一根似乎太大的舌頭。隨著他慢慢長大，他在其他方面的與眾不同也顯而易見。現在他十五歲了，同齡的男孩都迫不及待地想成為男人，強納森卻滿足地相信他會永遠和父母一起住在酒館，除此之外他別無所求。

瑪歌仍然健壯又嫵媚，喬的頭髮變白了，不過眉毛依舊黑得跟什麼似的。他今年六十歲，以布勒斯家的人來說已是非常高壽。大家把他能活到現在歸因於瑪歌無微不至的照顧。最近這幾年，他有時候虛弱到在床上一躺就是兩、三天，眼睛緊閉。他並不是在睡覺；不，他在這種時候去了一個超越睡眠的地方。瑪歌平靜地看待他的消沉期。她讓柴火持續燃燒，以保持空氣乾燥，把放涼的肉湯餵進他的嘴唇，替他梳頭髮，撫順他的眉毛。其他人看見他如此顫巍巍地懸在一口又一口充滿液體聲的呼吸之間，莫不苦惱發愁，但瑪歌平靜地接受現實。「別擔心，他會沒事的。」她會這麼說。他確實沒事。他只不過是布勒斯家的人。河流滲進他身體，把他的肺變成沼澤地。

這晚是冬至夜，一年中最長的一夜。幾週來白晝一直在變短，先是漸漸縮，然後陡然變化，現在不過下午三、四點，天就已經黑了。眾所皆知，隨著夜晚加長，人類會漂離他們依時鐘而過的規律生活。他們在中午打瞌睡，醒著時做白日夢，在漆黑的夜裡又把眼睛睜得大大的。這是一段魔幻的日子。當夜晚與白晝之間的界線被拉伸到最細的時候，世界之間的界線也變得模糊。夢境和故事與真實經驗合而為一，亡者和生者在來來去去之間擦身而過，過去和現在交觸甚至重疊。出人意料之事可能發生。在天鵝酒館發生的奇異事件，究竟跟冬至有沒有關係？你得自己判斷。

現在你已經知道所有你需要知道的事，故事可以開始了。

♣

那天晚上聚在天鵝酒館的人都是熟面孔。挖碎石的工人、種水茼蒿的農夫、撐駁船的船夫，大致上都是這些人；不過修船匠貝仁特也在，還有歐文·歐布萊特，他在半個世紀以前順著河流航向大海，二十年後衣錦還鄉。歐布萊特現在患有關節炎，只有烈麥芽酒和說故事能減緩他骨子裡的疼痛。打從天光開始由天空中流逝，這群人就坐在這裡了，他們把酒杯喝空再裝滿，把菸斗倒過來敲乾淨，重新填入辛辣的菸草，還有說故事。

歐布萊特在講雷德考橋之役的故事。任何故事過了五百年，都勢必變得有點陳腐，於是說故事的人會想辦法為講述的技巧增添一些生命力。故事的特定部分受到傳統局限而不可撼動——兩支軍隊、狹路相逢、騎士和他的侍童喪命、八百名士兵淹死——但男孩之死不是固定的設定。他的一切都無人知曉，只知道他是個男孩、他到過雷德考橋，還有他死在那裡。故事的空白成為想像的空間。天鵝酒館的酒客每重說一遍故事，都會把那謎樣的男孩從死亡中喚醒，好賦予他新的死法。多年來，他死了無數遍，死法愈來愈古怪，愈來愈有娛樂效果。輪到你說故事時，你便獲准對它為所欲為——不過來到天鵝酒館的過客若敢嘗試做同樣的事，可是會倒大楣的。男孩本人對他一而再被復活有什麼想法，實在沒人說得準，不過重點是，在天鵝酒館，死而復生不是什麼少見多怪的事，這個細節有必要記在心裡。

這回歐布萊特在講述的時候，塑造出一個年幼的賣藝人，他是趁部隊待命之時來提供一些餘興節目的。他正在拋接幾把刀子時，不慎在泥地上滑了一跤，刀子如雨點落在他周圍，刀刃朝下插進濕土裡，除了最後一把刀——它刺進他的眼睛，立刻奪走他的性命，這時戰役甚至尚未開始呢。這別出心裁的說法引來一片喃喃的讚賞，不過隨即又安靜下來，好讓人家能繼續說故事，之後的故事跟以往就大同小異了。

故事說完後，大家沉默了一會兒。就禮貌上來說，在上一個故事沒有好好消化完之前，是不應該急著講新故事的。

強納森一直在專注地聆聽。

「真希望我能講一個故事。」他說。

他臉上掛著笑容——強納森這孩子時時刻刻都在微笑——但他的語氣鬱鬱寡歡。他並不笨，卻在學校受盡挫折，其他同學嘲笑他特殊的臉孔和奇異的舉止，過了兩、三個月，他放棄了。他沒有學會認字或寫字。冬季這批常客很熟悉歐克威爾家這少年，也習慣他的古怪。

「試試看，」歐布萊特提議，「現在就說一個吧。」

強納森考慮了一下。他張開嘴，興奮地等著聽自己嘴裡會冒出什麼話來。什麼都沒有。他笑到整張臉都皺成一團，為了自己的滑稽而抖動肩膀。

「我沒辦法！」他情緒平復後大聲說，「我辦不到！」

「那就改天吧。你練習練習，等你準備好，我們再聽你說。」

「爸，你來說個故事，」強納森說，「說嘛！」

這是喬歷經一段消沉期後，回到冬廳來的第一個晚上。他臉色蒼白，整個晚上都默不作聲。以他這麼虛弱的狀態，沒有人期望他說故事，可是在兒子的催促下，他淡淡一笑，抬頭望著房間挑高的一角，那裡的天花板被經年累月的柴煙和菸草給燻得發黑。強納森猜想爸爸的故事都是從那個角落來的。喬的目光回到室內，他準備好了，他張開嘴說話。

「從前從前——」

門開了。

這時候還有新的客人上門，時間上有點晚。無論來者何人，那人並不急著進門。冷風惹得燭焰閃爍搖曳，還挾著冬季河流的刺鼻氣味進入這煙霧瀰漫的空間。酒客紛紛抬頭看。

每雙眼睛都看到了，然而有好一會兒工夫，沒人有任何反應。他們在努力理解自己看見了什麼。那個男人——如果那是個人的話——高大而健壯，但他那顆頭醜惡無比，他們看傻了眼。那是民間故事裡的怪物嗎？莫非他們在睡覺，這是一場噩夢？那東西的鼻子歪斜且被壓扁，底下是個敞開的大洞，洞裡全是發黑的血。它的外觀已經夠駭人了，但那可怕生物的臂彎裡還抱著一個大型人偶，人偶臉龐和四肢蠟白，塗繪在頭上的髮絲服貼光滑。

喚醒他們採取行動的是那男人本人。他先是從那不成形的嘴巴裡發出一聲同樣不成形的狂吼，然後他腳步踉蹌、身體搖晃。兩個農場工人及時從座位上跳起來，撐住他的腋下、阻止他摔倒，他才沒在石板地上撞破腦袋瓜。與此同時，強納森從火邊往前躍，並伸長雙臂，那個人偶便落進他的臂彎，扎實的份量讓他的關節和肌肉都很詫異。

大夥回過神來，把那個昏迷的男人抬到一張桌子上。第二張桌子被人拖過來，讓那男人可以擱腳。等男人全身躺平拉直了，大家都圍在桌邊，舉起蠟燭和提燈來照他。男人的眼皮連動都沒有動一下。

「他死了嗎？」歐布萊特提問。

大家含糊不清地低語，很多人皺眉頭。

「甩他耳光，」有人說，「看能不能把他打醒。」

「灌一小杯烈酒就行了。」另一人提議。

瑪歌用手肘擠開人群，來到桌首，仔細審視男人。「你們別甩他耳光，看他的臉都成什麼樣了。也別往他喉嚨裡灌任何東西。你們都等著。」

她轉身走向壁爐邊的座位，椅子上有個靠墊，她拿起靠墊回到桌旁。她藉著燭光看到靠墊的棉布套上有一個白點，用指甲去摳，揪出一根羽毛。男人都望著她，困惑地瞪大眼睛。

「我不認為妳搔他癢可以叫醒死人，」一個挖碎石的工人說，「就算是活人也弄不醒，如果都已經這樣了。」

「我沒有要搔他癢。」她回答。

瑪歌把羽毛放在男人的嘴唇上。所有人都盯著看。有一會兒工夫，什麼動靜也沒有，接著羽毛柔軟的絨毛便輕輕顫動。

「他在呼吸！」

安心的情緒隨即又被新的疑惑取代。

「不過他是誰啊？」一個駁船船夫問道，「有人認識他嗎？」

接下來一陣騷動，他們都在思考這個問題。有一個人自認為認得從伊頓城堡到達克斯福那一段河岸的所有人，這涵括了大約十哩的範圍，而他確定他不認識這個人。另一個人的姊妹住在萊奇萊德，他有把握沒在那裡見過這個人。第三個人覺得他可能在哪裡看過這個人，可是他打量愈久，愈不願意給予肯定的答案。第四個人懷疑他會不會是水上吉普賽人，因為他們每年會在這個時節駕船來到這段河流，好讓別人能懷疑地盯著他們瞧，大家晚上都會記得把門鎖好，並且把所有搬得走的物品都帶進屋內。可是他穿著上好的羊毛外套和昂貴的皮靴——不，他不是寒酸的吉普賽人。第五個人盯著瞧了一陣，然後用勝利的口吻說這男人的身高和體型完全就是懷帝農場的利迪亞德，他的髮色不也一樣嗎？第六個人指出，利迪亞德就站在桌子另一端，第五個人定睛望去，也實在無話可說。眾人七嘴八舌地發表高見後，第一人、第二人、第三人、第四人、第五人、第六人和其他在場的所有人一致同意，他們不認識這個人——至少，他們覺得是如此。但是以他現在的樣子，誰又能百分之百確定？

此結論一出，大家都靜了下來，這時第七個人開口了。「他出了什麼事？」

男人的衣服濕透了，渾身散發河裡那些綠的、褐的東西的氣味。顯然他在河上出了某種意外。他們談論在河上航行的危險，還有河流會使詐，哪怕是最聰明的船夫也躲不過。

「有船嗎？我是不是該去看看有沒有船？」修船匠貝仁特提議。

瑪歌正靈巧而輕柔地洗去男人臉上的血。她畏縮了一下，露出割裂他上唇的大傷口，那道傷口使他的皮膚分成兩片肉，中間的裂縫露出碎裂的牙齒和血淋淋的牙齦。

「別管什麼船不船的了，」她指示，「這個人才是最重要的。這裡的狀況我處理不了，誰能去找麗塔來？」她環顧四周，一眼相中一個窮到喝不起太多酒的農場工人。「尼斯，你腳程快，你能不能跑去燈心草小屋，把護士找來？但你可別跌倒了，一個晚上有一樁意外就夠了。」

年輕人離開了。

這段時間，強納森一直和其他人隔著一段距離。那個濕透的人偶重得要命，於是他坐下來，讓它躺在他腿上。他想起去年聖誕節，有一班扮裝演員帶來一條紙龍模型登臺演出。那紙模型又輕又硬，如果你用指甲去敲它，會發出細微的「喀、喀、喀」。這個人偶可不是用紙做的。他回想他見過的那種填著米的娃娃。它們很重又很軟。但他沒見過這麼大的。他嗅聞它的頭。沒有米味——只有河味。它的頭髮是用真髮做的，他想不透他們是怎麼把頭髮接在頭上。它的耳朵好逼真，很可能是用真的耳朵翻成模子再做出來的。他讚嘆地觀察睫毛的精細程度。他用指尖輕觸睫毛柔軟、微濕、搔得人發癢的末端，那眼皮隨著他的動作稍稍移動。他極盡溫柔地撫摸它的眼皮，發覺裡頭有東西。那東西滑溜而呈圓形，既柔軟又堅實。

有一股深不可測的陰暗預感攫住他。他背著父母和酒客，輕輕搖晃那具人形物。一條手臂滑下去，繞著肩關節擺盪，人偶的手臂是不會這樣的，他感覺體內快速漲起猛烈的水勢。

「這是一個小女孩。」

眾人忙著討論受傷的男人，沒人聽見。

再說一次，音量提高。「這是一個小女孩！」

他們轉頭。

「她就是不醒。」他把那濕漉漉的小身軀往前舉，讓他們自己看個清楚。

他們圍到強納森身邊，十幾雙眼睛驚愕地望著小小的身軀。

她的皮膚像水一樣粼粼發亮，連身裙的衣褶緊貼著四肢平順的曲線，脖子上的頭顱歪斜的角度，沒有哪個操偶師能擺弄出來。她是個小女孩，他們卻沒看出來，沒有一個人看出來，哪怕這其實明顯得很。有哪個工匠會費盡心思製做如此完美的娃娃，卻只給它穿上任何一個窮酸人家的女兒都能穿的棉布罩衫？誰會把娃娃的臉畫得這麼恐怖又死氣沉沉？除了萬能的上帝，又有哪個製造者有功力做出那種弧度的顴骨、那平坦的小腿、那五趾俱全又各有巧妙不同的精緻小腳？這當然是一個小女孩！他們怎麼會以為不是呢？

通常充斥著人聲笑語的房間內，此刻完全靜默。為人父的想起自己的孩子，決心要給他們無限的愛，直到人生盡頭。老邁無子的感到巨大的失落感，無子但仍年輕的則心痛地渴望能把自己的後代抱在懷裡。

最後有人打破了寂靜。

「老天爺！」

「死了，可憐的小東西。」

「淹死的！」

「媽，把羽毛放到她嘴唇上！」

「噢，強納森，對她來說已經太遲了。」

「可是在那男人身上管用啊！」

「不，兒子，他本來就在呼吸，羽毛只是讓我們看出他還有一口氣。」

「她可能也還有一口氣！」

「誰都看得出來她已經去了，可憐的小姑娘。她沒在呼吸，再說，只要看看她的臉色就知道了。誰來把這可憐的孩子抱到長廳？希格斯，你來吧。」

「可是那裡很冷。」強納森抗議。

他母親拍拍他的肩膀。「她不會介意的，她其實已經不在這裡了，而她去的地方永遠都不會冷。」

「讓我來抱她。」

「你負責拿提燈，幫希格斯先生打開門鎖。她對你來說太重了，親愛的。」

挖碎石的工人從強納森力不從心的手裡接過屍體，把她抬起來，彷彿她不過跟隻鵝差不多重。強納森提著燈往外走，繞過屋子側面，來到一間小型的附屬石屋。推開厚重的木門後，裡頭是狹窄無窗的儲藏室。地上是光禿禿的泥土，牆面也從未塗過灰泥、貼過木板或刷過油漆。在夏天，這裡很適合讓你暫放還沒要吃的鱒魚，或拔完毛的鴨子；而在像這樣的冬夜，石屋裡冷到簡直不是人待的。有一塊石板由一面牆凸出來，希格斯把女孩放在石板上。強納森想起紙模型有多麼脆弱，便用手臂捧住她的頭——「免得弄傷她——」再輕輕擱到石板上。

希格斯舉起提燈，在女孩臉上投射出一圈光。

「媽說她死了。」強納森說。

「是啊，小夥子。」

「媽說她在另一個地方。」

「的確。」

「我覺得她看起來在這裡。」

「她的腦袋都清空了，她的靈魂已經不在了。」

「她不會是睡著了嗎？」

「不會，小夥子，不然她現在也該醒了。」

提燈在那張動也不動的臉上投射出搖曳閃爍的影子，燈光的暖意試圖掩蓋皮膚的死白，但取代不了由內散發的生命之光。

「從前有個女孩睡了一百年，她因為一個吻而醒來。」

希格斯用力眨眼睛。「我想那只是個故事。」

他們往外走，光圈由女孩臉上移開，照亮希格斯的腳，但是走到門邊，他發現強納森不在他身旁。他轉過身，再度舉起提燈，恰好看見他微蹲下去，在黑暗中輕吻那孩子的額頭。

強納森專注地盯著女孩，然後他的肩膀垮下來，他轉過身去。

他們出了屋子，鎖上門，然後離開。

沒有故事的屍體

距離雷德考兩哩外有位醫生，但誰也沒想過去找他。他年事已高，收費高昂，而且他的病患大部分都死了，不是很有號召力。他們做了比較合理的另一個選擇：派人去找麗塔。

因此，那個男人被擱在桌上後過了半小時，屋外傳來腳步聲，打開門後有個女人站在那裡。除了瑪歌和她的女兒之外——她們就和天鵝酒館的地板與石牆一樣，與這地方密不可分——這座酒館裡出現女人是很稀罕的事，於是她進屋時每雙眼睛都盯著她瞧。麗塔．星期天身高中等，髮色不淺也不深。至於其他所有方面，她的外表可一點也不平凡。一眾男人打量她，發現她幾乎什麼都差了一點。她的顴骨太高又太凸出了；她的鼻子稍微大了點，她的臉型稍微寬了點，她的下巴稍微長了點。她最好看的五官是她的眼睛，形狀挺不錯的，只可惜顏色是灰的，而且從那雙對稱的眉毛底下透出的眼神太過緊迫盯人。她稱不上年輕了，與她同齡的其他女人早就失去了被人評頭論足的資格，然而儘管麗塔貌不驚人，又保有三十年的處子之身，她卻仍有種耐人尋味的特質。是她的過往嗎？她是本地的護士兼助產士，在女修道院出生，並一直住到長大成人，她所有的醫學知識都是在女修道院的醫院裡習得的。

麗塔踏進天鵝酒館的冬廳。她像是對集中在自己身上的目光渾然不覺，只是解開樸素羊毛大衣的鈕釦，把手臂抽出來。大衣裡面的洋裝顏色暗沉，毫無裝飾。她逕直走向男人躺平的地方，桌面上的他鮮血淋漓，依然昏迷不醒。

「麗塔，我幫妳準備了熱水。」瑪歌對她說，「還有乾淨的布。妳還會需要什麼嗎？」

「亮一點的光線，如果有辦法的話。」

「強納森去樓上拿備用的提燈和蠟燭了。」

「還有，最好找來——」麗塔洗了手，正輕柔地檢視男人嘴唇上的傷口範圍有多大，「——一把剃刀，以及動作又穩又輕、能幫他刮鬍子的男人。」

「喬可以，對吧？」

喬點點頭。

「還有酒，妳這裡最烈的酒。」

瑪歌打開特別櫥櫃的鎖，拿出一個綠色酒瓶。她把酒瓶放在麗塔的包包旁，所有酒客都瞄向那瓶酒。由於瓶子上沒貼酒標，可想而知是違法的私釀酒，換句話說，這酒烈到能讓一個大男人昏過去。

舉著提燈照亮男人頭部的兩個駁船船夫，看到護士把手指戳進那個原本是他嘴巴的洞。她用血淋淋的兩根指頭捏出一顆不完整的牙齒。片刻之後，她又找到兩顆。接著她那探索的手指攻向他仍潮濕的頭髮，摸遍他每一吋頭皮。

「他頭部的傷勢集中在臉上。情況還不算太壞。好了，我們先脫掉他身上的濕衣服吧。」

整個房間的人似乎都驚呆了。一個未婚女子不能剝光男人的衣服，這麼做會顛覆自然的秩序呀！

「瑪歌，」麗塔輕鬆自如地提議，「可以麻煩妳指揮他們嗎？」

她背過身去，忙著把包包裡的東西拿出來放好，而瑪歌則指導那些男人脫下傷者的衣物，提醒他們動作放輕——「我們還不知道他別的地方有沒有受傷——可別加重他的傷勢了！」——並且在男人喝得太醉或手腳太笨拙的時候，用她那母性的手指解開鈕釦和領帶。他的衣物堆疊在地上：深藍色外套，像駁船船夫的外套一樣有很多口袋，但質料比較高級；剛換過鞋底的靴子，材質是很耐用的皮革；正式的皮帶，船夫只會拿繩子來充數；很厚的針織衛生褲；毛氈上衣裡面有一件毛線背心。

「他是誰？我們知道嗎？」麗塔眼睛望著別處問道。

「不覺得我們有看過他，但以他的模樣，很難說得準。」

「你們把他的外套脫下來了嗎？」

「嗯。」

「也許強納森可以看一下口袋裡面。」

當她再度轉身面向桌子，她的病人全身赤裸，一塊白色手帕放在那個部位，以保護他的尊嚴以及麗塔的名譽。

她感覺他們的眼神閃向她的臉又移開。

「喬，麻煩你盡可能放輕動作把他上嘴唇附近刮乾淨。我知道你沒辦法做得很徹底，盡力而為就好。處理到鼻子附近時要小心——他的鼻子斷了。」

她開始檢查。她先把雙手放上他的腳，再往上移動到腳踝、小腿前側、小腿後側……她白皙的手在他黝深的皮膚上顯得醒目。

「他是個常在戶外活動的人。」一個挖碎石的工人提出觀察。

她觸診骨頭、韌帶、肌肉，過程中始終別開目光不去看他赤裸的身軀，彷彿她的指尖比她的眼睛更能看得清楚。她進行的速度很快，一下子就確定至少這個部位是沒有問題的。

進行到男人的右側髖部時，麗塔的手指慢慢繞著白色手帕移動，然後停頓。

「麻煩把光移過來。」

傷患身體一側有大範圍的嚴重擦傷。麗塔把綠瓶子裡的烈酒倒在一塊布上，然後敷向傷口。桌子周圍的男人都扭曲嘴唇，稍稍表達同情，傷患本人倒是紋風不動。

男人的手擱在髖部旁，腫脹成正常尺寸的兩倍大，並且滲血變色。麗塔也用酒擦他的手，但儘管她一再擦拭，某些痕跡就是擦不掉。像墨水一樣深的團塊，但不是瘀青，也不是乾掉的血。她好奇地抬起他的手仔細端詳。

「他是個攝影師。」她說。

「真的假的！妳怎麼知道？」

「他的手指。看到這些痕跡了嗎？是硝酸銀留下的。攝影師就是用硝酸銀來讓相片顯影。」

她趁著眾人驚訝地思考這個新資訊的當口，檢查緊鄰白色手帕的區域。她輕輕按壓他的腹部，沒有找到內傷的證據，然後她繼續往上、再往上，燈光跟著她移動，直到白色手帕退入黑暗，男人們都鬆了一口氣，麗塔安全地回到端莊的領域裡了。

男人濃密的鬍鬚少了一半後，面貌的駭人程度仍不減分毫。他變形的鼻子變得更顯眼，割開嘴唇並沿著臉頰往上拉長的傷口，這下因為看得清清楚楚而變得十倍可怕。通常賦予臉孔人性的眼睛腫得睜不開。他額頭的皮膚腫成一個滲血的大包；麗塔從腫包裡取出看起來像深色木頭的碎片，清潔傷口，然後把注意力轉向嘴唇的傷。

瑪歌遞給她針線，兩者都用烈酒消毒過。麗塔將針尖湊向裂口，然後把針刺入皮膚，在這個時候，燭光閃爍了一下。

「需要坐下的人就坐下吧，」她表示，「有一個病人就夠了。」

可是沒人願意承認自己需要坐下。

她縫了整整齊齊的三針，把線穿過皮肉，男人們若不是望向別處，就是著迷地盯著人臉像破損的衣領般被縫補起來的奇觀。

縫完之後，眾人清晰可聞地鬆了口氣。

麗塔看著自己的手工傑作。

「他現在看起來好一點了，」其中一個駁船船夫承認，「除非我們只是看習慣了。」

「嗯。」麗塔說，好像她也半是贊同。

她把手伸向他的臉中央，用拇指和食指捏住他的鼻子，用力扭了一下。軟骨和骨頭移動的聲音清清楚楚——既清脆又帶有水聲——燭光劇烈搖晃。

「趕快接住他！」麗塔叫道，於是農場工人今晚二度抱住倒在他們懷裡的男人，雙腿一軟的是那個挖碎石的工人。在這團亂中，三個人的蠟燭都掉在地上，一落地火就滅了——整個場景也跟著消失在黑暗裡。

「唔，」蠟燭重新點亮後瑪歌說，「真是不平靜的一晚。我們最好把這可憐人安置在旅人廳。」在過去那個年代，雷德考橋還是幾哩之內唯一的渡河處，許多旅人都會暫時中斷旅程，在這座小酒館歇息。雖然現在已經很少使用了，走廊底部那個房間仍被稱為旅人廳。麗塔監督眾人把她的傷患搬運過去，放在床上並蓋上毛毯。

「我走之前想看看那孩子。」她說。

「當然了，妳會想替那可憐的小東西禱告。」在本地人心裡，麗塔不只跟醫生一樣能幹，而且由於她在女修道院待過，她勉強也能代替牧師的功用。「鑰匙在這。拿一盞提燈吧。」

麗塔穿戴上帽子和大衣，用圍巾裹住臉，然後走出天鵝酒館前往附屬建物。麗塔．星期天並不怕屍體。她從小就習慣接觸屍體，甚至她本身就是由屍體生出來的。是這麼回事：三十五年前，一個身懷六甲的女人在絕望中投河自盡。等到有個駁船船夫看見她、把她拉上船，她已經只剩四分之一條命了。他把她帶到戈斯托的修女那裡，女修道院的醫院會收留窮苦無依的人。她撐到開始分娩。近乎溺斃的衝擊讓她十分虛弱，剩下的力氣不足以把孩子生下來，當強烈宮縮使她的肚皮波動時，她就死了。葛蕾絲修女捲起袖子，拿起手術刀，在死去女子的肚腹上劃開一道淺淺的紅色弧形，從裡頭取出一個活的嬰兒。沒人知道她母親的姓名，況且她們本來就不會讓這孩子繼承她的姓氏——這名死者犯了三種罪：通姦、自殺以及試圖殺害她的胎兒，若是鼓勵孩子記得她可是天理難容。她們以聖瑪格麗特的名字為寶寶取名為瑪格麗塔，後來大家都簡稱她為麗塔。至於她的姓，由於親生父親的身分不詳，她被賦予「星期天」這個屬於天父的日子作為姓氏，就像女修道院裡其他所有孤兒一樣。

年幼的麗塔學業表現優異，對醫院事務顯得頗感興趣，修女們便鼓勵她在那裡幫忙。有些工作即使孩子也能做：早上八點，她負責鋪床以及清洗沾了血的床單和布料；中午十二點，她提一桶桶熱水去協助整理死者遺容。麗塔滿十五歲時，已經能清創、上夾板、縫傷口，到了十七歲時，護士會做的事她幾乎無一不精，包括獨力接生。她原本極可能就一直待在女修道院，成為修女，把生命奉獻給上帝和病患，只不過有一天她在河岸邊採集草藥時，她突然覺得，這一生過完之後再沒有別的人生了。根據她所學的一切，這想法大逆不道，但她非但不覺得愧疚，反而如釋重負。如果死後沒有天堂，就表示也沒有地獄，而如果沒有地獄，她那無緣的母親就沒在承受永恆折磨的痛苦，而只是不在了，離開了，苦難再也動不了她一根汗毛。她告訴修女們她的信仰變了，她們還沒從驚駭中恢復，她已經把一件睡袍和一件燈籠褲捲在一起，除此之外連一把梳子都沒帶，就這麼離開修道院。

「可是妳還有職責在身啊！」葛蕾絲修女朝著她的背影喊，「對上帝和病人都是！」

「病人無所不在，」她回頭喊道，葛蕾絲修女回答：「上帝也是一樣。」不過她講得很小聲，麗塔沒聽見。

這位年輕的護士剛開始在牛津的一間醫院工作，後來她的才華引起注意，便轉而為倫敦一位有見識的醫學家擔任護士長及助理。「等妳結婚，我和醫學界都會蒙受重大損失。」每當某個病患明顯對她有意思時，他就會這麼對她說。

「結婚？我可不會結婚。」她每次都這麼告訴他。

「為什麼永遠不結？」他追問，儘管同樣的答案他已聽過好幾次。

「比起當妻子和母親，我當護士對這個世界更有用處。」

這只是一半的真心話。

幾天之後，他知道了另一半是什麼。當時他們在照料一名年輕的母親，那女人和麗塔同齡。這已經是她的第三胎了，先前的孕期一切都很順利，沒有什麼特別理由需要擔心最壞的狀況會發生。寶寶沒有胎位不正，分娩時間沒有特別長，不需要用到產鉗，胎盤乾乾淨淨地排了出來。只不過他們就是阻止不了她出血。她的血一直流一直流一直流，直到她死去。

醫生在房間外跟丈夫說話，麗塔則熟練而有效率地收拾染血的床單。她很久以前就算不清有多少母親死去了。

醫生進房時，她已經收拾好所有東西，準備好離開。他們默默走出那棟屋子，走上街道。走了幾步後，她說：「我不想那樣死掉。」

「我能理解。」他說。

醫生有個朋友，某個紳士，他經常在晚餐時登門拜訪，待到隔天早上才走。麗塔從來不提，然而醫生明白她把他對這男人的感情看在眼裡。她似乎對此事不以為意，而且守口如瓶。他反覆思考了幾個月後，提出一個驚人的方案。

「妳何不跟我結婚？」某一天看診的空檔他問她。「我們不用……妳懂的，但這對我來說比較方便，對妳或許也有好處。患者也會樂見其成。」

她考慮後答應了。他們訂了婚，可是在成婚之前，他就罹患肺炎而死，英年早逝。他在臨終前那幾天，找來律師修改遺囑。他在遺囑中把房子和家具留給那個紳士，另外留給麗塔一筆錢，金額不小，足以讓她過著簡樸而獨立的生活。他也把他的藏書留給她。她賣掉非醫學類或非科學類的書，剩下的裝箱帶往上游。船開到戈斯托時，她望著女修道院由眼前經過，心頭湧上一股出乎意料的憂傷，讓她聯想到她失去的上帝。

「在這裡停？」船夫問，誤解了她表情變化背後的意義。

「繼續開。」她對他說。

他們繼續走呀走，又走了一天，又走了一夜，直到來到雷德考。她喜歡這地方看起來的樣子。

「這裡，」她對駁船船夫說，「這裡就行了。」

她買了一間小木屋，把她的書擺滿架子，然後讓這一區最顯赫的那些人家知道，她擁有倫敦最優秀的其中一位醫學家寫的推薦信。她治療了幾位病患、接生了六個嬰兒後，地位獲得了確立。這一區比較富裕的家庭只要麗塔為他們迎接新生命、送走舊生命，還有處理生與死之間所有的醫學危機。這份工作報酬豐厚，提供的收入加上她所繼承的遺產足以使她不虞匱乏。有些病患家境好到有本錢羅患慮病症；她容忍他們的任性，因為這使她能夠向付不起醫藥費的病患收取極低的費用——或甚至免費看診。她沒在工作的時候過著簡樸的生活，按部就班地消化醫生的藏書（她不管在心裡或在嘴上都不稱他為未婚夫）以及製作藥物。

現在麗塔已經在雷德考住了將近十年。死亡嚇不住她。這些年來，她照顧過垂死之人，目睹過他們嚥氣，整理過他們的遺體。病死的，生產時死的，出意外死的。有一兩次，是被謀害而死的。有高壽者欣然赴死的。戈斯托的醫院就在河邊，所以她自然很熟悉溺死的屍體。

麗塔正是一邊想著溺死的人，一邊快步穿過寒冷的夜色走向附屬建物。溺死很容易。河流每年都毫不客氣地帶走幾條人命。多喝了一杯酒，太倉促地踏出一步，恍神一秒，這樣就夠了。麗塔見過的第一名溺死者是個十二歲男孩，比當時的她只小了一歲，他在水閘上邊唱歌邊嬉鬧時，不小心滑了一跤。後來是個夏季出城來遊玩的人，他在船上一個沒踩穩，摔下船時撞到了太陽穴，而他的朋友都醉到沒辦法救他。某個美好的秋日，有個學生為了出風頭而從沃弗寇特橋的最高點往下跳，卻詫異地發現河流這麼深又這麼湍急。不論在什麼季節，河就是河。有些是像她母親一樣的年輕女人，被情人和家人遺棄，無法面對充滿恥辱和貧窮的未來，只能讓河流終結悲慘的一切。還有嬰兒，沒有人要的小小血肉之軀，初開的生命之花，還沒機會體驗生命就被溺死。她全都見過。

麗塔來到長廳門口，在鎖孔裡轉動鑰匙。屋裡的空氣感覺甚至比外頭還冷。那冷空氣清楚地描繪出從她的鼻孔後頭一路往上到腦門，有著什麼樣結構的通道和腔室。寒意挾著刺鼻的泥土味、石頭味和鋪天蓋地的河水味。她的精神立刻集中了。

提燈散發的微光早在能傳送到石室角落前就黯淡了，然而那具小小的屍體卻被照亮，煥發藍綠色的幽光。這是一種奇異的效果，源自那身軀極致的蒼白，但想像力豐富的人可能會認為那光芒是那小手小腳本身製造的。

麗塔察覺自己有種不尋常的警醒，同時走上前去。她判斷這孩子大約四歲。她的皮膚是雪白的，穿著最簡陋的連身裙，手臂和腳踝都裸露著，仍然潮濕的布料皺皺地堆積在她周圍。

麗塔自動開始執行女修道院醫院的標準程序。她檢查她的呼吸。她用兩根手指按在孩子的頸部感覺脈搏。她翻開花瓣般的眼皮檢視瞳孔。做完這些以後，她在腦中聽到通常伴隨著這樣的檢查而來的祈禱文回音，許多女性嗓音平靜地齊聲唸道：我們在天上的父……她聽見了，但她的嘴唇沒有跟著動。

沒有呼吸。沒有脈搏。瞳孔完全擴張。

她內心那股不尋常的警覺仍活躍著。她站在小小的屍體旁，思忖自己究竟為何焦慮不安。也許只是冷空氣造成的效果。

如果你見過的屍體夠多，你就會懂得解讀，而麗塔見過的絕對不少。只要你知道怎麼看，死亡的「時間、方式、原因」全都明擺在眼前。她開始詳細而徹底地檢查屍體，甚至完全忘了寒冷。在提燈閃爍的光芒中，她瞇眼細瞧這孩子的每一吋皮膚。她抬起手臂和腿，感覺關節順暢地轉動。她望進耳朵和鼻孔。她探查口腔。她研究每片指甲和趾甲。最後，她往後一站，皺起眉頭。

有什麼地方不對勁。

麗塔腦袋偏向一邊，因困惑而撇著嘴，在心中瀏覽她所知的一切。她知道溺死的人會發皺、發腫、發脹。她知道他們的皮膚、頭髮和指甲會鬆脫。眼前看不到任何一項，不過那只代表這孩子在水裡沒有泡很久。此外還有黏液的問題。溺水會讓人的嘴巴和鼻孔邊緣殘留泡沫，但這具屍體臉上一點泡沫都沒有。這也有辦法解釋。這女孩落水時已經死亡了。目前為止都還好。令她困擾的是剩下的部分。如果這孩子不是溺死的，她出了什麼事？她的頭骨很完整；四肢沒有被毆打過。脖子上沒有瘀血。沒有骨頭斷裂。沒有跡象顯示內臟有受傷。麗塔很清楚人類的邪惡可以到達什麼地步：她檢查過女孩的生殖器，知道她沒有遭受不正常的侵犯。

這孩子有可能是自然死亡的嗎？然而她沒有明顯可見的病容。事實上，由她的體重、皮膚和頭髮判斷，她非常健康。

這些已經夠讓人不知所措了，但還不止如此。即使假設這孩子是死於自然因素，而（基於令人難以想像的理由）被棄屍在河裡，她身上也該有死後形成的傷口才對。沙子和碎礫會磨傷皮膚，石頭也會造成擦傷，河床上的岩屑更會割傷肌肉。水能弄斷成年男人的骨頭；橋能撞破他的顱骨。無論你怎麼瞧，這孩子都毫髮無損，沒有瘀青、沒有擦傷、沒有割傷。這小小的身軀完美無瑕。「像個娃娃。」強納森在向她描述女孩落入他臂彎的過程時這麼說，她能理解他為何這麼想。麗塔用指尖滑過女孩的腳底，描畫她大拇趾的外緣，她的腳是如此完美無瑕，讓人覺得她從未踩在地面上。她的指甲精巧如珍珠，像是新生兒的指甲。死亡沒有在她身上留下記號已經夠奇怪了，但就連生命都未留下任何瑕疵，在麗塔的經驗中，這是前所未聞的。

屍體總是有故事可說——但這孩子的屍體像一張白紙。

麗塔伸手去拿用掛勾懸起的提燈。她用燈光照亮孩子的臉，卻發現她的面孔和其餘部位一樣諱莫如深。她難以判斷在女孩生前，這副線條柔和甚至模糊的五官，是否顯露出漂亮、羞怯的警覺或狡猾的淘氣等等印記。即使這張臉曾表達出好奇或平靜或急躁，生命也還沒來得及將那些情緒定型為永久的輪廓。

才不過須臾之前——兩個鐘頭，或再超過些許——這個小女孩的身體和靈魂還牢牢地結合在一起。轉念至此，儘管麗塔受過那麼多訓練、累積了那麼多經驗，她還是發現自己被捲入一場情緒風暴。從她和上帝分道揚鑣之後，她不止一次冀望祂的存在，現在也不例外。在她的童年時代，上帝無所不見、無所不知、無所不曉。那時的人生多麼單純啊，哪怕她覺得困惑不解，她還是可以把信念寄託在一位通曉萬事萬物的天父身上。她可以忍受對某件事不了解，因為她確定上帝知道是怎麼回事。可是現在……

她牽起孩子的手——有五片完美指甲的五根完美手指的完美小手——擱在自己掌心，然後將自己的另一手蓋上去。

這是錯的！大錯特錯！不該是這樣！

這時候，事情發生了。

奇蹟

瑪歌把負傷男子的衣服投入裝著清水的桶裡之前，強納森先掏出他口袋裡的所有東西。他蒐集到這些：

一個吸飽水的錢包，裡頭的錢不但夠負擔各種開銷，剩下的數目還足以讓他身體好轉之後請所有人喝一杯酒。

一塊濕透的手帕。

一支沒有受損的菸斗，以及一個裝著菸草的錫罐。他們撬起蓋子之後，發現裡頭是乾的。「至少他會很慶幸這一點。」他們表示。

一只鐵環，環上掛著幾把精巧的工具和裝置，他們看了一頭霧水——心想：他是修鐘的嗎？鎖匠？竊賊？——直到下一件物品亮相。

一張照片。這時他們想起男人手指上的深色汙漬，還有麗塔認為他可能是攝影師，這下似乎更有可能了。那些工具一定跟男人的職業有關係。

喬從兒子手裡取走照片，用他的羊毛袖口輕輕按壓表面把它弄乾。

照片裡有某座田野的一角、一棵白蠟樹，除此之外沒什麼特別的東西。

「我看過更美的照片。」有人說。

「這風景缺了一座教堂尖塔或茅草頂小木屋。」另一人說。

「這照片好像根本沒有重點。」第三人說，困惑地搔著頭。

「楚斯伯里草地。」喬說，他是唯一認出來的人。

他們不知該說什麼好，便聳聳肩，把照片放在壁爐架上晾乾，接著看男人口袋中下一件、也是最後一件物品：

一個錫盒，裡頭有一疊小卡片。他們剝下最上面一張，遞給他們之中最會認字的歐文，他舉起蠟燭大聲唸出：

牛津的亨利．東特

人像、風景、城市與鄉村風光

亦製作：明信片、指南書、相框

專精泰晤士河河景

「她說中了，」他們驚呼，「她說他是個攝影師，現在證據明擺在眼前。」

接著歐文唸出位於牛津大街的地址。

「明天誰會去牛津？」瑪歌問，「有人知道嗎？」

「我妹夫是開駁船運乳酪的，」一名挖碎石的工人提出，「我不介意今晚去她家問問他。」

「駁船要花兩天才會到，不是嗎？」

「可不能讓他的家人擔心兩天啊。」

「你妹夫應該不會是明天出發吧？如果他明天出發，就趕不及回來過聖誕節了。」

「那就坐火車吧。」

大家決定推派馬汀斯去一趟。明天農場不需要他幫忙，而且他有個姊姊住在離萊奇萊德的車站只有五分鐘腳程的地方。他現在就去她家，隨時準備好搭上早班列車。瑪歌給了他車資，他重複唸著地址直到背下來，然後口袋裝著一先令、舌頭頂著一個嶄新的故事出發了。他有六哩的河岸路程可以排練他的故事，等他走到姊姊家，他已經練得完美純熟。

其他酒客仍逗留不去。今晚一般的說故事活動已經結束了——有真正的故事正在上演，誰還有心思講故事？——於是他們重新填滿啤酒杯和玻璃杯，重新點著菸斗，在椅凳上安坐下來。喬收掉他的刮鬍用具，回到他的椅子上，時不時地暗自咳嗽。強納森坐在窗邊的凳子上，留意著火裡的木柴以及蠟燭剩餘的長度。瑪歌用一根舊船槳把泡過河水的衣服往水桶裡戳，好好地攪拌一番，然後她把裝有加了香料的啤酒的平底鍋放回爐子上。肉豆蔻和多香果的香氣與菸草和木頭燃燒的味道混雜在一起，驅退了河水的氣味。

酒客開始聊天，搜尋語句把今晚的事件變成故事。

「我看到他站在那裡的門口時，簡直吃了一驚。不，應該說錯愕。我就是一陣錯愕！」

「我是被嚇呆了。」

「還有我。我是既錯愕又嚇呆了。你呢？」

他們是字句的蒐集者，就像許多挖碎石的工人會蒐集化石。他們時時刻刻豎起耳朵聽，注意那些珍稀、罕見、獨特的詞彙。

「我想我是目瞪口呆吧。」

他們試嚐口味，把詞彙放在舌頭上掂重。這個詞不錯。同儕都欽佩地點頭。

有一個是天鵝酒館的新面孔，也是說故事的初學者。他還在摸索此道。「啞然失色怎麼樣？我可以這樣用嗎？」

「有何不可？」他們鼓勵他，「你喜歡的話就用啞然失色吧。」

修船匠貝仁特回到店內。一艘船也能說一個故事，而他先前去瞧瞧它有什麼話要說。酒館裡的每個人都抬頭聆聽。

「它在那裡。」他報告，「整條船側板頂端都凹了。狠狠地撞到什麼東西，然後進水了。半個船身都在水底。我把它翻過來放在岸邊，不過已經沒救了。它徹底完蛋了。」

「你覺得發生什麼事啊？他撞上碼頭了嗎？」

他很有權威地搖搖頭。「有東西往下砸中船，從上面。」為了演示，他一手用力從空中揮下，兩隻手心響亮地相碰。「不是碼頭——那樣的話，船被撞凹的會是側面。」

酒客們現在用嘴巴沿著河流來回地走，一浪[1]接一浪，一座橋接一座橋，比對人和船受到的損傷與每一個危險處是否相符。每個人都算是某種水手——即使不是職業的，也是長年從事水上活動——每個人試著釐清前因後果時，都有自己的一套理論。他們在腦中把那艘小船砸向從上游到下游的每座碼頭、每座橋、每個水車輪，但沒有一個是對的。然後他們想到了惡魔堰。

這座攔河堰的構造是等距橫越河面的一根根豎立的堅固大白蠟木柱，柱子之間有很寬的木板，就像牆一樣，可以根據水位而升高或降低。按照一般的習慣，要通過這座攔河堰，你要下船，把船拖上專為此目的而設的斜坡，然後在另一側把船推回水裡。河岸邊就有一座酒館，所以大部分時候，你都有機會用一杯酒的代價找到人助你一臂之力。可是有時候——當木板是升高的，船本身很靈活，水流很平靜，船夫又經驗豐富——那麼或許可以省點工夫，直接把船開過去。他得小心地把船打直，不能歪斜，然後他得把槳收進來，以免打在木柱上會斷掉，還有——如果水位高的話——

他得在船上趴平或躺平，才不會在攔河堰的橫樑上撞到頭。

他們比對這設定和男人的傷。他們比對這設定和船的傷。

「所以有結論了？」喬問，「他是在惡魔堰出事的？」

貝仁特從一小堆木屑中拿起一塊，大小跟火柴差不多。它色黑而堅硬，是麗塔從負傷男子的額頭取出的木屑中最大的一塊。他用指尖試探了一下，感覺這木頭儘管長時間和水接觸，仍保有其堅固的質地。極可能是白蠟木，而攔河堰就是用白蠟木建的。

「我想沒錯。」

「我自己是通過惡魔堰不止一回啦，」有個農場工人說，「你應該也是吧？」

修船匠點點頭。「如果剛好河心情好願意讓我通過的話。」

「你會在晚上試著通過嗎？」

「為了省幾秒鐘玩命？我可沒那麼蠢。」

今晚的事件好歹解開了一個謎團，眾人頗為滿足。

「不過，」一陣停頓後喬提出疑問，「如果他是在惡魔堰出事的，他是怎麼到這裡來的？」

這下有五、六組人馬同時開始對話，提出一種又一種理論，驗證後又發現站不住腳。假設他出事後一路划過來……憑他受了那麼重的傷？不可能！那假設他半死不活地躺在船上，漂到雷德考時才醒過來……漂？那艘已經歪一邊的船？一路不停在進水，還靠它自己在黑暗裡避開各種障礙物？不可能！

1 浪（furlong）是一種長度單位，約等於兩百公尺。

他們辯論了一回又一回，找出能解釋這一半或那一半事實的說法，提供結果卻少了過程，或是有地點卻沒有原因，直到所有想像力都枯竭，而他們離真相並沒有更近一點。那個男人怎麼會沒有淹死呢？

有一會兒，唯一可聞的聲響只有河水聲，然後喬輕咳一聲，吸一口氣來說話。

「一定是默客做的。」

所有人都望向窗戶，距離夠近的人凝視柔和而平靜的夜色深處，在那裡有一片快速流動的黑暗，隱隱散發液態的微光。擺渡人默客。大家都知道他。他時不時會在他們說的故事裡軋上一角，有些人還發誓曾遇見他。你在河上遇上麻煩時他就會出現，他的身形枯瘦而修長，撐篙的技巧爐火純青，以致於他的平底船像是以異世界的力量為動力在水面滑行。他從未說過隻字片語，只是將你安全地引導到岸邊，讓你能再活一天。但要是你的運氣用完了——他們是這麼說的——他會帶你去另一道岸邊，那些可憐人再沒有回到天鵝酒館，舉起大杯的麥芽酒，講述他們的奇遇。

默客。這下子它成了截然不同的另一種故事了。

瑪歌的母親和外婆在去世前那幾個月都提到默客，現在她皺起眉頭，換了個話題。

「那可憐人醒來後肯定傷心欲絕，失去孩子——再沒有更讓人心碎的事了。」

眾人喃喃表示贊同，她繼續說：「說到底，做爸爸的為什麼要在這種時間帶孩子划船呢？還是大冬天呢！就算他一個人出來都很愚蠢了，更別說還帶著孩子……」

室內為人父的都在點頭，為失去意識躺在隔壁房間的男人添加一筆個性魯莽的紀錄。

喬咳嗽一聲說：「她是個模樣滑稽的小妮子。」

「奇特。」

「特殊。」

「古怪。」三個人同時說。

「我甚至不知道那是個孩子。」有個聲音說出自己的疑惑。

「不是只有你。」

剛才那些男人在討論船和攔河堰的時候，瑪歌就一直在思考這件事。她想到十二個女兒以及外孫女，不禁責備自己。孩子就是孩子，無論是死是活。

「我們怎麼會沒有看出來呢？」她問，語氣使所有人都慚愧。

他們把目光投向陰暗的角落，同時檢視自己的記憶。他們在腦中重現那負傷的男人站在門口的影像。他們再次體驗驚愕，思索事發當時無暇思索的事。那像是一場夢，他們心想，或是噩夢。男人在他們看來像是從民間故事走出來的角色：怪物或是食屍鬼。他們以為那孩子是人偶或娃娃。

就像先前一樣，門開了。

酒客們眨眨眼抹去男人的回憶畫面，結果看到的是：

麗塔。

她站在門口，就像先前那男人一樣。

死去的女孩在她臂彎裡。

又來了？是時空錯亂了嗎？他們喝醉了嗎？他們腦袋出問題了嗎？發生了太多事，他們的大腦已經滿載了。他們等著世界自我修正。

屍體張開眼睛。

女孩的頭轉過來。

她的目光彷彿向室內傳送一股波濤，其勁道之強使得每雙眼睛都感覺到漣漪，每個靈魂都在它停泊後跟著晃動。

不知道過了多久，最後是麗塔開口打破了靜默。

「我不知道。」她說。

她這是在回答他們都驚愕到沒能問出口的疑問，也是在回答她自己都幾乎問不出來的問題。

當他們意識到自己的舌頭仍在嘴巴裡，而且還能運作時，瑪歌說：「讓我用披巾把她裹起來。」

麗塔伸出一手表示警告。「不要讓她太快回溫。她在寒冷中撐了這麼久，也許應該慢慢恢復溫暖。」

兩個女人把孩子擱在窗邊的座位上。她的臉色白得像死人。她動也不動；除了她的眼睛，一眨一眨地往外望。

船夫和菜農和挖碎石的工人，有的年輕有的老邁，有著堅硬的手掌和發紅的手指、髒汙的脖子和粗糙的下巴，他們都在座位上往前傾，用溫柔而渴求的眼神看著那孩子。

「她要閉上眼睛了！」

「她又要死了嗎？」

「看到她的胸部升起來嗎？」

「啊！我看到了，現在又沉下去了。」

「又升起來了。」

「她要睡著了。」

「噓！」

他們低聲交談。

「我們要讓她保持清醒嗎？」

「你可以挪過去一點嗎？我看不到她呼吸啦！」

「現在看到了吧？」

「她在吸氣。」

「然後吐氣。」

「吸氣。」

「吐氣。」

他們踮起腳尖往前傾，越過別人的肩膀，瞇眼望向麗塔舉在睡著的女孩上方那根蠟燭煥發的光圈。他們的目光跟隨著她的每一次呼吸，在不知不覺中，他們的呼吸與她同步，彷彿他們這許多個胸腔可以結合成一個大風箱，能把空氣送入她小小的肺。整個房間都配合她的呼吸在擴張、收縮。

「有個小娃兒可以照顧應該挺不錯的。」有一對紅耳朵的瘦巴巴菜農用羨慕的語氣輕聲說。

「再好不過了。」他的朋友們嚮往地承認。

強納森的目光離不開那女孩。他在地板上小步挪移，直到站在她身旁。他遲疑地伸出手，看到麗塔點頭，便輕輕放在女孩一束髮絲上。

「妳是怎麼辦到的？」他問。

「不是我。」

「那她為什麼又活了？」

她搖頭。

「是因為我嗎？我有親她，為了叫醒她，像故事裡的王子一樣。」他把嘴唇貼到她的頭髮上，示範給麗塔看。

「在現實生活裡這麼做是沒有用的。」

「是奇蹟嗎？」

麗塔皺眉，回答不出來。

「現在先別想這些了，」他母親說，「有很多事在黑暗裡摸不透，到了白天就自然會有答案。這小傢伙需要睡眠，而不是你在她旁邊騷擾。過來，我有任務要交辦你。」

她再次打開櫥櫃的鎖，拿出另一個瓶子，在托盤上排放十二個很小的酒杯，然後在每個杯子裡倒了一吋深的酒。

強納森發給在場的人每人一杯酒。

「給你爸一杯。」喬在冬天通常不喝酒，因為他的肺狀況不好。「麗塔，妳要嗎？」

「要，謝謝。」

大家動作整齊地把杯子湊到唇邊，一口乾掉。

這到底是不是奇蹟？感覺就像他們夢到一甕黃金，醒來後發現它就放在他們的枕頭上。像是他們講了一個精靈公主的故事，講完後發現她就坐在房間的角落裡聽。

有將近一小時的時間，他們就默默地坐在那兒，看著沉睡的孩子，並在心中左思右想。今晚全國還有哪個地方比雷德考的天鵝酒館更有意思？而他們能誇耀地說：*我當時在場呢*。

最後是瑪歌把他們都趕回家的。「這是漫長的一晚，現在我們最需要的莫過於一點睡眠。」

酒杯底部的殘渣喝下肚，酒客們慢吞吞地伸手去拿大衣和帽子。他們用被酒和魔法弄得搖搖晃晃的腿站起來，拖著腳步橫越地板走向門口。道晚安的聲音此起彼落，門開了，酒客們一個一個消失在夜色中，許多人臨走還回頭看一眼。

故事不脛而走

瑪歌和麗塔把睡著的孩子抱起來，設法從她頭上把那件無袖連身裙脫下。她們用熱水擰了濕布，擦去她身上的河水味，不過那氣味仍殘留在她的頭髮裡。碰到水的時候，孩子發出滿足的模糊聲響，不過並沒有醒過來。

「奇怪的小傢伙，」瑪歌喃喃道，「妳夢到什麼？」

她取來一件為來訪的外孫女準備的睡袍，兩個女人合力把小手和手臂塞進袖子。女孩沒醒。

與此同時，強納森把啤酒杯洗淨擦乾，喬則把今晚的收入藏在老地方，然後掃地。他掃到某個角落時，把稍早偷溜進來的貓趕開。那貓不悅地從陰影中走出來，走向壁爐邊，壁爐裡的餘火仍在發光。

「別妄想待在這裡。」瑪歌對貓說，但她的丈夫插手了。

「外頭冷得要命，就讓牠待一回吧。」

麗塔把那孩子安置在旅人廳裡的床上，就在睡著的男人旁邊。「我今晚留在這裡，守著他們。」她說，瑪歌提議搬一張滑輪矮床過來時，她又說：「椅子就好，我習慣了。」

屋內沉靜下來。

「真是引人深思。」瑪歌喃喃道，她的頭總算躺在枕頭上了，而喬囁嚅：「一點也沒錯。」他們悄聲分享自己的想法。那兩個陌生人是打哪兒來的？為什麼會來到他們的天鵝酒館？今晚究竟發生了什麼事？強納森說出「奇蹟」兩個字，他們也用自己的舌頭去品味。他們在《聖經》裡常看到這個詞，在《聖經》裡，它是指在久得不可思議的時間以前發生的不可思議的事，發生的地點離這裡遠到很可能根本不存在。而在這間酒館，這個詞常用來戲謔地形容修船匠貝仁特是多麼不可能結清他欠的酒錢：如果哪天結清了，那可真叫作奇蹟。但是今晚，在冬至這天的雷德考天鵝酒館，這個詞有了不同的份量。

「我光琢磨這個謎題就別想睡了。」喬說。但不管是不是奇蹟，他們都很累了，於是在這漫長的一夜已經過完一半的時辰，他們吹滅了蠟燭。夜幕籠罩他們，他們的思考活動幾乎立刻就終止了。

♣

樓下的旅人廳裡，麗塔的一大一小兩個病人並排躺在床上沉睡，而她清醒地坐在扶手椅中。男人的呼吸聲緩慢而嘈雜。進出他肺部的空氣必須設法通過腫脹的膜，穿過灌滿快要乾掉的血液的通道，在過去幾個鐘頭內，那些血液流動的路徑被改道重置過。難怪他的呼吸聲聽起來像鋸齒在切割木頭。在他的氣息由吸進轉換為呼出的安靜空檔間，她能聽見那孩子虛幻如蝴蝶撲翅聲的呼吸。在他們兩人後方的背景中，則是河的呼吸聲，彷彿永無止境地在吐氣。

她應該睡一下，不過她一直在等待獨處的時間，好用來思考。她條理分明、不帶感情地從頭想了一遍。她看見自己執行例行檢查，注意到她受過訓練要留意的所有徵象。她在哪裡犯了錯？她詳詳細細地完整回想了一遍、兩遍、三遍，她沒有找到錯誤。

所以呢？

由於她的學識派不上用場，她轉而從過去的經驗尋求解釋。她有沒有哪一回不確定病人是死是活？俗話常說某個人在鬼門關前走了一回，好像生與死之間真的有一條界線，而人可能站在線前待上一段時間。但她從沒遇過無法判斷病人是站在線的哪一邊的狀況。不管病人如何病入膏肓，如何虛弱如風中殘燭，人在死亡之前都是活著的。沒有什麼搖擺不定，沒有什麼中間狀態。

瑪歌用有鼓勵性質的想法趕大家去睡覺，說天亮了疑問自然就有解答了，對別種類型的困難，麗塔贊同這種態度，但這件事不同。她腦中的疑問與屍體有關，而屍體是要遵循規則的。她所認知的一切都告訴她，她遭遇的狀況不可能發生。死去的孩子不會起死回生。有兩種可能：要嘛這孩子並不是活的——她聽了聽：那微弱的呼吸清晰可聞——要嘛她之前並沒有死。她再次思考她檢查過的所有死亡指標。如蠟一般的蒼白皮膚。沒有呼吸。沒有脈搏。瞳孔放大。她在回憶裡重返長廳，知道她檢查過以上每一項。每一項死亡指標都存在。錯誤不是出在她身上。那是出在哪裡呢？

麗塔閉上眼睛，幫助自己集中精神。她有幾十年的護理經驗，但那不是她僅有的知識來源。她在無數個漫漫長夜研讀外科醫生的工具書，背下了解剖學原理，精熟了藥劑師的技能。她的實務經驗使得這些知識的水窪深化為理解的水庫。她現在允許今晚的經驗擱置在她的知識旁邊。她沒有拚命追著解釋跑，或是費力地試圖把不同的想法兜在一起。她只是等待，懷著愈來愈劇烈的慌亂與興奮，直到她在內心深處小心準備的結論浮上表面。

她所學到的生與死的法則，是不完整的。比起醫學知道的一切，生沒有那麼簡單，死也沒有那麼簡單。

一扇門開啟，慫恿她迎向新知識。

她再次懷念起上帝。她曾與祂分享一切。從孩提時起，她就把所有疑問、懷疑、喜悅與勝利帶到祂面前。祂陪她增進思考的高度，每日都與她合作實踐各種行動。但是上帝不在了。她得靠自己解開這道難題。

她該怎麼處理它？

她側耳傾聽。女孩的呼吸聲。男人的呼吸聲。河流的呼吸聲。

河流……她要從那裡開始。

麗塔繫緊靴子的鞋帶，扣上大衣鈕釦。她從包包裡摸出某個東西——是個細細的錫盒——放進口袋，然後悄悄溜出屋外。在她的提燈火焰周圍，凜冽的黑暗無邊際地漫開，但她勉強能看出小徑的邊緣在哪裡。她跨出小徑踩到草地上。她半是靠觸覺、半是靠視覺，一路走向河岸。冷空氣鑽進她的鈕釦眼和圍巾的針腳孔洞。她穿過自己呼出來的溫暖蒸氣，感覺它化作濕意敷在她的臉上。

那艘船在這裡，底部朝天扣在草地上。她脫下一只手套，謹慎的手指摸到了參差的木頭邊緣，但再過去一點就是堅實的表面；她把提燈擱在那裡。

她從口袋掏出錫盒，用牙齒咬住一會兒——不顧寒冷——同時把裙襬收攏塞進同一邊口袋，這樣她蹲下來時才不會把洋裝弄濕。她面前是閃爍幽光的陰暗河面。她把手往前、往下伸，直到感覺河水狠狠咬住她的手指。很好。她打開錫盒，從裡頭拿出一個玻璃與金屬構成的小瓶子，其複雜的結構在黑暗中完全看不清楚。她憑觸覺把管子浸入冰冷的河水，然後在心中默數。接著她站起身，盡可能用她麻木的手指小心地將管子放回盒中蓋好以保護它，然後連裙襬都沒整理，就盡可能迅速地回到酒館。

在旅人廳裡，她把管子湊近到提燈旁確認刻度，然後從包包裡取出筆記本和鉛筆。她寫下河水的溫度。

不是什麼重大突破，但總歸是個開始。

她輕柔地從床上抱起孩子，小心地放在自己腿上，抱著她坐在椅子上。那小小的頭顱往下點，靠著她的胸膛。*我現在睡不著*，她邊想邊用毛毯裹住她自己以及孩子。*經過這一切，坐在這張椅子上，我怎麼可能睡著？*

她眼睛發癢、背部疼痛，準備好坐著度過這一夜，這時她不禁想起自己名字的由來。聖瑪格麗特把她的貞潔奉獻給上帝，她一心決定不結婚，寧可忍受酷刑的折磨也不願嫁作人妻。她是孕婦及生產的主保聖人。麗塔幼時在女修道院，一邊清洗染血的髒床單，或是整理死於生產的女人遺體時，總是頗為慶幸自己未來將成為上帝的新娘。她永遠不會被肚子裡冒出來的孩子撕裂。上帝已離她而去，但她守貞的信念始終沒有動搖。

麗塔閉上眼睛。她用雙臂環住孩子，那孩子沉睡的重量沉甸甸地壓著她。她感覺到女孩的呼吸一起一伏，便刻意調整自己吸氣的時機，使得她胸腔下沉時，孩子的胸腔鼓起；孩子的胸腔下沉時，她的胸腔填滿空隙。她心中洋溢著一股莫名的愉悅，她昏沉沉地試著辨清它、給它個名稱，卻做不到。

有個想法在黑暗中悠悠地飄向她。

如果她不屬於這個男人，如果沒人要她，她可以成為我的孩子……

但她還來不及覺察到自己在想什麼，河水源源不絕的低沉流水聲便盈滿她的腦海。它把她從堅實的清醒狀態中頂開，載著她搭上夜的暗流，她在渾然不覺中，已經漂啊……漂啊……漂入睡眠的深海。

♣

不過不是所有人都在睡。酒客和說故事的人還有好一段路要走，才能爬上床過夜。其中一人離開天鵝酒館後遠離河岸，繞過田野走向兩哩外的穀倉，在那裡和馬一起睡覺。他很遺憾沒有人在等他，沒有人可以讓他搖醒，說：「妳不會相信剛剛發生了什麼事！」他想像自己告訴那些馬今天晚上他見到了什麼事，看到牠們流露不相信的大眼睛。少騙了，牠們會說，他心想，還有：這個笑話不錯，我會記起來。但他想轉述的對象不是馬；這故事太精采了，不該浪費在動物的耳朵上。他中途轉向，繞了一圈前往賈丁的田野旁的小木屋，他的表姊就住在那裡。

他敲門。

沒人回應，所以那故事驅使他再敲一遍，這次是用拳頭用力搥。

與表姊家相連的那棟小木屋，突然有一扇窗戶被推起，一個女人戴著睡帽探出頭來數落他。

「等一下！」他說，「先別急著罵人，等妳聽我說完就知道了！」

「佛瑞德．黑文斯，是你嗎？」她瞥向聲音來源，「還不就是一些醉鬼的故事！」她抱怨，「這種醉話我聽得還不夠多嗎！」

「我沒醉，」他憤憤不平地說，「妳看！我可以走一直線，看見沒？」他努力故作輕鬆地把腳跟對著腳尖走。

「這能證明什麼！」她對著夜色發笑，「在沒有光線的黑暗裡，隨便哪個醉鬼都能走一直線！」兩人的爭論被表姊家的門打開的動靜所打斷。「佛瑞德瑞克？你在搞什麼啊？」

佛瑞德沒有加油添醋，平鋪直敘地講出天鵝酒館發生的事。

那個探出頭來的鄰居一開始儘管不情願，仍漸漸被這故事吸引，後來她呼喚身後的人。

「快來，威佛瑞，來聽這個！」

沒過多久，佛瑞德表姊的孩子都在床上被搖醒，穿著睡衣聚過來，周圍的鄰居也都被驚動了。

「那女孩長什麼樣子？」

他描述她的皮膚，白得就像他祖母廚房窗臺上的瓷釉水壺；他形容她的頭髮，像筆直的窗簾一樣垂著，乾的時候跟濕的時候顏色都一樣。

「她的眼睛是什麼顏色？」

「藍色……偏藍色，可以這麼說。或是灰色。」

「她幾歲？」

他聳聳肩。他怎麼曉得？「如果她站在我旁邊，身高大概到……這裡。」他用手比畫。

「那就是四歲左右囉？妳說呢？」

女人們討論後一致贊同。大概四歲。

「這女孩叫什麼名字？」

他又被問住了。誰想得到一個故事需要這麼多細節，這麼多他在事發當下根本不會去鑽研的問題？

「我不知道，沒人問她。」

「沒人問她叫什麼名字！」女人們大驚失色。

「她看起來很呆滯，瑪歌跟麗塔說讓她睡覺。不過她爸姓東特，亨利．東特。我們在他的口袋找到證據。他是個攝影師。」

「所以他是她爸爸沒錯？」

「我是這麼想的……妳們不覺得嗎？是他抱她進來的。他們一起出現。」

「也許他只是在替她拍照？」

「為了拍照，他們兩個都淹個半死？太牽強了吧？」

窗戶之間議論紛紛，眾人討論這故事、指出其中的疑點，並試圖提出合理的解釋……佛瑞德開始感覺被排除在自己的故事之外，注意到它從他掌心溜走，以他沒有預期到的方式在變化。它就像是他捕獲卻沒有馴服的動物；現在它掙脫了牽繩，誰都能據為己有。

他突然察覺有人用緊急的語氣不斷悄聲呼喚。「佛瑞德！」隔壁那棟屋子有個女人招手要他過去低樓層的窗邊。他走近之後，她傾向前，手裡拿著蠟燭，睡帽底下逸出黃色髮絲。

「她長什麼模樣？」

他又開始形容白皮膚和難以歸類的髮色，但她搖搖頭。「我的意思是，她長得像誰？她長得像那男人嗎？」

「以他的狀況，我敢說全天下沒有人長得像他。」

「他的頭髮一樣嗎？軟塌的灰褐色？」

「他是粗硬的黑髮。」

「啊！」她意有所指地點點頭，戲劇化地停頓一下，只是望著他。「她有沒有讓你聯想到什麼人？」

「經妳這麼一問……我是覺得她讓我聯想到某個人，但我想不出是誰。」

「是不是……？」她示意要他再靠近點，然後在他耳邊悄聲講了個名字。

他抽回身子時，嘴巴張開，眼睛瞪得老大。

「噢！」他說。

她別具深意地看著他。「她現在應該差不多四歲了，不是嗎？」

「是沒錯，可是……」

「別聲張，」她說，「我在那裡工作，明天一早我會讓他們知道。」

這時候其他人把佛瑞德叫過去。那個男人、女孩和照相機怎麼可能全都放進小到可以穿過惡魔堰底下的船裡？他解釋說船上並沒有照相機。如果沒有照相機，他們怎麼知道那個人是攝影師？因為他口袋裡的東西。再說一次他口袋裡有什麼來著？

他捱不住眾人的要求，又說了好幾遍整個故事，第二回他加入了更多細節，第三回他事先預料到他們的疑問，第四回他講得面面俱到。他省略未提那個黃頭髮的鄰居灌輸他的想法。最後，佛瑞德瑞克抵達後一小時，凍到骨子裡的他才離去。

他在穀倉裡再次喃喃地把故事講給馬聽。牠們睜開眼睛，毫不訝異地聽著故事開頭。他講到一半時，牠們都回到夢鄉了，而還沒講完，他也陷入沉睡。

他表姊家的小木屋附有一間外屋，有一部分被灌木叢遮蔽。在外屋後頭有一堆老舊的破布，頂端放了頂帽子——原來是個男人，骯髒邋遢，他掙扎著站直身子。他一直等到確定佛瑞德瑞克·黑文斯走遠了，這才上路出發。往河邊去。

♣

歐文·歐布萊特結束為他帶來大筆財富的海上冒險回來時，在凱姆史考特買下一棟舒適的房屋。現在他沿著河往下游走，回到他的房子，他一點都不覺得冷。通常從天鵝酒館走回家的路程總是充滿遺憾和懊悔——遺憾他的關節痛得這麼厲害，懊悔喝了太多酒，哀嘆他人生最好的時光都已逝去，他的未來只剩下這裡疫那裡痛，身體狀況一路走下坡，直到最後入土為安。但是見證了一項奇蹟後，現在他眼前所見處處是奇蹟：在今晚之前被他老邁的眼睛忽視幾千遍的漆黑夜空，現在帶著永恆的奧祕在他頭頂攤開成無限大。他停下腳步抬頭仰望讚嘆。河流噴濺水花，發出像銀餐具敲擊玻璃杯的清脆聲響；那聲音湧入他的耳道，在他腦中他從未發覺的腔室裡共鳴。他低頭看著河流。他在河畔住了一輩子，這才第一次注意到——真正注意到——在無月的夜空下，這條河本身就會煥發水銀般的光芒。這樣的光芒與黑暗是一體兩面。

於是他想起了幾件事——這些事他一直都知道，卻被埋藏在他的日常生活底下。其一是他想念他父親，他父親在六十多年前，當歐文還是個孩子時，就去世了。另一是他這一生運氣很好，有很多值得感謝的對象。以及，在家裡的床上等著他的女人，是個善良有愛心的好人。還有別的：他的膝蓋不像平常那麼痛，而且他的胸口有種脹滿的感覺，讓他想起年輕是什麼滋味。

回到家後，他連衣服都沒脫就去搖康納太太的肩膀。

「你還是打消念頭吧，」她含糊不清地說，「還有別把寒氣帶進被窩來。」

「聽我說！」他對她說，「仔細聽我說！」他滔滔不絕地講了女孩與陌生人、死了又活了的故事。

「你喝了什麼玩意兒啊？」康納太太想知道。

「我幾乎什麼也沒喝。」由於她沒聽懂，他又重頭講了一遍故事。

她半坐起身子，好好地看著他，她替這個男人工作了三十年，跟他同床了二十九年，而現在他整齊地穿著外出服，站得挺直，嘴巴嘰哩呱啦講個不停。她被搞糊塗了。即使他已經說完了，他仍像中了魔咒一樣呆站在原地。

她爬下床幫他把外衣脫掉。他醉得連自己的鈕釦都解不開，並不是沒有先例可循。不過他沒有搖搖晃晃，也沒有靠在她身上，當她解開他的馬褲鈕釦時，她發現他一柱擎天，喝醉酒的人不太可能辦得到。

「瞧你。」她半帶呵責地說，他摟住她，親吻她，像他們在一起不久時那樣吻她，後來再也沒有過了。他們在床上翻滾纏綿了一會兒，完事之後，歐文沒有背過身去呼呼大睡，而是繼續用雙臂抱著她，親吻她的頭髮。

「嫁給我吧，康納太太。」

她笑了。「歐布萊特先生，你吃錯什麼藥？」

他吻她的臉頰，她在吻中感覺到他在微笑。

她幾乎睡著的時候，他又開口了。「我親眼看見了。舉著蠟燭的人是我。她死了。那是前一分鐘。後一分鐘——活啦！」

她能聞到他的口氣。他沒喝醉。也許是瘋了。

他們睡了。

♣

仍穿著整齊的強納森等到聽見天鵝酒館整個安靜下來，便溜出他位於樓上的房間，走屋外的樓梯下樓。就這天氣來說他穿得不夠暖，但他不在乎。他懸在心上的故事讓他整個人暖洋洋的。他朝歐文·歐布萊特的反方向，逆著河流往上游走。他滿腦子都是活蹦亂跳的想法，他快步行走，好把這些想法交付給一定想知道一切的那個人。

抵達巴斯考的牧師公館以後，他大聲拍門。沒有回應，他再拍，然後再拍，最後根本是毫不間斷地一直敲，絲毫不在乎已經夜深人靜。

門開了。

「牧師！」強納森嚷道，「我要找牧師！」

「可是，強納森，」開門的人說，那人穿戴著睡袍和睡帽，正在揉眼睛，「我就是啊。」男人摘下睡帽，露出亂糟糟的花白頭髮。

「噢，這下我認得你了。」

「強納森，有人快死了嗎？是你爸爸嗎？你是來找我去的嗎？」

「不是！」強納森想要解釋他來的原因正好相反，卻急得語無倫次，牧師唯一能聽懂的就是並沒有人死。

他帶著睡意打岔。「強納森，你不能無緣無故把睡著的人叫起來。這樣的夜晚不適合男孩子在外面亂跑——太冷了。你自己也該上床睡覺，回家去吧。」

「可是，牧師，這是一樣的故事啊！歷史重演了！就跟耶穌一樣！」

牧師看到他的客人冷得臉色發白，那對往上斜的眼睛流著淚，淚水在平坦的臉頰上都快結成冰了。他整張臉都煥發見到牧師的喜悅，而他那大到有時候會妨礙他說話的舌頭正擱在下嘴唇上。牧師看著他，想起強納森這乖孩子沒有能力照顧自己。他把門開大，催促男孩進屋。

牧師在廚房裡用平底鍋熱了牛奶，然後在客人面前放了一盤麵包。強納森又吃又喝——沒有任何奇蹟能攔阻他——然後再把故事說了一遍。有個孩子原本死了，後來又活了。

牧師仔細聽。他問了幾個問題：「你想到要來這裡的時候，是不是正躺在床上睡覺？……不是？……嗯，那是不是你爸爸或歐布萊特今天晚上在酒館講了這孩子的故事？」當他確認了這段敘述——被強納森形容得很不可思議——有真實發生的事件為基礎，而不是男孩的夢或是某個酒客講的荒誕故事，他點點頭。「所以，這個小女孩其實根本沒死。但是所有人都以為她死了。」

強納森猛搖頭。「我接住她，我抱著她，我摸了她的眼球。」他用動作比出接住一大捆重物抱著，再用指尖輕觸的模樣。

「人在經歷可怕的事之後是有可能看起來就像死了，這是可能的。看起來死了，事實上只是——陷入某種睡眠狀態。」

「像是白雪公主嗎？我親了她，她是因為這樣才醒的嗎？」

「強納森，那只是個故事。」

強納森思考了一下。「那像是耶穌。」

牧師皺起眉頭，一時語塞。

「她原本死了，」強納森補充，「麗塔也這麼認為。」

這倒令人意外。麗塔是牧師所認識最可靠的人。

強納森把麵包屑蒐集起來，放在嘴裡嚼。

牧師站起身。資訊太多，他消化不良。

「天這麼冷，時間又這麼晚了，你就在這裡過夜吧？來，這裡有條毯子，就在椅子上。看你都累壞了。」

強納森要的不是毯子。「牧師，我說對了，是不是？這就像耶穌的故事重演了吧？」

牧師心想，如果他運氣好的話，他的被窩裡還會殘存一點牧師形狀的餘溫。他點點頭。「就你說給我聽的方式，的確如此，強納森。這兩件事有不容否認的相似之處。不過我們今天晚上就別再折磨我們的腦袋瓜了。」

強納森咧嘴一笑。「是我告訴你這個故事的喔。」

「我不會忘記的，我最先是聽你說的。」

強納森開心地在廚房椅子上安頓下來，眼睛慢慢閉上。

牧師疲憊地爬上樓梯回到臥室。他在夏天是個截然不同的人，活潑又警醒，別人都以為他比實際年齡還要小了十歲，但是到了冬天，隨著天空變暗，他也消沉了，十二月的時候他總是疲倦不堪。他上床之後會像溺水般陷在睡眠中；當他從那陰鬱的深處被拖上來、恢復清醒，他似乎總是不覺得自己有得到休息。

他不知道怎麼回事，但今天晚上在雷德考的天鵝酒館發生了奇怪的事。他明天會過去一趟。他爬上床，意識到若是六月，現在這時間天已濛濛亮了。然而這冬季的黑暗還要延續幾個鐘頭。

「願那孩子——如果真有那個孩子——平安無事，」他祈禱，「還有願春天很快就會來臨。」

然後他睡著了。

♣

流浪漢緊抓著身上破爛的大衣，彷彿相信這麼做有助於他抵抗天氣，他沿著小徑朝河流走去。他從剛才偷聽到的故事嗅出錢的氣味——而他知道誰可能想買下它。這條路並不好走：泥土裡凸出石塊，連清醒的人都不禁磕磕絆絆，平坦的部分又滑不留足。他不時腳步踉蹌，當他被絆到時，他伸出雙臂保持平衡，而他也真奇蹟般地沒有摔倒。也許黑暗裡有某些神靈，抓住他凍僵的手把他穩穩地撐住。這念頭逗得他呵呵地笑起來。他又跌跌撞撞地走了一會兒，愈走就愈口渴。他的舌頭像死了三天的老鼠，毛茸茸又發臭，所以他停下腳步，拿出口袋裡的瓶子喝了一口，然後再度踉蹌前進。

他來到河邊之後轉往上游。黑暗裡沒有地標，不過當他走了若干時間，心想自己一定已經跟白蘭地島齊平的時候，他果真看到了熟悉的一塊土地。

「白蘭地島」這名字很新，在以前哪，它就只叫作「那座島」，沒人需要給它另取名稱，因為從來沒有人去島上，島上也沒有任何值得一瞧的東西。可是當巴斯考小屋住進新居民——起初是范恩先生，後來再加上他年輕的妻子——他們所做的其中一項改變，就是在這一小塊被河水圍繞的土地上建造一座大型釀酒廠以及硫酸製造廠，這就是新島名的由來。范恩先生名下數英畝的土地都改種甜菜，還設置了小火車把甜菜運送到島上，再把白蘭地運回來。白蘭地島上出現很多釀酒的職缺，或該說曇花一現。後來出了某種狀況。白蘭地的味道不好，或是釀酒廠效率不彰，或是范恩先生興頭過了……不過島名還是沿用下來。那些建築仍在島上，雖然機械都靜悄悄的；小火車的軌道也仍然延伸到河邊，但渡口的平交道已經拆除了，現在就算有陰魂不散的白蘭地在木箱裡沿著鐵軌咔啦咔啦地運行，最後也只會沉到河底……

該怎麼辦？他原本心想或許可以站在岸邊大聲喊，可是現在到了現場，他才意識到那麼做是白費力氣。這時——多麼意外！——他注意到河邊繫著一艘小舟——尺寸小到像是女人用的，在他需要的時候就這麼剛好留在那裡。他慶賀自己運氣真好——今晚眾神明都站在他這一邊。

他踩進船裡，雖然它很危險地搖晃著，他卻醉到不覺得驚慌，對河流也熟悉到沒跌進水裡。他坐穩後憑著以前的手感划船，直到感覺被小島的河岸頂了一下。這裡不是正規的上岸處，不過沒差。他爬下船，膝蓋以下都浸濕了。他沿著斜坡爬上去，熟門熟路地走著。釀酒廠有三層樓，陰森地矗立在小島中央。東側是硫酸製造廠，那後頭則是倉庫。他已經盡可能地安靜了，但還不夠安靜——當他的靴子被什麼東西纏住，他絆了一下，這時一隻手不知從哪裡冒了出來，緊緊掐住他的頸後，按著不讓他起來。一根拇指和四根手指令人疼痛地摳進肌腱。

「是我。」他喘著氣說，「就只有我啦！」

手指放鬆了。對方沒說一個字，但他聽聲音跟著男人走，直到兩人來到倉庫。

這棟建築沒有窗戶，空氣瀰漫濃郁的香氣。酵母和水果令人頭暈的甜味中含有一絲苦味，密度高到你幾乎不是在吸氣，而必須用嚥的才能把空氣吞下肚。火盆照亮許多瓶子、紅銅器皿以及酒桶，全都很不牢固地堆疊在一起。這些東西完全比不上工廠裡曾存放的現代工業級設備，不過倒是由那裡偷來的器材拼湊而成，而且也有同樣的目標：釀酒。

男人連看都沒看訪客一眼，只是自顧自地坐在小板凳上，火盆的橘色光芒映照出他瘦削單薄的陰暗輪廓。他沒有回頭，專注地重新點燃壓低帽沿下的菸斗。點好之後，他吸了一口。等他呼出那口菸、為氣味濃烈的空氣添加一絲廉價菸草味後，他才說話。

「誰看見你過來？」

「沒人看見。」

沉默。

「附近沒有人，太冷了。」流浪漢堅持。

男人點點頭。「講吧。」

「有個女孩，」流浪漢告訴他，「在雷德考的天鵝酒館。」

「她怎樣？」

「今晚有人把她從河裡拖出來。他們說，她死了。」

停頓。

「所以呢？」

「她活了。」

聽聞此言，男人把臉轉過來，卻不比原本清楚多少。「活了？還是死了？一定只有其中一個。」

「她原本死了，現在活了。」

男人緩慢搖頭，用呆板的語氣說：「你是在做夢吧，不然就是喝多了。」

「這是他們說的，我只是來告訴你他們說了什麼。他們把她從河裡弄上來時她是死的，現在她又活了。在天鵝酒館。」

男人再度盯著火盆。傳信人等著看他還有沒有更多回應，可是過了一會兒，發現不會有了。

「給一點表示吧……看在我費的工夫份上。今天晚上很冷哪。」

男人悶哼一聲，站起來，在牆上投射出搖曳不定的黑影，然後朝黑暗中伸出手。他從黑暗裡取出一個塞著軟木塞的小酒瓶，遞給流浪漢，後者把酒瓶收進口袋，碰了一下帽沿，然後離去。

♣

在天鵝酒館這裡，貓睡著了，蜷在仍然呼出微微暖意的煙囪正面。牠因為做著貓夢而眼皮歙動，那些夢對我們來說，比起自己的人腦在夜裡構築的故事更難以理解。牠的耳朵抽動了一下，夢立刻淡去。有個聲響——幾乎聽不見，是草被腳踩平的聲音——而貓已經站直四肢。牠安靜而迅速地穿過房間，跳到窗臺上。貓的視力能輕鬆穿透夜色。

酒館後方鬼鬼祟祟地冒出一個細瘦的人影，他穿著過長的大衣，帽沿壓得很低，貼著牆面快速溜過，經過窗戶後停在門口。他偷偷摸摸地試了一下門把，製造出輕微的動靜。門閂鎖得很緊。其他地方或許沒上鎖，但酒館裡有那麼多誘人犯罪的酒桶，晚上一定要鎖好。現在男人回到窗邊。他沒注意到自己受到監視，用手指摸索窗框四周。被打了回票。瑪歌不是笨蛋，她那顆腦袋瓜不但會記得在打烊後把門鎖好，每年夏天更會換新窗框邊的油灰，還有重新上漆，以免窗框腐朽，也會換新破損的窗玻璃。壓低的帽沿底下噴出一口懊惱的氣。男人暫停動作，眼前彷彿靈光一閃。不過他沒有逗留太久，現在太冷了，不適合在此處徘徊。他轉過身，俐落地大步離去。他完全知道在黑暗中要怎麼落腳，怎麼避開車轍和大石頭，找到橋，過橋，在河對岸離開小路鑽進樹林。

入侵者消失在視線範圍許久之後，貓仍用耳朵追蹤著他。小樹枝刮過大衣的羊毛紋理，鞋跟與如石頭般冰冷的土壤接觸，受到驚擾的林中生物在蠕動……直到最後，萬籟俱寂。

貓跳到地板上，回到壁爐前，再次靠著溫暖的石材，繼續睡牠的覺。

♣

所以，在不可思議的事件發生後，在充滿困惑與好奇的第一個鐘頭後，各種不同的人走出天鵝酒館，最初的傳言流了出去。不過天色仍黑的時候，所有人終於都躺在床上了，故事像沉積物一樣，在目擊者、說故事的人以及聽故事的人──所有人腦海中安頓下來。唯一沒有睡著的是那孩子本人，身在故事核心的她輕輕地吸氣、吐氣，度過每一秒，同時凝視著黑暗，聽著奔騰而過的河水聲。

支流

地圖上的河流很單純。我們的河從楚斯伯里草地發源，順著河道延伸大約兩百三十六哩，在舒伯里內斯出海。不過任何人只要不嫌麻煩地沿著河走一趟，無論是划船或步行，都不禁要注意到，以一浪為單位來看，這條河最明顯的特徵並不包括單一不變的流向。在這一路上，這條河似乎並不是特別執意於要抵達目的地。它反而東繞西繞，浪費時間在畫圈和分岔上。它的流向變化經常像在耍人：它在旅途中一度往北、往南、往西流，好像忘了它的終點在東邊——或是暫時把正事擱在一邊。它在艾什頓凱恩斯這個小村莊分枝成如此多的細流，以致於每戶人家都得蓋一座橋才能抵達自家門口；之後，在牛津附近，它又不慌不忙地繞城市一大圈。它還藏著其他任性的招數：在某些地方它慢下來，懶洋洋地漂在大池子裡，然後才恢復幹勁繼續衝刺。它在巴斯考分成兩道細流，把一條長形的土地孤立成島，接著又重新聚合成單一水道。

如果從地圖上很難細究以上的情形，剩下的就更難理解了。比如說，不斷往前奔流的河同時也在往側邊滲出，灌溉著兩邊的田野和土地。它自有門路通往水井，被人汲取上來清洗襯裙、煮沸泡茶。它被根管吸收，通過一個又一個細胞來到表面，蘊含在水茼蒿的葉片中，最後進入城市餐館的湯碗裡和乳酪拼盤上。它由茶壺或湯盤進入嘴巴，灌溉人體內部複雜的生物系統（它們本身也博大精深），最後再透過夜壺回歸大地。在別的地方，河水掛在柳葉上，而柳葉低垂幾乎要碰到河面，等太陽升起，一滴水似乎憑空消失了，它在無形中前進，或許加入一朵雲，那雲有如漂浮的巨大湖泊，直到它化作雨水再度落下。這是地圖畫不出來的泰晤士河之旅。

還不止如此。我們在地圖上看到的只有一半。一條河的開端不是在源頭，就像一個故事不是從第一頁才開始。就拿楚斯伯里草地來說好了。還記得那張照片嗎？因為沒有漂亮的風景而被他們草草略過的照片？普通的原野上有一棵普通的白蠟樹，他們這麼說，乍看確實也沒錯，但再仔細瞧瞧。看到樹底下的地面有個凹洞嗎？有沒有看見那凹洞是一道溝渠的起點，那道溝渠又淺又窄、毫不起眼，從樹往外延伸，一路延伸到照片之外？看這裡，在那凹陷處有什麼東西會反光，在深灰淺灰的泥濘土壤中呈現出幾塊參差不齊的銀色？那些照片中的亮點是水，它歷經或許很久很久的歲月後，才初次見到了陽光。它來自地底，在我們腳下廣大的空間，在岩石的裂縫和空洞間，在洞穴和罅隙和渠道裡，有那麼多、那麼曲折、那麼迂迴的水流，毫不亞於地面上。泰晤士河的源頭不是源頭——或該說它只在我們看來像是源頭。

事實上，楚斯伯里草地或許無論如何都不是源頭。有些人說那是錯誤的地點。「甚至不是源頭的源頭」不在這裡，而是在一個名為七泉的地方，那裡是徹恩河的源頭，這條河在克里克萊德併入泰晤士河。誰說了算？往北、往南、往東、往西最後再往東的泰晤士河，前進的同時還往兩側滲漏，一邊加速又一邊減速，一邊迂迴入海一邊蒸發入天，它的重點在於動態而不是源頭。如果它有源頭，那會是在一個難以到達、暗無天日的地方。最好還是研究它要往哪裡去，別執著於它從哪裡來。

啊，支流！我想講的是這個。徹恩河、凱河、雷河、科隆河、里奇河以及科爾河：在泰晤士河上游，這些大溪小澗都從別處而來，把它們的水量和動量加進泰晤士河。而支流也即將加入這個故事。我們或許可以在黎明之前這寂靜的時刻，暫且擱下這條河與這漫長的夜晚，回頭追溯支流，不是為了追尋它們的源頭——那是神祕而不可知的——而是比較單純地看看他們昨天在做什麼。

你怎麼看？

那孩子來臨的前一天，下午三點半，凱姆史考特的一座農莊裡，有個女人從廚房走出來，略顯匆忙地穿過院子走向穀倉。她的金色鬈髮整齊地塞在軟帽裡，穿著一襲樸素的藍色洋裝，很適合忙碌的農夫妻子，但穿在她身上顯得頗為俏麗，顯示她的心仍然洋溢著青春氣息。她走起路來搖搖擺擺；每跨兩步都會往左邊歪，在那之間的那一步又會挺直身體。這並不會拖慢她的速度。遮蓋她右眼的眼罩對她也毫不構成阻礙。那片眼罩是用跟她洋裝一樣的藍色布料縫製的，一條白色緞帶將它固定住。

她來到穀倉。空氣中瀰漫著血味和鐵味。穀倉內有個男人背對她站著。他氣勢驚人，個子異常地高，背部寬厚，一頭鐵絲般的黑髮。她扶住門框時，他把染成深紅色的布丟在地上，伸手拿他的磨刀石。他開始磨刀，她聽到空氣裡浮現一種嗡鳴。他身後躺著一排屍體，鼻子對著尾巴排得很整齊；牠們身上流出的鮮血找到地勢低窪的地方漫過去。

「親愛的……」

他轉回頭。他黝黑的臉並不是在英格蘭的陽光下從事戶外勞動一輩子所曬成的健壯的褐色，而是源自另一塊大陸的那種黑。他的鼻子很寬，嘴唇很厚。見到妻子，他褐色的眼睛有了光采，並露出微笑。

「當心裙襬，貝絲。」一條細細的血流正朝她蔓延。「而且妳穿著好鞋子哪。我這裡差不多了，等一下就進去。」

這時他看到她的表情，刀子和石頭的二重奏戛然而止。

「怎麼了？」

這兩張臉孔截然不同，表情卻透露出同樣的情緒。

「是其中一個孩子嗎？」他問。

她點點頭。「羅賓。」

長子。他臉色一沉。「這次又怎麼了？」

「這封信……」

他的目光往下移向她的手。她拿著的不是一張紙，而是一疊碎紙片。

「是蘇西發現的。羅賓上次來的時候，帶了件外套讓她補。你也知道她的針線活有多厲害，雖然她才十二歲。那件外套很高級，我真不敢想要多少錢。她說袖子裂了一大條縫，不過現在完全看不出來了。她還得拆掉口袋的接縫才能取得正確顏色的線，她就是在做這件事時發現這封撕碎的信。我撞見她在客廳努力拼湊碎片，好像在玩某種遊戲。」

「給我看看。」他表示，並一把抓起她的裙子以免沾到血，兩人走向沿著內側一面牆釘的壁架。她把碎片攤開來。

「租。」她大聲唸道，一邊輕觸其中一片。她有一雙勞動者的手，除了婚戒之外沒有戴其他戒指，指甲剪得短而整齊。

「愛。」他唸道；他沒有碰他唸的那片紙，因為他的指甲裡和手指上都有血。

「結束了……羅伯，你覺得什麼東西結束了？」

「我不知道……這怎麼會被撕成這樣？」

「是他撕的嗎？是不是他收到這封信，看了不高興？」

「試試把那一塊跟這一塊拼在一起。」他提議。不過這兩塊並不吻合。「這是女人的字跡。」

「而且字很漂亮。我寫的信沒有這麼好看。」

「親愛的，妳的字也很不錯。」

「可是你瞧她寫得有多平整，連一滴殘墨都沒有。幾乎跟你的字一樣好，而你可是讀了很多年的書。羅伯，你怎麼看？」

他沉默地盯著看了一會兒。「想復原整封信是癡人說夢，我們只拿到一小部分而已。我們來試試另一個方法……」

他們把紙片挪來移去，他作出指示，她則用靈巧的手執行，最後把碎片分成三部分。第一部分是細瑣到沒有意義的字：半個字，或是「這」和「的」這類虛詞，還有一些信紙邊緣的空白。他們把這一類推到一邊。

第二部分包含短句，他們現在大聲唸出來。

「愛」

「完全沒有」

「孩子很快就會完全」

「除了你之外求救無門」

「租」

「不能再等」

「的父親」

「結束了」

最後一組碎片全都寫著同一個詞：

「愛麗絲」

「愛麗絲」

「愛麗絲」

羅伯．阿姆斯壯轉頭望著妻子，她也面朝著他。她的藍眼睛焦慮不安，而他的眼神則很凝重。

「告訴我，親愛的，」他說，「妳怎麼看？」

「重點是這個『愛麗絲』。我一開始認為那是她——寫信的人——的名字，可是人在寫信的時候不會一直提到自己的名字，而會說『我』。這個愛麗絲另有其人。」

「對。」

「孩子，」她若有所思地複述，「父親……」

「對。」

「我想不透……羅伯，羅賓有個孩子嗎？我們有個孫子嗎？他為什麼沒告訴我們？這女人是誰？她遇上什麼麻煩才會寫這麼一封信？而且信被撕成這樣，我怕……」

「別怕，貝絲，怕有什麼好處呢？就算有個孩子又如何？就算有個女人又如何？年輕男人能犯的錯裡，戀愛並不是最糟的，而如果戀愛的結果是有個孩子，我們是再歡迎不過了。我們的心夠堅強，不是嗎？」

「可是為什麼信會撕得半毀呢？」

「假設確實有什麼麻煩……也很少有什麼是愛不能克服的，而我們這裡，愛絕對不虞匱乏。即使愛行不通，通常錢也行得通。」

他定定地凝視她的左眼。這是一隻正常的藍眼睛，他一直等到那眼裡的憂慮漸漸消退，信心重新浮現。

「你說得對。那我們該怎麼做？你要跟他談一談嗎？」

「不，至少先不要。」他回頭看著那些紙片。他指著無法判讀的其中一片碎紙。「妳覺得這片寫的是什麼？」

她搖搖頭。那個詞被中央的水平裂痕撕開，從頭到尾都不完整。

「我認為這個字是『班普頓』。」

「班普頓？欸，那離這裡才四哩呀！」

阿姆斯壯看了一下錶。「現在過去太晚了，我還得清理環境和處理屍體。如果我不加緊速度，等我餵豬的時候天就暗到什麼也看不清楚了。我明天會早點起床，然後立刻去班普頓。」

「好吧，羅伯。」

她轉身要走。

「當心裙襬！」

♣

回到屋裡後，貝絲．阿姆斯壯走向她的書桌。她用鑰匙開鎖時卡卡的不太順，自從這鎖修過以後就是這樣。她記得羅賓八歲時的那一天，她回到家發現書桌抽屜被硬是撬開了。到處都是紙張，一些錢和文件不見了，羅賓握住她的手說：「我嚇跑一個小偷，他看起來很兇，媽媽妳看，窗戶開著，我看到他爬窗戶逃走了。」她丈夫立刻跑出去追小偷，但她沒有跟上去。她只是用雙手把眼罩往旁邊拉，讓它遮住正常的眼睛，露出那隻往旁邊看的眼睛，它能看見正常眼睛看不見的東西。她握住兒子的肩膀，用她的「靈眼」看著他。阿姆斯壯回家後，說他沒找到那個看起來很兇的小偷，她說：「嗯，我想也是，因為根本沒那個人。小偷就是羅賓。」

「不！」阿姆斯壯抗議。

「是羅賓沒錯。他對自己編的故事太得意了。是羅賓沒錯。」

「我不相信。」

當時他們沒能達成共識，後來這件事被埋在歲月的重量底下。可是她每次開這個鎖的時候都會想起來。

她把一張紙摺成信封，將所有無法判讀的紙片放進去，然後又把有隻字片語的紙片也放進去。她把最後三張紙片捏在指間，遲疑著、猶豫著，不情願放開它們。最後她把紙片放進信封，每放一片就唸咒一般喃喃道：

「愛麗絲」

「愛麗絲」

「愛麗絲」

她拉開書桌抽屜，不過在把信封放入之前，一股直覺使她停止動作。不是信，也不是書桌與被撬開的鎖的往事。是別的事。感覺空氣中有種透明的氣流像漣漪般漫過。

她試著抓住那感覺的尾巴並確認它的名稱。幾乎晚了一步，然而她確實在瞬間逮住它了，因為她聽到自己的舌頭在空蕩蕩的房間裡說出：

「有事要發生了。」

♣

屋外的羅伯．阿姆斯壯磨好了刀。他喊來第二個和第三個兒子，父子合力把屍體掛到勾子上，讓血流到溝槽中。他們在接了雨水的桶子裡把手洗乾淨，再把那桶水潑在地板上，大致沖乾淨屠宰區血最多的地方。他讓男孩們留下來拖地，自己走出去餵豬。他們通常都一起幹活兒，不過在他有心事的時候，他喜歡一個人餵豬。

阿姆斯壯毫不費力地舉起一個個麻布袋，把穀物倒進飼料槽。他依照各別的喜好，搔了搔一頭母豬的耳朵後面，摩擦另一頭母豬的側腰。豬是很了不起的動物，雖然大部分的人遲鈍到看不出來，但豬的眼神流露著智慧。阿姆斯壯相信每頭豬都有自己的個性、自己的才華，當他挑選小母豬來負責育種時，他看的不只是生理方面的條件，也會留意智慧、遠見、判斷力：也就是好母親的特質。他習慣邊餵豬邊跟牠們說話，今天一如往常，他對每頭豬都有話要說。「朵拉，妳在鬧什麼情緒呀？」還有：「波兒，妳是不是覺得自己老了？」他用來育種的小母豬全都有名字。養來吃的豬他就不取名字了，一律稱牠們為「小豬」。當他挑選新的育種小母豬時，他的慣例是給牠取跟牠的母親以同樣字母開頭的名字；這樣一來他就很方便追溯育種的品系了。

他來到最後一個豬圈的瑪莎面前。牠懷孕了，再過四天會生產。他在牠的飼料槽裡倒穀物，替牠把水槽加滿水。牠從稻草床上站起身，邁著沉重的腳步搖搖晃晃地走向柵門邊的飼料槽，不過牠沒有馬上開始吃喝，而是把下巴擱在柵欄的橫條上撓癢。阿姆斯壯摩擦牠兩耳之間的頭頂，牠發出滿足的呼嚕聲。

「愛麗絲，」他深思地說。他一直都沒有擱下關於那封信的念頭。「瑪莎，妳覺得如何？」

母豬用充滿想法的眼神望著他。

「我自己不知該作何感想。」他承認，「第一個孫子——是嗎？而羅賓……羅賓是怎麼回事？」

他重重嘆了口氣。

瑪莎盯著他踩在泥巴裡的靴子思忖了半晌，再抬起頭時，眼神有些銳利。

他點點頭。「沒錯，茱德會知道。但茱德不在這裡，不是嗎？」

瑪莎的母親茱德是他見過最棒的母豬。牠生過很多胎小豬，從來沒有因為不小心或疏忽而失去任何一個孩子，不過還不止如此，牠能聽他說話，勝過其他任何母豬。牠有耐心又溫柔，讓他能暢所欲言；他分享關於孩子的喜悅時，牠會開心得眼神發亮，而當他訴說他的憂慮——羅賓，幾乎每次都是因為羅賓——牠的眼神充滿智慧與同情，他一吐為快後總會覺得事情多了些轉機。牠安靜而和善的聆聽讓他能把想法說出口，有時候唯有他說出口了，他才意識到自己有這些想法。男人的心智可能被陰影遮蔽住一半，直到適當的女性知己出現才會見光，這一點著實令人訝異，而茱德就是他的女性知己。若是沒有牠，他或許永遠都不會知道關於自己或是兒子的一些事。幾年前，他曾站在同一個位置分享他與妻子的爭執，關於羅賓以及書桌遭竊的事。當他對茱德重新敘述這令人遺憾的故事，他用新的眼光審視，注意到自己先前已察覺卻並未深究的事。我看到一個男人，當時羅賓說，我看到他的靴子消失在窗外。著眼於他人的優點是阿姆斯壯的本能，他對這男孩的信心是自然而然的。可是在茱德帶有疑問的注視下，他想起男孩說完故事後繃緊神經等待的模樣，於是他立刻知道那代表什麼：羅賓在等著看自己有沒有成功脫罪。要接受這項事實令阿姆斯壯心痛，但這回貝絲是對的。

他們結婚的時候，她已經懷著羅賓，是另一個男人把他種入她的子宮。羅伯選擇把這一點擱在一邊。這並不難，因為他用全心愛著這男孩。他決心要與貝絲共同建立一個家，不是破碎有裂痕的家，而是圓滿完整的家，他不允許任何一個家庭成員被排拒在外。他的愛足以供應給所有人，愛會讓大家團結起來。可是當他明白破壞書桌洗劫財物的賊正是他自己的羅賓，他落淚了。茉德疑惑地望著他。現在怎麼辦？他找到了答案。加倍地愛那男孩，就會導正一切。從那天起，他更是強烈地袒護羅賓。

當時茉德又看看他。噢，真的嗎？牠似乎在說。

想起茉德，他突然熱淚盈眶。其中一滴淚落在瑪莎的粗脖子上，在頸部豎立的薑黃色毛髮上短暫地掛了一會兒，然後滾落在泥巴裡。

阿姆斯壯抬起袖口抹掉眼淚。「我在犯什麼傻。」他叱責自己。

瑪莎從薑黃色的上下睫毛之間定定地望著他。

「不過妳也很想牠，對不對？」

他覺得在牠眼中看到淚光。

「已經多久了？」他在心裡計算月數。「兩年又三個月。很長的時間。是誰帶走牠，嗯？妳當時也在，瑪莎。他們來把妳母親偷走的時候，妳為什麼不尖叫？」

瑪莎意味深長地看他。他仔細研究牠的表情，試著看出意義，卻難得地失敗了。

他臨走前再搔瑪莎最後一次，這時牠把下巴從欄杆上抬起來，轉頭望著河的方向。

「怎麼了？」

他自己也朝那方向望去。沒什麼可看的，他也沒聽到任何聲響。不過一定有什麼狀況……他和豬互看一眼。他從沒看牠露出這種眼神過，然而他只需要跟自己的感覺比對一下，就知道牠是什麼意思。

「我想妳是對的，瑪莎。有事要發生了。」

范恩太太與河妖

一粒珍珠般的水滴在一隻眼睛的角落形成。這隻眼睛屬於一個年輕女子，她正躺在船底。那粒水珠所在的位置，正是粉紅色的眼皮內側逐漸擴張成複雜精巧的淚管之處。它隨著船的擺動而輕顫，不過靠著它上下伸出的睫毛支撐，它並沒有散開或滾落。

「范恩太太？」

先前女人把船划到河的對岸，然後收起槳，讓小船漂進蘆葦叢，現在它算是固定住了。當河岸上的呼喚聲傳到她耳裡時，河上的白色濃霧已經緩和了語氣中的急切。漂洗過又吸飽了水的話語飄進她耳朵，聽起來幾乎不比她自己的思緒來得大聲。

范恩太太……就是我，赫倫娜心想。聽起來簡直就像另一個人的名字。她可以想像出某個范恩太太，而那人跟她一點也不像。那個女人比較老，也許大約三十歲，面貌跟懸掛在她丈夫的房屋走廊的肖像差不多。想想也真奇怪，幾年前她還是赫倫娜．葛瑞維爾。感覺像更久之前的事。她現在想起那個女孩，感覺彷彿想到她曾經認識、而且相當熟悉的人，但她再也沒機會見到她了。赫倫娜．葛瑞維爾一去不返。

「待在外頭太冷了，范恩太太。」

冷，是啊。赫倫娜．范恩列舉不同的冷。有沒穿外套、沒戴帽子、沒戴手套的冷。有空氣使她的洋裝潮濕地貼著皮膚，讓她胸前和手臂和腿上都起雞皮疙瘩的冷。有空氣刺痛地鑽進她鼻孔，使她的肺都在發抖的冷。除了這些以外，還有河的冷。這種冷速度最慢，好整以暇地滲透船底的厚木板觸碰她，但是當它終於到來，卻讓她的肩胛骨凸點、後腦勺、肋骨、脊椎底端——所有她的身體接觸到木頭堅硬的弧度的部位，都像被火燒一樣。河水不停地推擠船，用它平撫人心的輕搖款擺一點一滴地抽乾她的體溫。她閉上眼睛。

「妳在嗎？噢，老天，回答我呀！」

回答……這個詞掘起幾年前的一道記憶。伊萊莎姑姑在講回答的事。「回答之前先想清楚，」她說，「因為這種機會可不是天天都有。」

伊萊莎姑姑是赫倫娜爸爸的小妹。她膝下無子，四十幾歲的時候喪夫，於是便來跟哥哥和他晚婚生下的孩子同住，在赫倫娜看來，姑姑是來擾亂和激怒他們的。赫倫娜的母親在她還是嬰兒時便去世了，而伊萊莎認為姪女需要類似母親的角色來管教。伊萊莎的哥哥是個怪人，對女兒疏於灌輸恰當的紀律，這丫頭幾乎毫無教養。伊萊莎努力嘗試過，但她沒能發揮多少影響力。剛開始的時候，赫倫娜向父親抱怨伊萊莎姑姑，而他擠擠眼睛告訴她：「小海盜，她沒地方可去嘛。不管她說什麼，妳就點頭說好，之後要怎麼做都隨妳高興。我都是這樣應付她的。」這策略奏效了。父女兩人繼續維持友好的關係住在一起，誰也沒讓伊萊莎干擾他們在河上與在船廠的生活。

伊萊莎姑姑在花園裡追著赫倫娜跑，在告誡她應該放慢速度之餘，又跟她說了一堆她早就很清楚的事，因為那些事都與她有關。姑姑提醒赫倫娜（好像她有可能忘記似的）她沒有母親。她拐彎抹角地暗示赫倫娜的父親年事已高，身體也不好。赫倫娜半認真地聽著，同時把伊萊莎姑姑往某個方向帶，而沉浸在自己的喋喋不休中的伊萊莎姑姑也順從地跟著。她們來到河邊，沿著河岸走。赫倫娜深吸讓人精神一振的清冽空氣，看著一群鴨子隨著活躍的河水上下起伏。她一想到船槳，肩膀就微微抽搐。她感覺腹部有一股期待，期待第一次進到河裡，船跟水流相遇的觸感……「往上游還是下游？」她父親總這麼問，「不是這個就是那個——不管哪個，都是一場冒險！」

伊萊莎姑姑在提醒赫倫娜，她父親的財務狀況，比他的健康狀況更加岌岌可危，然後——赫倫娜的心思跟著河在漂浮，可能漏聽了一部分——伊萊莎在講一位范恩先生的事，他為人和善又風度翩翩，而且他的生意蒸蒸日上。「不過要是妳不想的話，妳爸爸要我告訴妳，妳可以直接說清楚，整件事就這麼算了，沒有人會多嘮叨一句。」伊萊莎姑姑作了結語。赫倫娜起初聽得一頭霧水，後來突然開竅了。

「范恩先生是哪一個？」她想知道。

伊萊莎姑姑有點不知所措。「妳已經跟他見過好幾次面了……妳怎麼都不專心一點呢？」可是對赫倫娜來說，她父親的朋友和生意夥伴基本上都是同一種人：男的、年紀大、無聊。沒有一個的風趣程度可以稍微跟她父親相提並論，她很訝異他為什麼要花時間跟他們相處。

「范恩先生現在就跟爸爸在一起嗎？」

她拔腿就跑，不理會伊萊莎姑姑的反對，直接衝回家。她在花園裡躍過羊齒草，偷偷摸摸地走到書房的窗邊。她爬上一個花甕的基座，攀著窗臺，勉強能看到室內，她父親正在抽菸，旁邊還有另一位紳士。

范恩先生並不是其中一個鼻子紅通通、頭髮花白的老男人。現在她認出他是常面帶微笑的年輕人，她父親常跟他抽著雪茄配一杯酒聊到深夜。她去睡覺的時候，還能聽到他們一起發出笑聲。她很欣慰晚上有人能逗父親開心。范恩先生的頭髮是棕色的、眼睛是棕色的、鬍鬚也是棕色的。除此之外，讓他有別於其他人的還有他的嗓音。大部分時候他說起話來跟其他英國人沒什麼不同，不過偶爾他的嘴巴會溜出某個字，聽起來有點陌生。她曾經頗感興趣地注意聽這些奇怪的發音，還問過他是怎麼回事。

「我是在紐西蘭長大的，」他對她說，「我家在那裡有礦場。」

她隔著窗戶打量這平凡的男人，覺得對他並沒有強烈的反感。

赫倫娜的腳跟在花甕基座上挪移，然後愉快地懸吊在窗臺上擺盪，享受手臂和肩膀拉伸的快感。她聽到伊萊莎姑姑走近時，鬆手讓自己落地。

「我猜如果我嫁給范恩先生的話，我就得離開家了？」

「無論如何，在不久的將來妳都會離開家。妳爸爸狀況很糟，妳的未來懸而未決，他自然很急著看到妳的生活安定下來。如果妳嫁給范恩先生，妳會去和他一起住在巴斯考小屋，如果妳不嫁給他——」

「巴斯考小屋？」赫倫娜停下腳步。她知道巴斯考小屋——那是坐落於一處美麗河岸的大房子。那段河流又長又寬，水勢平緩而靜謐，在某個地方河流一分為二圈出一塊小島，緊鄰小島的上游處，河水似乎忘了它是條河，而在原處逗留，像是一座小湖泊。那裡有水車輪和聖約翰橋和一座船庫……她有一次划船靠近那座船庫，顫巍巍地站在她那艘僅容一人的小船上，往裡面窺探。裡頭的空間還很充裕。

「我可以把我的船帶去嗎？」

「赫倫娜，這是很嚴肅的事。婚姻與船和河都無關。這是一項兩人結合的契約，不論是在法律上或上帝眼裡都是——」

但赫倫娜已經跑掉了，她全速奔過草坪衝向房屋大門。

赫倫娜闖入書房時，她父親一看到她，眼神便有了光采。「妳覺得這瘋狂的主意怎麼樣？如果在妳看來是胡說八道，妳可以直說無妨。另一方面呢，胡說八道的事或許正好投妳所好……往上游還是下游，小海盜？妳說呢？」

范恩先生從椅中站起身。

「我可以把我的船帶去嗎？」她問他，「我可以每天都去河上划船嗎？」

范恩先生很困惑，沒有馬上回應。

「那艘船已經該退休了。」她父親說。

「它沒有很糟啦。」她不服氣地說。

「我上次看就有好幾個洞了。」

她聳聳肩。「我會把水舀出去。」

「像個篩子。我很意外妳能坐著它划那麼遠。」

「它在水裡沉得太低的時候，我會回到岸上把它翻過來，然後再下水。」她承認。

他們討論這艘船的語氣彷彿他們兩人是不會溺水的不死之身。在兩人你來我往之際，范恩先生一下看看父親、一下看看女兒。他開始意會到「船」在這門親事上所具備的重要性。

「我可以幫妳把它補好，」他提議，「或是買一艘新的給妳，如果妳想的話。」

她想了一下。她點點頭。「好吧。」

伊萊莎姑姑姍姍來遲加入討論，她用銳利的眼神瞥向赫倫娜。他們似乎有了一項結論，但內容是什麼？范恩先生同情地為她開示。

「葛瑞維爾小姐剛剛同意讓我為她買一艘新船。解決這個難題後，我們現在可以來談比較不重要的事了。葛瑞維爾小姐，妳是否願意賜我這份榮幸，成為我的妻子？」

不管哪個都是一場冒險……

「一言為定。」她堅定地點點頭。

伊萊莎姑姑覺得這完全沒達到求婚和接受求婚該有的水準，張開嘴準備對赫倫娜說什麼，但被赫倫娜搶先一步。

「我知道。婚姻在上帝眼裡和法律上都是重要的契約。」她像鸚鵡般說。她見過別人是如何完成重要契約的，她知道該怎麼做，所以她伸出手跟范恩先生握手。

范恩先生握住她的手，把它轉了個角度，然後彎腰在她的手背印上一吻。突然間，輪到赫倫娜不知所措了。

赫倫娜的未婚夫言出必行。他下訂買了一艘新船，舊船也補好，「先湊合著用」。一轉眼，她已擁有兩艘船、一座可以存放船的船庫、一段專屬於她的河流——以及新的姓氏。過了不久，她父親去世了。伊萊莎姑姑搬去沃靈福德跟弟弟住。後來發生很多別的事，於是赫倫娜．葛瑞維爾被水流整個帶走，連范恩太太都已忘了她。

最近她出來的時候選擇的都是舊船——赫倫娜．葛瑞維爾的船。她沒有划很遠。往上游還是下游？不，她無意尋求冒險。她只是把船划到對岸，然後任由船漂進蘆葦叢。

「噢，這討厭的霧！范恩先生會說什麼喔？」那含著水的聲音再度傳來。

赫倫娜睜開眼睛。空氣中水分太多，甚至變得不透明，她隔著蓄積在眼角的液體望出去。她看不見這世界的任何東西——沒有天空，沒有樹；甚至連圍繞小船的蘆葦都隱形了。她隨著河流前後左右上下搖擺，吸入空氣裡的濕氣，看著霧像是半停滯的側流一樣遲鈍地移動，像是她在夢中見到的那些河。整個世界都淹在水底，只剩下她冰冷的身軀和赫倫娜．葛瑞維爾的船——還有像活物一般在她身體底下挪動、壓迫的河。

她眨眨眼。那滴淚水脹起來，變大變平，但仍被隱形的皮囊包著而沒有溢得到處都是。

赫倫娜．葛瑞維爾原本是個無所畏懼的女孩。她父親稱她為小海盜，而她也確實像個海盜。她讓伊萊莎姑姑感到絕望。

「河流有另一面，」伊萊莎曾對她說，「很久以前，有個調皮的小女孩在離岸邊太近的地方玩耍。有一天她沒注意的時候，一隻河妖從水裡冒出來。他揪著小女孩的頭髮把她拖回去，她拚命踢得水花四濺，但還是被帶到河底的河妖國。如果妳不相信我……」當時她相信嗎？現在很難說得清楚。「如果妳不相信我，只要豎起耳朵聽聽看。來啊，聽啊，妳聽到濺水的聲音了嗎？」

赫倫娜點點頭。知道這件事太棒了。河底有妖精住在妖精國裡，多麼奇妙！

「注意聽水花飛濺之間的聲響，妳聽見了嗎？有很小很小的氣泡聲，浮上水面之後啵一聲破掉。那些氣泡裝著所有迷失孩子的訊息。如果妳的耳朵夠靈，妳會聽到那個小女孩、以及所有其他想家的孩子的哭聲，他們都哭著要找爸爸媽媽。」

她聽了。她有聽到嗎？現在的她不記得了。可是如果河妖把她抓進河裡，她爸爸會來救她回去的。這事實如此明顯，赫倫娜．葛瑞維爾對於姑姑搞不清楚狀況而頗感輕蔑。

許多年來，赫倫娜．葛瑞維爾早已忘卻河妖之事，以及他們那位於河底的致命國度。可是現在赫倫娜．范恩想起來了。她每天都划著舊船出來回憶這件事。河水舔舐、吸吮小船，發出半規律、有一搭沒一搭的拍打聲。她聽著這聲音，也聽著聲音之間的空檔。要聽到失落孩子的聲音並不難，她能清清楚楚地聽到他們。

「范恩太太！妳會沒命的！快進屋吧，范恩太太！」

河水拍打，小船上下起伏，有個遙遠的小小聲音從妖精國的深處呼喚父母，永不停歇。

「不要怕！」她用蒼白的嘴唇悄聲說。她繃緊冰冷的肌肉，穩住顫抖的四肢準備起身。「媽咪來了！」

她探出船邊，船身傾斜，那滴淚珠從她眼裡滾出來，落入汪洋般的河水。她還沒來得及把全身重量移過去、隨它落水，就有人扳正船身，她感覺自己跌回船底。她抬起頭時，看到一個模糊的灰色人影俯向她的船頭，握住繫索座。接著這霧中的影子直起身子，她看到它拉長之後像是站在平底船上的男人。它抬起一條手臂，動作像是把篙伸往河床，接著她就感覺到一股強大的拉力。穿過河水的速度跟那影子裕如的動作之間似乎有種奇異的落差。河水鬆開了箝制，她被拖向河岸，速度快得令她訝異。

最後一股推進力使得凸碼頭灰色的輪廓映入她眼簾。

管家克雷爾太太在等待，園丁也站在她身旁。他伸手抓住繫索把船綁好。赫倫娜站起來，在克雷爾太太伸手攙扶下爬下船。

「妳連骨頭都結冰啦！親愛的，妳是著了什麼魔？」

赫倫娜回頭望著河面。「他走了……」

「誰走了？」

「擺渡人……是他把我拖回來的。」

克雷爾太太困惑地盯著赫倫娜恍惚的臉。

「你有看到任何人嗎？」她壓低音量問園丁。

他搖搖頭。「除非——妳想會是默客嗎？」

克雷爾太太皺起眉對著他搖頭。「別灌輸她那些怪力亂神，情況已經夠糟了。」

赫倫娜突然劇烈地抖了一下。克雷爾太太脫下大衣，裹在女主人的肩膀上。「妳讓我們擔心得要命，」她責備地說，「快進屋去吧。」

克雷爾太太牢牢挽住她一邊手臂，園丁扶住另一邊，三人不停步地穿過花園回到房屋。

赫倫娜走到門口時，困惑地停下來，扭頭望著花園以及更遠處的河。每天下午的這個時候，天光都會迅速消逝，霧也會變暗。

「那是什麼？」她喃喃道，半是自言自語。

「什麼是什麼？妳聽到什麼了嗎？」

范恩太太搖頭。「不是聽到，不是。」

「那是怎樣？」

赫倫娜偏著頭，眼睛有了新的聚焦點，彷彿她把視力範圍給延長了。管家也在探索，園丁也歪著頭思考。那種感覺——期待，或是類似的情緒——籠罩他們三人，他們異口同聲地說：「有事要發生了。」

熟練的說詞

就是這裡。范恩先生在牛津一條矗立著洋房的街道上遲疑地停下腳步。他由左往右掃視一遍，但眼前這棟看起來頗有格調的房屋，每扇窗都垂著厚厚的窗簾，看不出是否有人站著望向窗外。不過他戴著帽子，空氣中又瀰漫著氤氳的水氣，沒有人會認得出他。不管怎麼說，反正他又沒有要進去。他握著公事包的手撥弄著提把，給自己一個駐足的可信理由，然後從帽沿底下望著十七號住宅。

這棟房屋和它的左鄰右舍一樣，造型都顯得細瘦而俐落。這是第一項意外。他原本以為它會有什麼與眾不同的特徵。當然，這條街上每一棟房子都跟鄰居有些微的差異，因為建造者特別花了心思這麼做。他在門前駐足的這棟房子，前門上方裝了一盞特別典雅的燈。不過他指的不是這一類的差異。他預期的是，屋子前門或許漆成俗麗的顏色，或是窗簾的造型有點類似劇場布幕。但他沒看見這類事物。這些人不是傻瓜，他心想。他們當然希望把房子布置得正經一點。

向范恩提起這個地方的人，跟他只是點頭之交，而且那人自己也是從朋友的朋友那裡聽來的。就范恩對這三手故事所記得的，有個男人的妻子在她母親去世後受到太大的打擊，變得跟原本判若兩人，幾乎夜不成寐、食不下嚥，對丈夫和孩子的親情呼喚充耳不聞。群醫束手無策，阻止不了她繼續消沉下去，最後她丈夫儘管心存懷疑，仍因為已經別無他法而帶著她去見一位康斯坦汀太太。跟這位神祕人物會面兩次後，案例中的妻子便恢復健康，以原本的活力重新操持家務以及履行婚姻責任。范恩聽到的故事版本已經轉過太多手，跟事實恐怕只能勉強扯上一點關係。在范恩聽來這簡直是胡言亂語，而且他不信靈媒那一套，可是——他印象中那個點頭之交這麼說——無論這位康斯坦汀太太做了什麼，都是有效的，「不管你信不信。」

這棟房子的端正外觀無懈可擊。柵門和步道和前門都整齊乾淨。沒有剝落的油漆，沒有晦暗的門把，臺階上沒有骯髒的鞋印。他猜想這是為了讓上門來的人找不到任何事物來助長他們的猶豫，沒有什麼東西會使他們遲疑或退縮。一切都很整潔，疑慮找不到立足點。這地方既不會對普通人來說太過豪華，又不會對有錢人來說太過寒酸。唔，你不得不佩服他們，他作出結論。他們設想得面面俱到。

他用指尖輕觸柵門，傾向前去讀前門旁的黃銅名牌上的字。康斯坦汀教授。

他忍不住微微一笑。看來她喜歡自詡為大學教授的夫人呢！

范恩正準備把手指抽離柵門，但還沒來得及這麼做——事實上，他雖然有意轉身離開，在付諸行動的時候卻莫名地遲緩——十七號的前門就打開了。門內冒出一個女僕，手裡提著籃子。這女僕看起來整齊、乾淨而平凡，正是他自己會雇用的類型，而她也用整齊、乾淨而平凡的嗓音對他開口說話。

「先生，早安。您要找康斯坦汀太太嗎？」

沒有，沒有，他說——只不過他的耳朵沒有聽到聲音，他這才意識到那是因為他的嘴唇沒有張開。他自己的手拉開柵門的扣環，他的腿踏著步道走向前門，在在擾亂他努力想找藉口解釋自己站在這裡的意圖。女僕放下她的購物籃，他看見自己把公事包和帽子遞給她，她把它們放在門廳的桌子上。他聞到蜂蠟的氣味，注意到樓梯的欄杆充滿光澤，並感覺屋內的暖意將他裹住——與此同時，他也詫異地察覺到自己不在該在的地方，他應該湊巧在柵門外檢查公事包的開關後，沿著街大步離去才對。

「先生，您要在這裡面等康斯坦汀太太嗎？」女僕指著一道敞開的門說。他透過門洞看到室內燒著柴火，一張皮革扶手椅上擺著織錦靠墊，地上有一方波斯地毯。他走進房間，感到一股強烈的欲望想要留下。他在大沙發一端坐下，感覺又厚又深的靠墊順應他的身形把他包住。沙發另一端窩著一隻巨大的薑黃色貓咪，牠從睡夢中甦醒，開始發出呼嚕聲。范恩先生伸手撫摸牠。

「午安。」

那嗓音很平靜，如音樂般悅耳。高雅而有禮貌。他轉頭，看到一名中年女子，摻著白髮的髮絲往後梳，露出寬而平坦的額頭。她穿著深藍色洋裝，使她的灰眼睛幾乎呈現藍色，白色衣領相當樸素。范恩先生心頭一震，突然想起自己的母親，這令他相當錯愕，因為這女人跟她一點也不像。他母親去世的時候比較高、比較瘦、比較年輕、膚色比較暗沉，而且從來不會打扮得這麼簡單樸素。

范恩先生站起來，開始道歉。「妳一定認為我是個大傻瓜，」他開口，「真的很尷尬，最糟糕的是，我簡直不知道該從何解釋。是這樣的，我在外面，本來沒打算進來——至少是今天，我還要趕火車……唔，我解釋得不好，其實我想說的是我很受不了火車的候車室，又有些多餘的時間要消磨，所以我想說倒不如過來看看妳住在什麼地方，下次再來拜訪，我是這麼打算的，只不過妳的女僕剛好開門，她很自然地以為——我一點也沒有怪她的意思，只是時機太不湊巧了，這是很容易產生的誤會……」他喋喋不休地講下去。他到處抓理由，努力訴諸邏輯，然而隨著他說出一句又一句話，都沒有切合目標；他感覺自己每多說一個字，都離他想表達的意思更遠。

他在說話的時候，她的灰眼睛很有耐性地望著他的臉，雖然她沒有露出笑容，他卻感覺她眼周的紋路生動地傳達出溫和的鼓勵意味。最後他終於詞窮了。

「我了解了。」她點點頭說，「您並無意在今天就打擾我，您只是經過門外，想要確認地址……」

「沒錯！」他對自己這麼輕易地脫離窘境感到如釋重負，並等著她作出送客的表示。他已經能看見自己從門廳取回帽子和公事包、出門離開的畫面。他看見他的腳踩在通往房屋的格狀步道上。他看見他朝著油漆過的柵門扣環伸出手。但這時他看見那雙安詳的灰眼睛定定地望著他。

「然而經過那麼多掙扎，您還是來到這裡。」她說。

他在這裡。他突然強烈地體認到自己身在此處的現實。事實上，這房間似乎隨著這層現實在脈動，他也是。

「您何不坐下來……您貴姓？」

「范恩。」他說，她的眼神並沒有透露她是否認得這個姓氏，只是維持原本輕鬆而警醒的態度。他坐下來。

康斯坦汀太太拿起一只雕花玻璃瓶，在杯子裡倒了一些清澈的液體，放在他手邊；然後她也坐下來，坐在一張斜對著沙發的扶手椅裡。她露出期待的微笑。

「我需要妳幫忙，」他承認，「是我的太太。」

她的表情變得柔和，流露悲傷的同情。「我很遺憾。我可以向您致哀嗎？」

「不！我不是那個意思！」

他聽起來很不悅。他確實很不悅。

「很抱歉，范恩先生。只不過有陌生人來到我家門前時，通常都是因為有人去世了。」她的表情沒有改變；她仍然鎮定自若，也不乏友善，事實上她非常親切，不過她也很堅定地在等他說出重點。

他嘆了口氣。「是這樣的，我們失去了一個孩子。」

「失去？」

「她被帶走了。」

「抱歉，范恩先生，但在英語中，我們用了太多委婉說法來指稱去世的人。失去、帶走……這類詞彙有不止一個意義。關於尊夫人，我已經有過一次誤解了，我不想再犯同樣的錯。」

范恩先生吞了吞口水，看著自己擱在綠色絨布沙發扶手上的手。他用指甲刮過布料，弄出一道凸起的線條。「妳大概知道事件的始末。我想妳會讀報紙吧，即使沒看報紙，消息也傳得沸沸揚揚。兩年前，在巴斯考的事件。」

她的目光抽離他身上，望著不遠不近的距離，同時她搜尋記憶。他用指尖劃過絨布把剛才逆豎的纖維撫平，那條線不見了。他等著她承認她有聽說過。

她的視線回到他身上。「我想您用自己的話告訴我會更好。」

范恩的肩膀變得僵硬。「我能告訴妳的，別人也都知道。」

「嗯。」這聲音不置可否。它不算是贊同他，卻也不是在反駁他。它表示現在仍輪到他發言。

范恩原本預期不必再重述這故事。事情已發生兩年，他認為每個人都知道了。這類故事會在驚人的短時間內傳到很遠的地方。他曾屢次走進某個房間——包括商業會議、面試新的馬夫、跟鄰近的農夫們社交聚會，以及到牛津或倫敦參加更隆重的場合——結果從他根本沒見過的人眼中，看出他們不但認得他，也知道他的故事。現在他已有預期心理——即使他始終沒有習慣這種現象。「太可怕了。」有的陌生人會在跟他握手時嘟囔，而他學會一邊表示聽到了，一邊也暗示：「這話題就到此為止吧。」

剛開始那段日子，他反覆說明事件無數遍。第一回的時候，他把男僕都叫醒，用又快又猛的語氣告訴他們，彷彿話語本身就騎在馬背上，急馳狂追入侵者以及他失蹤的女兒。然後他上氣不接下氣地告訴鄰居，他們是來加入搜索行動的，這時他的胸腔緊縮發痛。接下來幾個鐘頭，他騎著馬跑在鄉間道路上，對著他遇到的每個男人、女人和小孩重複事件：「我女兒被帶走了！你有沒有見到陌生人——任何人，帶著兩歲小女孩急匆匆地離開？」隔天他把故事講給他的銀行經理聽，當時他十萬火急地去銀行提領贖金；然後他又講給從克里克萊德趕來的警察聽。到這個時候，事件的先後順序才正式確立。他們仍然慌得六神無主，而這回赫倫娜也講了她的版本。他們來回踱步、坐下、再度站起來踱步，有時輪流發言，也經常同時開口，還有時候兩人都陷入沉默，只是無言地盯著彼此。有一個時刻，他特別努力想忘記。赫倫娜在描述她發現的當下時說：「我打開門走進去，而她不在。她不在！她不在！」她用驚訝的語氣一再重複「她不在」，她的頭轉來轉去，眼神在房間上方的角落尋覓，彷彿他們的女兒可能藏在屋楣的交接處，或是在那之上，端坐在屋頂托樑的彎角處，但卻一直不見蹤影。那時候，赫倫娜似乎因為女兒失蹤而被洪水淹沒，應該說夫妻兩人都被洪水淹沒，而他們試圖用話語把水舀出去來自救。但他們的話語只是小小的蛋杯，而他們敘述的是汪洋般的失落，大到無法裝進如此微不足道的容器。她不斷地舀水再舀水，可是無論她怎麼鍥而不捨，都看不到盡頭。「她不在，」她無止境地用他不知道人類能發出的聲音重複著，在她的失落感中滅頂，而他只像陷入麻痺狀態般保持原樣，無法為了救她而做任何事或說任何話。感謝上帝有那位警員在，是他拋給她一條救生索，讓她能夠抓住，他用下一個提問把她拉回岸邊。

「不過她的床有睡過的痕跡？」

他發出的聲音傳到她耳裡。她在恍惚中似乎回過神來，並點點頭。她用儘管疲憊而虛弱、但畢竟回復成正常的聲音說：「是茹比哄她睡覺的，茹比是我們的保姆。」

然後她陷入沉默，於是范恩接手敘述。

「先生，麻煩先放慢速度。」那警察說，他手裡拿著鉛筆俯向筆記本，像個勤學的學童把所有資訊抄下來。「可以麻煩你再講一遍這部分嗎？」他不時打斷他們，複誦剛才寫下的情報，而他們會糾正他，並想起原本遺漏的細節，發現兩人共同知道的部分中不一致處，相互討論後得出正確的結論。任何細節都可能是把她找回來的關鍵。他們花了好幾個鐘頭寫下區區幾分鐘的事件。

他寫了信給在紐西蘭的父親。

「不，不要。」赫倫娜反對，「她明天或是後天就會回來了，何必讓老人家擔憂呢？」

但他還是寫了信。他回想他們對警察提出的供詞，以此為根據來說明。他信寫得謹慎。信裡包含了整起失蹤案的所有事實。身分不明的歹徒在夜裡到來，信上寫道。他們架起梯子，從育兒室的窗戶進入屋內，然後帶著孩子離開。另起一段：雖然隔天早晨我們收到了勒贖信，也付了贖金，他們仍沒有把我們的女兒還給我們。我們正在找。每個人都盡了全力，在找到她以前，我們不會休息。警方在追查水上吉普賽人，會搜索他們的船。一有新消息，我會再寫信。

沒有上氣不接下氣，沒有痛苦的氣喘吁吁。此事之恐怖被削去了大半。事發不到四十八小時，他便坐在書桌前寫下他的陳述：字母自動排列成詞，規律地組合，構成句子和段落，而他失去女兒的事實就含納在其中。區區兩頁紙已提供所有資訊。

安東尼．范恩寫完信後，從頭到尾讀了一遍。信裡說到所有需要說的事了嗎？能說的都說了。他滿意地確認再也沒有什麼好補充的，便把信封起來，搖鈴喚來女僕，讓她拿去寄。

那套簡短而不帶感情的說詞，後來他又在生意夥伴和其他半生不熟的人面前使用過無數次，現在他又搬出來用。雖然他已經好幾個月沒用過了，他發現自己仍然能一字不漏地背出來。他只花了不到一分鐘就向灰眼睛的女人簡述完來龍去脈。

他把故事講完時，端起手邊的玻璃杯喝了一大口水。出乎他意料，那水有股非常清爽的小黃瓜味。

康斯坦汀太太用她堅定而和善的眼神望著他。他突然覺得不對勁。對方通常會驚詫得呆住、笨拙地試著安慰以及說出恰當的話，不然就是尷尬地沉默著，讓他用某句話來帶到別的話題。這些現在都沒有發生。

「我了解了。」她說。然後她一邊點頭——彷彿真的理解，不過有什麼好理解的？根本沒什麼複雜的吧——一邊說：「好，那麼關於尊夫人呢？」

「我太太？」

「您剛來的時候，您說您是為了尊夫人而來尋求我的幫助。」

「啊，對，沒錯。」

他感覺他要追溯很長一段回憶，才能想起他剛到這棟屋子、與康斯坦汀太太說話的場景，雖然那肯定只是不到十五分鐘前的事。他在時間與記憶中回頭穿越各種障礙物，揉揉眼睛，終於找到他來這裡的目的。

「是這樣的，我太太她——頗為自然的——陷入傷心欲絕的狀態。就這個狀況而言應該不難理解。她除了盼望女兒回來之外，腦子裡容不下其他想法。她的心理狀態非常糟糕。她誰也不想見，不讓任何事分散她的注意力，讓她抽離沮喪。她胃口很差，睡覺時被極度駭人的噩夢所擾，因此她寧可一直醒著。她的行為愈來愈古怪，甚至達到對她自己構成危害的程度。我舉一個例子就好：她現在老是划著小船入河，單獨行動，完全不顧慮自己的舒適及安全。不論什麼天氣，她在船上一待就是幾個鐘頭，身上的衣服根本提供不了保護。她說不出為什麼要這麼做，而事實上這麼做也沒有任何好處。她只會受到傷害。我提議過要帶她出遠門，心想旅行或許能讓她恢復元氣。我甚至準備好變賣一切財產，去一個新的地方重頭開始，離開這個傷心地。」

「那她怎麼說？」

「她說這主意很好，等我們的女兒回來，我們馬上就動身。妳明白嗎？如果不做任何改變，我可以預見她只會愈來愈惡化。妳要曉得，折磨她的不是傷痛，而是更糟糕許多的東西。我非常擔心她。我擔心不設法作出改變，她的人生會因為某種可怕的意外而結束，不然就是結束在精神病院裡面，而我願意做任何事──真的是任何事──來阻止那種結局。」

灰眼睛仍盯著他，他意識到在親切的背後有著深刻的觀察力。這次他明確地表示他不會再說任何話了，該輪到她發言了（他有遇過話這麼少的女人嗎？），而她終於張開嘴巴。「您一定覺得很孤單吧。」她說。

安東尼．范恩幾乎掩飾不住失望。「那不是重點，我想要妳跟她談談。」

「目的是什麼？」

「告訴她孩子已經死了。我相信這是她需要的。」

康斯坦汀太太眨了兩下眼睛。換作別人，這動作幾乎沒什麼特別的，但以她如此鎮定的女人來說，這顯示她很驚訝。

「讓我解釋一下。」

「我想您最好解釋一下。」

「我要妳告訴我太太說我們的女兒已經死了。告訴她那孩子很快樂，說她跟天使在一起。傳訊息，變聲。如果妳這裡有布置道具的話，用些幻術的把戲。」他邊說邊再次打量房間。這素雅的客廳似乎不可能可以同時充當那種場地，他猜想要執行那類演出需要用上一些機關和布簾，不過也許她另外有一個房間專供此用。「聽著，我不是在充內行教妳怎麼做，妳知道怎樣最有效。我可以告訴妳一些資訊，讓赫倫娜相信妳。只有她和我才知道的事。然後……」

「然後？」

「然後我們就能傷心、難過、哭泣、禱告，然後——」

「然後，尊夫人哀悼過了，就會回到正常生活裡——回到您身邊？」

「完全正確！」安東尼．范恩對於自己獲得充分理解滿心感激。

康斯坦汀太太把頭微微偏向一側。她對他微笑，親切而理解的笑容。「恐怕那是不可能的。」她說。

安東尼．范恩一愣。「為什麼不行？」

她搖搖頭。「首先，您誤會了——或許是被誤導了，您對這裡的運作方式存有錯誤的認知。這種錯誤是可以理解的。再者，您的提案沒有好處。」

「我會付妳行情價。如果妳要求的話，付雙倍也可以。」

「不是錢的問題。」

「我不懂！這交易再簡單不過了！告訴我妳要多少，我都願意付！」

「我對您受的苦感到非常遺憾，范恩先生。失去孩子是人類所能承受的最煎熬的苦難之一。」

她微微蹙眉。「范恩先生，可是你呢？您相信你的女兒已經死了嗎？」

「她一定已經死了。」他說。

灰眼睛望著他。他突然感覺她能直接看透他的靈魂，她能看見連他自己都看不清、隱藏在黑暗中的自我。他感覺心臟開始不舒服地狂跳起來。

「您沒告訴我她的名字。」

「赫倫娜。」

「不是尊夫人的名字，是令嬡的。」

愛米莉雅。這名字由他體內湧升，他把它硬壓下去。范恩的胸腔內出現痙攣。他咳嗽、喘氣，再次伸手拿水，一口氣喝掉半杯。他試探地呼吸一下，看看他的胸腔是否暢通。

「為什麼？」他問，「妳為什麼不肯幫我？」

「我很願意幫助您，您確實需要幫助。您這樣沒辦法再撐多久了。可是您今天向我提出的要求，除了不可能執行之外，也不會帶來任何好處。」

他站起身，用手臂比了個懊惱的手勢。在荒謬的一瞬間，他懷疑自己要捂著眼睛哭出來了。他搖搖頭。

「那我要走了。」

她也站起來。「如果哪天您想再來，請不要猶豫。我很歡迎您。」

「我為什麼要再來？妳不能為我做任何事，這一點妳已經表達得很清楚了。」

「我並不是這麼說的。如果您想的話，請盥洗一下。旁邊那裡有水和乾淨的毛巾。」

她走了之後，他往臉上潑水，將臉埋進柔軟的純棉毛巾，感覺稍微舒坦了一點。他拿出錶。三十分有一班火車，他剛好來得及趕上。

安東尼・范恩在街上快步行走，同時罵自己愚蠢。萬一那女人欣然接受他的提議呢？假設他把赫倫娜帶去那裡，結果走漏風聲？傳言中那個男人的妻子或許狀況好轉了，但赫倫娜……赫倫娜跟其他男人的妻子不一樣。

月臺上還有其他幾名乘客在等車，他站在離他們稍遠的位置。他不喜歡被認出來。他總是盡可能避免跟勉強扯得上關係的人應酬寒暄，至於那些好奇的陌生人就更糟了，有時候只有他們認得他的臉，他卻沒見過他們。

根據火車站的時鐘，再過一、兩分鐘火車就要來了，他邊等車，邊慶幸自己僥倖逃過一劫。他摸不清她拒絕收他的錢是在耍什麼花招，但不用懷疑，她一定對他有某方面的企圖。

他太過沉浸於方才的經歷中，過了一會兒才意識到有種感覺在默默試圖喚起他的注意。後來他的確注意到了，但仍然對他在十七號遇到的怪事迷惑不解，又花了一點時間才把這新的感覺與不久前的奇妙經歷給區分開來。他這才辨識出那是什麼感覺：期待。他搖搖頭，驅散他的疲憊。這是漫長的一天，他在等火車，而火車就要來了。就這樣而已。

火車抵達；他上了車，找到一節無人的頭等車廂，靠著車窗坐下。在月臺上開始浮現的期待感不願意消退。事實上，當火車離開牛津時，他隔著漸漸變暗的霧，望向看不見的河流在朦朧中奔流的位置，心中的預感愈發強烈。火車軋在鐵軌上的節奏彷彿在暗中傳送語句到他過勞的大腦中，他清楚地聽見，就像有個無形的人用嘴巴唸出來一樣：*有事要發生了*。

莉莉的噩夢

從范恩家豪宅的河對岸往下游走半哩，有一塊水分多到連水茼蒿都無法生長的土地。三棵橡樹在離河岸一小段距離處矗立，它們的根渴飲濕潤的土壤，但任何橡實只要落在靠河這一側的樹底下，都會在有機會發芽之前先腐爛。這是一片神棄之地，唯一的用處是把狗淹死，不過古早之前這段河流一定比較溫順，因為曾有某個人在這裡蓋了一棟小木屋，位置就在橡樹和河流之間。

這小小的住處是由長滿地衣的石頭蓋成的低矮方盒子，裡頭有兩個房間、兩扇窗戶和一道門。屋裡沒有臥室，不過廚房裡有臺階通往一塊平臺，那平臺恰好寬到可以放一塊稻草床墊。這塊睡覺用的凸架一端與煙囪相連，所以如果生了火，睡覺的人的頭或腳可以在入夜頭幾個小時保持溫暖。這個地方極為寒酸，空置的時間與有住人的時間不相上下，因為屋裡又冷又潮濕，只有走投無路的人才會想住在裡頭。它幾乎小到不值得被命名，所以實際上它有兩個名字令人頗為驚訝。就官方說法，它叫沼澤小木屋，不過就任何人記憶所及，大家都叫它編籃人的小木屋。許久以前，編籃人在這屋子裡住了十二年或三十年，端看你是問什麼人。他整個夏天都在蒐集蘆葦，然後整個冬天都在編籃子，需要籃子的人都會跟他買，因為他手藝精湛，開價又很合理。他沒有孩子來令他失望，沒有老婆來對他嘮叨，也沒有其他女人來讓他心碎。他話不多但不至於孤僻，會和顏悅色地向每個人道早安，也沒和任何人結怨。他沒有欠債。據任何人所知或猜想，他沒有任何道德上的瑕疵。有一天早上，他走入河裡，口袋裝滿石頭。當他的屍體撞上一艘在碼頭等著載貨的駁船時，大夥兒到他的小木屋一看，發現石罐裡有馬鈴薯，旁邊有乳酪。大酒壺裡有蘋果酒，壁爐架上有個半滿的菸草錫罐。他的死亡令人驚駭。他有工作、食物和娛樂——一個男人還有什麼不滿足的？此事神祕難解，一夜之間，沼澤小木屋便成為編籃人的小木屋了。

自從編籃人的年代以來，河流一直在掏空河岸的下部，沖刷帶走一層層的碎石。這製造出看似堅固、卻支撐不了一個人體重的危險懸空結構。當這些河岸崩塌，攔住河水的就只剩淺淺的斜坡，千屈菜、繡線菊和柳蘭會用脆弱的根部試著把斜坡上的土壤「織」在一起，卻在每次水位漲高時都被沖走。春分和秋分、大雨後、烈日曝曬再下過小雨後、融雪期間，以及大自然偶爾純粹想展現惡意的時候，河水會氾濫到這道淺坡上。有人在斜坡一半的高度那裡插了根柱子。雖然它被歲月弄白了頭，也因為反覆浸在水裡而龜裂，但上頭標示水位的刻度仍清晰可見，還可以看到河流氾濫的日期。柱子底部有許多氾濫的記號，中段以及上部的記號數量幾乎也一樣多。沿著斜坡再往上走，地裡又冒出第二根柱子，這一根比較新。顯然曾經有些氾濫徹底吞沒了第一根柱子。這根新的柱子上有兩道記號，一道是八年前，一道是五年前。

今天有個女人站在較低的柱子旁，望著河水。她用沒戴手套的手緊抓著大衣壓向身體，她的手被凍得乾裂發紅。她用的髮夾不夠多，幾綹髮絲鬆脫垂在她的臉旁，隨著微風擺動。她的金髮顏色極淺，以致於剛開始出現的銀絲幾乎無法分辨。如果說以她四十好幾的年齡來說，她的頭髮顯得比較年輕，那麼她的臉龐則是另一回事。憂愁在她臉上留下刻痕，她的額頭上有永不消失的焦慮皺紋。河水離柱子還足足有一碼遠。今天不會氾濫，明天也不會，然而女人的眼神仍充滿恐懼。明亮、冷冽、快速的河水在經過眼前時發出嘶嘶聲。它每隔一段不規律的時間會啐一下；當一口河水噴到她靴子附近時，她驚跳起來，往後挪了幾吋。

她站在那裡，想起編籃人的故事，不禁為他能在口袋裝滿石頭、走進河裡的勇氣打了個冷顫。

她想著據說住在河裡的亡靈，好奇有哪些靈魂現在正飛速經過她面前，並朝她吐口水。她——又一次地——心想，她要找一天問牧師關於河裡的亡靈的事。《聖經》裡沒有寫——至少據她所知——但那不代表什麼。《聖經》裡沒寫到的真實事件一定多得要命。那是本厚書，但它還是不可能收錄了每一件真實的事，不是嗎？

她轉身爬上斜坡，朝小木屋走去。冬天裡的工作時間並不比夏天來得短，所以她到家的時候天色已經幾乎全暗了。她還得照料牲口呢。

莉莉是四年前住進小木屋的。她自稱懷特太太，是個寡婦，別人一開始覺得她很狡猾，因為只要碰觸到她過往生活的任何疑問，她都用避重就輕的方式來回答，並緊張地拒斥別人對她出於友善的好奇。但她每個星期天都出現在教堂，而且每次買一些小東西時都會從錢包拿出貧乏的幾枚銅板仔細數算，從來不會要求賒帳，於是過了一段時間，大家對她的懷疑也就消退了。她沒過多久就開始在牧師公館工作，一開始是負責洗衣服，後來因為她勤快又有效率，漸漸地愈做愈多。自從兩年前牧師的管家退休之後，莉莉就完全攬下確保牧師的居家生活很舒適的責任。牧師公館有兩間宜人的房間是專門保留給管家使用的，但莉莉繼續住在編籃人的小木屋——為了照顧牲口，她說。現在大家已經習慣她了，不過本地人普遍還是覺得莉莉．懷特有什麼地方不太對勁。她真的是個寡婦嗎？有人突然跟她說話時，她為什麼那麼緊張？而且有哪個腦筋正常的女人，明明可以在牧師公館享受有壁紙的舒適房間，卻會為了一頭山羊和兩頭豬而選擇住在潮濕而偏僻的編籃人小木屋？然而日久生熟，加上她與牧師的關係，綜合之下減少了別人的疑心，現在本地人對她的態度更偏向憐憫。她或許是稱職的管家，但大家仍悄悄說莉莉．懷特腦筋可能有點不正常。

人們對莉莉．懷特的想像不完全偏離事實。在法律上以及上帝眼裡，她都不是已婚婦人。確實有幾年的時間有個懷特先生存在，而她也真的為他做了傳統上妻子會為丈夫做的事：她替他煮飯，擦洗他的地板，洗他的襯衫，清空他的夜壺，替他暖床。而作為回報，他也善盡正常丈夫會盡的義務：他讓她捉襟見肘，喝掉她那一份麥芽酒，興之所至就徹夜不歸，還會打她。在莉莉眼中，他們的關係在每個細節上都跟婚姻無二，於是五年前他在她努力不去回想的情況下消失後，她毫不猶豫。他偷盜酗酒、無惡不作，不配擁有懷特這個姓氏。她也不夠格擁有這個姓氏，這她明白，然而比起她能夠擁有的其他姓氏，她最想要的是這個。所以她就用了。她離開那個地方，順著河走，無意中來到巴斯考。「莉莉．懷特，」她一路上都在低聲嘟囔，「我是莉莉．懷特。」她努力不辜負這名字。

莉莉給了黃色山羊一些爛掉的馬鈴薯，然後去餵豬。那兩頭豬住在舊棚屋裡。那是一棟石造建築，位於小木屋和河的中間，朝向小木屋的那一側開了個高窄的開口，能讓一個人進出，另一側則有低矮的開口，好讓豬能往返於牠們的住處以及泥塘。棚屋內有一道矮牆將兩側分開。在莉莉這一側，牆邊堆疊著劈好的木柴，旁邊有一麻袋的穀物以及舊錫澡盆，澡盆裡裝著半滿的餿水。這裡還有兩個水桶，置物架上有幾顆正慢慢長黴的蘋果。

莉莉拎起兩個水桶，提著走出棚屋繞到豬的戶外泥塘。她把滿桶半腐爛的包心菜以及其他枯黃到看不出是什麼的蔬菜倒到圍籬另一側的飼料槽，然後把舊水槽裝滿水。公豬從鋪著稻草的棚屋裡出來，看都沒看莉莉一眼，就低頭吃將起來。母豬從牠後頭跟出來。

母豬用側腰摩擦圍籬，這是牠的習慣，莉莉搔抓牠耳朵後頭，牠朝著她眨眨眼。母豬薑黃色睫毛下的眼睛仍半帶睡意。豬會做夢嗎？莉莉心想。如果會的話，看起來是夢到比現實生活更好的事物。母豬徹底清醒過來，用異常深刻的眼神望著莉莉。豬是很奇妙的生物。有時候牠們看你的眼神，讓人幾乎覺得牠們是人類。還是這頭豬想起什麼了？對，莉莉意識到，就是這樣。牠看起來完全就像在回想某段現在已失去的幸福回憶，因此印象中的喜悅與當今的悲傷交疊在一起。

莉莉也有過美好的時光，不過回憶只會令她痛苦。她父親在她有記憶以前就去世了，在她十一歲以前，她和母親兩人相依為命，過著平靜的日子。她們手頭拮据，糧食匱乏，但她們還是勉強度日，晚上喝完湯以後，兩人就挨在一起裹著毛毯來節省柴薪，母親會大聲朗讀兒童版《聖經》，並點頭示意莉莉該翻頁了。莉莉不太會認字。她分不清「b」和「d」，書上的字一感到她的目光就會開始抖動，但是當她母親用溫柔的嗓音唸誦時，那些字會乖乖待著不動，而莉莉發現她畢竟能夠追隨母親的進度，默默地用嘴形跟著唸出那些字。有時候她母親會跟她說父親的事——他是如何愛自己的小女兒，怎麼看也看不膩，而當他的健康狀況惡化時，他說：蘿絲，我最好的部分都在這裡了。它活在我們共同創造的這個孩子身上。後來，耶穌和她父親變得像同一個人的不同面貌，那個存在環繞著莉莉、保護著她，儘管看不見，其真實性也不減分毫。毛毯、《聖經》、她母親的嗓音以及深愛她的耶穌和父親——這些快樂的回憶只凸顯她後來的人生有多麼艱難。她回想起那段黃金歲月時總伴隨著絕望，甚至幾乎希望自己從未有過那段人生。這隻豬眼中對失去的幸福所流露的絕望渴盼，勢必就和想起過往的她模樣相似。現在唯一看顧莉莉的神，是嚴厲又憤怒的上帝，如果她父親從天堂往下看到自己成年的女兒，一定會因失望而痛苦地別過頭去。

母豬持續盯著莉莉。她粗魯地推開牠的口鼻部，喃喃地說：「笨母豬。」然後爬上斜坡走回小木屋。

進屋之後，她生起火，吃了一點乳酪和一顆蘋果。她瞄向蠟燭，那截短短的殘燭靠著本身流下的蠟黏在一塊破瓷磚上，她決定多忍耐一下子再點蠟燭。火邊有一張垂頭喪氣的椅子，椅墊用各種不搭調的羊毛補過很多次，她疲憊地坐上去。她很累，卻因為緊張而警醒。這個晚上他會來嗎？她昨天見到他了，所以也許不會，但這種事永遠沒個準。她坐了一小時，繃緊神經注意腳步聲，然後莉莉的眼皮才漸漸闔上，頭開始不斷往下垂，她睡著了。

現在河流吐出一股複雜的芳香，透過小木屋門底的縫隙吹送進來。莉莉的鼻子忽然抽動了一下。那股氣味以土質為基底，帶有青草、蘆葦和莎草的活潑調性。它含有石頭的礦物性質。還有一種更暗、更偏棕色、分解更徹底的物質。

河流在下一次吐氣時呼出一個孩子。她飄進小木屋，冰冷而呈藍綠色。

莉莉在睡夢中皺眉，呼吸變得不穩定。

女孩那難以形容顏色的頭髮濕濕地緊貼在頭皮和肩膀上，身上的衣服顏色跟堆積在河流邊緣的髒東西一樣。她身上流著水；水從她的頭髮滴到斗篷，再從斗篷滴到地板。怎麼滴也滴不完。

恐懼讓莉莉的喉嚨發出被噎住似的嗚咽。

滴、滴、滴……那水無止無境：它會滴到天荒地老，它會滴到河川乾涸。懸浮的孩子滿懷惡意地望向椅子上睡著的人，然後慢慢地——慢慢地——舉起模糊的手指著她。

莉莉突然驚醒——

河孩兒消散無蹤。

有一會兒工夫，莉莉只是驚恐地盯著空中那女孩原本出現的位置。

「噢！」她驚呼，「噢！噢！」她抬起手捂著臉，彷彿要擋住那影像，但她也從指縫間偷看，確認那女孩不見了。

都過了這麼久了，情況一點都沒有改善。那女孩仍然滿腔憤怒。要是她能待久一點，莉莉就能跟她說話。告訴她她很抱歉。告訴她她願意付出任何代價，放棄任何事，做任何事……可是等到莉莉能夠說得出話時，那女孩已經消失了。

莉莉依舊戒慎恐懼地傾向前，盯著河孩兒懸浮處的地板。那裡有深色的印子，她在即將消逝的天光中勉強看得出來。她撐著椅子站起來，不太情願地拖著腳走過地板。她伸出手，用手指觸摸那塊深色。

地板是濕的。

莉莉合掌祈禱。「求祢搭救我出離淤泥，不叫我陷在其中；求祢使我出離深水。求祢不容大水漫過我，不容深淵吞滅我。」她快速重複這幾句禱詞，直到呼吸恢復規律，然後她痛苦地站起身說：「阿門。」

她感到心煩意亂，而且這不只是被造訪後的效應。是河水在上漲嗎？她走到窗邊。那黝暗的波光並沒有離小木屋更近。

那就是他了。他來了嗎？她探尋門外的動靜，伸長耳朵聽他接近的腳步聲。什麼也沒有。

這些都不是。那是什麼？

答案出現的時候，是由一個極似她母親的嗓音說出口的，她嚇了一跳，然後才意識到那是她自己的聲音：「有事要發生了。」

阿姆斯壯先生到班普頓

有事要發生了，他們都這麼想。而不久之後，雷德考的天鵝酒館果然有事發生。

現在怎麼辦？

最漫長的一夜過後隔天早晨，卵石地面上噠噠的馬蹄聲宣告有一位訪客來到了班普頓村。在這大清早的時間恰好待在戶外的少數人，都皺著眉抬頭張望。這是哪個蠢蛋，騎著馬全速衝進他們狹窄的街道？馬和騎士映入眼簾後，他們心生好奇。騎士不是他們村裡某個不懂事的少年，而是個陌生人，非但如此：他還是個黑人。他表情凝重，寒冷的早晨使他呼出一團團雲霧，使他有股來勢洶洶的氣魄。他放慢速度，他們只看了他一眼便立刻跳進家門，然後把門牢牢關上。

羅伯．阿姆斯壯對陌生人看到他的反應習以為常。他的人類同胞乍見到他時，總是心存忌憚。他黝黑的膚色使他被排除在外，而他的身高和力量比任何白人男子都佔優勢，卻只會讓別人對他更加提防。事實上，其他生物都很清楚，他擁有最溫柔的靈魂。就拿飛兒舉例好了。馬販說牠太野了，根本無法馴服，所以他才能用極低的價格便換得牠，然而他一坐上馬鞍，他們兩個不到半小時便成為最好的朋友。還有貓。那隻瘦巴巴的貓少了一隻耳朵，某個冬天早晨牠出現在他的穀倉裡，吐著口水咒罵並用惡毒的眼神盯著每個人——而現在牠會豎著尾巴穿過院子奔向他，喵喵叫著要他搔牠的下巴底下。就連夏天會落在人的頭髮上、在人臉上到處爬的瓢蟲，都知道即使被弄得太癢，阿姆斯壯也不會傷害牠們，只會皺起鼻樑把牠們甩掉。不論是田野裡或農場裡的動物都不怕他；但是人類——啊！完全是另一回事。

最近有個人寫了一本書——阿姆斯壯聽到一些風聲——書裡提出人類是一種聰明的猴子。這引起不少訕笑和憤慨，但阿姆斯壯傾向於相信這種說法。他早就發現將人類與動物界區分開來的那條線，其實具有滲透性，而人類以為專屬於他們的所有特質——智慧、良善、溝通——他都在他的豬、馬，甚至是在乳牛間闊步蹦跳的禿鼻鴉身上看過。還有一點：他用在動物身上的技巧，一般而言也適用於人類。他最終通常都能贏取他們的信任。

不過他在片刻之前瞥見的人突然集體消失，讓他很難辦事情。他沒來過班普頓。阿姆斯壯策馬走了幾碼，來到一個十字路口，看到一個男孩趴在路標旁的草地中央，鼻子幾乎貼到了地面。他完全沉浸在研究幾顆彈珠的排列上，似乎連寒冷都沒注意到——也沒有察覺阿姆斯壯靠近。

接著男孩臉上接連出現兩種表情。第一種表情——警覺——一閃而逝。當他看到阿姆斯壯變魔術般從口袋裡摸出一顆彈珠時，立刻就換上另一副表情。（阿姆斯壯做衣服時特別添加了許多耐重的大口袋，好儲放他習慣隨身攜帶來馴服和安撫動物的法寶。他必定會帶著給豬的橡實、給馬的蘋果、給小男孩的彈珠，以及給大人的隨身酒瓶。至於人類女性，他靠的是良好的儀態、得體的談吐以及光可鑑人的鞋子與鈕釦。）他方才亮給男孩看的可不是普通的彈珠，而是包含橘色和黃色的花紋，像極了火焰，你甚至會以為可以用它來取暖。男孩現在滿懷興味。

接下來登場的比賽，雙方都集中精神展現專業。男孩握有熟悉地形的優勢——哪幾撮草會在彈珠滾過時彎折，哪些有糾結的根部，會使彈珠轉向——比賽結束了，正如阿姆斯壯的本意，彈珠進了男孩口袋。

「很公平，」他承認，「強者獲勝。」

男孩看起來有點侷促不安。「這是你最好的彈珠嗎？」

「我家裡還有別的。好了，我真的該自我介紹一下。我是阿姆斯壯先生，我在凱姆史考特有一座農場。我在想，你能不能告訴我一些資訊？我想去一棟房子，有個叫愛麗絲的小女孩住在那裡。」

「你說的是伊維斯太太的房子，她媽媽住在那裡。」

「她媽媽的名字是……？」

「阿姆斯壯太太，先生——噢！——跟你的名字一樣耶，先生！」

阿姆斯壯稍微鬆了口氣。如果那女人是阿姆斯壯太太，就表示羅賓有跟她結婚。事情或許不像他擔心的那麼糟。

「那伊維斯太太的房子在哪裡呢？你能告訴我怎麼走嗎？」

「我帶你去，這樣最好，因為我知道捷徑，都是由我負責送肉去那裡的。」

他們步行出發，阿姆斯壯牽著飛兒。

「我已經告訴你我叫什麼了，我也會告訴你這匹馬叫飛兒。現在你知道我們是誰，那你是誰呢？」

「我叫班，我是屠夫的兒子。」

阿姆斯壯注意到班習慣在每次答話之前深吸一口氣，然後再一鼓作氣地把話講完。

「班。我猜你是最小的兒子吧，因為班傑明的意思就是這樣。」

「它的意思是最小的還有最後一個，給我取名的人是我爸，但我媽說光是取了對的名字還不夠讓想要的事情成真，所以我後面還有三個孩子，我媽肚子裡還有一個，而我前面已經有五個孩子了，不過我爸只需要一個孩子在店裡幫忙，那就是我大哥，我們其他人都是多餘的，因為我們只會吃掉利潤。」

「你媽怎麼說呢？」

「大部分時候啥也沒說，不過她開口的時候，大致上都在講吃掉利潤總比喝掉利潤好，然後他會痛扁她一頓，接下來幾天她就什麼也不會說了。」

男孩嘰哩呱啦的時候，阿姆斯壯斜眼打量他。少年的額頭和手腕處都隱約看得出瘀青。

「先生，伊維斯太太的房子不是好地方喔。」男孩告訴他。

「怎麼說？」

男孩努力思考。「那是個不好的地方，先生。」

幾分鐘後，他們到了。

「我最好站在這裡替你牽著馬，先生。」

阿姆斯壯把飛兒的韁繩遞給班，並且給了他一個蘋果。「如果你餵飛兒吃這個，你會交到一輩子的好朋友。」他說，然後他轉身去敲那棟貌不驚人的大房子的門。

門微微打開，他瞄到一張幾乎跟門縫一樣窄的臉，正在往外窺視。那女人看了一眼他的黑臉，刻薄的五官便扭曲起來。

「噓！骯髒的魔鬼，快走開！我們不服務你這種人！離開這裡！」她的音量大得沒有必要；而且語速很慢，好像在跟弱智或外國人說話。

她試著把門關上，但阿姆斯壯用靴尖抵住門，而無論是因為看見擦得光亮的昂貴皮革，還是她想更加嚴厲地斥責他，總之她又把門打開。她還來不及開口，阿姆斯壯搶先發話。他語氣輕柔，措詞非常尊重，好像她剛才沒稱呼他為骯髒的魔鬼，而且他的靴子沒卡在她的門縫。

「請原諒我的冒昧，夫人。我知道妳一定很忙，若非必要，我不會多耽擱妳一分鐘。」他看出她注意到他的言談透露出高等教育程度，因而打量起他的好帽子以及漂亮的大衣。他看出她有了結論，並感覺與他鞋尖相抗衡的力量消失了。

「什麼事？」她說。

「是不是有一位阿姆斯壯太太住在妳這裡？」

一抹不懷好意的得意笑容牽動她的嘴角。「她在這裡工作，她是新來的。你得加錢。」

原來班說這裡不是好地方是這個意思。

「我只是想和她談一談。」

「我猜是為了那封信吧？她已經等了好幾個星期了，差不多放棄希望了。」

這骨感而瘦削的女人伸出骨感而瘦削的手。阿姆斯壯看著它，搖搖頭。

「我真的很想見她，麻煩妳。」

「不是那封信？」

「不是那封信。請帶我去找她。」

她帶他爬上一道樓梯，然後又爬了一道樓梯，一路上唸唸有詞。「我哪會不以為是信來了，這一個月來我每天聽到不下二十次：『伊維斯太太，我的信來了嗎？』還有：『伊維斯太太，有沒有我的信？』」

他什麼也沒說，只在她不時回頭瞄他一眼時，擺出溫和而順從的表情。一進門的時候，這樓梯看起來頗為漂亮氣派，然而你爬得愈高它就變得愈破舊寒傖。在上樓的途中，有些房門微微敞開。阿姆斯壯瞄到未經鋪整的床、丟在地上的衣物。在某個房間裡，有個衣衫不整的女人彎著腰在穿褲襪。她看見他時嘴巴彎出笑容，眼裡卻沒有笑意。他的心直往下沉。羅賓的妻子竟淪落到這種地方？

爬到頂樓光禿禿的樓梯平臺，牆面油漆剝落，伊維斯太太停下腳步，俐落地連敲了幾下門。

沒有回應。

她又敲門。「阿姆斯壯太太？有位紳士來找妳。」

只有寂靜。

伊維斯太太皺起眉頭。「我不知道……她今天早上沒有出門啊，不然我會聽到。」然後她突然一驚：「她一定是跑了，這個小蕩婦！」她三兩下從口袋掏出鑰匙，打開房門往裡衝。

阿姆斯壯越過伊維斯太太的肩膀，在一瞬之間將房間盡收眼底。鐵床上鋪著皺巴巴的髒汙床單，另一種可怕的雪白壓在床單上：一條伸長的手臂，手指僵硬地張開。

「天啊，不！」他驚呼，抬起手遮住眼睛，彷彿現在抹去看過的畫面還不算太遲。他就這麼站了幾秒鐘，眼睛緊閉，而伊維斯太太抱怨個沒完。

「這小狐狸精！她還欠我兩週的房租哪！等我收到信就給妳，伊維斯太太！噢，滿口謊言的妖女！我現在要怎麼辦，嗯？吃我的，睡我的！自以為高貴到不必工作賺錢！『如果妳不立刻付錢，我要把妳趕出去，』我告訴她，『我可不會平白無故地讓女孩子住在這裡！妳付不出錢的話，就必須工作。』我親自確保她工作。我可不容許女孩以為欠債沒什麼，以為自己是良家婦女而不用付錢。她最後還不是屈服了，她們都一樣。我現在該怎麼辦啊？偷錢的小白痴！」

當阿姆斯壯放下遮住眼睛的手、睜開眼睛時，他看起來像是變了個人。他悲傷地環顧這惡劣的小房間。木板光禿禿的，還會透風，窗玻璃破了一塊，刀一般銳利的冷空氣長驅直入。牆上的灰泥布滿凹痕和凸起。放眼望去沒有任何色彩、暖意、人性化的慰藉。床邊的小桌子上放著一個棕色藥瓶，已經空了。他拿起來聞了聞。果然沒錯，這女孩結束了自己的生命。他把藥瓶收進口袋。何必讓別人知道呢？能為她做的已經太有限了，他至少可以隱瞞她的死因。

「所以，你是誰啊？」伊維斯太太繼續說，現在語氣多了分算計。雖然看起來不太可能，她所抱持的期待還是令她臆測道：「家人？」

她沒有得到回應。男人伸出手，讓死去女孩的眼皮闔上，然後垂下頭禱告了一會兒。

伊維斯太太不耐煩地等著。她沒有和他一起唸「阿門」，但他的禱告一結束，她就接續剛才未完的話題。

「只是如果你確實是她的家人，你就有義務還債。」

阿姆斯壯的臉皺了一下，伸手從斗篷的夾層取出一個皮革錢包。他數了幾枚硬幣放進她手心，看他準備把錢包收回去，她趕緊補了一句：「是三個星期！」他鄙夷地再給她一些硬幣，她用手指牢牢握緊。

訪客再次轉頭看著床上死去女孩的臉。

她的牙齒看起來大得不成比例，顴骨也明顯凸出，顯示不管伊維斯太太怎麼說，這個年輕女人都沒有從房東提供的伙食得到太多營養。

「我猜她原本應該挺漂亮的吧？」他悲傷地問。

這問題出乎伊維斯太太的意料。這男人的年齡足以成為年輕女人的父親，然而由女人白皙的膚色和男人黝黑的膚色來看，這個可能性很低。她也感覺他不是她的情人。但如果他既不是父親也不是情人，如果他跟她素未謀面，他為什麼要替她付房租？不過這不重要。

她聳聳肩。「外表漂亮有什麼用。她是很白啦，太瘦了點。」

伊維斯太太走到門外的樓梯平臺上。阿姆斯壯深深嘆一口氣，悲憐地看了床上的屍首最後一眼，便跟著她出去。

「那孩子在哪裡？」他問。

「我猜被淹死了吧。」她冷酷地聳肩，同時繼續走下樓梯。「你只要出一個人的喪葬費，」她惡劣地說，「不幸中的大幸。」

被淹死了？阿姆斯壯在最頂端的樓梯上硬生生止步。他轉身再度把門打開，上上下下、左左右右地搜尋，彷彿在某個地方——地板的縫隙裡、毫無作用的薄窗簾後頭、甚至是冷空氣中——可能藏著一條小生命。他拉開被單，確認薄薄的布料底下會不會藏著第二具小身軀——死的？活的？他只看到那母親的骨頭，對於填塞其中的血肉來說顯得太大。

♣

來到屋外，班正在撫摸新朋友飛兒的馬鬃。飛兒的主人走出房屋時，看起來不一樣了。臉色發灰，彷彿變得比較蒼老。

「謝謝你。」他接過轡繩時心不在焉地說。

男孩這才想到，他或許不會知道這一切是為了什麼——這有趣的陌生人為何來到這條街上，他為何贏得一顆燃燒的彈珠，以及為何要去伊維斯太太的壞房子神祕探訪阿姆斯壯太太。

男人一腳踩在馬鐙上，頓了一下，事情朝向比較有希望的方向發展。「你認識住在這房子裡的小女孩嗎？」

「愛麗絲？她們不常出來，愛麗絲總是跟在她媽媽後面，有點躲躲藏藏的，因為她很怕生，如果她覺得有人在看她，她會拉起她媽媽的裙子遮住臉，不過我有看到她偷看一兩次。」

「你覺得她幾歲？」

「大概四歲。」

阿姆斯壯點點頭，哀悽地皺起眉。班感覺有種複雜的氣氛籠罩四周，超乎他的理解。

「你最近一次看到她是什麼時候的事？」

「昨天下午接近傍晚的時候。」

「在哪裡看到的？」

「在葛雷格里先生的店那裡。她跟她媽媽一起出來，她們沿著小巷子走過去。」

「葛雷格里先生的店是哪種店？」

「賣藥的。」

「她手裡有拿什麼東西嗎？」

班回想著。「某個包起來的東西。」

「大小呢？」

他用手比畫，阿姆斯壯看出那跟他從房間拿起來、現在裝在口袋裡的藥瓶差不多大。

「那條小巷子通往什麼地方？」

「沒什麼地方。」

「它一定會連到某個地方吧。」

「只有通往河邊而已。」

阿姆斯壯不說話。他想像那可憐的少婦走進藥房買了一瓶毒藥，然後走上通往河邊的小巷子。

「你有看到她們回來嗎？」

「沒有。」

「或許——阿姆斯壯太太一個人回來？」

「那時候我已經進屋去吃我爸的利潤了。」

班很困惑。他感覺有一件重要的事發生了，但他猜不透可能是什麼事。他看著阿姆斯壯，判斷自己對他有沒有幫助。無論發生什麼事，他都想要參與，跟這個男人一起——這男人餵他漂亮的馬吃蘋果，口袋裡裝著彈珠，看起來幾乎令人害怕，說起話來卻親切和善。但有一匹好馬的黑男人看起來鬱鬱寡歡，班覺得很失望。

「班，也許你可以帶我去藥房看看？」

「好。」

他們走路時，男人似乎沉浸在思緒中，而班儘管沒有自覺，勢必也在思考，因為男人肅穆的表情讓他知道，他們涉入其中的戲劇化事件十分陰暗淒涼。

他們來到一棟低矮的小型磚造建築前，它有一扇昏暗的小窗戶，有人在窗戶上方用油漆寫著「藥房」，不過年代久遠，現在已嚴重褪色。他們走進去，看顧櫃臺的男人抬起頭。他身形單薄，有一把稀疏的鬍鬚。他帶著警覺看著陌生人，然後又看到班，這才放下心來。

「需要什麼嗎？」

「是關於這個。」

男人漫不經心地瞄了一眼藥瓶。「要補充是吧？」

「我不是要更多這玩意兒。如果這東西少一點，對大家都是好事。」

藥劑師用不確定的目光快速瞥了阿姆斯壯一眼，但沒有對他的言外之意作出回應。

阿姆斯壯拔掉瓶塞，把瓶口湊到男人鼻子底下。瓶子裡還剩下將近四分之一，足以散發強烈氣味，它會強勢地從鼻孔深處升到大腦，你不必知道它是什麼東西就會提高警覺。光是氣味就會叫你要小心了。

藥劑師現在看起來很不安。

「你記得賣過這個嗎？」

「我賣過很多東西。人們買這個——」他朝著阿姆斯壯放在桌上的瓶子點點頭，「——有各式各樣的用途。」

「例如？」

男人聳聳肩。「蚜蟲……」

「蚜蟲？在十二月？」

他佯作無辜地望著阿姆斯壯。「你沒說是十二月的事啊。」

「我指的當然是十二月。你昨天把這個賣給一個年輕女人。」

藥劑師的喉結上下滾動。「你是那個年輕女人的朋友是吧？倒不是說我記得有什麼年輕女人，沒有特別印象。這裡常有年輕女人來來去去，她們買的東西五花八門，理由千奇百怪。我想你不是她父親吧……」他停頓了一下，看阿姆斯壯不答腔，又狡猾地用強調語氣說：「那你是她的護花使者囉？」

阿姆斯壯可說是最溫文儒雅的人，但他知道必要的時候怎麼裝出另一種態度。他用某種眼神看著藥劑師，那男人突然畏縮了。

「你要什麼？」

「資訊。」

「儘管問吧。」

「那孩子跟她在一起嗎？」

「那個小女孩？」他似乎很訝異，「對。」

「她們離開你店裡以後去了哪裡？」

他用手比畫。

「往河邊走？」

男人聳聳肩。「我哪知道她們要去哪裡？」

阿姆斯壯的語氣溫和，但帶有一股確切的狠勁。「一個柔弱無依的年輕母親帶著幼兒來到你店裡，買了毒藥，而你都沒想過要自問她接下來會去哪裡嗎？她打算做什麼？你從沒考慮過你為了賺區區幾分錢而做這筆生意，會造成什麼後果嗎？」

「先生，如果有個陌生女人遇到麻煩，誰有義務替她解決問題？我嗎？還是最初害她惹上麻煩的人？如果她對你很重要，這位……這位管你是誰先生，你該問的是這個問題才對。去找那個始亂終棄的人，那才是你該為接下來發生的事追究責任的對象！倒不是說我知道後來發生了什麼事。我只不過是個必須謀生的人而已，我也只是混口飯吃。」

「賣毒藥給求救無門的女孩，好讓她們能殺死十二月的玫瑰上的蚜蟲？」

藥劑師還不錯，露出侷促不安的神情，不過是出於愧疚或只是擔心阿姆斯壯會對他不利，就很難說了。

「法律又沒有規定我要知道園藝作物害蟲的盛行季節。」

「先生，接下來要去哪兒？」當他們走出藥房，班期待地問。

「我覺得就這樣了，至少就今天而言。我們去河邊吧。」

他們走著走著，班愈走愈慢，而且腳步開始搖搖晃晃。來到河邊，阿姆斯壯回頭察看男孩在哪，看到他臉色發青地靠著一棵樹的樹幹。

「班，你怎麼了？」

班哭了起來。「先生，對不起，先生，我吃了一些你讓我拿來餵飛兒的青蘋果，先生，現在我的肚子好痛，好像有東西在攪……」

「那些蘋果很酸，難怪你會這樣。你今天吃了什麼東西？」

「什麼都沒有，先生。」

「沒吃早餐？」

男孩搖頭。阿姆斯壯對那個沒把孩子餵飽的屠夫生出一股怒氣。

「這是酸液加上空腹的結果。」阿姆斯壯扭開隨身酒瓶的蓋子。「喝這個。」

男孩喝了一口，做出怪表情。「這味道太可怕了，先生，我覺得更不舒服啦。」

「就是要這樣。沒有什麼比冷茶更糟，把它喝完吧。」

班把酒瓶抬高，皺著臉把最後一點茶吞下肚。然後他對著草地大吐特吐。

「很好。還有嗎？有？很好。繼續吐。」

班在河岸邊喘氣呻吟，飛兒守著他，阿姆斯壯則返回主要的街道上，在烘焙坊買了三個圓麵包。他返回河邊，把其中兩個麵包給班——「吃吧，填滿你的胃，」——自己則吃掉第三個。

兩人坐在河岸，班吃麵包的時候，阿姆斯壯望著河流奔騰而過。比起拖拖拉拉的狀態，這樣的河流反而比較安靜。它不會沿路與之所至就潑一些水出來，只有專心一致地往前衝，在河水拍打河流邊緣的鵝卵石所製造的高音之外，還有一種嗡嗚聲，像是有人用鎚子敲打大鐘、清楚明確的鐘聲淡去之後，你會在耳朵內部聽到的聲音。它具備聲響的輪廓，卻缺乏聲音的實體，像是沒有色彩的素描。阿姆斯壯聽著那若有似無的嗡嗚，心思隨著河在奔淌。

這裡有座木頭做的橋，形式很簡單。橋下的水流既高且急——它會捲走任何可能落水的東西。他看到在漆黑寒冷的晚上，年輕女人帶著她的孩子來到這裡。他放過自己，不去想像她把孩子投入水中的畫面，但他設想了她的沮喪，感覺自己因恐懼和悲傷而心跳加速。阿姆斯壯心神恍惚地望向河的兩端。他不知道自己預期會看見什麼。他知道不會是一個幼兒——現在不會。

當他回過神來，這才注意到跟區區兩、三小時前相比，冬天感覺變得好凜冽。他的身體對寒意的抵抗力變弱了，在他的羊毛大衣和層層衣物底下，他感覺得出皮膚是冷的。矮樹叢裡陰暗潮濕。秋天的褐色與深金色老早就看不見了，春天的軟化還要好幾個月才會發生。樹枝呈現最烏黑的狀態。似乎只有奇蹟降臨，生機才會重返大地，在禿硬的樹頂綴上朦朧的新葉。今日看著此情此景，怎不教人喟嘆生命已一去不回。

他試著轉移自己的心思，別再沉溺於灰色的想法。他轉頭看著班，發現男孩已經恢復得差不多了。

「等你大一點，會在你爸爸的肉鋪幫忙嗎？」

班搖搖頭。「我要逃家。」

「這是好主意嗎？」

「這是我們家的傳統，先是我二哥，再來是我三哥，再來就輪到我了，因為爸爸只需要我們其中一人，我們其他人都是多餘的，我不久後就會逃家——我想等天氣好一點吧——出去賺大錢。」

「用什麼方式？」

「等我賺到錢我就會知道了，我猜。」

「班，到了適合逃家的時候，我希望你來找我。我在凱姆史考特有一座農場，那裡永遠都有不怕幹活兒的誠實男孩可以做的工作。只要走到凱姆史考特，說你要找阿姆斯壯就行了。」

班被這出乎意料的好運給驚呆了，他深吸一口氣，連說了好多遍：「謝謝你，先生！謝謝你，先生！謝謝你！」

兩個新朋友握手表示一言為定，然後就分道揚鑣了。

班開始往家的方向走，思緒亂成一團。還不到十點，但今天已經是充滿冒險的一天了。突然間，阿姆斯壯的悲傷突破他年輕的心靈，他領悟到它的嚴重性。

「先生？」他跑回阿姆斯壯面前，阿姆斯壯已經坐上了馬鞍。

「嗯？」

「先生，愛麗絲——她死了嗎？」

阿姆斯壯望著河，看著河面難分方向的動態。

她死了嗎？

他鬆鬆地握著轡繩，腳在馬鐙上踩好。

「我不知道，班。真希望我知道。她媽媽死了。」

班等著看他還會不會說什麼，但他沉默著，所以班就轉身回家了。阿姆斯壯先生，凱姆史考特的農夫。等時機成熟，他會逃家——並且成為故事的一部分。

阿姆斯壯催促飛兒前進。他們慢跑向前，馬背上的阿姆斯壯不禁落淚，為了失去他從不知道的孫兒而悲傷欲絕。

他一向會因為得知有生命在受苦而心痛。他絕不容許他的動物受苦，所以他會親手宰殺牠們，而不是把任務交辦給底下的人。他確保他的刀子夠利，用平靜的話語安撫豬隻，拿橡實分散牠們的注意力，然後迅速而熟練地揮一下刀子便已足夠。沒有恐懼，沒有疼痛。淹死一個孩子？他想都不敢想。有些農夫會用這種方式解決生病的動物，也常有人將沒人要的小貓小狗裝在麻布袋裡淹死，但他從沒做過這種事。務農的人或許離不開死亡，可是受苦——他絕不容許。

阿姆斯壯流著淚，一邊前進一邊發覺，一項失落會把其他類似的回憶也帶回來。他想起他最心愛的豬，他務農三十年來見過最聰明、最和善的豬，他突然心生強烈的感觸，感覺新鮮得就像回到兩年多前他發現牠失蹤的那一個早晨。「飛兒，茉德出了什麼事？不知道真相我永遠不甘心啊。有人帶走牠，飛兒，但誰能如此無聲無息地把牠擄走？你也知道牠的個性，如果有陌生人想帶牠走，牠一定會尖叫。而且為什麼要偷一頭母豬？想吃豬肉我能理解，有些人在挨餓，但是育種用的豬——牠的肉又硬又苦，難道他們不知道嗎？這事真沒道理。隔壁的豬圈裡就有肉豬，為什麼要偷茉德這麼大的豬？」

他想到最令人難以承受的念頭，心臟緊縮發疼：小偷既然無知到選擇偷最大的豬、而不是肉質鮮美的小豬，他勢必也不是很會用屠刀。

阿姆斯壯很清楚自己運氣有多好：他擁有健康、體力和智慧；他非正統的出身——他父親是個伯爵，母親則是黑人女僕——為他帶來一些困難，不過也有優勢。雖然他的童年過得很孤單，他卻接受了良好的教育，當他選擇人生的道路時，他被給予了可觀的財富來奠定基礎。他擁有肥沃的土地；他贏得了貝絲的芳心，兩人共同創造了一個基本上幸福快樂的大家庭。他是個懂得感恩惜福並為之欣喜的人，但他也是刻骨銘心感受到失落的人，而現在他的心靈飽受折磨。

一個孩子在河裡掙扎，茉德在鈍刀下掙扎，不專業的屠夫拿刀切割牠……駭人的影像撕扯他的心。是的，一項悲傷會觸發另一項，然後另一項，失去茉德的傷口被扯開後，他的心智轉向他所有失落中最痛徹心扉的一項，淚水更加泉湧而出，沿著他的臉往下流。

「噢，羅賓。飛兒，我哪裡做錯了？噢，羅賓，我的兒子。」

現在他和他的第一個孩子相隔千里，巨大的悲傷沉重地壓在他心上，讓他動彈不得。二十二年的愛，現在呢？他的兒子四年來都不肯住在農場，而是選擇遠離他的弟弟妹妹，落腳在牛津。他們會一連好幾個月都見不到他，而且他只在有所求時才會出現。「我試過了，飛兒——但我夠努力嗎？我應該怎麼做才對？是不是已經太晚了？」

想到羅賓又讓他想起那孩子——羅賓的孩子——於是他再度開啟悲痛的輪迴。

如此這般折騰了一段時間，有個年邁的男人映入他的眼簾，那老人拄著根棍子。阿姆斯壯用袖子擦擦臉，等兩人距離很近時，他停下馬對老人說話。

「班普頓有個小女孩失蹤了，」他說，「年齡是四歲。你可以把消息傳出去嗎？我姓阿姆斯壯，我的農場在凱姆史考特……」

他看到老人才剛聽到他說的內容，表情就變了。

「那我有不幸的消息要告訴你，阿姆斯壯先生。我是昨晚在鬥雞場聽說的，有個要搭早晨的火車去萊奇萊德的傢伙講給我們大家聽。有人從河裡撈出一個小女孩，已經淹死了。」

這麼說，她已經不在了。這是意料之中的結果。

「這是在哪兒發生的事？」

「天鵝酒館，在雷德考。」

老人心地還不錯。他看到阿姆斯壯的悲傷，補了一句：「我並不是說那就是你在找的孩子。也許那是另一個女娃兒。」

可是當阿姆斯壯催飛兒加速奔向雷德考時，老人搖搖頭，噘起嘴巴。他在昨晚的鬥雞上輸掉一個星期的薪水，可是世界上還有比他更不幸的人哪。

三方認領

里奇河、徹恩河以及科隆河在匯入泰晤士河、壯大它的水勢之前，都有各自的一段旅程；與此相似，范恩家、阿姆斯壯家以及莉莉．懷特也先各自活出了幾年的故事，才成為這個故事的一部分。不過他們確實加入了故事，而我們現在來到了水道的交會點。

當世界還被捂在黑暗裡的時候，已經有個人在河岸邊走動：那是個矮小的身影，抓著身上大衣的衣襟，腳步匆促地往雷德考橋的方向走，喘吁吁地呼出白煙。

走到橋邊，她停下腳步。

在橋上你通常會在頂點駐足，在那個位置暫停是如此自然的事，以致於大部分的橋——即使是只有兩、三百年歷史的年輕橋樑——在最高點都被踩平了，許多腳曾在那裡逗留、徘徊、遊蕩、等待。這是莉莉無法理解的。她停在河岸上的橋墩旁，整座橋體都是以這巨大的岩石為基礎建造的。工程學對莉莉來說像天方夜譚：在她心裡，石頭不會自然地待在空中，而一座橋是怎麼浮在那裡的，是她猜不透的另一件事。它一定是幻影，而且隨時會揭露真面目，如果那時她剛好在橋上，她就會像顆石頭直直掉進水裡，加入亡靈的行列。她對橋是能避則避，可是有時候她必須過橋。她把裙子攥在拳頭裡，深吸一口氣，然後邁開沉重的腳步開始跑。

♣

瑪歌先醒來，她是被砰砰的敲門聲吵醒的。那敲門聲有股緊急的意味，於是她趕緊下床、披上睡袍，然後下樓看看來者何人。她在下樓的時候，昨晚的記憶甩脫夢一般的氛圍，使她驚覺到那竟是現實。她不可思議地搖搖頭——然後打開門。

「她在哪裡？」門口的女人說。「她在這裡嗎？我聽說她……」

「妳是懷特太太對吧？住在河對岸的？」出了什麼事？瑪歌心想。「請進，親愛的。妳怎麼了？」

「她在哪裡？」

「應該在睡覺吧。別著急，我先點個蠟燭。」

「這裡有蠟燭。」麗塔的聲音傳來。她被敲門聲吵醒，站起來走到旅人廳的門口。

「那是誰？」莉莉緊張地問。

「只是我——麗塔．星期天。早安。妳是懷特太太吧？妳替哈古德牧師工作？」

蠟燭點亮後，莉莉在房間裡左顧右盼，雙腳不安地躁動。「那個小女孩……」她再度開口，但她看著瑪歌和麗塔，露出不確定的表情。「我以為……是我夢到的嗎？我不……也許我該走了。」

麗塔身後響起輕盈的腳步聲。是那孩子，她在揉眼睛，腳步搖搖晃晃。

「噢！」莉莉用截然不同的語氣驚呼，「噢！」

即使只有微弱的燭光，她們仍能看出她臉色刷白。她飛快抬起手掩著嘴，震驚地盯著女孩的臉。

「愛恩！」她充滿感情地呼喚。「原諒我，愛恩！說妳原諒我，親愛的妹妹！」她跪在地上，朝孩子伸出顫抖的手，卻不敢真的碰觸她。「妳回來了！感謝老天！說妳原諒我……」她急切而渴盼地望著孩子，那孩子看起來不為所動。「愛恩？」她問道，帶著懇求的目光等待回應。

沒有回應。

「愛恩？」她又悄聲說，恐懼令她顫抖。

孩子還是不回答。

麗塔和瑪歌互看一眼，向對方傳達訝異，然後看到那女人開始抽泣，麗塔將雙手擱在她抖動的肩膀上。

「懷特太太。」她安撫地說。

「那是什麼味道？」莉莉哭喊，「是河，我知道是河！」

「她是昨天晚上被人從河裡發現的，我們還沒有幫她洗頭髮——她的狀況太糟了。」

莉莉的目光移回孩子身上，看著她時的表情由愛轉為驚恐，然後又轉為愛。

「放開我，」她小聲地說，「讓我走！」

她搖搖晃晃但堅決地站起身，一邊喃喃道歉，一邊走出門外。

「唔，」瑪歌微微不解地表示，「有很多事我都放棄搞懂了。我要去泡杯茶，我能做的頂多就這個了。」

「泡茶很好啊。」

但瑪歌並沒有去泡茶，至少沒有馬上去泡。她望向窗外，莉莉跪在天寒地凍中，兩手交握舉在胸前。「她還在那裡，看起來是在禱告。兩眼發直地禱告。妳怎麼看？」

麗塔想了想。「懷特太太能有這麼小的妹妹嗎？妳覺得她幾歲？四十？」

瑪歌點點頭。「而我們的小丫頭才——四歲？」

「差不多。」

瑪歌扳著手指來計算，她就是用這種方式管理酒館的帳目的。「兩人差了三十六歲。假設懷特太太的母親是十六歲時生下她的，三十六年後她都五十二歲了。」她搖頭。「不可能。」

在旅人廳裡，麗塔握住臥床男人的手腕，數算他的脈搏。

「他會好起來嗎？」瑪歌問。

「所有生命徵象都很穩定。」

「那她呢？」

「她怎麼樣？」

「她會……好起來嗎？因為她現在不正常，不是嗎？她一個字都沒說。」瑪歌轉頭看著孩子。「小寶貝，妳叫什麼名字？妳是誰呀，嗯？跟妳的瑪歌阿姨打聲招呼吧！」

孩子沒有任何反應。

瑪歌抱起她，用她母性的軟語呢喃在她耳邊講些鼓勵的話。「來嘛，小乖乖，笑一個？看我一眼？」但孩子無動於衷。「她到底有沒有聽到我說話？」

「我也想過這個問題。」

「也許她在發生意外時把腦袋撞壞了？」

「看起來她並沒有撞到頭。」

「天生弱智？」瑪歌臆測道，「天曉得，要養一個與眾不同的孩子可不容易。」她溫柔地撫順孩子的髮絲。「我有沒有跟妳說過強納森出生時的情況？」住在天鵝酒館、又承襲了數代傳下來的血緣，你不可能不懂得說故事，雖然瑪歌平常忙到沒空做這種事，這不尋常的日子還是讓她跳脫了習慣，使她停下動作來說一個故事。「妳還記得在妳來之前那個接生婆碧緹．瑞戴爾嗎？」

「我來之前她就去世了。」

「我的孩子全是她接生的。女孩們全都沒任何問題，但後來有了強納森——我猜也是因為我年紀大了——就沒那麼順利。生了一打女兒，我和喬仍然盼望有個兒子，所以碧緹總算把他抱給我看時，我眼裡只有他的小鳥！喬會很高興的，我心想，我也是。我伸出手，認為她會把他放進我懷裡，但她卻把他放在旁邊，還像是打了個冷顫。

「『我知道該怎麼做，』她說，『別擔心，歐克威爾太太。這事很簡單，絕對不會失敗。我們很快就把他換回來，妳別緊張。』」

「這時候我才看見。他有雙斜斜的眼睛和滑稽的月亮臉，耳朵形狀也好奇怪。他是個古怪的小傢伙，一個……一個精巧的生物……我心想：他真的是我的嗎？他真的是從我肚子裡出來的嗎？他怎麼進去的？我從沒見過這樣的嬰兒。但碧緹知道他是什麼。」

瑪歌在講述的過程中一直抱著女孩輕搖，好像她是年齡更小的孩子，一點也不重。

「我猜猜，」麗塔說，「調換兒？」

瑪歌點點頭。「碧緹下樓到廚房生火。我想妳知道她打算做什麼——把他舉在火上，等他被烤得有點發熱、開始發出哀叫時，他的妖精父母就會來把他接回去，並留下我被偷走的寶寶。她朝樓上喊：『我需要更多引火柴和一個大鍋子。』我聽見她從後門出去，走向柴房。

「我的眼光離不開他，這小小的妖精小孩。他眨了一下眼睛，他的眼皮——妳應該知道，它不像妳和我的眼皮那麼直，而是有個角度——它蓋住眼睛的樣子跟正常寶寶不太一樣，但幾乎一樣。我心想：他對這個迎接他的奇怪世界有什麼想法？他對我這個養母有什麼想法？他動了動手臂，完全不像我的女兒以前有過的動作，而是比較軟垂——好像他在游泳。他皺起他的小眉頭，我心想：他馬上就要哭了，他會冷。碧緹沒用任何東西裹住他。妖精小孩跟我知道的小孩不可能有太大的差異，我心想，因為我看得出來他覺得冷。我用指尖輕觸他的小臉頰，他好訝異，簡直像發現新大陸！我把手指抽走時，他張開小嘴，像小貓一樣喵喵叫，要我把手指放回去。我感覺他的聲音讓我的母奶湧上來。

「碧緹回來發現他在吸奶時，簡直氣炸了。人類的奶水！

「『好了，』她說，『這下太遲了。』

「所以就這樣了。」

「感謝老天，」故事說完後麗塔表示，「我聽過調換兒的故事，但那就只是故事而已。強納森並不是妖精小孩。有些孩子天生就是那樣。碧緹或許沒看過，但我有。世界上還有其他跟強納森一樣的孩子，有著斜眼睛、大舌頭和疲軟的手腳。有的醫生稱他們為蒙古症兒童，因為他們的樣貌和蒙古那裡的人有點相似。」

瑪歌點點頭。「他是人類小孩，對吧？我現在知道了。他是我和喬的孩子。但我現在想起這件事，是因為這個小傢伙。她跟強納森不同，不是嗎？她並不是——妳剛才是怎麼說的？——蒙古症兒童？她的異常是另一方面。要撫養異常的孩子並不容易，但我做到了。我知道該怎麼做。所以即使她聽不見，即使她不說話……」瑪歌把懷裡的孩子摟緊一些，吸了口氣，突然想起床上的男人。「不過我猜她是他的。」

「我們很快就知道了。他要不了多久就會醒。」

「不過那個莉莉現在在做什麼呀？如果她還在，我要帶她進屋來。現在太冷了，人的身體受不了在戶外禱告——她會凍僵的。」

她走到窗邊往外看，懷裡仍抱著孩子。

瑪歌感覺到了，麗塔也看到了：孩子突然有了活力。她的頭抬了起來，惺忪的睡眼突然警醒。

她東看看西看看，積極而有興致地掃視眼前景象。

「怎麼了？」麗塔急切地站起來穿過房間，「是懷特太太嗎？」

「她已經走了，」瑪歌對她說，「外面什麼也沒有，只有河。」

麗塔站到她們身邊。她看著女孩，女孩仍緊盯窗外，彷彿要用眼睛把河喝乾。「沒有鳥嗎？天鵝？任何吸引她注意的東西？」

瑪歌搖頭。

麗塔嘆氣。「也許是光吸引了她。」她說。她多站了一會兒，想說也許她能看到——不管是什麼，如果真的有什麼的話。但瑪歌說得對，外面只有河。

瑪歌換了衣服，叫醒丈夫，注意到強納森已經起床出門了，不禁嘆口氣——他從來就不把正常的睡覺和清醒時間當一回事——然後開始泡茶煮粥。她在鍋裡攪拌時，傳來另一陣敲門聲。對酒客來說時間還早，然而經過昨晚的事件，一定會有一些好奇的人上門。她打開門鎖，招呼的話已經到了嘴邊，但是當她打開門時，她不由自主地倒退了半步。門口的男人有一身黑皮膚。他比大部分男人高出一個頭，體格非常壯碩。她該害怕嗎？她張開嘴想呼喚丈夫，但是話還來不及出口，男人已摘下帽子，嚴肅而禮貌地對她點頭致意。

「很抱歉一早就來叨擾，夫人。」

淚水突然不受控地出現在他的睫毛上，他抬起手把它抹掉。

「你怎麼了？」她喊道，受到威脅的想法已煙消雲散，她請他進屋。「來，坐下。」

他用拇指和食指按住眼角用力壓，然後吸吸鼻子，吞了吞口水。「請原諒我。」他說，他的談吐讓她驚訝，像個紳士——不是因為確切的用語，而是說話的語氣。「就我了解，昨晚有個孩子被帶來這裡。被發現在河裡溺水的孩子。」

「沒錯。」

他深吸一口氣。「我相信她可能是我孫女。如果妳不介意的話，我想看看她。」

「她在另一個房間裡，跟她爸爸在一起。」

「我兒子？我兒子在這裡？」他的心隨著這念頭猛跳，而他本人也跟著跳起來。

瑪歌很困惑。這個黑人肯定不是床上那男人的父親。

「護士跟他們在一起。」她告知，雖然這並沒有回答他的問題。「他們兩個狀況都不好。」

他跟著她走進旅人廳。

「這不是我兒子。」他說，「我兒子沒這麼高，也沒這麼壯。他總是把鬍子剃得很乾淨。他的頭髮是淺褐色的，也沒這麼捲。」

「那麼東特先生不是你兒子了。」

「我兒子是阿姆斯壯先生，我也是。」

瑪歌對麗塔說：「這位先生是為了小姑娘來的，他認為她可能是他的孫女。」

麗塔站起來讓到一邊，於是阿姆斯壯頭一回看見那孩子。

「唔，」阿姆斯壯訝異地說，「這真是……」

他不知道該說什麼才好。他原本想像的是——他立刻就意識到自己有多愚蠢——像他兒女一樣的棕皮膚孩子。當然，這孩子會不一樣。畢竟她是羅賓的孩子。雖然他一開始因為她難以形容的髮色以及蒼白的皮膚而有些困窘，不過還是心生一股親切感。他不太能清楚說明那感覺源自何處。她的鼻子不完全像羅賓——除非說起來也是有一點像……而她太陽穴的弧度……他試著回想不久前才看過的死去的年輕女人臉龐，但他很難拿那張臉和女孩比對。要是他見過那女人活著的樣子，或許還可以比較，但死亡會無比迅速地瓦解一個人，他很難用正常的方式回想她的臉部細節。不過他仍然覺得這孩子和那女人有某種連結，雖然他說不清是什麼樣的連結。

阿姆斯壯察覺兩個女人都在等他的反應。

「麻煩的是，我並沒有見過我的孫女。我兒子的女兒和她母親住在班普頓，沒跟我自己的家庭生活在一起。這絕非我所樂見的，但可惜實際的情況就是如此。」

「家庭生活……未必總是容易經營。」瑪歌委婉地說。最初的驚嚇消退後，她發現自己對這高大的黑人已頗為改觀。

他感激地對她微微欠身。「我昨天發覺家裡出現危機，今天一早才得知她的母親、那個年輕女人——」

他哽咽地停口，焦慮地望向孩子。他很習慣被孩童盯著看，但這孩子的目光飄向他以後並未停住，而是一直持續穿透他，好像她根本沒看見他。或許這是一種害羞的表現。貓不喜歡跟不熟悉的人對到眼神——牠們會朝你的方向瞄一眼就別開視線。他在口袋裡裝著一根繫著羽毛的絲線；用它來逗幼貓的效果非常好。為了吸引小女孩，他準備了一個用大衣掛勾做成的小玩偶，掛勾上畫了一張臉，還穿著兔皮外套。他現在把它拿出來，擱在孩子的腿上。她感覺有人放了東西，便低頭去看。她用手握住玩偶。麗塔和瑪歌就跟這男人一樣聚精會神地觀察她，然後互換眼神。

「你剛才說到這可憐小東西的母親……」瑪歌壓低音量追問，阿姆斯壯趁著孩子專心地擺弄玩偶時，也低聲喃喃地說下去。

「那個年輕女人昨天晚上去世了。沒人知道孩子的下落。我向我在曳船路遇見的第一個人打聽，他要我來這裡拜訪妳。不過他完全搞錯了事實，我來的時候以為她已經淹死了。」

「她原本的確已經淹死了。」瑪歌說，「直到麗塔又把她抱進屋，她才活了。」不管她的舌頭重複這段話多少次，聽在她耳朵裡還是整個不對勁。

阿姆斯壯皺起眉，轉向麗塔尋求解釋。她的表情沒透露任何祕密。「她看起來死了，實際上沒死。」她說。這簡短的陳述比起任何其他的說法更利於省略不可思議的部分，而她暫時會使用這個版本。是很簡略沒錯，不過很真實。一旦你開始為它增添枝節，說法就會鬼打牆了。

「我懂了。」阿姆斯壯說，雖然他並不懂。

他們三人再次看著女孩。玩偶被她棄置在身邊，她又回到無精打采的狀態。

「她是個古怪的小東西，」瑪歌悶悶不樂地承認，「每個人都這麼認為。然而很難解釋的是，你又會不由自主地喜歡她。欸，連昨天晚上那些挖碎石的工人——他們可不是以感情豐富出名的——都被她征服了。麗塔，妳說是吧？要是沒人認領她，那個希格斯願意帶她回家，好像她是走失的小狗。而我，哪怕已經有那麼多孩子跟孫子要操心了，如果她無處可去，我也會收留她。妳也一樣，對不對，麗塔？」

麗塔沒答腔。

「我們確實以為抱她進來的男人是她父親，」瑪歌說，「但據你所說……」

「他怎麼樣了？這位東特先生？」

「他會沒事的。他的傷看起來比實際上要嚴重。他的呼吸沒有變弱，臉色也每個小時都有改善。我想他要不了多久就會醒了。」

「那我要去牛津找我兒子。他黃昏前會到這裡，等天黑時這件事就會有個結果了。」

他戴上帽子離開。

♣

瑪歌開始整理冬廳，準備迎接今天的客人。消息應該已經傳出去了，她預期接下來會很忙碌。她或許甚至得開放夏廳，那裡很大。麗塔在孩子和睡在床上的男人之間周旋照料。喬進到房間裡待了一會兒。小女孩眼睛盯著他的一舉一動，看他在麗塔的杯子裡倒茶，還有調整窗簾以免陽光干擾了床上的人睡覺。當他做完這些事，過來看看這孩子，她朝他張開雙臂。

「唷！」他驚呼，「妳真是個怪丫頭！竟然對老喬我有興趣。」

麗塔起身讓座，把孩子放到他膝上。她抬頭盯著他的臉。

「妳說她的眼睛算什麼顏色？」他好奇地說，「藍色？灰色？」

「藍中帶綠？」麗塔提出，「要看光線。」

他們正在討論這件事，突然又傳來敲門聲，這已是今天的第三回了。兩人都怔了一下。

「又怎麼啦！」他們聽到瑪歌叫道，同時她匆忙的腳步聲穿過地板移向門口。「這次還會是誰？」

只聽到門打開的聲音，然後——

「噢！」瑪歌驚呼，「噢！」

爸爸！

范恩先生人在白蘭地島的硫酸製造廠，正在把屬於工廠的每一項物品列成清單，準備之後拿去拍賣。這是一樁苦差事，他是可以請別人代勞，但他喜歡做這項重複性高的工作。換作別的情況下，要放棄白蘭地事業對他來說可能都很心痛。他投資了那麼多心血：買下巴斯考小屋以及周邊的田野和土地、規劃、研究、建造蓄水池、種植幾畝的甜菜、建造鐵路和橋好把甜菜運送到島上，這還沒算到在小島本身下的工夫：釀酒廠和硫酸製造廠……這是他單身時還有精力做的野心勃勃的實驗，後來他成了新婚丈夫，再後來又成了新手爸爸。老實說，其實不是這項生意做不起來；他純粹是提不起勁再經營下去了。愛米莉雅失蹤了，他的工作熱情也跟著消失。他的其他事業已有足夠的獲利——農場有聲有色，他在他父親的礦業公司的股份也讓他賺進大把財富。放手是那麼輕鬆容易，又何必絞盡腦汁解決層出不窮的問題，只為了讓這樁生意能撐下去？他花了這麼多時間和金錢打造的世界，要把它拆散、變賣、熔解和瓜分掉，竟為他帶來奇妙的快感。一絲不苟地製作清單，給了他一個遺忘的機會。他清點、丈量、登錄，在枯燥中感覺心靜下來。這幫助他遺忘愛米莉雅。

今天他甦醒的時候，還在試圖抓住夢的尾巴，雖然他想不起來了，但他懷疑這場夢——可怕到不能說出來的夢——正是他們剛失去女兒那段時間經常折磨他的夢魘。他感覺心被掏空了。後來，他穿過院子，風把一段距離外高亢的孩童嗓音送到他耳邊。當然，從遠處聽起來，所有幼兒的聲音都一樣。這是單純的事實。但這兩件事令他心神不寧，促使他需要訴諸這乏味的工作來麻痺自己。

現在他在倉庫裡，目光落在一樣東西上，它打開一道通往過去的裂口，使他看了不禁畏縮。那是塞在積滿灰塵的角落裡的一罐大麥糖棍。突然間她就在這裡——手指探進罐口，欣喜地發現她拿出的是黏得密不可分的兩根糖，而大人准許她一次吃兩根。他的心跳得好痛，罐子從他指間滑落，砸碎在混凝土地板上。就這樣了。他今天不會再恢復平靜的心情，因為她已在這間儲藏室裡現形。

他高聲要人拿掃帚來清理，於是當他聽到奔跑的腳步聲，自然以為是他的助手，但范恩訝異地看到出現的是他家裡的僕人：他的園丁紐曼。雖然上氣不接下氣，男人還是開始說話；他的話被不得不喘息的動作給扭曲，讓人無法輕易聽懂他在說什麼。范恩聽到「淹死」這個詞。

「慢一點，紐曼，不要急。」

園丁重講一遍，這次關於有個女孩死而復生的故事輪廓大致浮現。「在雷德考的天鵝酒館。」他作了結尾。然後他像是不敢講出來一般，壓低音量說：「聽說她大約四歲。」

「老天！」范恩兩手抬起來想抱住頭，又及時克制住動作。「想辦法別讓我太太聽說，知道嗎？」他說，但在園丁回答之前，他已經看出來為時已晚。

「范恩太太已經趕去了，一個人去的。消息是負責洗衣服的傑利可太太帶來的——她昨天晚上聽一個天鵝酒館的老顧客說的。我們不可能料到她要說什麼——要是早知道，我們就不會讓她靠近了，但我們以為她只是想辭職。結果才一眨眼，范恩太太已經衝向船庫，我們沒有任何辦法能攔住她。等我們趕過去，她已經坐著舊船划到都快看不見的距離了。」

范恩跑回家，馬童猜到他的需求，已經把馬備好了。「您要用飛的才能趕上她。」他警告地說。范恩跨上馬，朝雷德考的方向衝。一開始幾分鐘，他用全速衝刺，然後他放慢速度讓馬小跑步。用飛的？他心想，我根本趕不上她。在他們的新婚時期，他曾跟她一起划船，而她划船的技巧就跟他認識的任何男人一樣精湛。她很苗條，體態輕盈，又很有力量。拜她父親之賜，她還不會走路就已經常常坐船了，她把船槳插入水中時不會濺起任何水花，抽出水面時俐落得就像躍起的魚。其他人划船會吃力得滿臉通紅、揮汗如雨，而她只會雙頰微微泛出玫瑰色的粉嫩，水的張力讓她煥發滿足的光采。有些女人會因悲傷而變得柔軟，但對赫倫娜來說，女兒出生後她才開始培養出一點柔軟，悲傷卻把它燒光了，把她磨得銳利。她全身像由鐵絲和肌肉組成，堅決的態度是她的動力，而且她領先半小時出發。飛去攔截她？他一點勝算也沒有。赫倫娜已經在遙不可及的地方了。從很久以前開始就是。

是「希望」讓她始終遠遠地走在他前方。他很久以前就跟希望絕交了。要是赫倫娜能和他一樣，或許快樂——他想——終究會重新回到他們身上。然而她卻去為希望之火添柴，抓到什麼小東西都拿來餵養它，當她找不到任何養料時，就自己生出一些頑固的信念來提供它營養。他徒勞地試著安撫她、給她慰藉，徒勞地向她提出其他未來的藍圖、不同的人生。

「我們可以搬去國外，」他提議。他們剛結婚的時候談過這話題，這是未來幾年可能採行的計畫。「有何不可？」當時她說，那時愛米莉雅尚未失蹤，甚至尚未存在。所以他再次提出來。他們或許可以去紐西蘭住個一年——甚至兩年。為什麼要回來呢？他們不需要回來。紐西蘭是個好地方，可以工作、居住……

赫倫娜驚駭莫名。「我們去了那裡，愛米莉雅要怎麼找我們？」

他也提起他們一直以來計劃要生養的其他孩子。但是對他妻子而言，未來的孩子沒有實體，只是抽象概念。只有在他的夢裡和清醒的時刻，他們才彷彿具體成形。自從兩年前他們女兒失蹤那一夜起，夫妻間的親密關係就戛然而止，一直沒有恢復。在有赫倫娜之前，他一直單身獨居，許多年來差不多可說是過著禁欲生活。其他男人會花錢找女人或是勾搭女孩後再拋棄她們，他卻是一個人上床，靠自己解決生理需求。他現在一點也不想回去過這種生活。如果他的妻子無法愛他，那就什麼也沒有吧。他的興致化為烏有。他不再期望從他自己或她的身體得到愉悅。他已放棄一個又一個希望。

她責怪他。他也責怪他自己。讓孩子遠離傷害是作父親的責任，而他失敗了。

范恩意識到自己靜止不動。他的座騎把嘴巴湊到地面，在冬季的羊齒草之間探尋比較甜美的食物。「那裡沒有你要的東西，也沒有我要的東西。」巨大的倦怠感席捲他。有一會兒工夫，他心想自己是不是病了，他到底還能不能繼續下去。他想起就在最近，有人說了一句話……您這樣沒辦法再撐多久了。噢，是牛津那個女人說的。康斯坦汀太太。事後證明那是一趟愚蠢的探訪。但她這句話說得沒錯，他不能再這樣下去。

他繼續前進。

♣

擠在天鵝酒館裡的人可真多得不尋常，他心想，畢竟時間還早，又是冬天。他們抬頭看他的眼神帶著好奇，顯見對他們來說好戲已經登場，而他們可以很有把握地期待還有後續發展。他沒理會他們，直接走向吧檯，吧檯裡的女人只看了他一眼，便說：「跟我來。」

她帶著他穿過一條鑲著壁板的短走廊，來到一扇舊橡木門前。她打開門，側著身子讓他先進去。衝擊實在太多了，他無法一一加以分辨。他只在事後才能拆解各種迎面而來的印象，逐一梳理之後用語言描述並排列順序。第一，他很困惑，因為他預期見到的妻子並不在。第二，他很慌亂，因為他看見一張許久沒見到的熟悉面孔。那是個年輕女人，幾乎還只是孩子，他曾經向她求婚，而她笑著說：好，只要我能把我的船帶去。她容光煥發地轉向他，露出微笑，她的嘴唇因喜悅而分開，她的眼睛因為愛而晶亮。

范恩硬生生止住腳步。赫倫娜。他的妻子——勇敢、開朗、美妙，一如以往。一如從前。

她笑了。

「噢，安東尼！你是怎麼搞的！」

她低下頭，抱住某個東西，用一種在他印象中彷彿是上輩子才有的、唱歌般的誘哄語氣說話。

「瞧，」她說，不過不是對他說，「瞧瞧這是誰呀。」

第三個衝擊。

她把那小人兒轉過來面向他。「爸爸來了！」

睡著的人醒了

與此同時，有一個指尖染黑、臉孔裂傷的男人正躺在雷德考天鵝酒館的旅人廳裡沉睡。他平躺著，枕著瑪歌的羽毛枕頭，除了胸膛的起伏之外，整個人動也不動。

你可以用各種方式想像睡眠，但大概沒有一種貼近事實。我們無從得知入睡是什麼感覺，因為當我們真的睡著了，也同時失去了把體驗鐫刻在記憶裡的能力。但我們都知道入睡之前有種輕柔的下墜感，因此我們把入睡的過程稱作墜入睡眠。

亨利．東特十歲的時候看過一幅圖畫，內容是一棵白蠟樹的樹根伸入地下河，地下河裡住著奇異的人魚或水中仙女，畫名叫〈命運的少女〉。當他想到墜入睡眠這回事，腦中浮現的畫面就很類似這畫中的地下水道。他感覺他的昏睡像是一段長泳，過程中他緩慢地通過比正常的水更濃稠的液體，他用毫不費力而愉快的動作忽而往東、忽而往西，好像很刻意地不游向特定目標。有時候水面就在他頭頂上方不遠處，而他白天居住的世界，包含所有困難與樂趣，都仍在那裡，從另一側呼喚著他。遇到這種狀況，他會甦醒，覺得自己根本沒睡到覺。不過大部分時候他都能輕易入睡，醒來時整個人煥然一新，有時候心情愉快，因為他在睡夢中遇到了朋友，或是他母親（雖然已去世）在夜裡向他傳達了一些愛的訊息。他一點也不介意。他不介意因為醒轉，而讓某些有趣的夜間冒險隨著潮水消逝。

在雷德考的天鵝酒館，這一切都沒有發生。雖然亨利．東特體內的生命在運作，忙著用血塊覆蓋裂口，在惡魔堰受到重創的腦殼內進行各種精細的作業，但他本人不停地沉啊沉、沉到他廣闊的水底洞穴最黑暗的深處，那裡沒有水的起落和流動，一切都像墓穴一樣漆黑而死寂。他在那裡待了不知有多長的時間，最後記憶甦醒了，沉靜的深處顫抖了一下，活了過來。

於是好幾種不同的經驗漂入他的心智再漂出，不依照特定的順序。

有一種悶悶的感覺，那是他令人失望的婚姻。

指尖刺痛，那是他昨天在楚斯伯里草地感覺到的寒冽，當時他用食指塞進泰晤士河源頭的涓涓細流，等著手指後頭的水蓄積，直到水量多到溢出來。

整個身體都在俯衝滑行——那是二十歲的他在結凍的泰晤士河面溜冰；那天他認識了他的妻子，滑行持續了好幾個星期，包括冬天剩餘的日子，直到初春的某一天，那是他的大喜之日。

因為看到天際線缺了一塊，古老的修道院門房屋頂消失了，而驚詫得張大嘴巴，腦袋彷彿被打了一拳——那年他六歲，第一次醒悟到現實世界可能會發生這麼大的異變。

玻璃破裂聲；身為裝玻璃工人的父親在院子裡破口大罵。

腦殼裡的內容個個都滿意了，因為它們還完好無缺地待在原位。

最後出現一個與其他內容物都不同的東西。它完全屬於另一個類別。它並不陌生——他夢到過它，次數比他知道的還多。它總是模糊不清，因為他在現實世界不曾親眼看過它，它只存在他的想像中。是個孩子。東特的孩子。他試著跟蜜瑞兒創造這個孩子卻失敗了，而他也沒再跟別人嘗試。是他未來的孩子。影像漂過去，倏忽即逝，它引發了這個沉睡男子的反應，他試著抬起鉛一般重的手臂去抓住它。它漂到他搆不著的距離外，卻留下一種感覺，好像這一回的夢中影像比過去更為緊急。它好像更清楚了不是嗎？它是個小女孩，不是嗎？但那一刻已經一去不返。

現在亨利．東特腦中的畫面又變了。一幅地貌，陌生且令人不安，非常私密。地面彷彿被轟炸過，布滿嶙峋的裸露岩石。大地上有被某種東西翻攪出的溝槽。還有圓鼓鼓的凸起物。先前一定有一場——什麼？戰爭？地震？

意識投下微弱的光線，亨利．東特腦中開始有念頭在蠕動。這片地貌不是眼睛看到的畫面，而是別的……這些不是影像，不，它們是傳送到他大腦的資訊片段……由他的舌頭傳送出去的……岩石自我解讀為碎掉的牙齒，被翻得亂七八糟的土地是他口腔的皮肉。

清醒。

他警覺地繃住身體。疼痛快速貫穿他的四肢，讓他吃了一驚。

發生什麼事了？

他睜開眼睛——只見一片黑暗。黑暗？還是……他被蒙住眼睛？

他慌亂地抬起手摸臉——又是一陣痛——而他摸到應該是他的臉的位置，觸感卻很陌生。某種軟墊，比皮膚厚，沒有知覺地包覆他的骨頭。他摸索它的邊緣，急著想扯下它，但他的手指遲鈍而笨拙……

一串細碎的聲響，有個嗓音——是女人：

「東特先生！」

他感覺自己的手被另一雙手抓住，那雙手力氣出乎意料地大，阻止他把蒙眼布扯掉。

「別亂抓！你受傷了。我猜你現在覺得全身發麻吧。你很安全，這裡是雷德考的天鵝酒館。你出了一場意外，你還記得嗎？」

有個詞敏捷地從他腦中跳向舌頭；它在他亂石堆般的口腔裡跌跌撞撞，當他說出口時，連自己都聽不懂。他再試一遍，更加努力地說：

「眼睛！」

「你的眼睛腫起來了。你在意外中撞到頭。等消腫以後，你的視力就會恢復正常了。」

那雙手把他的手從臉上拉開。他聽到傾倒液體的聲音，但他的耳朵無法告訴他那液體是什麼顏色，或容器是什麼材質，或是杯子的大小如何。他感覺到床墊傾斜，因為有個人坐到床的邊緣，卻無法判斷那是什麼樣的人。世界突然充滿未知；他在這樣的世界中被孤立了。

「眼睛！」

女人再度握住他的手。「你的眼睛只是腫起來了，消腫之後又能看得見。來，喝點東西。你會感覺很笨拙，因為我猜你的嘴唇失去知覺了，不過我會幫你倒。」

她說對了。沒有預警，沒有杯緣抵住嘴唇的觸感，只有甜美濕潤的感覺突然出現在他的嘴巴裡。他悶哼一聲表示他想多吞一些，但她說：「小口小口慢慢喝。」

「你記得你是怎麼來到這裡的嗎？」她問。

他思索著。他的記憶對他來說似乎很陌生。在記憶的表層有些破碎的影像反射，它們不可能真的屬於他的記憶。他發出一個聲響，表示不確定。

「你帶進來的小女孩——你能告訴我們她是誰嗎？」

有東西在敲木頭，一扇門打開。

新的嗓音：「我就覺得聽到說話聲。她來了。」

床墊恢復水平，他身旁的女人站起來了。

他把手抬向臉，這次他知道那沒知覺的軟墊是他的皮膚，他摸到一條尖刺。是他的睫毛末端，整排睫毛半埋在發炎的眼皮裡。他笨拙地對那條線的上下兩個點施壓，將它分開——「不行！」女人驚呼，但已經太遲了。光線刺入他的眼睛，他倒抽一口氣。是因為疼痛，也是因為另一件事：光波挾帶著一個影像，那是他夢到的影像。飄浮的女孩，他未來的孩子，他想像力的結晶。

「這是你女兒嗎？」新來的人問。

這個孩子的眼睛是泰晤士河的顏色，也跟河流一樣沒有表情。

是，他狂跳的心在說。是，是。

「不是。」他說。

悲慘的故事

整個白天，酒客們都在議論天鵝酒館的事件。所有人都知道范恩夫婦人在瑪歌和喬位於裡屋的私人起居室裡，與愛米莉雅共享團圓的喜悅。也有傳言說，天剛亮的時候就有個富裕的黑人——凱姆史考特的羅伯・阿姆斯壯——上門來，而他的兒子稍後也會造訪。羅賓・阿姆斯壯這個名字已經廣為人知。

每個男人內心的劇場都已拉開布幕，他們說故事的細胞都開工了。舞臺上是同樣的四個角色：范恩先生、范恩太太、羅賓・阿姆斯壯，以及女孩本人。在那許多腦袋瓜裡上演的戲碼充滿聳動的情節。主角怒沖沖地看、陰沉沉地望、賊溜溜地睨。話要用氣音講，嚴肅而有禮，警覺而神經質。孩子被一方從另一方手裡搶走，像是一群小心眼的孩童手裡的娃娃。一個性喜算計的農場工人發現他的腦袋裡舉辦著一場交易那孩子的拍賣會，而暫時背棄牛犁酒館的幾個好事者則沉醉在幻想中，想像范恩先生秉持著正牌父親的決心，從內側口袋抽出一件武器——手槍？匕首？——攻擊阿姆斯壯先生。有個別出心裁的人在最緊張的時刻把話語權交還給孩子：「爸爸！」她呼喚，朝著阿姆斯壯先生抬起雙臂，永遠地戳破了范恩夫婦的希望，他們只能相擁而泣。范恩太太在這些戲劇演出中的角色，基本上不出負責哭哭啼啼，她有時候在椅子上哭，經常在地板上哭，並且通常以昏厥作結尾。有個年輕的菜農很自豪地替在床上昏迷不醒的男人安插了一個角色：他從悠長的睡眠中甦醒，聽到隔壁房間的爭吵聲，便下床走進起居室（舞臺左側），然後像故事中的所羅門王一樣，宣布這孩子必須切成兩半，一半給范恩夫婦，一半給阿姆斯壯。這樣應該就行了。

當最後一抹天光消逝，時間已過五點，河流在黑暗中微現波光，有個男人騎馬來到天鵝酒館門前，翻身下馬。冬廳裡喧鬧得不可開交，誰也沒注意到門被打開，那男人才進來，就已經又把門在身後關上了。他在原地站了一會兒，在泛泛的雜音中聽到自己的名字，這時候誰也沒注意到他的存在；即使當他們看見他了，他們也沒能意識到他就是他們在等待的人。對於老一輩的阿姆斯壯先生長得什麼模樣稍有概念的人——而且故事已經傳開了，說他是個王子和女奴所生的私生子——都在等一個又高又壯的黑皮膚男人；難怪他們認不出這年輕人，因為他皮膚蒼白、體格單薄，一頭淺棕色的柔軟鬈髮垂到衣領處。他仍然有股稚氣：他的眼睛是極淡的藍色，看起來好像只是倒影，而他的皮膚嫩得像女孩子。瑪歌是第一個看見他的，她不確定是因為母親還是女性的本能，讓她在看見他時心頭一震，因為不論該稱他是個青年或男人，他都賞心悅目。

他朝瑪歌走去。他壓低音量向她報上姓名，她便帶著他離開公共空間，進入位於裡屋的小走廊，那裡只點著一根蠟燭來照明。

「我不知道該說什麼，阿姆斯壯先生。而且你還失去了可憐的夫人。是這樣的，從你父親今早來過以後——」

他打斷她。「不要緊。我在路上巧遇你們的牧師，他跟我打招呼，猜到我的去向以及如此匆忙的原因，於是……」他頓了頓，在走廊的陰影中，瑪歌猜想他是在抹去淚水，振作精神好說下去。「他解釋了一切。原來根本不是愛麗絲。另一個家庭已經認領她了。」他垂下頭。「我想說既然我已經快到了，你們又在等我，那我橫豎還是來一趟吧。不過現在我該走了。請轉告范恩先生和太太，我非常……」他的嗓音又啞了，「——非常為他們高興。」

「噢，但你至少喝點什麼再走吧。麥芽酒？熱潘趣酒？你走了大老遠的路，坐下來休息休息吧。范恩先生太太在起居室裡，他們想向你致哀……」

她打開門把他趕進去。

羅賓．阿姆斯壯有點笨拙、帶著歉意進入房間。范恩先生看他那樣子，心頭一軟，在意識到自己在做什麼之前，已經伸手跟對方握手。

「對不起。」兩人同時說，然後又異口同聲地說：「真尷尬。」你根本不可能分辨是誰先說的。兩個男人似乎都亂了套，還是范恩太太先回過神來。「阿姆斯壯先生，我們很遺憾你痛失親人。」

他轉向她——

「什麼？」過半晌她說，「你怎麼了？」

他直直地盯著她膝上的孩子。

年輕的阿姆斯壯先生搖搖晃晃，身子一歪，重重地靠向瑪歌，然後跌進范恩先生及時推到他身後的椅子裡，他的眼皮眨了幾下便閉上了，整個人變得癱軟。

「老天爺！」瑪歌驚呼，衝去攝影師睡覺的房間找麗塔。

「他趕了好遠的路。」赫倫娜說，好心地俯向那失去意識的男人。「懷著那麼高的期望——卻發現她不在這裡……打擊太大了。」

「赫倫娜。」范恩先生帶著一絲警告意味說。

「護士會知道怎麼讓他醒過來。」

「赫倫娜。」

「她一定有丁香或嗅鹽。」

「赫倫娜！」

赫倫娜轉頭看丈夫。「什麼？」

她眉頭平坦，目光清澈。

「親愛的，」他說，聲音在顫抖，「這年輕人會昏倒，難道不可能另有原因嗎？」

「什麼原因？」

她那心無城府的困惑表情令他洩氣。

「假如……」他說不下去，只朝著孩子的方向比了比，她睡眼惺忪地坐在椅子上，對周遭毫不關心。「假如，終究……」

門開了，瑪歌匆匆走進來，麗塔跟在後頭，她鎮定自若地蹲在年輕人旁邊，一手按著他的手腕，另一手拿著錶。

「他要醒了。」瑪歌宣布，看到他的眼皮在微微蠕動。她把他疲軟的手握在手裡摩擦。

麗塔用銳利的眼神看著病人的臉。「他會沒事的。」她用平板的語氣說，同時把錶放回口袋。年輕人睜開眼。他顫抖地呼吸了兩下，抬起手遮住自己昏眩的表情。等他把手放下，他已恢復原狀。

他再度看著孩子。

「理智告訴我，她不是愛麗絲。」他遲疑地說，「她是你們的孩子。牧師這麼說，你們也這麼說，那就這樣了。」

赫倫娜點點頭，因同情這年輕的父親而垂淚。

「你們一定很疑惑，我怎麼會把別人的孩子誤認為自己的骨肉。我已經將近一年沒見到我女兒了。你們想必不知道我的情況，而我欠你們一個解釋。

「我是偷偷結婚的。我妻子的家人一得知我倆的感情以及共結連理的計畫，就對我們百般阻撓。我們當時年輕又愚蠢。我們都不明白祕密結婚對我們自己以及我們的家人造成多大的傷害，但我們就這麼做了。我太太逃家來和我住在一起，不到一年後，我們的孩子就出生了。我們希望——甚至堅信——孫兒會軟化她父母的排斥，但事與願違，他們仍然毫不動搖。隨著時間累積，我太太變得焦躁不安，懷念她原本舒適的生活。她覺得家裡沒有僕人幫忙打點，要養育孩子非常辛苦。我盡我所能讓她精神愉快，鼓勵她相信愛的力量，但最後她深信唯一能走下去的方式，就是我搬去牛津，在那裡試著開發事業，因為我在那裡有一些有影響力的朋友；如果一切順利，我就能多賺一點錢，那麼一、兩年後，或許我們就能過上她追求的寬裕生活。因此我懷著沉重的心情離開班普頓，在牛津另覓居處。

「我很幸運，找到了工作，不久後便賺得比原本多了，雖然我很想念我的妻女，但我試圖說服自己這是為了大局著想。她不常來信，我從信裡感覺到她也比之前開心了。只要有機會我就會回去看她們兩人，這種日子維持了六個月。大約一年前，有一次我為了工作臨時要去河的上游，我想說突然出現給她們個驚喜。」他吞了吞口水，在椅子上換了個姿勢。「結果我發現一件事，從此改變我跟我太太的關係。她並非自己一個人，跟她在一起的人——不提也罷。孩子對他的態度讓我知道，這個人經常待在我家，跟母女倆關係親密。我說了一些難聽話，然後就走了。

「不久之後，我還在為難到底該怎麼辦，卻收到我太太的信，她說想跟那個男人住在一起、當他的妻子，說她不想再跟我有任何瓜葛。當然，我是可以反對。我可以堅持要她遵守婚約。就事情的結果來看，我真希望當時這麼做了，就各方面來說那都比較好。但我在混亂中答覆，既然她心意已決，我也同意這樣的安排，還有等我賺夠了錢，能夠為愛麗絲提供個像樣的家，我就要去把她接走。我在信中說我預期一年之內可以達到目標，而從那天開始，我就拚了命地工作。

「在那之後我就沒見過我太太了，不過我最近租了一棟房子，正在安排跟孩子一起住進去。我預計讓我的一個妹妹來扮演她母親的角色。今天早晨，我的計畫就要實現的當口，我父親卻來找我，帶來我太太的死訊。他同時也告訴我，愛麗絲下落不明。我從其他人那裡打聽到，幾個月前我太太被她的情人拋棄了，從那之後她和孩子就生活困難。我只能猜想她是出於羞愧才沒有聯繫我。」

羅賓．阿姆斯壯娓娓道來的整個過程中，目光不斷被孩子的臉給吸引。他不止一次忘了自己講到哪裡，必須費力地把眼神從她臉上移開，才能專心繼續講下去，不過講了幾句之後，他的視線又會飄向她。

他重重嘆了一口氣。

「我本來並不想講出這個故事，因為我不但會曝露我可憐的妻子對外界有多麼無知，也會讓我像個惡人。不要怪她，她還年輕。是我慫恿她祕密結婚，是我在危機時表現得軟弱，使她墮落、死亡，還失去了我們的女兒。這是個悲傷的故事，不適合傳入諸位好人的耳朵裡。或許我該用更修飾的方式來講述才對。要是我頭腦清楚，我的故事不會如此直白，但人在受到驚嚇後需要花點時間才能振作起來。所以若是我太坦率而失禮了，請原諒我，也請別忘了，我是因為要為我今日的反應提供合理的解釋，而不得不做此陳述。

「確實，看到你們的女兒，讓我感覺就像見到我自己心愛的愛麗絲。但顯然她並不認識我。雖然她跟愛麗絲很像——相似到驚人的程度——我必須提醒自己：我已經將近十二個月沒見過她了，而孩子的變化是很大的，不是嗎？」

他轉向瑪歌。

「夫人，妳勢必有孩子，妳能確認我的想法對或不對？」

瑪歌因為被直接點名而驚跳了一下。她抹去羅賓的故事引出的淚水，某種困惑讓她沒有立刻回答他的問題。

「我是對的，是嗎？」他重複，「幼兒在十二個月的時間裡應該會有很大的變化？」

「唔……是的，我想他們是會有變化……」瑪歌有點遲疑。

羅賓．阿姆斯壯從椅子上站起來，對范恩夫婦發話。

「我的悲傷搶在理智之先，使我把你們的孩子誤認為我的。很抱歉嚇到你們了。我沒有惡意。」

他用手指碰嘴唇，以眼神取得赫倫娜的許可後，伸出手將那一吻輕輕印在孩子的臉頰上。他的眼眶盈滿淚水，但在淚珠滾落前，他向女士們低頭行禮，道別後轉身離開。

羅賓．阿姆斯壯離去後，現場一片靜默，范恩背過身去盯著窗外。榆樹的樹枝襯著炭黑的天空更顯烏黑，他的思緒似乎被錯綜複雜的樹頂給勾纏住了。

瑪歌欲言又止好幾遍，在困惑中眨著眼睛。

赫倫娜把孩子抱緊一點，輕輕搖晃。

「好可憐的人。」她低聲說，「我們要祈禱他能找到他的愛麗絲——就像我們找到我們的愛米莉雅。」

麗塔沒有盯著什麼，沒有眨眼，也沒有說話。羅賓道出自己的故事時，她一直坐在房間角落的小凳子上，觀察以及聆聽。現在他走了，她繼續坐著，狀似在腦中計算稍有難度的長除算式。她心想：怎樣的男人才會看似昏過去，然後又甦醒，但從頭到尾脈搏都沒有變化？

過了一會兒，顯然她的思考已經結束了，因為她收起若有所思的表情，站起身來。

「我得去看看東特先生怎麼樣了。」她說，並靜悄悄地溜出房間。

擺渡人的故事

亨利．東特睡了又醒、醒了又睡。每一回醒來，他的腦筋都更清楚一點，更貼近他自己原本的狀態。這感覺和他經歷過最嚴重的宿醉並不一樣，但與他經歷過的其他任何事相較，那已經是最接近的類比了。他仍然被自己的眼皮給矇著眼，他的上下眼皮彼此牢牢貼合，再壓在眼球上。

亨利．東特的夜啼一直持續到五歲。他母親在黑暗中被兒子難以安撫的哭號給吵醒，過了很久之後她才明白，他並不是怕黑，而是另有原因。「沒有東西可以看。」他終於悲愴地哭著說，這句話終結了她的誤解。「當然沒有東西可以看呀，」她告訴他，「現在是晚上，晚上就要睡覺。」他不肯被說服。他父親嘆氣。「那小子出生時就張著眼睛，之後就沒閉上過。」不過拿出解決辦法的也是他。「去看你眼皮裡面的圖案吧，你會看到飄浮的漂亮形狀，什麼顏色都有。」亨利擔心有詐，戰戰兢兢地閉上眼睛，結果立刻入了迷。

之後他自己學會一招，閉起眼睛時召喚記憶中的畫面，然後像白天用眼睛看一般盡情享受各種景象。甚至比張開眼睛時看得更過癮。到了某個年齡，他召喚的是〈命運的少女〉來為漫漫長夜提供娛樂。那些地底美人魚從攪動的水裡浮出來，她們的軀幹被圓滑的線條隱隱遮住，那些線條或許是水波，或許是髮鬈，但如果你是十四歲少年，那些線條或許根本沒有遮住任何東西，可以直接視為乳房的輪廓。他在黑夜中眷戀的就是這幅影像。秀髮披肩、半是女人半是河水的生物，與他一同嬉戲，她的愛撫充滿魔力，就像真實的女人對他產生一樣的效果。他用手握住自己，他硬得像根船槳。套弄幾下便已足夠，他被拉進水流，他就是水流，他在極樂中消融。

想著這些事，想起〈命運的少女〉，他現在不禁好奇那個叫麗塔．星期天的護士長得什麼模樣。他知道她在那裡，跟他在同一個房間裡。與床腳呈斜對角的左邊有一張椅子，就擱在窗邊。他起碼搞清楚這一點了。她現在就在那裡，安靜不動——不消說，相信他睡著了。他試著拼湊她的影像。她拉開他的手不讓他摸眼睛時手勁很大，看來她很強壯。他知道她不矮，因為她站著的時候，聲音是從房間的高處傳過來的。她的腳步和動作有種鎮定，讓他知道她不很老，也不很年輕。她的髮色是淺是深？長相標緻或平凡？她一定長得很平凡，他心想。否則她早就結婚了，而如果她已婚，她不會一個人在臥室裡照護陌生男人。她大概在椅子上看書，或想事情。他好奇她在想什麼。很可能是關於那個女孩的怪事吧。他也想去思考一番，要是他有個頭緒的話。

「你怎麼看這整件事？」她問。

「妳怎麼知道我醒了？」他先是閃過她有讀心術的念頭，才開口問道。

「你的呼吸模式告訴我的。告訴我昨天晚上發生什麼事，從那場意外開始。」

到底是怎麼發生的？

一個人遊河感覺很棒，很自由。你既不在這裡也不在那裡，而是隨時都在移動，在這裡和那裡之間。你能逃開一切，不屬於任何人。東特記得那種感覺：他的身體既順應也抗拒著水流，既順應也抗拒著空氣，非常舒服愉快；當河流提出挑戰，而他用肌肉作出反應，那種顫巍巍的不穩定坐姿也有種樂趣。昨天就是這種情形。他恍神了。他的眼睛只看到河，他的心思全然貫注在預測它變化無常的行為上，他的肢體像是回應它每個動作的機器。有一個光榮的瞬間，身體、船和河合而為一，共譜一支保留與施予、緊繃與放鬆、阻力與張力兼具的芭蕾舞……非常美好——但這美好是不可信任的。

他並不是沒有事先考慮過穿越惡魔堰的事。要怎麼進行，到時候附近有沒有人幫忙把船拖出水、拽到另一邊。他也想到了另一種可能性。現在是冬天，水位幾乎沒有高低差……他知道怎麼做：把槳收進船，準備好到了另一邊要用槳穩住船身，與此同時——用流暢而迅速的連續動作——往後躺平壓低身體。一個失誤，你要不就被撞到頭，要不就把槳弄裂，也可能兩者都躲不過。但他知道怎麼做，他做過這檔事。

哪裡出了錯？他被河給魅惑了，陷入那種超然狀態——這是他的錯。他原本或許可以僥倖逃過一劫，只是當下——他現在想起來了——同時發生了三件事。

第一，他沒有注意到時間已悄悄流逝，天光褪成昏暗的灰。

第二，就在他最需要專心的那一刻，某個模糊難辨的形體吸引他的目光，使他分心。

第三，惡魔堰。就在眼前，就是現在。

水流掌控了獨木舟——他飛快地往後躺——河水上湧，像是一隻液態巨掌在他底下升起，把他往上抬——攔河堰的底部濕得發黑，堅硬如樹幹，往他的鼻子掃過來——連喊一聲「噢！」的時間都沒有，然後——

他試著向護士解釋這一切。當他自己的嘴巴成了陌生的國度，每個詞彙都像在字母中艱難地開闢新路，這些話語的數量是很龐大的。起先他講得很慢，發音笨拙，在陳述的空檔間用雙手比畫，像在打旗語。有時候她會插嘴，聰穎地猜到他想說什麼，而他會用悶哼表示：對，沒錯。他一點一滴地找到方法接近他需要的聲音，講得愈來愈流利。

「你就是在那裡發現她的？在惡魔堰？」

「不是。是在這裡。」

他在夜空下甦醒。冷到不覺得痛，但憑著動物的本能知道自己受傷了。曉得若想活命，他需要保暖和遮風蔽雨的地方。他小心翼翼地爬下船，害怕會跌進冰冷刺骨的水裡。就在這時，那個白色的形體漂向他。他立刻知道那是一個孩子的軀體。他伸出雙臂，河流把她準確地送進他懷裡。

「你以為她死了。」

他粗聲表示「對」。

「唔。」他聽到她吸一口氣，把腦中的念頭暫且擱到一邊。「可是你是怎麼從惡魔堰來到這裡的？受了這麼重的傷、坐著受損的船——你不可能靠自己來到這裡。」

他搖搖頭。他也不知道。

「我好奇你看到的是什麼？在惡魔堰害你分心的東西。」

東特的記憶都是由畫面組成的。他找到一個畫面：淡淡的月亮懸在河上；他找到另一個：巨大的攔河堰陰森森地襯著漸暗的天空。還有別的。他試著理解那畫面，皺眉使他的臉發痛。他的心智就像攝影感光板，通常會記錄下清晰的輪廓、細節、光度、視角。這次他卻只看到一片模糊。它像是拍攝對象移動過的照片，曝光需要十五秒的時間才能營造出一瞬間的假象，而影中人在這段時間舞動。如果可以的話，他想回去重溫那一刻，開啟記憶、將過去的時光整個舒展開來，瞧瞧是什麼畫面在他的視網膜上留下這團模糊。

他遲疑地搖頭；這動作痛得他皺臉。

「是一個人嗎？或許有人看到事發經過，出手幫助你？」

是嗎？他試探地點點頭。

「在岸邊？」

「在河上。」這一點他很確定。

「吉普賽人的船隊？他們在這個時節總是離得不遠。」

「只有一艘船。」

「另一艘划艇？」

「不是。」

「駁船？」

他看見的模糊影像不是駁船。它比較窄，只是幾筆線條……「或許是艘平底船吧？」他聽到自己如此臆測之後，模糊的畫面稍微變得清晰。那艘長而低的船是由一個又高又瘦的人影所操控的……「對，我想是平底船沒錯。」

他聽到護士輕笑。「你說這話可得當心聽的人是誰，他們會說你遇到默客了。」

「誰？」

「默客，擺渡人。他會確保在河上遇到麻煩的人能平安回家，除非他們的時辰已到。如果時辰已到，他會送他們去河的另一邊。」她唸出最後幾個字時語氣肅穆，反而有點滑稽。

他笑了，裂開的嘴唇受到拉扯而發疼，不禁猛吸一口氣。

腳步聲。一塊布輕柔而有力地按在他臉上，感覺冰冰涼涼的。

「現在你說夠多話了。」她說。

「都怪妳，妳害我笑。」

他不甘願讓對話就此結束。「告訴我默客的事。」

她的腳步聲回到椅子那裡，他幻想她的樣貌，平凡、高䠷、強壯，不年輕也不老。

「故事的版本有十幾種，我直接開始講，邊講邊看會是哪種版本。

「許多年前，當時的橋沒有現在這麼多，默客家族的人住在離這裡不遠的河岸邊。這個家族的人有一個奇怪的特點：男人全是啞巴。所以他們才被稱為默客，已經沒人記得他們真正的姓氏了。他們造平底船為生，並且以合理的價格從他們的造船廠把人送到河對岸，到時候你再呼喊讓他們去接你。那座造船廠由爺爺傳給爸爸再傳給兒子，傳了好多代，就跟不能說話這件事一樣。

「你或許會以為不能說話會妨礙談情說愛，但默客家的男人可靠又善良，有些女人樂於過著平靜的生活。每一代默客都能找到不需交談就很滿足的女人，她們孕育了下一代的平底船匠，所有小女孩都能說話，小男孩則否。

「這個故事發生的年代，當家的默客有一個女兒。她是他的心肝寶貝，受到父母和祖父母的寵愛。有一天她失蹤了。他們找遍所有地方，並通知左鄰右舍，夜幕降臨時，河岸邊充斥著她的母親和其他人呼喚她的聲音。沒有人找到她——當天沒有，隔天也沒有。但是三天後，往下游一小段距離外，他們發現了她溺死的可憐小身軀，他們將她下葬。

「時光流逝。剩下的冬天一直到春天、夏天、秋天，女孩的父親跟以前一樣打造平底船，有需要時送客人渡河，晚上坐在火邊抽菸，但他的瘖啞有了變化。曾經溫暖、親切、友善的沉默變得陰沉，彷彿填滿灰色的影子。四季輪替，孩子失蹤滿一年了。

「那一天，默客的妻子從市場返家，發現有個客人在等。『如果你要渡河，該找的人是我丈夫。他在造船廠。』她對他說。但那客人（她現在才發現他臉色發白）說：『我已經找過他了。他把我載到河中央，在河水最深的地方，他把篙子交給我，然後從船邊跨出去。』」

麗塔停頓了一下，喝口茶。

「然後他就一直在河上陰魂不散，直到現在？」東特問。

「故事還沒講完呢。三天後的午夜時分，默客的妻子正在火邊哭泣，突然傳來敲門聲。她想不出有什麼人在這種時候會上門來。會是想渡河的人嗎？她走到門邊，因為害怕而沒有開門，只是喊道：『現在太晚了。等到早上我公公會帶你渡河。』

「對方回應：『媽媽！讓我進去！外面好冷。』

「她用顫抖的手打開門鎖，看到她的小女兒，她一年前埋葬的女兒，活生生、好端端地站在門廊。孩子身後是她的丈夫默客。她把女孩緊抱在懷裡，重新擁有她讓她痛哭失聲，她一開始樂昏頭了，並沒有多想這種事怎麼可能發生。然後她心想：不可能啊，她抓著女孩離遠一點盯著看，但她的的確確就是她十二個月前失去的女兒。

「『妳是從哪兒來的？』她詫異地問，小女孩回答：『從河的另一邊。爸爸來接我。』

「女人目光轉向丈夫。默客站得離孩子有一段距離，不在門廊上，而是在小路上。

「『進來吧，親愛的。』她說，把門開大，朝壁爐比了比，那裡生著火，他的菸斗仍在壁爐架上。但默客沒有上前。她不由自主地注意到他變得不一樣了，不過她很難說得清是怎麼個不一樣。也許他比之前更瘦更蒼白，也可能他的眼睛顏色變得比原本更深。

「『進來呀！』她又說，默客搖搖頭。

「於是她明白，他永遠都不能再進屋了。

「那個善良的女人把女兒拉進屋，關上門，從那天起，許多人都在河上遇到默客。帶女兒回來是有代價的，而他也付出了代價。他必須永生永世看顧這條河，等待有人遇上困難，如果那個人的時間還未到，他會把他們安全地送回岸邊；如果他們的時間到了，他則把他們送去另一個地方，他去找他孩子的地方，他們必須待在那裡。」

他們用這故事應得的沉默向它致敬，過了一會兒，東特先開口。

「所以說我的時間還沒到，默客把我的船拖到雷德考來。」

「如果這故事可信的話。」

「妳相信嗎？」

「當然不相信。」

「不過這仍然是個好故事。深情的父親付出自己的生命救孩子。」

「他付出的不止是生命，」麗塔說，「他也付出了死亡。默客永遠不能長眠，他必須恆久存在於生與死之間，巡邏那道邊界。」

「妳也不相信那個吧。」他說，「這裡的人相信嗎？」

「修船匠貝仁特相信。他認為他見過他，在他小時候滑下碼頭的那一次。菜農認為河水上漲把菜田變成沼澤時，是默客保護他們的安全。有一個挖碎石的工人本來心存懷疑，直到某一天他的腳踝被卡在水底。他發誓是默客伸手到水底助他脫困的。」

這番對話讓東特想起那孩子。「我以為她死了。」他告訴她，「她漂進我臂彎，蒼白又冰冷，眼睛緊閉……我當時可以發誓她已經死了。」

「大家都這麼認為。」

「除了妳之外。」

「我也認為，而且很確定。」室內出現若有所思的靜默。他想到一些想問的問題，但管住舌頭沒說話。他有種感覺：只要他耐心等待，她可能還有話要說。他猜對了。

「東特先生，你是攝影師，也就是一種科學家。我是護士，我也是一種科學家，但我無法解釋昨天我親眼見到的是什麼狀況。」她說得很慢，語氣平靜，字斟句酌。「那女孩沒有呼吸，沒有脈搏，瞳孔放大，身體冰冷，皮膚蒼白。根據教科書上的每條規則，她都已經死了。我沒有任何疑慮。我檢查完她的生命徵象，一無所獲，那時我大可以離開。我不知道我為什麼留下，只是我覺得不安，原因連我自己都說不上來。有一段短暫的時間──我估計在兩到三分鐘之間──我繼續站在屍體旁邊。我用雙手包住她的手；我的指尖抵著她的手腕。我在那個姿勢下，感覺她和我的皮膚之間有種細微的動靜，感覺像脈搏。但我知道那不可能──她已經死了。

「好，其實把自己的脈搏誤認為病人的脈搏是很可能發生的情況，因為指尖也有脈搏。我示範給你看。」他聽到她朝床鋪走來，腳步聲後頭裙襬沙沙作響。她牽起他的手，掌心朝上放在她自己的掌心，然後把她的另一手蓋上去，讓他的手被她的雙手包住，她的指尖輕輕擱在他的手腕內側。「有了，我能感覺到你的脈搏，」（他因為她的碰觸而血流加速）「也能感覺到我的脈搏。這脈搏很細微，但確實是我的。」

他喉嚨發出含糊的聲音表示知道了，他的感官集中精神，想要感受到她血液的脈動。太微弱了。

「所以為了排除所有不確定因素，我這麼做……」她的雙手快速抽離，他的手被遺棄在床單上；當她的指尖落在他耳朵底下柔軟的那個點上，他內心巨大的失望立刻退去。

「這是個很好的脈搏點。我使勁壓住，又等了一分鐘。什麼也沒有。沒有、沒有，還是沒有。我對自己說我真是瘋了，摸黑站在酷寒中，等待一個死去的孩子出現脈搏。然後，它又來了。」

「心臟可以跳得多慢？」

「兒童的心跳比成人快，每分鐘一百下很正常，六十下就算危險了，四十下極度危險。跳到四十下，你要作好最壞的打算。」

他在眼皮內側看到自己的想法浮升，那是雲朵般的藍色形狀。在藍色之上，他又看見她的想法，很深的紫紅色與綠色條紋，從左往右橫向越過他的視野，像是緩慢而別有意圖的閃電光束。

「一分鐘跳一下……我從沒聽說過哪個孩子的脈搏掉到低於每分鐘四十下的。除了直接掉到零之外。」

她的指尖停留在他的皮膚上。再過一兩秒她就會回過神來，把手指抽走了。他試著讓她繼續思考下去。

「低於四十，人就會死？」

「就我的經驗來說是這樣沒錯。」

「但她沒死。」

「她沒死。」

「她活著。」

「在每分鐘心跳一下的情況下？不可能。」

「但如果她不可能活著，也不可能死了，她到底是怎樣？」

他的藍雲般的思緒消散了。葉綠色和梅紫色的條紋暴凸，移動到極為右側的位置，超出他的視線範圍。她把整個肺裡的挫折感都呼出來，抽走按在他脖子上的手指，他的視野中有幾個青銅色的碎片拔地而起，像是火堆中滾落的木炭所噴濺出的火花。

是他打破了靜默。「她跟默客一樣，介於生與死之間。」

他聽到她惱火地哼了一聲，最後又帶著笑意。

他笑出來，皮膚的拉扯使他痛得哀叫。

「哎啊，」他叫道，「哎啊！」

這使她的注意力回到他身上，把她的指尖帶回他皮膚上。她把冷敷用的布按在他臉上，這時他明白在剛才對話的過程中，他對麗塔．星期天的想像已經改變了。現在她看起來跟命運的少女不可謂完全不像。

已經結束了嗎？

冬廳人聲鼎沸，擠滿酒客，座位不夠，許多人只好站著。瑪歌從昏暗的走廊走出來，輕推離她最近的幾人背後，說：「借過，拜託讓一讓。」他們挪動腳步為她開道，她加入混戰。范恩先生緊跟在她身後出現，手中抱著裹在毛毯裡的孩子。他們後頭是范恩太太，她朝左右人群微微頷首道謝。

看到孩子，近在眼前的酒客都噤聲了。站在房間更深處的人察覺身後音量突然降低，且發現瑪歌在戳他們要他們讓路，也跟著閉上嘴巴。女孩把頭靠在范恩先生肩膀上，臉頰緊貼他的脖子，面孔半掩。她閉著眼睛，身軀癱軟，讓大家知道她睡著了。寂靜蔓延的速度比范恩夫婦走得更快，他們還沒走到門口的半途，寧靜已經和片刻之前的喧囂同樣震耳欲聾。群眾傾向前、踮起腳尖，飢渴地伸長脖子想把女孩的睡顏看個仔細，酒館後方有些人爬上凳子和桌子一睹她的風采。瑪歌不再需要戳戳頂頂，因為人海自動一分為二，等他們走到門邊，有個駁船船夫已經準備好幫他們開門。

范恩夫婦穿門而出。

瑪歌朝駁船船夫點點頭，要他再把門帶上。所有人動也不動。剛才人群分開時露出的彎曲木地板仍沒被遮住。誰也沒說話的寂靜維持了一會兒，有人挪動腳步，有人清清喉嚨，轉眼間人潮又匯聚在一起，吵鬧得更甚於之前。

他們又聊了一個鐘頭，探究了這一天的每個細節，衡量連綴每項事實，大量的臆測、偷聽的耳語與假設被攪拌進去增添風味，還有人捏了一大撮謠言撒下去，像是讓麵團膨脹的酵母。

大夥兒有種感覺：故事已經繼續往前走了。它不再停留在雷德考的天鵝酒館這裡，而是去到了外面的世界。酒客們想起此地以外的世界：他們的老婆小孩、他們的鄰居、他們的朋友。外面有些人還不知道范恩夫婦和阿姆斯壯那年輕人的故事。酒客們一個、兩個，然後接連不斷、由少而多地離開了。瑪歌把剩下的人組織了一下，派比較清醒的護送醉得最厲害的走過河岸，確保他們不跌進河裡。

店門在最後一位酒客出去後關上，冬廳空無一人，喬開始掃地。他頻頻停下動作，靠著掃帚休息喘氣。強納森在把木柴往屋裡搬。他把木柴倒進火邊的籃子裡時，斜斜的眼睛裡有種不同於平時的悒鬱。

「兒子，你怎麼啦？」

男孩嘆氣。「我想要她留在我們這裡。」

他父親微笑，揉揉他的頭髮。「我知道你想，但她不屬於這裡。」

強納森轉身去搬第二批木柴，但是剛走到門邊，又轉回身，一副不甘心的模樣。

「爸，已經結束了嗎？」

「結束了？」

強納森看到父親把頭歪向一邊，抬眼凝望那個陰暗的角落，故事都是從那裡來的。然後他的目光回到強納森臉上，他搖搖頭。

「這只是開始呢，兒子。後面還很長。」

第二部

好像有什麼地方說不通

莉莉坐在最底下一層臺階上，把右腳塞進靴子。她拽著鞋舌以免它被卡在鞋帶底下，但她的襪子在腳跟後頭皺成六層，把她的腳往前頂。她嘆口氣。她的靴子老是跟她過不去，總是會有什麼部分出問題。它們壓迫她拇趾外翻的部位，把她的腳磨破皮，而且不管她在鞋子裡塞了多少稻草放置一夜，早上總還會保留一點濕氣來讓她被冰到。她慢慢把腳拔出來，順平襪子，再試一遍。

等兩隻靴子都穿上了，莉莉扣上大衣鈕釦，在脖子繞上圍巾。她沒有戴手套，因為她沒有手套。到了屋外，寒意毫無阻力地切穿她的大衣，拿她的皮膚來磨利它的刀刃，但她幾乎沒注意到。她早就習以為常。

她早晨的例行公事十年如一日。首先她會走到河邊。今天的水位符合她的預期，既不高也不低。沒有洶湧的急流，也沒有不懷好意的暗流。河水沒有發出明顯的嘶聲，沒有怒吼，也沒有把惡毒的水花射向她的裙襬。它穩穩流動，全神貫注地在做它的平靜工作，對莉莉和她的行為沒有半點興趣。她背轉過身，開始餵豬。

莉莉在一個水桶裝滿穀物，另一個裝滿餿水。桶內的東西讓空氣裡瀰漫溫暖的腐爛氣息。母豬按照牠的習慣來到分隔牆邊。牠喜歡抬起頭，用矮牆頂端搔牠的下巴底部。同時，莉莉也在撓著母豬耳朵後面的位置。母豬愉快地呼嚕，隔著薑黃色的睫毛打量莉莉。莉莉把兩個水桶提到外頭、繞過轉角，來到餵食區，水桶的重量使她腳步踉蹌。她先後把兩個水桶的東西倒進飼料槽，然後拉開擋住出入口的木板。做完這些工作後，她從口袋拿出她自己的早餐——架上碰傷比較不嚴重的蘋果——張口咬下。她不介意在吃早餐時有同伴。公豬先出來——總是如此，雄性動物凡事都把自己放在第一位——立刻低下鼻子伸進飼料槽。母豬隨後跟來，牠的眼睛仍盯著莉莉，她不禁再次思索牠這樣的凝視可能出於什麼原因。那眼神很奇妙，幾乎像人類一樣，好像牠有什麼要求。

莉莉把蘋果肉啃光，然後把果核扔進豬圈，還特意丟在公豬不會看見的位置。母豬再用那難以解讀的表情看她一眼——遺憾？失望？悲傷？——便把鼻子伸向地面，蘋果核消失了。

莉莉把水桶洗乾淨，收回木棚裡。瞄了一眼天色後，她知道該出發去工作了，不過她先得做完最後一件事。她挪開柴堆上的幾根木柴，然後抽出底下第三排的一根木頭。從正面看，這根木頭和其他的沒什麼兩樣，但它的背面被挖空了。她將那根木頭傾斜，幾枚硬幣滾進她的掌心。她小心翼翼地把所有木柴恢復原狀。回到屋內，她把壁爐的一塊鬆脫磚塊抽出來。雖然它看起來沒什麼特別的，不過可以輕易取出，露出後頭的小空間。她把錢放進那小空間，然後把磚頭裝回去，確保它跟旁邊的磚塊齊平。她出到屋外把門帶上，並沒有鎖門，原因很簡單：這門既沒有鎖，也沒有鑰匙。莉莉．懷特家沒有值得偷的東西，大家都知道。然後她離開了。

冷空氣鋒利如刀，但去年的地表植物殘留的鏽紅和烏黑之間，已經有了嫩綠回到河岸邊。莉莉腳步很快，慶幸地面夠硬，沒讓濕答答的東西從她靴子的破洞滲進去。她接近巴斯考的時候望向河對岸，那裡的土地屬於巴斯考小屋以及范恩夫婦。她沒看見任何人。

這麼說來她應該在屋裡，在烤火吧，莉莉心想。她想像壁爐邊，想像有個堆著木柴的大籃子，想像火焰明亮地舞動著。「別摸喔，愛恩，」她悄聲說，「燙燙。」不過他們是有錢人家，壁爐會有護欄。她點點頭。對，沒錯。她幻想愛恩穿著藍色絲絨洋裝——不，羊毛比較溫暖，穿羊毛好了。莉莉在心裡穿梭那棟她從未進去過的房屋。樓上有一間小臥室，那裡也生了火，驅走所有寒意。那

裡有張床，床墊不是用稻草做的，而是填滿真正的羔羊毛。毛毯很厚，顏色是——紅的？對，紅的，枕頭上有個綁著辮子的娃娃。地上鋪著土耳其地毯，所以愛恩早上起床不會被冰到腳。位於房屋另一處的食品儲藏室裡有滿滿的火腿、蘋果和乳酪；有個會做果醬和蛋糕的廚子；櫥櫃裡擺了一罐又一罐蜂蜜，某個抽屜裡有六根拐杖糖，上頭有黃白相間的條紋。

莉莉無比滿足地探索愛恩的新家，一直到她走到牧師家門口，她心中巴斯考小屋的內部陳設畫面才淡去。

對，她心想，一邊推開廚房門。*愛恩必須和范恩夫婦一起住在巴斯考小屋，她在那裡很安全。她甚至可能很開心。她應該待在那裡。*

♣

牧師人在書房。莉莉知道自己遲到了，不過她用指尖輕觸煮水壺，就知道牧師還沒有自己泡茶。她扭著把靴子剝掉，把腳伸進她存放在牧師公館廚房碗櫥底下的灰色毛氈鞋。這鞋一向讓她的腳很舒服。她替牧師工作了兩個月後，才鼓起勇氣請求他准許她在廚房碗櫥下放一雙室內鞋。「我會藏得好好的，不會礙眼，而且也能保護地毯。」當時她解釋，而他答應了之後，她請他從替她保存的薪資裡取一點出來，接著立刻跑去買了這雙鞋，再直接帶回牧師公館。有時候她在小木屋裡覺得冷、又怕鬼，她會想一想她放在牧師家廚房碗櫥底下的灰色毛氈鞋，好像那裡有它們的專屬位置，就足以讓她的心情變好。

她燒了開水，準備放在托盤上的茶具，一切就緒之後，她走到他的書房敲門。

「請進！」

牧師的身體俯向文件，因而露出頭頂光禿的區域；他振筆疾書的速度令她讚嘆不已。他把一個句子寫完後，抬頭看了看。「啊！懷特太太！」

這句問候語是她生活中的樂趣之一。他從不說「早安！」或是「妳好！」——那可以套用在任何人身上——卻總說「啊！懷特太太！」。他的嘴巴發出「懷特」的音時，像是在賜福。

她把托盤放下。「牧師，我烤幾片麵包好嗎？」

「嗯，好，晚點吧。」他清了清喉嚨。「懷特太太……」他改用另一種語氣作了開場白。

莉莉一驚，於是他擺出親切而困惑的表情，卻只增添了她對即將發生的事的恐懼。

「我聽說妳和天鵝酒館那孩子的事，這是怎麼回事？」

她的心在胸腔裡歪斜。該怎麼說呢？如此單純的事卻這麼難解釋，實在令人想不透，她嘴巴張開又合上好幾次，卻沒吐出隻字片語。

牧師又開口了。

「就我目前所理解的，妳對天鵝酒館的人說，那孩子是妳妹妹？」

他的語氣很溫和，但莉莉的肺被恐懼漲滿。她幾乎無法吸氣或吐氣。然後她好不容易吞了口氣，在呼氣的同時，話語滔滔不絕地跟著出口。「我沒有惡意，請不要解僱我，哈古德牧師，我不會給任何人添麻煩的，我保證。」

牧師打量她，看起來比原本更困惑。「我想那孩子應該不是妳妹妹吧？我們可以確定這是個誤會，對不對？」他的嘴巴勾勒出遲疑、試探的微笑，隱隱暗示當她點頭，那抹微笑會成為堅定而完整的笑容。

莉莉不喜歡說謊。她曾被逼著說過很多次謊，卻始終沒有習慣，甚至也沒有熟能生巧，不過最主要的是，她不喜歡說謊。在她自己家說謊是一回事，可是這裡是牧師公館，雖然不是上帝的居所，卻是牧師的住處，那已經是最近似於上帝居所的地方了，在這裡說謊嚴重得多。她不想丟掉工作……她在謊言與實話之間搖擺不定，最後，由於她難以判斷何者更危險，因此她的本性勝出了。

「她是我妹妹。」

她低下頭。毛氈鞋的尖端從她的裙襬下露了出來。她眼中湧出淚水，她用手背把淚抹掉。「她是我唯一的妹妹，她叫愛恩。我知道是她沒錯，哈古德牧師。」她抹去的淚水又被新的淚水取代，量多到來不及防堵。淚滴落下去，在她毛氈鞋的尖端留下深色斑點。

「好了，懷特太太，」牧師有點慌張地說，「妳先坐下來吧？」

莉莉搖頭。她這輩子從未在牧師公館裡坐下來過。她在這裡工作，不是用腳站著就是用膝蓋跪著，取物、搬運、刷擦、洗滌，這些給了她歸屬感。若是坐下來，她就只是一個需要幫助的教區居民。「不用，」她喃喃道，「不用了，謝謝。」

「那我跟妳一起站著。」

牧師站起來，從書桌後頭走出來，深思地望著她。

「我們一起來思考這件事，好嗎？俗話說兩個腦袋比一個強。首先，妳今年幾歲，懷特太太？」

莉莉不解地盯著他。「呃，我……我不確定。有段時間我三十好幾，那已經是好幾年前的事了。我——猜我現在應該四十好幾了吧。」

「嗯。那妳覺得天鵝酒館那小姑娘多大了？」

「四歲。」

「妳講得非常肯定啊。」

「因為她的年齡就是四歲。」

牧師臉皺了一下。「我們姑且假設妳今年四十四歲好了，懷特太太。我們無法確定，但妳知道妳現在四十幾歲，所以四十四是個可能的數字。妳同意嗎？為了便於推理？」

她點點頭，不懂這有什麼重要的。

「四歲和四十四歲中間差了四十年，懷特太太。」

她皺眉。

「妳出生的時候，妳母親幾歲？」

莉莉畏縮。

「妳母親還在世嗎？」

莉莉發抖。

「咱們換個方式好了——妳上一次見到妳母親是什麼時候的事？最近嗎？還是很久以前？」

「很久以前。」她小聲說。

牧師憑直覺發現這又是個死胡同，決定另闢蹊徑。

「假設妳母親十六歲時生下妳好了。她要隔四十年才會生下這小姑娘，那時她已經五十六歲了，比妳現在還要再老十二歲。」

莉莉眨眨眼，努力想理解這些數字有什麼意義，卻想不透。

「懷特太太，妳明白我說的這些算式有什麼含義嗎？那小姑娘不可能是妳妹妹。妳母親生下兩個年齡差距這麼大的女兒，這機率——唔，機率小到可以說不可能。」

莉莉盯著自己的鞋子。

「妳父親呢？他幾歲？」

莉莉打了個冷顫。「他死了，很久以前就死了。」

「這樣啊，我們來整理一下事實。妳母親不可能生下這個小姑娘，因為她年紀太大了。而且妳父親很久以前就去世了，所以他不可能賜予這小姑娘生命。結論是，她不可能是妳妹妹。」

莉莉望著毛氈鞋上的斑點。

「她是我妹妹。」

牧師嘆口氣，望向房間周圍尋找靈感。他只看到書桌上未寫完的文件。

「妳知道那孩子去了巴斯考小屋，和范恩先生太太住在一起嗎？」

「我知道。」

「說那孩子是妳妹妹，對任何人都沒有幫助，懷特太太，尤其是小姑娘本人。好好想想吧。」

莉莉想起紅毛毯和黃白條紋的拐杖糖。她終於抬起頭。「這我知道。我很慶幸她在那裡。范恩夫婦比我更能照顧好愛恩。」

「是愛米莉雅。」他極其溫和地糾正她。「她是他們兩年前失去的女兒。」

莉莉眨眨眼。「我不在意他們怎麼叫她。」她說，「我也不會找麻煩。不會給他們或她添麻煩。」

「很好，」牧師仍然皺著眉頭，「很好。」

對話似乎結束了。

「牧師，我被開除了嗎？」

「開除？天啊，沒有！」

她雙手交握擱在心口，點頭行禮，因為她的膝蓋僵硬到沒辦法行屈膝禮。「謝謝你，牧師，那我去洗衣服了，可以嗎？」

他在書桌前坐下，拿起先前用來寫字的紙。

「洗衣服？……好的，懷特太太。」

♣

等莉莉洗完衣服（還有熨過床單、鋪好床、拖過地板、拍打掉小地毯的灰塵、刷完瓷磚、補滿籃子裡的木柴、清掉爐邊的煤灰、給家具打蠟、抖過窗簾、拍鬆靠墊、用雞毛撣子撣過所有畫框和鏡框、用醋擦亮所有水龍頭、煮好牧師的晚餐放在桌上用布蓋起來，然後洗碗、擦乾淨爐子讓廚房裡整整齊齊），莉莉再度去敲書房的門。

牧師把她的薪水數給她看並交到她手裡，她拿走幾枚硬幣，剩下的按照慣例還給他。他拉開書桌抽屜，拿出存放她薪水的錫罐，打開來，展開放在裡面的紙。他在紙上寫下數字，他打從一開始就向她解釋過了：他會寫下今天的日期以及她讓他保管的金額，還有新的存款總數。

「現在累積了不少數字囉，懷特太太。」

她點點頭，緊張而短促地微笑。

「妳不會想拿一部分來花用嗎？買一雙手套？外頭冷得要命。」

她搖頭。

「好吧，我找個東西給妳……」他離開書房一下子，回來後伸手遞給她什麼東西。「這個還有點用處。妳的手挨著凍，沒道理讓它們白白擱著。拿去吧。」

她接過手套，拿在手上翻看。這是用綠色粗羊毛線織成的，上頭只破了幾個洞，要補起來很簡單。她從那柔軟的觸感就知道，在寒冷的早晨沿著河岸走時，戴上它們會有多暖和。

「謝謝你，牧師，你真的很好心。但我只會把它們搞丟。」

她把手套放在他書桌角落，與牧師道別後便離開了。

♣

沿著河岸走回家的路，感覺比平常來得遠。她得在好多地方停下來，收集一些零碎的食物餵豬，每跨出一步，她拇趾外翻的部位都在抱怨。她的手凍僵了。她年輕的時候有手套，她母親用深紅色毛線織成手套，還編了一條長長的麻花繩穿過她的袖子，讓她不會把手套搞丟。結果它們仍然消失了。不是她弄丟了——而是被人拿走。

等她回到小木屋，天已經快黑了，她冷到骨髓裡，身上每一個會痠痛的部位都發作了。她經過時打量較低的柱子。跟今天早晨相比，河的水位上升了一些。她不在家的時候，現在在她腳邊的水流邊緣朝著房子不懷好意地挪近了幾吋。

她餵了豬，感覺薑黃色母豬的目光停在她身上，但她沒有看回去。今天晚上她太累了，沒辦法多關心豬的情緒。她也沒有撓母豬的耳朵後面，儘管牠又是抽鼻子又是呼嚕地想吸引她注意。

木棚裡的木板箱今天早晨還是空的，現在裝了十二個酒瓶。

她戰戰兢兢地走向小木屋，打開門往裡窺探，然後才走進屋。屋裡沒有人。她察看鬆脫磚塊後頭的空間，那裡是空的。這麼說來他來過，又走了。

她心想不如來點根蠟燭陪她吧，可是她去拿蠟燭的時候，發現它不見了。她原本打算當晚餐的一小塊乳酪和麵包也不翼而飛，只剩下硬梆梆的麵包皮。

她坐在臺階上脫靴子。這是很費力的工作。她穿著大衣和襪子坐在那兒，看著噩夢中妹妹的連身裙不斷滴下河水，在地上留下濕印子，她開始思考。

莉莉的思考速度很慢；從年幼時便一向如此。她這個人總是任由人生帶著她走，而不曾讓自己煩惱非必要的事。她人生中發生的各種事件，各種變化和轉折，都不是她任何果斷行動的結果，而只是造化弄人，只是高深莫測的上帝發給她一手牌，只是其他人強加在她身上的作為。她一遇上變化就驚慌失措，而且毫不質疑地屈服。許多年來，她唯一的願望就是事情不要變糟——雖說大致而言事情的確在變糟。思考她遇上的事並不是她自然而然會有的反應。可是現在愛恩出現所造成的最初衝擊漸漸消退了，坐在臺階上的她感覺有個疑問在掙扎著要冒出頭來。

噩夢中的愛恩形象駭人、報復心很強，總是舉著一根手指，眼睛烏黑。而雷德考天鵝酒館的愛恩呢——莉莉現在把她視為住在范恩家的愛恩——則是完全不同的愛恩。她很安靜。她不會瞪人，不會用手指人，也不會向她投射充滿惡意的眼神。她看起來沒有一心想傷害任何人，更別說想傷害莉莉。這個重返人間的愛恩更像原本的愛恩。

莉莉在臺階上坐了兩小時，天空的黑壓迫窗戶，刷刷的河流聲在她耳邊迴蕩。她想著來自河裡的愛恩，把恐怖一滴滴滴在地板上。她想著巴斯考小屋壁爐邊的愛恩，穿著藍色羊毛洋裝。等到地上的水印與整體的暗沉融合得難以區別，她仍然沒把迷惑組織成一個疑問，離找到任何答案更有十萬八千里遠。她動作僵硬地站起來，脫掉大衣上床睡覺時，擁有的只是深沉而難以穿透的謎題。

母親的眼神

有一件事發生了，另一件事接連而來，然後其他各種事接二連三地出現，有的在預期之中，有的在意料之外，有的不尋常，有的平凡無奇。那天晚上在天鵝酒館發生的事件，產生了一些尋常的結果，其中之一就是麗塔和范恩太太變成了朋友。這件事的開端，是麗塔聽見有人敲她的門，發現范恩先生站在門階處。

「我要謝謝妳那天晚上所做的一切。要不是有妳和妳無微不至的照顧——唔，後果實在不堪設想。」他把一個信封擱在桌上——「一點心意！」——並請求她到巴斯考小屋再次確認孩子的健康。「我們帶她去牛津看醫生——他說她受的折騰並沒有對她造成什麼傷害，不過每週檢查一次也沒有壞處，對吧？我太太也希望這麼做——最起碼這能讓我們安心。」

麗塔跟他約了日期和時間，等他走了之後，她打開信封。裡頭的金額十分豐厚，足以反映范恩家的財力以及他們對女兒生命的重視，卻也不至於多到令人難堪。這金額恰到好處。

麗塔約好要造訪巴斯考小屋的那天，狂風暴雨擾亂了河面，把河流變成一條圖樣與材質千變萬化的緞帶。她抵達房屋後，被迎入一間宜人的客廳：黃色壁紙很明亮，幾張舒適的扶手椅適當地擺放在誘人的爐火邊，還有一面俯瞰花園的大凸窗。范恩太太趴在壁爐邊的地毯上，替孩子翻著一本書。她以靈敏的動作一氣呵成地翻身跳起，然後把麗塔的雙手握在手裡。

「我們該怎麼謝妳才好？牛津的醫生問了跟妳一樣的問題，做了所有同樣的測試。我對我丈夫說：『你知道這代表什麼吧？麗塔跟任何醫生一樣厲害！我們一定要請她每週來一趟，確認一切都正常。』而妳果真來了！」

「發生那些事，你們不想冒任何險也是很正常的。」

赫倫娜．范恩這輩子從未擁有女性朋友。她在客廳裡跟成年女性互動的有限經驗，完全無助於說服她那是一種享受。作為淑女該有的端莊與順從，與這個在船廠長大的女孩徹底絕緣，這正是范恩先生如此欣賞她的原因——他喜歡她活力十足地享受戶外生活，她讓他想起他在紐西蘭採礦區成長過程中見過的那些女孩。但是在麗塔身上，赫倫娜看到一個志向超越客廳範圍的女性。她們兩人相差十二歲，也有其他很多差異點，然而赫倫娜對麗塔很有好感，這種好感是雙向的。

小女孩現在看起來很不一樣了，她穿著有白領子的藍洋裝，還有藍白相間的繡花鞋；聽到房門打開，她期待地抬頭張望。她眼裡燃起興味，卻在看見麗塔的瞬間熄滅，她的注意力又回到書頁上。「妳們繼續看書，」麗塔說，「我趁她分心時給她量一下脈搏。倒不是說真的需要啦——她顯然很健康。」

此言不虛。女孩的頭髮現在煥發光澤，臉頰有淡而明顯的玫瑰色紅暈。她的四肢結實，動作果斷而靈巧。她像范恩太太一樣趴著，用手肘把上半身撐起，膝蓋彎曲，穿著繡花室內鞋的腳在空中交叉擺動。范恩太太引導她把注意力放在圖畫中的這個地方和那個地方，她沒說話，但貌似能理解一切地望著書頁。

麗塔坐在離她們最近的扶手椅上，彎下腰去握住孩子的手腕。女孩訝異地抬頭看了一眼，然後注意力又回到書本上。孩子的皮膚摸起來很溫熱，脈搏也很有力。麗塔的心思集中在數算脈搏以及盯著懷錶上的秒針繞著錶面走，不過她隱然回想起在天鵝酒館的扶手椅上睡著時，小女孩在她懷裡的時光。

「一切都非常正常。」她說，並鬆開那溫熱的手腕。

「別急著走，」赫倫娜說，「廚子馬上就要送蛋和吐司來了。妳待一下嘛？」

她們吃早餐的時候繼續聊著孩子和她的健康狀態。「妳先生說她沒有講過話？」

「還沒有。」范恩太太聽起來並不擔心。「牛津的醫生說她會恢復說話能力的。也許要花六個月，但她會再度開口。」

麗塔比多數人更清楚，醫生有時候極不願意承認他們回答不出某個問題。如果提不出好的答案，有些醫生寧可提供壞的答案，也不願不提供答案。她沒告訴范恩太太這件事。

「愛米莉雅之前的說話能力算正常嗎？」

「噢，是啊。她就像一般兩歲小孩那樣牙牙學語。其他人未必總能聽懂，但我們可以，對不對，愛米莉雅？」

赫倫娜的目光時時受到孩子吸引，而不管內容如何，她說的每一句話都是從微笑的嘴裡吐出來的，因為她似乎光是看到女孩就開心極了。她把孩子的吐司切成細長條，鼓勵她用麵包蘸蛋黃吃。女孩開始極其專注地吃起來。蛋黃吃完後，赫倫娜把湯匙放進孩子手中讓她舀蛋白，而她粗手粗腳地把湯匙戳入蛋殼。赫倫娜滿足而專注地望著女孩，每次她把臉轉向麗塔，嘴角都掛著同樣的微笑。女孩帶來的喜悅，她大方地分享，可是當麗塔感覺那光芒四射的笑容傳到自己身上，卻每每觸發她的不安。通常看到年輕女人如此開心是一樁美事，尤其她已沉浸在傷痛中那麼久，但麗塔就是不由自主地覺得害怕。她無意戳破赫倫娜的粉紅泡泡，然而她有義務提醒赫倫娜眼前的情況有某種程度的不安定。

「阿姆斯壯先生和他失蹤的孩子怎麼樣了？有新消息嗎？」

「可憐的阿姆斯壯先生。」赫倫娜秀麗的臉龐蹙起眉頭。「我真同情他。沒有新消息，完全沒有。」她嘆氣的方式明白地顯露出她是真心同情他，然而同時在麗塔看來，她也不認為阿姆斯壯先生的痛苦與她本身的喜悅有任何關聯。「妳覺得做父親的感覺會和母親一樣嗎？我是指那種失落感？還有無法知道真相時的掛念？」

「我想要看那個父親本身的情況吧。還有母親的情況。」

「我想妳是對的。如果失去我，我爸爸會受到極大的打擊。而阿姆斯壯先生看起來是個非常……」她停下來思考，「非常善感的人，妳覺得呢？」

麗塔想起替他把脈的事。「只見過一次面很難判斷，也許我們每個人都沒有完全呈現真實自我。妳有再見過他嗎？」

「他又來拜訪過。在比較平靜的心情下再看看她。」

她的語氣有一絲不確定。

「結果有用嗎？他能作出確切的結論了嗎？」

「不能說是這樣。」赫倫娜深思地回答，然後她突然快速瞥了麗塔一眼，湊向前壓低音量說：「妳知道嗎，他太太把孩子淹死了，然後服毒自盡。傳聞是這麼說的。」她重重嘆口氣。「他們會找到屍體的。我是這麼告訴安東尼的——他們一定會找到它，到時候阿姆斯壯先生就能確定了。」

「已經過了好些天了，妳想他們現在找到她的機率高嗎？」

「他們非找到不可呀。在他們找到之前，那可憐的男人心都得懸在那裡。畢竟她現在不太可能還活著被人找到，已經過了幾週？四週？」她像個孩子扳著手指數算。「將近五週了。他們應該要發現什麼了才對……我自己的想法是——我該告訴妳嗎？」

麗塔點點頭。

「我的想法是，他承受不了愛麗絲已經淹死的事實，所以緊抓著愛米莉雅可能是愛麗絲的念頭不放，好讓自己逃避心痛。噢，那可憐的人。」

「後來妳就沒再見到他了？」

「我們又見過他兩次。他十天後來了一趟，隔十天又來了一趟。」

麗塔等待著，而赫倫娜果真如她期望的說了下去。

「他的造訪出乎我們意料之外，但我們實在不可能拒他於門外。我是說——我們怎麼狠得下心？他再度進屋，跟安東尼一起喝了杯波特酒，我們有一搭沒一搭地閒聊，言不及義，他一直沒提起愛米莉雅，不過當她走進房間，他的目光簡直離不開她……可是他沒說那是他來的目的。他像是剛好經過我們家，而既然我們認識……我們除了邀請他進門又能怎麼辦呢？」

「我了解。」

「所以現在，我想我們真的算是認識了，而——唔，事情就是這樣。」

「他沒有聊到愛米莉雅？或是愛麗絲？」

「他聊了農務和馬匹和天氣，這把安東尼惹得心浮氣躁——他最受不了閒聊了——可是我們又能如何？他情緒那麼低落，我們總不能打發他走。」

麗塔思索著。「在我看來這有點奇怪。」

「確實有點奇怪。」赫倫娜贊同，說完這句話，她的笑容回到臉上，她把頭轉向女孩，抹掉她嘴邊的麵包屑。「接下來要做什麼？」她問，「去散散步？」

「我該回家了。要是有人病了，來找我出診……」

「那我們送妳一程吧。妳要沿著河邊走，我們好喜歡河喔，對不對，愛米莉雅？」

那孩子吃完東西後就懶洋洋地坐在椅子上，眼神迷濛而疏離，這時一聽到河，立刻提起精神。她把自己的注意力從某個地方召回來，七手八腳地爬下椅子。

她們沿著花園斜坡往下走向河岸時，女孩一馬當先地跑在前頭。

「她愛這條河。」赫倫娜解釋，「我也是，我爸爸也是。我在她身上看到很多爸爸的影子。我們每天來這裡時，她總是迫不及待地往前衝。」

「這麼說來她不害怕？在出過意外以後？」

「一點也不。河是她的最愛。妳等一下就會看出來了。」

確實，當她們來到河邊，女孩站在河岸最邊緣，她腳步很穩、身體保持平衡，但盡可能貼近奔騰的河水。麗塔難以壓抑本能，想要伸手抓住孩子的衣領，防止她往前栽倒。赫倫娜笑了。「這是她天生的本性，她處於最適合她的環境。」

女孩確實全神貫注在河流上。她望向上游，眉毛微微抬高，嘴巴張開，麗塔努力想判讀她的神態。是期待嗎？女孩把頭轉向另一邊，掃視下游的地平線。不論她期待的是什麼，都並沒有出現。她臉上浮現疲憊而失望的表情，不過她很快就打起精神，邁開小腿奔向河流的彎道。

范恩太太的目光片刻不曾稍離那孩子。不管她在聊她丈夫或父親或任何事，她的眼神都停留在孩子身上，視線沒有任何偏移。那是洪水般的愛，溫柔而充滿喜悅，而當她偶爾抬起目光望向麗塔時，稍縱即逝的一瞥仍有著滿溢的愛，漫過麗塔以及它所見到的一切事物。這種感覺讓麗塔聯想到以前，她給某個人特別強效的止痛劑，或是某個人喝了一大堆最近很容易取得的無標籤廉價酒，他們會有的眼神。

她們開始朝麗塔小木屋的方向走。孩子跑在前面，等她離得夠遠聽不到了，赫倫娜才開口。

「他們在天鵝酒館說的故事……說她死而復生……」

「怎麼樣呢？」

「安東尼說天鵝酒館那群人想像力很豐富，只要有一點異乎尋常的小事，他們都會拿來誇大。他說所有的傳言都會止息，被人遺忘的。可是我不喜歡。妳覺得呢？」

麗塔想了一會兒。何必讓這個已經為孩子焦慮的女人更加憂心呢？不過另一方面，她從來就不會為了安撫病患而說些圓滑的謊言。她的做法是有技巧地說出事實，讓病患有空間按照自己的心意來調整要吸收多少資訊。病患可能追問得更詳細，也可能不問，這要看他們自己了。現在她採取同樣的策略。她們走過一片特別泥濘的土地，她假裝在注意裙襬，藉此掩飾思考所花的時間。等她準備好了，她用最客觀的態度說出謹慎組織過的真實答案。

「她被從河裡救起來的時候，狀況有點特殊。他們以為她死了。她膚色白得像蠟，她的瞳孔擴張——意思是虹膜中央的黑色部分變得很大。她沒有明顯可知的脈搏，也偵測不到呼吸。我趕到的時候，見到的也是這種情形。一開始我沒摸到脈搏，但後來就有了。她還活著。」

麗塔望著赫倫娜，臆測她對這字斟句酌的簡短敘述有什麼想法。敘述中有一些空缺，聽的人可能會也可能不會注意到，可以用各種不同的答案去填補，那空缺也可能引發或多或少的額外疑問。其中之一是：怎樣的呼吸會偵測不到？怎樣的脈搏不是明顯可知的？還有她用的詞「後來」，其實就等於更強烈的「終於」的溫和近義詞：我摸不到脈搏，但後來又摸到了。如果這詞指稱的是幾秒，倒無傷大雅。可是一分鐘？教人該作何感想？

赫倫娜不是麗塔，她用別的方式填補了空缺。麗塔看著她走在身旁，眼睛盯著前方幾公尺的女孩，內心形成結論。孩子腳步堅定，毫不在意寒風和時不時猛下一陣的雨。她的生命力是個鐵錚錚的事實；麗塔能理解這項事實有可能輾壓其他一切。

「所以說，他們以為愛米莉雅死了，但她沒死。這是個誤會。而他們拿這來編故事。」

赫倫娜似乎不需要別人證實她的結論，麗塔也沒有替她證實。

「想到她離死亡那麼近。想到我們找到她了，又差點再次失去。」她在短短一秒間把目光抽離女孩，迅速瞥了一眼麗塔。「感謝老天妳在那裡！」

她們快要走到麗塔的小木屋了。「我們可不能耽擱太久，」赫倫娜說，「今天下午有人要來在窗戶上裝鎖。」

「在窗戶上？」

「我感覺有人在盯著她。不怕一萬只怕萬一。」

「大家對她很好奇……這是難免的。過段時間就好了。」

「我不是指在公開場所，我指的是在花園裡，還有在河上。有人在監視。」

「妳有看到任何人嗎？」

「沒有，但我知道外頭有人。」

「綁架案有沒有什麼新的進展？她回來以後沒有人漏了口風？」

赫倫娜搖頭。

「有沒有什麼線索讓妳能推測她這兩年來都待在什麼地方？有人說水上吉普賽人可能涉案，不是嗎？我記得警察曾經搜過他們的船隊？」

「對，在他們追上吉普賽人之後。他們什麼也沒發現。」

「她出現的那晚，水上吉普賽人剛好又來到附近的河上……」「看她用刀叉的樣子，讓人真的覺得她這兩年都跟吉普賽人住在一起。不過老實說，那種想法令我無法忍受。」

水波被風一颳，揚起一陣泡沫與水滴的混合物，然後它又從半空落下，在起伏的河面鋪開一層複雜的圖案。麗塔一邊望著河面隨機的變化，一邊疑惑水上吉普賽人有什麼理由先是偷走一個孩子，然後在兩年後把貌似已死的孩子交還到同一個地點。她想不出答案。

赫倫娜也在想她自己的心事。「要是我有能力，我會讓這兩年消失。有時候我會想，她是不是我幻想出來的……或者是不是我的思念——不知怎麼地——把她從原本待的什麼黑暗的地方找回來。在那種痛苦中，我情願出賣我的靈魂、放棄我的生命，只求讓她回來。那種煎熬……而現在有時候我會想：萬一我真的那麼做了呢？萬一她其實不是真的？」

她轉向麗塔，在瞬間麗塔驚恐地瞥見她這兩年是怎麼過的。那種迫切的心情太令人震撼，她忍不住縮了一下。

「但我只要看一看就知道了！」年輕的母親眨眨眼，用目光追尋孩子。她的眼神再次充滿盲目的愛。「那是愛米莉雅，是她沒錯。」赫倫娜開心地深吸一口氣，然後說：「該回家了。我們得說再見了，麗塔，但妳會再來吧？下星期？」

「如果妳要我去的話。不過她很好，妳不需要擔心。」

「還是來吧。我們喜歡妳，對不對，愛米莉雅？」

她朝麗塔嫣然一笑，麗塔再次感覺被母愛的尾巴掃到，那種愛令人迷醉、光芒四射，而且讓人有一定程度的不安。

♣

麗塔繼續朝家裡走，來到小路彎道處，這裡長著一大叢山楂，讓人看不清前方的狀況。一股意料之外的氣味——是水果？還是酵母？——將她從思緒中喚醒，等她的心智分辨出樹叢裡的黑影是一個躲著的人時，她已經來不及反應。她已經過樹叢，而他跳了出來，把她的雙臂固定在背後，一把刀抵著她喉嚨。

「我有個胸針——你可以拿去。錢在我的錢包裡。」她動也不動，輕聲對他說。胸針只是錫和玻璃做的，但他可能看不出來。就算他看出來了，錢也可以安撫他。

不過那不是他的目標。

「她說話了嗎？」現在他離得這麼近，她更能聞到那股氣味。

「你指的是誰？」

「那女孩。她說話了嗎？」

他搖撼她，麗塔感覺後面有個東西頂到她，在她脖子下面一點的位置。

「范恩家的孩子？不，她沒說話。」

「有什麼藥可以讓她恢復說話嗎？」

「沒有。」

「所以她再也不會說話了？醫生是這麼說的？」

「她或許會自己恢復說話能力。醫生說六個月內會恢復，不然永遠不會恢復。」

她等著更多問題，但他沒問。

「把妳的錢包丟到地上。」

她用顫抖的手從口袋取出布囊——那裡頭裝著范恩夫婦給她的錢——丟在地上，下一秒，後方傳來重擊，使她整個人往前撲，重重地跌在粗糙的地面，碎石嵌進她的手掌。

不過他沒有傷害我，她安慰自己，然而等她回過神來站起身，那男人和她的錢包都不見了。

她快步走回家，腦中千頭萬緒。

哪個父親？

安東尼．范恩湊向鏡子，用刮鬍刀抵住臉頰上的肥皂泡沫，然後開始刮。他與鏡中的自己四目相接，再次試著理清紛亂的思緒。他一如往常，從同一個念頭開始：那孩子不是愛米莉雅。這應該足以開啟與終結疑問，事實卻不然。一項確切的事實導向的不是下一塊墊腳石，而是一片沼澤地，無論他往哪個方向走都一樣。他的認知搖擺而不牢靠，每過一天都變得更無力、更難去維持。是赫倫娜動搖了他原本確知的事。他太太臉上每個微笑、每次迸發笑聲、講出每個歡喜的字句，都給了他把認知擱到一邊的理由。孩子跟他們一起住的這兩個月來，她每天都變得更漂亮，先前掉的體重都回來了，頭髮的光澤和臉頰的紅暈也恢復了。愛讓她的臉龐充滿生命力，不光是對孩子的愛，也包括對他的愛。

但關鍵不只是赫倫娜，對吧？還有那女孩。

范恩的目光不時被小女孩的臉吸引。早餐時，他一邊用湯匙把橘子果醬餵進她嘴裡，一邊觀察她下巴的弧度，中午時則是她的美人尖讓他看得入神；他在白蘭地島工作完回到家，總是無法移開視線，不去看她耳朵的圓弧構造。他對這些特徵比他太太或他自己的特徵還要熟悉。他飽受折磨，因為這些特徵——應該說她本人——似乎對他有什麼意義，要是他能搞清楚是什麼意義就好了。即使她不在面前，他也能看見她。在火車上，他看著風景飛掠而過，而她的臉孔疊印在田野和天空上。在辦公室，她的臉像是浮水印，出現在他用來表列數字的紙張上。她甚至占據他的夢境。各種不同的角色，都長著那孩子的臉。有一次他夢到愛米莉雅——他的愛米莉雅，真正的那個——結果連她都有那孩子的面容。他哭著醒來。

他樂此不疲地觀察她的面貌特徵，一開始是為了弄清楚她是誰，後來焦點卻漸漸轉移，變成試圖為自己的著迷找到合理解釋。在他看來，她的臉是所有人類面孔拿來作變化的基礎模版，就連他自己的臉也不例外。他無盡的盯視把她的臉磨得好光滑，彷彿他能用她的臉映照出自己的倒影，而看著她總讓他反過來凝視自己。他無法告訴赫倫娜這件事。她只會解讀出他並沒有想表達的意思：他在女兒臉上看到他自己的影子。

說到底，這孩子是不是有什麼方面看來很眼熟？他試著告訴自己，她的面貌讓他覺得似曾相識，只不過是他第一次見到她所留下的自然印象。他自己那麼執著地盯著她看，想必足以解釋她在他心裡觸發的熟悉感吧？她看起來跟她自己很像，所以他才認得她。然而他憑良心說，這件事沒有這麼單純易懂。「記憶」這個概念無法充分捕捉那種感覺。感覺更像是那孩子在他心裡喚起了某種東西，尺寸和形狀都近似記憶，但卻是倒反的，或是內外翻轉的。那東西和記憶相似而不相同——或許是它的雙胞胎，或是相反體。

赫倫娜知道他不相信這女孩是他們的女兒。她知道，因為在第一天，他們把孩子哄睡之後，一有了兩人獨處的時間，他馬上就告訴她了。她聽到此言很驚訝，但顯然並不憂心。

「對任何小女孩來說，兩年都是很長的時間。」她柔聲對他說，「你要有耐性。時間會讓你的心再度認出她來。」她把一手擱在他手臂上，這是兩年來他太太第一次在客廳裡觸碰他，並且充滿感情地看著他。「在那之前，把你的信心放在我身上吧。我認得她。」

現在，每當提起這話題，她總用困惑而包容的態度對待他的信心匱乏：這是小事，無傷大雅，只是她親愛的、傻氣的丈夫反應遲鈍。她沒有特意試著說服他。「她還是喜歡蜂蜜！」有一回她在吃早餐時注意到，當女孩推開梳子時，她則說：「唔，這一點可沒變！」不過大部分時候，她只是愉快地相信，時間勢必會讓他恢復清醒。她的態度表明，他的懷疑無足輕重，下一波強勁的水流肯定就會把它沖走了。他自己也沒有再提這件事。並不是他擔心會讓她憂慮，而是正好相反。如果他告訴她，她會說：看吧，你確實認得她。現在你都想起來了吧。

這是那種有理說不清、剪不斷理還亂的狀況，而范恩發現自己不止一次考慮非常簡單的解決辦法。何不就決定相信是真的？女孩的到來破除了一道詛咒，讓他們找回充滿魔力的幸福生活。過去兩年來的痛苦將他們困在愁雲慘霧中，無法給彼此任何慰藉，這日子都過去了。孩子為赫倫娜帶來直截了當的喜悅，帶給他的則是更複雜的東西，他把它珍藏起來，卻不知道何以名之。那之後沒多久，他就會因為女孩吃得比平常少而擔心，因為她在夜裡哭泣而不安，因為她伸手牽他的手而欣喜。

愛米莉雅不在了，而這個女孩來了。他的妻子相信她就是愛米莉雅。她跟愛米莉雅有幾分神似。在她來之前令人難以忍受的生活，現在再度變得可喜。她讓赫倫娜回到他身邊，不止如此，她本人也在他心中找到一個位置。說他愛著她也並不是什麼太離譜的說法。他希望她是愛米莉雅嗎？是的。一邊是：愛、慰藉、幸福。另一邊是：很有可能一切都恢復原樣……唔，那好吧，當水流如此強力地往另一個方向拉，他有什麼理由執拗地堅持自己所確信的事？

只有一個理由。羅賓．阿姆斯壯。

「他們會找到屍體的，」赫倫娜一個勁兒地說，「他太太把孩子淹死了，大家都知道，等發現屍體時，他也會知道。」

可是已經過了兩個月，都沒有發現屍體。

范恩目前一直拖著，什麼也沒做。他是個好人，為人公平又正直，而他現在也想表現得公平又正直。要考慮到他自己，要考慮到羅賓・阿姆斯壯，但也要考慮到赫倫娜和女孩。最重要的是，要為所有當事人找出最好的結果。情況不能再繼續不明不白——這對任何人都沒有好處。一定要想辦法解決，而他今天就要採取第一步。

他迅速把臉沖洗乾淨，用毛巾擦乾，然後準備出門。他要趕火車。

♣

雖然一般人簡稱它為「蒙第與米區」，但即使你懷疑這是鄉下地方巡迴馬戲團的名字，也會在看到那棟位於牛津的嚴肅喬治亞風格洋房前門旁，所嵌的黃銅牌匾上的字樣時打消疑慮，那牌匾上寫的是：蒙哥馬利與米契爾商務法律事務所。從它的窗口幾乎看不見泰晤士河，然而你在每個房間都能感受到它的存在。不只是每個房間，更包括每個房間的每個抽屜和櫃子，因為只要對與泰晤士河相關的商業利益感興趣的人，範圍從牛津開始沿著泰晤士河往上游延伸好幾哩，他們都會來這間事務所尋求法律服務。蒙哥馬利先生本身不愛划船，也不捕魚，也不是專精河景的畫家；事實上，他可以一整年連看都沒看過河流一眼，你卻仍然可以誠實地說他是靠這條河過活。在蒙哥馬利先生的想像中，泰晤士河根本不是一道水流，而是錢流，是由乾燥的紙張構成的，他每年都把一部分洪流導入他自己的分類帳和銀行帳戶裡，並且心存感謝。他的生活過得很滿足，每天都在草擬貨物運輸的合約，以及交涉信用狀的用字，而每當有牽涉到不可抗力因素、罕見而珍貴的爭端找上他（這確實偶爾會發生），他的心總會漲滿喜悅。

范恩站在門階上，手握著門鈴拉繩，不過還沒有拉。他正在喃喃自語。

「愛米莉雅。」他有點遲疑地說。然後，他或許稍嫌激動地說：「愛米莉雅！」

這是個他得時時重複溫習的名字，因為他要說出這個名字時總得躍過某種障礙，而這額外費的力氣令他喊出的名字有點勉強，連他自己都聽得出來。

「愛米莉雅。」他說了第三次，希望這回夠好了，然後他拉了門鈴。

范恩捎過信，對方知道他要來。應門並接過他大衣的男童，跟兩年多前是同一個人，當時范恩來這裡處理他女兒遭人綁架的相關事務。那時候這少年年紀更小，看到訪客顯露狂亂的悲傷與痛苦，相當不知所措。雖然那時心情激動，范恩仍想安慰這男孩，告訴他，即使他不知道該怎麼平靜而尊敬地和一個失去獨生女的發狂男子四目相對，那也不是他的錯。今天那男孩——他仍然算是個男孩，只是比較大了——保持平靜的禮貌，接過大衣後掛在勾子上，但是他轉回身面向范恩時，實在憋不住了。

「噢，多好的消息啊，先生！多麼出人意料！您和范恩太太一定樂昏頭了吧，先生！」

蒙第與米區的客戶與保管大衣的男孩之間，握手並不是恰當的禮儀，但這個日子意義太重大了——至少在男孩眼裡是如此——因此范恩容許對方抓住他的手、猛力上下搖撼。

「謝謝你。」他喃喃道，即使他在接受誠摯的恭賀時禮數有什麼不足，男孩也年輕到看不出來，他只是笑瞇瞇地帶著范恩先生進入蒙哥馬利先生的辦公室。

蒙哥馬利先生專業而愉快地伸出手。「范恩先生，很高興又見面了。我得說，你看起來神清氣爽。」

「謝謝。你收到我的信了？」

「收到了。請坐，跟我詳細說明吧。不過，首先，要不要來杯波特酒？」

「謝謝。」

范恩看到那封信在蒙哥馬利桌上。其實信裡沒說什麼；是他在能夠為自己開脫的前提下盡量保留的說法。可是現在他看到信被拆開放在那裡，被徹底讀過，他不禁懷疑自己透露的那一丁點，會不會無意中洩露了太多。范恩的筆跡豪邁而流暢，任何人都能倒著看懂，當蒙哥馬利忙著準備酒杯時，他自己昨天寫的隻字片語映入眼簾。「那孩子被人發現……那女孩現在由我們監管……也許需要借助你們的服務來處理關於……」他現在覺得這些用語不像是因為獨生女回來而喜出望外的男人會有的表達方式。

一個酒杯放到他面前。他啜了一口。兩個男人討論起波特酒，這是男人談正事前必須做的。蒙哥馬利不會先提起正題，這點范恩很清楚，不過他確實製造了一個停頓點，而且顯然希望范恩能主動填補沉默。

「我知道我昨天寫的信裡，雖然提到最近發生的事，但沒有清楚表明我在什麼方面可能需要你協助。」他開頭，「有些事還是當面討論比較好。」

「的確如此。」

「事實是，有可能──我得說機率極低，不過仍值得注意──有另一方人士或許會爭取那孩子。」

蒙哥馬利點點頭，毫無訝異之色，彷彿他早就預期會有這種可能。雖然蒙哥馬利先生至少有六十歲了，他的臉仍像嬰兒一樣沒有任何皺紋。他在辦公室裡擺出撲克臉的時光已有四十年，舉凡懷疑、擔憂或揣測會造成的肌肉抽搐或緊繃，都被抑制到相當的程度，以致於現在你不可能在他臉上看到任何表情，只有永遠一體適用的和藹可親。

「有個住在牛津的年輕男人，他聲稱──至少我想他可能會聲稱──他是那孩子的父親。他的太太跟他感情失和，她在班普頓去世了，而他的孩子下落不明。他女兒愛麗絲的年齡差不多，而她失蹤的時間點約略就是——」范恩提早看到障礙在前方，因而作好了準備，「——愛米莉雅被人發現的那時候。這是個不幸的巧合，讓事情有了不確定的空間……」

「不確定……？」

「在他看來。」

「在他看來。嗯，好的。」

蒙哥馬利聽著，臉孔呈現出淡淡的友好。

「那個年輕男人——他姓阿姆斯壯——最近沒見過他太太或孩子。所以他沒辦法立刻確定這孩子的身分。」

「而另一方面，你完全確定——」他的目光沒有任何遊移，「——這孩子的身分？」

范恩吞了吞口水。「是的。」

蒙哥馬利露出親切的笑容。他很有禮貌，萬萬不會在客戶提出有待商榷的陳述時向客戶施壓。

「所以說，這孩子是你的女兒。」這聽起來就像是個肯定句，但范恩本身的不確定讓他聽出其中的疑問。

「她是……」（障礙又來了）「愛米莉雅。」

蒙哥馬利保持笑容。

「我沒有任何疑慮。」范恩補充。

笑容持續著。

范恩覺得他需要拋出點什麼來加重自己話語的分量。「母親的直覺是很強大的。」他作出結論。

「母親的直覺！」蒙哥馬利用鼓勵的語氣高聲說。「還有什麼比那更清楚明白的呢？當然——」

他的表情沒有半點變化，「——孩子的監護權歸父親所有，不過母親的直覺！再好不過了！」

范恩吞了吞口水，心一橫。「她是愛米莉雅，」他說，「我知道。」

蒙哥馬利抬起頭，他臉頰圓潤，額頭光滑。「好極了，」他滿意地點頭，「好極了。好，我有豐富的經驗，評估某些貨物偶爾因為這個那個原因而流落在外，之後引發的所有權爭議。請不要覺得被冒犯了，但我能運用我的經驗——因為這兩者間的相似點是有用處的——評估阿姆斯壯與你之間的官司勝算如何。」

「他還沒有要跟我們打官司，根本沒有官司。她已經由我們照顧兩個月了，而那男人偶爾會來看我們。他來了之後就只是看著她，既沒有爭取她的監護權，也沒有放棄她的監護權。他每次上門，我都作好心理準備，以為他會表明其中一種決定，但他始終對這議題保持沉默。我不願意逼他表態——我萬萬不想促使他爭取監護權，尤其他從頭到尾都沒說過『她是我的』，顯然在他心裡，她很可能不是他女兒。我傾向於不要去刺激他，但這種狀態又令人忐忑不安。我太太……」

「你太太？」

「我太太打從一開始就相信，這種狀況只會維持到他自己的女兒被發現為止。我們每天都期望聽到消息，說在河裡找到一個孩子，或許是屍體，但我們的等待落空了，一直沒有傳來這樣的消息。我們開始覺得焦躁，因為這件事懸而未決地拖了太久，但赫倫娜為他難過，她太能體會失去孩子的心碎感覺。她縱容他繼續造訪我們家，即使事到如今，他已經不可能再得到確切的答案。他自己的孩子憑空消失了，我擔心他在悲傷中被逼急了，他的心智或許會作亂，說服他相信愛米莉雅——」（他成功地躍過了障礙——他愈來愈熟練了！）「——其實是他的孩子。悲傷是很強大的力量，誰知道男人在失去孩子的情況下，可能被驅使做出什麼事來。一個人可能會幻想出各種事，也不願相信他的孩子——他唯一的孩子——永遠不在了。」

「范恩先生，你對他的心態和處境有很敏銳的了解啊。那麼我們必須檢驗這項爭端中的事實，因為在法律上事實才是最重要的，我們可以藉此判斷他的案子在原則上有多麼站得住腳，以防萬一他決定要爭取監護權，我們才能作好準備。對了，那孩子本人對這件事有什麼說法？」

「什麼也沒有。她沒講過任何話。」

蒙哥馬利先生安詳地點點頭，好像這種事再正常不過了。

「而在她被人擄走之前，她是有說話能力的？」

范恩點點頭。

「那阿姆斯壯先生的女兒——她有說話能力嗎？」

「有。」

「了解。現在我要請你記得，如果我像看待遺失一陣子又出現的貨物一樣看待愛米莉雅，那是我的經驗使然，沒有冒犯的意思。我所知道的是這樣：貨物遺失前最後一次被看見，以及它重新出現後第一次被看見，這部分非常重要。因為這可以盡可能告訴我們貨物離開我們的視線時發生了什麼事。以盡可能詳細的敘述方式，把貨物『之前』與『之後』的狀態擺在一起來看，通常就足以為混亂的狀態帶來足夠的指引，確立法律上的所有權。」他接著問了一連串問題。他問到愛米莉雅被綁架前的事。他問到愛麗絲・阿姆斯壯是在什麼情況下失蹤的。他問到貨物——「愛米莉雅，」他不止一次地強調——是在什麼情況下找到的。他記下一切，點點頭。

「可以說，阿姆斯壯的女兒憑空消失了。這種事是有的。而你的女兒憑空回來了，這倒比較不尋常。這段時間她去了哪裡？她為什麼現在回來了——或是被人歸還？這些都是沒有解答的疑問。

能有答案是最好，但如果實在找不出答案，我們必須仰賴其他的證據。你有之前留下的愛米莉雅的照片嗎？」

「有。」

「而現在的她跟照片裡像不像？」

范恩聳肩。「大概吧……就是四歲小女孩跟她們兩歲時的樣子那種像法。」

「意思是……？」

「作母親的能看出那是同一個孩子。」

「但別人呢？更公允的人？」

范恩頓了一下，蒙哥馬利像是沒有察覺他的遲疑，愉快地接話。「我完全同意你對孩子的看法。他們是會變的。星期三遺失的乳酪，在星期六重新出現時不會變成同等重量的菸草，可是孩子嘛——啊！完全是另一回事。我贊同你。不過為了作好準備，你還是要好好保管那些照片，還有記下所有事——所有小細節——來表明這個愛米莉雅和兩年前的愛米莉雅是同一個孩子。有備無患。」

他望著范恩陰鬱的表情，對他露出歡快的笑容。「除此之外，范恩先生，我給你的建議是：不用擔心年輕的阿姆斯壯先生。請轉告范恩太太，她也不用擔心。蒙哥馬利與米契爾存在的目的就是替你們分憂的，我們會替你們——還有愛米莉雅——打點好一切。因為有一件事，一件很重要的事，對你們有利。」

「什麼事？」

「如果對簿公堂，這場官司會打很久，而且會進展得很慢。你有沒有聽過王室與倫敦市政府之間著名的泰晤士河官司？」

「沒有。」

「爭執點在於雙方誰擁有泰晤士河。王室說女王會使用這條河，而且它在國防方面有重要意義，所以它屬於王室。倫敦市政府則不服氣地說，他們負責管轄泰晤士河上下游來來去去的所有貨物，所以這條河必定屬於他們。」

「結果呢？泰晤士河是誰的？」

「噯，他們已經爭了十二年，接下來至少還得再爭十二年哪！河流是什麼？是水。水是什麼？基本上就是雨。雨又是什麼？天氣啊！誰擁有天氣？現在這一分鐘飄過頭頂的雲，會落在哪裡？這一側河岸，或是那一側河岸，或是河本身？雲被風吹著跑，而風不屬於任何人，那些雲不用通行令就穿越了邊界。雲裡的雨水可能落在牛津郡或是伯克郡；它可能飄洋過海，落在巴黎的少女身上。至於確實落在泰晤士河裡的雨，可能來自任何地方！來自西班牙，或俄羅斯，或……或桑吉巴！如果桑吉巴有雲的話。不，你不能說雨屬於任何人，不論是英格蘭女王或是倫敦市政府，就像沒人能捕捉閃電存放進銀行金庫一樣，但那阻止不了他們白費力氣！」

蒙哥馬利臉上帶有非常隱微的竊喜。這是范恩看過他最近似有表情的一次了。

「我告訴你這件事的原因，是說明法律程序可以進行得多緩慢。當這位阿姆斯壯下定決心爭取女孩的監護權——如果他這麼決定——你要避免上法庭。他提出什麼要求都答應他，把事情解決掉。那都比上法庭要便宜得多。如果他不肯被收買，你也可以想想王室與倫敦市政府的官司，就比較安心了。這場官司會曠日廢時，即使不是永無盡頭，起碼也會拖到孩子長大成人。到時候，法律都還沒決定哪個父親才是她的合法擁有者，我們的貨物小愛米莉雅早已經成為她丈夫的財產了。放寬心吧！」

✣

范恩站在牛津車站的月臺上等火車。當他的思緒不再停留在蒙哥馬利身上，他不禁想起他上一次站在同一個位置等火車時，是什麼情況。那一次他先進城裡跟一個可能的買家見面，對方考慮買下他用來把甜菜從田裡運送到釀酒廠的窄軌鐵路；在那之後，他去看了康斯坦汀太太家的位置。他找到了，他進去了。他對自己感到驚奇。那不過是不久前的事——才隔了兩個月——之後卻發生了好多事。那時她是怎麼說的？*您這樣沒辦法再撐多久了。*就是這句話。當時他也感覺到了；他打骨子裡知道她是對的。他本來會像她建議的，再回去找她嗎？當然不會。然而……由於事情的發展，他並不需要回去找她。放著不管，事情反而自己解決了，出乎意料，甚至可謂神奇，結果皆大歡喜。他已經悲慘而憂鬱地過了兩年，而現在——只要能把阿姆斯壯處理好——他不需要再過那種日子。*放寬心吧！*蒙哥馬利這麼說。他會的。

正當他下定決心忘了康斯坦汀太太，他突然想起她的臉。她的目光彷彿逆著他滔滔不絕的話語游進他的腦袋，進入他的思緒……*我了解了，*她曾說，而她了解的似乎不只是他說了什麼，也包括他沒說什麼。

現在回想起那一幕，他感覺有人在注視著他的頸後，他轉身，預期看到她在他後方的月臺上。那裡一個人也沒有。

✣

「范恩太太在哄愛米莉雅睡覺。」他到家時下人告訴他。

他走進黃色的客廳，那裡窗簾垂著，壁爐裡的火燒得亮晃晃的。最近，愛米莉雅的兩張照片又出現在壁龕處那張小桌子上。她剛失蹤的那一陣子，她一直從關住她的玻璃後頭往外瞪視著。她那鬼魅般的目光，與玻璃的反光疊加在一起，讓他怵目驚心，最後他再也受不了了，就把那些肖像照面朝下放進抽屜裡，試著忘掉。後來他發現照片不在抽屜裡了，猜想是赫倫娜把它們拿到她的房間。到了那時候，他已經不再進入赫倫娜的房間。夜晚的哀悼是他們各自進行的活動，也各有其方式，在他看來很明白，為了任何其他目的進入她的房間都不會有什麼好結果。現在那女孩來了，照片又回到它們原始的位置。

他容許自己的目光視而不見地掠過照片。

隔著房間望去，它們只是一些形狀：一張是愛米莉雅坐著的標準肖像照，另一張是全家福，他站著，赫倫娜抱著愛米莉雅坐著。他走過去。他把標準肖像照拿起來，雙眼緊閉，作好心理準備要睜眼去看。

門打開了。「你回來啦！親愛的？你怎麼了？」

他把表情放輕鬆。「什麼？噢，沒有，沒事。我今天見到蒙哥馬利了。我在他那裡的時候，我提到——順口提到——阿姆斯壯先生的事。」

她茫然地看著他。

「我們討論了他可能——機率很小——跟我們打監護權官司。」

「怎麼會！等他們找到——」

「屍體？赫倫娜，妳什麼時候才會放棄這個念頭？都已經兩個月了！既然到現在都沒人找到，有什麼理由相信還會找到？」

「可是有個小女孩淹死了啊！孩子的屍體不會就這樣消失！」

范恩猛吸一口氣，胸腔鼓了起來。他的肺把氣憋住。這不是他預想的對話方式，他必須保持冷靜。他緩緩吐氣。

「然而沒有人發現屍體，我們必須面對現實。有可能——連妳都不得不承認這種可能——一直都不會找到屍體。」他聽得出自己的語氣透出暴躁，因而更費力地去克制。「聽著——親愛的——我只想表達，有所準備總是好的。只是以防萬一。」

她若有所思地望著他。他平常不會用這麼尖銳的語氣對她說話。「你一想到會失去她就無法忍受，對不對？」她穿過房間，手撫向他心口，露出溫柔笑容。「你一想到再次失去她就無法忍受。噢，安東尼！」淚水湧上她的眼眶然後流瀉。「你知道。你終於認出她了。」

他想放下照片，好把她擁入懷裡；他的動作使她注意到他拿著什麼，她攔住他。

她從他手裡取過照片，憐愛地看著。「安東尼，請不要擔心，我們需要的證據都在這裡。」她抬頭對著他微笑。她在手中翻轉照片，想要擺回桌子上，突然她張口驚呼了一聲。

「怎麼了？」

「這個！」

他看向她指的地方，也就是相框背面。「老天爺！牛津的亨利・東特，人像、風景、城市與鄉村風光。」他大聲唸出標籤上的字。「是他！發現她的人！」

「他那時臉上又青又腫，難怪我們認不出來。多奇妙啊……我們再找他來吧。他還照了更多張照片，你還記得嗎？我們只拿走照得最好的兩張，但還有另外兩張。他或許還留著。」

「如果照得不錯的話，我們早就買了。」

「不見得。」她把照片放回桌子上。「整體效果最好的照片，未必是她的臉照得最好的一張。也許是我動了，」（她用誇張的動作示範）「或是你做了鬼臉」（她用手指把他的嘴唇拉成歪斜的冷笑）。他勉強用她的逗趣應得的笑聲回應她。「好啦，」她滿意地說，「你又有笑容了。所以說，把它們全都買下來比較好，不是嗎？以防萬一嘛。我相信你的蒙哥馬利先生也會同意。」

他點點頭。

她伸出手臂鬆鬆地摟著他，手掌攤開放在他肩胛骨底下的位置。他隔著外套能感覺到她每根手指，以及拇指下方那塊厚實的肉。他還不習慣被她碰觸；即使隔著一層層花呢和府綢，那觸感仍使他顫慄。

「他來了以後，我們可以讓他再拍幾張新的。」

她把另一隻手伸向他的頸後；他感覺她的拇指探向他的衣領上方與他髮線之間的那吋皮膚。

他吻她，她的嘴很柔軟，微微張開。

「我好高興。」她呢喃著靠向他的身體，「我一直在等這個。現在我們真的在一起了。」

他朝她的頭髮發出一個聲音，一個細微的低吟。

「我們的小丫頭已經睡熟了，」她悄聲說，「我想我今天也要早點休息了。」

他把鼻尖埋進她脖子，深深吸氣。「好。」他說。然後又說：「好。」

百花齊放的故事

有個神祕女孩被人從泰晤士河裡撈起來，先是死了，後來又活了，而在這接下來幾星期的時間裡，天鵝酒館都生意興隆。故事透過市場和街頭巷尾傳開來。母親寫給女兒、表哥寫給表弟的家書裡提到這故事。車站月臺上萍水相逢的陌生人自然而然地傳遞這故事，遊蕩者在十字路口也偶然聽說這故事。每個聽過故事的人必定走到哪裡傳到哪裡，直到最後整整三個郡的範圍裡，沒有哪個人不知道某個版本的故事。這些人中有很大一部分要親自造訪這些奇妙事件發生的酒館，親眼看見發現女孩的河岸以及她暫時安身的長廳，好奇心才終於得到滿足。

瑪歌決定開放夏廳。她讓女兒兩兩一組輪班來幫忙應付額外的工作，常客們漸漸習慣店裡有小瑪歌在場。強納森纏著母親和姊姊，要她們聽他練習說故事，但她們鮮少能夠停下來聽，因為有忙不完的事占據她們的時間與注意力。「我永遠都不會變厲害。」他哀嘆，他獨自演練時嘴唇動個不停，但講得愈來愈亂，把結尾擺在了開頭，開頭挪到了結尾，而中段——唔，中段幾乎沒有任何細節。

喬會在早上十一點生火，並讓它一直燒到午夜，那時室內滿滿的酒客才會開始變少。一連幾個星期，酒館的常客幾乎都沒有掏錢買酒，因為訪客會請大家喝酒來換取故事。過了一陣子他們便學會省下說話的力氣，因為要是訪客們得償所願，當天晚上見證事件的所有人都會在夏廳裡，造訪每張桌子，持續不斷地說故事。不過，正如一位年長菜農一針見血指出的，這表示他們根本沒空喝酒。所以他們排定了班表，讓常客兩人一組進入夏廳，講一小時的故事，然後就回到冬廳的凳子上飲酒止渴，同時另外兩人會接替他們的工作。

佛瑞德．黑文斯從他的角度編造了一個滑稽的好故事，結尾是巧妙的一句：「『少騙了。』馬兒說。」這樣的歪曲版本一路講到十點以後，那時故事的事實已經講了十二遍，聽眾也醉得差不多了。這故事為他賺取了很多天的宿醉，他老是在上工時遲到，現在面臨被開除的危險。

范恩家的園丁紐曼原本是紅獅酒館的常客，每週五晚上他都會在那裡唱歌唱到嘶啞失聲，現在也轉投天鵝酒館的懷抱，開始試試他在說故事方面的身手。他先拿常客來練習，然後在夏廳的訪客面前試手氣，大部分他都只講他有親眼見證到的故事：范恩太太聽說有個孩子獲救的消息後，從巴斯考小屋飛奔而去。

「我親眼看見她了，真的。她以最快的速度衝向船庫，然後她坐著她的小划艇出來──舊的那艘小船──一溜煙地朝河的上游兔奔而去……我從沒見過船像那樣移動。」

「朝河的上游兔奔而去？」有個農場工人問。

「對啊，而且她只是個弱女子！你絕對想不到女人可以把船划得那麼快。」

「可是……你說『兔奔』？」

「沒錯，意思是跟兔子一樣快。」

「得了，我知道你是什麼意思，但你不能說她朝河的上游兔奔而去。」

「怎麼就不行了？」

「你有見過兔子划船嗎？」

眾人哄堂大笑，園丁被問住了，顯得慌亂不安。「兔子划船？說什麼瘋話！」

「所以你不能說她朝上游兔奔而去啊。既然『兔子』都不能朝上游兔奔了，范恩太太又怎麼能？你好好想想吧。」

「我沒想到。那我該怎麼說呢？」

「你得想出一種會快速沿河而上的動物，改用那種動物來形容，大夥兒說對吧？」

眾人紛紛點頭。

「水獺怎麼樣？」有個年輕的駁船船夫建議，「牠們動作快得很。」

紐曼露出懷疑的表情。「范恩太太朝上游『獺奔』而去……」

農場工人搖頭。「聽起來沒有比較好。」

「事實上聽起來還更糟了一點……」

「唉，那我到底該怎麼說？如果我不能說『兔奔』，也不能說『獺奔』？我總得有個說法啊。」

「的確。」駁船船夫說，三個挖碎石的工人同時點頭。「這老兄總得有個說法。」

他們轉頭看歐文·歐布萊特，他分享了他的智慧。「我認為你必須換個說法。你可以說：『她以最快的速度把船往上游划……』」

「可是這句子他已經用過了。」農場工人反駁，「她以最快的速度衝向船庫。她不能以最快的速度衝向船庫，然後又以最快的速度划向上游。」

「不過她確實這麼做了。」紐曼糾正他。

「不！」

「真的！我在現場！我親眼看見了！」

「是啦，或許事情的經過是這樣，但你不能這樣講。」

「不能照事實講？你有什麼根據？現在我開始希望我根本沒講這故事了。我從來不知道要講一件事有這麼難。」

「這是一門藝術，」歐布萊特緩頰，「你會抓到竅門的。」

「我張開嘴就說話，還不是活到三十七歲了，從來也沒有什麼問題。直到我來坐在這裡。我可不確定我想不想抓到竅門。算了，我還是照我的老方法，我的嘴巴要吐出什麼話來都隨它，如果我說她朝上游兔奔而去，她就得給我兔奔。不然的話，我什麼也不講了。」

圍在桌邊的人焦慮地互看，其中一個挖碎石的工人代表大家發言：「讓他講吧，他在現場。」

於是紐曼獲准繼續講，他用自己的話敘述了范恩太太離開房屋的經過。

練習雕琢故事的人不是只有紐曼和黑文斯而已。所有人都一遍又一遍地說出他們專屬的故事版本，講給彼此聽，也講給訪客聽，在過程中新的細節也隨之揭露。他們比對記憶，作出判決。出現了外圍組織。有人「真確地」記得在那孩子被帶到長廳之前，嘴唇上曾被放上一根羽毛，其他人則堅持只有那男人曾被用這種方法測試有無呼吸。他們提出長篇大論、內容各異的理論，探討亨利．東特是怎麼在昏死過去的狀態下乘著破損的船從惡魔堰來到雷德考。他們把故事打磨精鍊，找出在哪個時間點加上恰到好處的手勢能賺人熱淚，用停頓來吊足聽眾的胃口，讓他們急得把屁股挪到座位邊緣。但他們始終沒有給故事找到一個結尾。他們講到某個段落——孩子隨著范恩先生太太離開天鵝酒館——之後，故事就不了了之。「她是愛米莉雅．范恩，還是另外那個女孩？」有人會問。還有：「她為什麼原本死了，後來又活了？」

沒有答案。

關於第一個問題——那女孩是誰？——壓倒性的意見是她屬於范恩夫婦。失蹤兩年的孩子，他們全都見過的孩子，失而復得，比起一個沒人認識且前一天才失蹤的孩子回來了，要明顯來得更令人回味無窮。最近發生的神祕事件重新喚起了最初的神祕事件，於是大夥兒又熱烈地談論起綁架案，彷彿那才是昨天的事。

「那她這段時間都在哪裡，已經——多久？——兩年了？」

「她得找回聲音，開始說話，不是嗎？」

「到時候抓走她的人就要倒楣了。」

「是那個育兒室保姆，我敢拿一星期的薪水來賭。還記得她嗎？」

「那個晚上跑出門，名叫茹比的女孩？」

「那是她的說詞。三更半夜在河邊散步，最好是！有哪個姑娘家會半夜在河邊遊蕩？而且還是冬至。」

「而且冬至正好是水上吉普賽人來到這附近的時節。他們跟她串通好了，就是這麼回事。茹比跟吉普賽人，記住這是我說的。等那小丫頭開始說話，有人可就有麻煩囉……」

被綁架的女孩以及被發現的女孩，兩個故事都沒有明確的結尾，但如果這兩個故事懸浮的尾巴有某部分能夠編織在一起，那似乎使得兩個故事都更趨近於完整，而這是好事。

至於第二個問題，則激起更冗長也更醉醺醺的辯論。

對某些人來說，這世界玄得很，他們只顧著讚嘆，卻不覺得有任何必要去破解謎底。他們眼神中的困惑是存在的基礎。挖碎石的工人希格斯就屬於這種人。他的工資在星期五晚上還足以支付一週的開銷，到了星期二晚上基本上卻已見底，他在天鵝酒館賒欠的麥芽酒總是比他記得自己喝下的數量更多；他只在星期六晚上打老婆——也未必週週打——那老婆卻毫無道理地逃家了，跑去跟乳酪商人的表親同居；當他肚子裡沒有麵包，也沒有麥芽酒充飢，沒有老婆一起取暖，而他鬱鬱寡歡地坐著望向河面，他看見的倒影不是他自己，卻是他父親的臉。人生中的一切都神祕難解，哪怕你只要往表象底下稍微鑽研，都會發現因與果彼此脫節並不罕見。在這些令人困惑的日常瑣事中，死而復生的女孩故事讓他在讚嘆之餘還能獲得安慰，因為它總結式地展現了人生在本質上就是高深莫測的，試圖去理解任何事根本就沒有意義。

某些說故事的人由於想像力豐富或純粹是沒有道德感，自己捏造了一些細節來為這問題提供更令人滿意的答案。有個駁船船夫的兄弟在大事發生的那天晚上跟一個女人出去鬼混了。他一開始很失望自己錯過了好戲，後來卻反過來利用狀況，發明了自己的故事版本，既將他那天不在酒館的事實發揮最大的用處，又包含理性解釋能帶給人的安慰。「她從頭到尾都沒死！要是我看到她了，我就會告訴他們。重點在眼睛。你只要看一個人的眼睛，就知道他是死是活。要知道，人死了，眼睛就看不見了。」

聽到這話，一隻隻耳朵張大了，一個個頭猛地抬起來了。如果你無法忍受故事中有個空洞，有個不合情理的點，彷彿現實出了差錯，那麼這是緩解壓力的理所當然做法。有一兩個說故事的人被這說法的可靠給吸引，於是他們自己的版本也開始朝那方向偏移。「她被帶進酒館的時候幾乎沒在呼吸。」有人試探地說，但這引來諸多不以為然的眼神以及撇嘴，以致於說話的人被帶到一邊曉以大義。天鵝酒館是有它的標準在的；說故事是一回事，撒謊是另一回事，而他們當時全都在場。他們知道真相。

故事反覆傳述了幾個月之後，仍沒有要歇止的跡象。正相反，女孩溺斃後又復活的故事令人迷惑、不完整，不符合故事該有的樣子。他們在天鵝酒館聊范恩夫婦、聊阿姆斯壯夫婦、聊死亡也聊生命。他們檢驗每個主張以及每個主張者的優勢與弱勢。他們把故事這樣轉那樣轉，他們把它上下顛倒然後又擺正，到最後他們也沒比一開始取得更多進展。

「這就像是大骨湯，」有一天晚上貝仁特說，「香得讓你冒口水，滿嘴都是骨髓的甘美，但卻沒有任何東西可以嚼，就算你灌下七大碗湯，到頭來你還是跟剛坐下來時一樣餓。」

他們或許會罷手。他們或許會放棄，當它是那種莫名出現又無處可去的故事。可是在句子結尾和字裡行間，當嗓音漸弱、對話中止，在這種種故事背後肅靜的片刻之間，女孩本人卻漂浮著。就在這個房間，就在這間酒館，他們看過死去的她，也看到她活過來。儘管不可知，儘管不可識，儘管不可解，有一點仍然明白無誤：她是他們的故事。

讀秒

往下游走二十五哩，是牛津最知名的船廠，造船師親手在最後一份發票上寫下墨水暈染、歪七扭八的字跡，表示收到了付款，然後他點點頭，把一串亮燦燦的黃銅鑰匙推過櫃臺。亨利・東特的手蓋住鑰匙並握緊。

東特在冬至那一番歷險結束後回到城市，馬上就著手進行一些事。他把原本跟妻子同住的房子租出去，搬到他位於布洛德街的店鋪樓上的閣樓裡。他在那兒享受著克勤克儉的單身漢生活，名下財產包括一張床、一個夜壺、一張桌子和桌上的水壺和水盆。他的三餐都在街角的小吃店解決。他把租金收入以及每一分積蓄都投資在這艘船上。因為東特有個計畫。

在最短的白晝與隔天之間、那段他昏迷不醒的時間，他的心靈煥然一新，於是他躺在天鵝酒館的床上時，他有了一個很棒的新主意。這個主意可以把他的兩大心頭好結合為一：攝影和河流。他要製作一本攝影集，帶領讀者從泰晤士河的源頭一路旅行到支流。或者只到倫敦就好。不過事實上，可能要分成好幾本才夠，而第一本可能只涵蓋楚斯伯里草地到牛津這一段。重點是要先開始。要執行這計畫，他需要兩樣東西：交通工具和暗房。兩者也可以合一。他的臉還又綠又黑又紫、還有一條紅線劃過嘴唇時，他已去找過造船師第一回，解釋他需要什麼樣的船。這一問才知道，船廠裡正好有一艘幾乎已完工的船，原本的買家付不出尾款。它正符合東特的需求，只需完成最後的修整，並裝上他需要的設備。將近三個月後的今天，他的皮膚已恢復原本健康的顏色，傷疤也只是一條粉紅色的線，原本下針的位置有一對對幾乎看不見的小點——而他終於把他的投資財產的鑰匙握在手裡。

溯河而上時，東特和他的船引來許多好奇的目光。它深藍與白色相間的俐落船身，以及黃銅搭配櫻桃木的內裝，已足以構成他們好奇的理由，但這艘船還有一個前所未見的獨創特徵。

「火棉膠號？」識字的人問道，「這算哪門子船名啊？」

他指著船身側面漆著的橘黃色裝飾花邊，花邊裡寫著他的姓名和職業。「這就是火棉膠的顏色，它是致命物質。我聽說過它毫無預警地燒起來，甚至爆炸。而且如果你吸入太多火棉膠，可要倒大楣了！可是如果把它塗在玻璃上，用光去曝照，然後——啊！然後——你就能看到魔法！火棉膠這種材料能開啟我所有的藝術和所有的科學。沒有它，世界上就不會有照片。」

「那些又是什麼？」人們越過河面喊道，指著整整齊齊固定在船艙牆壁上的架子和箱子，他解釋那些是他的攝影器材。

「那個奇特的裝置呢？」他們想知道。船艙屋頂上綁著一輛四輪車，車身漆上跟船相同的配色。

「那是我在陸上的交通工具。這個箱子也兼作掛車，這樣我就能載著我的設備在馬路上去我想去的地方了。」

眼睛利的人注意到船艙內側有窗板和窗簾。

「那是暗房，」他說明，「因為在沖洗照片的時候，只要一束光就足以毀了整張照片。」

他停下來進行這類對話的頻率之高，又發出那麼多名片，在記事本上記下那麼多預約拍照的紀錄，以致於當他航行到上游的巴斯考和雷德考時，他覺得火棉膠號已經快要可以回本了。但在他展開事業新一章之前，他還有債得還：他是來向救他一命的人道謝的。他要去天鵝酒館，而在那之前，他來到這個地方。

這是河岸邊一處幽靜的土地，矗立著一棟小巧玲瓏的木屋。花園井井有條，前門漆成綠色，一縷白煙從煙囪升起。再往前二十碼左右有個適合泊船的地方。他把船繫好，走回來，拍拍戴著手套的雙手讓它們暖和一點，然後敲門。

門開了，露出一塊左右對稱的額頭，底下是挺直有力的鼻樑，它的兩側圍繞著明確的角度，形成下顎、臉頰與太陽穴。

「星期天小姐？」他想像的畫面不是這樣……他微微往旁邊挪，好奇姿勢的改變會讓光線有什麼不同，他看到她臉頰的平坦處湧上大片陰影。他感到興奮。

「東特先生！」

麗塔走向前，抬頭迎向他的臉，表情熱切而專注，幾乎像是要擁抱他，但她只是瞇著眼評估打量他的疤。接著她用指尖摸他的皮膚，沿著疤痕確認腫脹的程度。她點點頭。「很好。」她堅定地說，並退回去。

他的腦子被視覺所見給占滿，但他最後終於設法開口。

「我是來向妳道謝的。」

「你已經做過這件事了。」

這倒是真的。他寄了醫藥費，寫信感謝她的照料，並詢問那個死而復生的女孩的情況。她回了他一封條理分明堪稱典範的信，謝謝他寄錢來，並據她所知告訴他那孩子的進展。事情到此或許就可結束了，但他的心因這名女子而不安定，她對他而言仍是視覺上的謎，因為他的一個助手來接他回家時，他的眼睛仍腫得睜不開。他後來想到，天鵝酒館的人或許會喜歡免費拍一張照片當作他們殷勤招待的謝禮，而他同時去找護士一起也很正常。

「我想說妳或許想拍張照。」他說，「當作謝禮。」

「你挑的時機真不湊巧，」她用他記憶中的平靜嗓音說，「我今天很忙。」

他注意到她鼻子側邊蓄了一汪陰影，他得壓抑住衝動，才沒有用雙手捧住她的頭微微轉動，使那陰影加深。「光線這麼好，不拍太可惜了。」

「但我一直在等適合的溫度，」她說，「今天終於等到了。我不能錯過它。」

「妳需要做什麼？」

「一項實驗。」

「要花多少時間？」

「六十秒。」

「我需要十五秒。我們如果很努力擠，應該可以在今天擠出七十五秒的時間吧？」

「想必你說的十五秒是曝光時間，那前置作業呢？還有沖洗的部分？」

「妳幫我忙，我就幫妳忙。兩個人總比一個人快。」

她歪著頭，評估般地望著他。「你現在是提議幫忙我做實驗？」

「是的。作為拍一張照片的回報。」最初被視為送她的禮物的照片，不知不覺中變成他自己想要的東西了。

「這是可行的，甚至是比較理想的。但是至於你想不想……」

「我想。」

她睨著他，她那平坦的臉龐起了隱約的變化，令他知道她在忍住笑意。「所以如果我答應當你的攝影對象，你就願意當我的實驗對象——是這樣嗎？」

「對。」

「你真是又勇敢又愚蠢，東特先生。我們一言為定。我們先拍照，好嗎？光線會波動，溫度就算波動，幅度也不會太大。」

麗塔的客廳像個粉刷成白色的盒子，有很多書架還有一張藍色扶手椅。窗邊有一張簡樸的木桌，上頭堆了更多疊書，還有一捆捆布滿流暢筆跡的紙張。她幫忙把一些箱子從火棉膠號搬下來，然後饒富興味地看著東特組裝。等一切都準備好了，他請麗塔坐在桌邊，背後是一面素淨的牆。

「身體傾向我……試試用拳頭托著下巴。對，就是這樣。」

這裡沒有他那些付費的客戶想要的精緻配件：沒有能反射光芒的銀胸針，沒有白色衣領，沒有蕾絲袖口。你只能看到她洋裝的一小部分，而那一小部分顏色暗沉且沒有花樣。她身上沒有任何裝飾品，也不需要裝飾品。畫面中只有她的太陽穴與髮線交會處的對稱線條、額頭的有力弧度、蓄積在她眼眶的陰影，以及深邃而充滿思想的眼睛。

「我數數的時候千萬別動喔。」

有十五秒的時間，她紋風不動地坐著，他則透過鏡頭看著她。

他拍得最好的人像照——最像本人的——是那些天性就很溫和平靜的人，他們從某種狀態轉換為另一種狀態的速度很慢。個性活潑的人經常會被相機給打折扣：鏡頭捕捉不到他們的神韻，只留下蠟般的假人模型，外在的相似處是有了，卻沒有一絲內在的變化多端。

麗塔不像初學者經常表現出的那樣瞪著死魚眼或是緊張地猛眨眼，而是帶著完美的沉著睜開眼睛望向相機。他從蓋布底下看到活躍的思緒一個接一個湧現，生生不息，而同時她的臉部肌肉仍保持原狀。當十五秒結束後，他知道這不是一張照片，而是一千張照片。

「來吧，」他邊說邊取出仍然裝在套子裡以避光的玻璃板，「我想示範給妳看照片的沖洗過程。」

他們快步走回火棉膠號。他小心翼翼地捧著玻璃板，而她並不需要幫忙就能爬上船。進到船艙，窗板已經遮住了天光。他點了根蠟燭，然後用紅色玻璃罩把它罩住，接著把門關上。紅色光暈照亮小小的空間。他們並肩而立，被家具框住，一邊是他延展開來的顯影桌，另一邊是他在船上過夜時用來睡覺的長椅。天花板的木板離他們的頭頂只有幾吋，他們腳下是輕柔款擺的河水。東特試著不去注意他們兩人的身體之間隔著什麼形狀、多大尺寸的空間，包括她臀部凸出的部位使空間變窄，她腰部凹進去的弧度使空間變寬，她的手肘幾乎將距離化為零。

他把三個玻璃瓶中的液體倒進一個只有一吋高的迷你容器裡混合，空氣中瀰漫著蘋果醋和舊釘子的氣味。

「硫酸亞鐵？」她嗅著空氣猜想。

「加上醋酸和水。它真的是紅色的，不光是光線造成的效果。」

他把玻璃板從套子裡取出來。他用左手小心地握住玻璃板，倒了一丁點淡紅色液體到玻璃板上，讓混合酸液流過整個表面。這個動作很優雅，流暢而節制。

「看好囉。影像幾乎是立刻就開始形成——先是淺色的部分，不過看起來會是黑色線條……這條線是妳的顴骨，被窗外透進來的光線打亮……現在其他部分出現了，一開始是模糊的，但是接下來……」

他的聲音漸弱，兩人一起看著她的臉浮現在玻璃上。他們在紅光中站得很近，看著玻璃上的陰影和線條連結聚合，東特的腹部有一種下墜的感覺。俯衝而下。這種感覺類似他小時候，從橋的最高點跳進河裡。他是某年冬天在結冰的泰晤士河上溜冰時認識他太太的。他在不知不覺中，和她一起滑進了愛情——如果那確實是愛情，而不是它略差一截的近親。這次他是一頭栽進了愛情——而且沒有任何疑義。

接著她完整地出現在玻璃板上。光與暗描繪出她的臉部線條，眼眶有陰影，瞳孔滿是謎。他覺得自己只要稍微被刺激一下就會流下淚來。這可能是他拍過最好的一張人像照。

「我得再給妳拍照。」他邊用清水沖洗玻璃板邊說。

「這一張有什麼問題？」

什麼問題都沒有。他想要每個角度的她，在所有可能的光線下，懷著各種心情，擺出各種姿勢。他想要她的頭髮披散在臉旁，往後紮起來，或者被帽子遮住；他想要她穿著領口敞開的白色寬鬆連身裙，身上披掛層層疊疊的深色布料；他想要她在水裡，倚著樹幹，坐在草地上……有一千張照片等著被拍出來。他非得擁有全部。

「沒有任何問題，所以我才想拍更多。」

他把玻璃板滑入裝有氰化鉀的淺盤中。「這能去除掉藍色痕跡。瞧？它變成黑白了，現在影像會永久固定下來。」

麗塔站在他身旁，在紅光中頗感興趣地看著照片的變化，而隔著透明而帶有黏性的液體可以看到，她在玻璃上的眼睛持續若有所思地望出來，現在只要玻璃板還在，這種狀態就會維持下去。

「那時候妳在想什麼？」

她很快地、評估似地看了他一眼——（我想要那個）——並且迅速斟酌了某種輕重（也想要那個）。

「你一開始就在了。」她開口，「我想要不是有你，她根本就不會在這裡，所以……」接著她平靜而詳細地敘述幾個星期之前，她在河邊的小路遇到那個男人的經過。

東特聽得聚精會神。他發現自己一點都不喜歡麗塔被某個惡棍欺負的事，他的直覺反應是安慰她，但麗塔的講述方式如此乾脆俐落，她的態度一點也不慌亂激動，以致於他想表現的騎士風度反倒格格不入了。不過他萬不能聽說這種襲擊事件而不作點保護性的宣示。

「他有弄傷妳嗎？」

「我的上臂有瘀青，手掌也擦傷了。都是輕傷。」

「妳有讓本地人知道附近有個惡棍出沒嗎？」

「我告訴天鵝酒館的人了，也通知范恩夫婦他對那孩子感興趣。他們本來就在考慮要在窗戶上裝鎖，這下馬上就決定了。」

由於實在沒機會逞英雄，他乾脆任由麗塔引導他採用分析的角度。

「酵母和水果……」她說。

「烘焙師兼竊賊？好像不太可能。或許是釀酒？」

「對，我也有這麼想過。」

「這附近有誰釀酒？」

她微笑。「這個問題可不容易得到答案。我想每個人都在釀酒，也沒有人在釀酒吧。」

「違法的私釀酒很多嗎？」

她點點頭。「根據瑪歌所言，比以前要多。可是沒人知道那些酒的來源。或是沒有人願意透露。」

「而妳也完全沒看見他。」東特皺眉，對他來說視覺勝過一切。

「他的手異常地小，而且比我矮了一個頭。」

他疑惑地看著她。

「他的指尖掐進我手臂留下的瘀青比我預期的來得小，他的嗓音是從我耳朵下方傳來的，而且我感覺到他的帽沿戳到我這裡。」她指出那個位置。

「以男人來說可真夠矮的。」

「不過他力氣很大。」

「妳對他的問題有什麼想法？」

麗塔瞥向照片中深思的自己。「我那時候就是在琢磨這個。既然他想知道孩子會不會說話，就表示他在擔心她可能說出什麼事。他或許害怕她能說什麼，意謂他有什麼跟孩子有關的事想要隱瞞。也許她會掉到河裡是他的錯。」

她的語氣彷彿話還沒說完。東特等著。她緩慢而謹慎地繼續說，好像她還在腦中權衡輕重。

「可是他也特別關心她什麼時候會再說話。那表示他感興趣的比較不是已經發生的事，而是即將發生的事。也許他有某種計畫，某種要仰賴她繼續保持緘默才能實現的盤算。」

他靜靜等待她把思路整理好。

「是哪一個？過去或未來？可能是前者，但我傾向後者。我們得等到夏至——到時候或許就能知道更多。」

「為什麼是夏至？」

「因為他認為到那個時候，那孩子會不會說話就有明確的答案了。根據牛津醫生的說法，夏至時她若不是會開口說話，就是永遠都不會說話了。當然這是胡說八道，但攻擊我的人並沒有問我的意見，我也沒有主動提供。我只轉告他醫生怎麼說。從溺水那天——如果可以稱之為溺水——算起來過六個月，就是夏至了。到時候她有沒有開口說話，或許會成為他採取什麼行動的決定性因素。」

在忽明忽暗的紅光中，他與她四目相交。

「我不希望她出什麼事，」他說，「我第一次見到她時，我心想……我想要……」

「你想把她留在身邊。」

「妳怎麼知道？」

「大家都一樣。范恩夫婦想要她，阿姆斯壯一家想要她，莉莉．懷特想要她。她離開天鵝酒館時強納森哭了，而瑪歌也恨不得能收留她。噯，連菜農都說要是沒人要她，他們會帶她回家把她養大。甚至包括我……」她眼中閃現某種情緒，一下子又消失了。我特別想要那個，他心想。「所以你當然想要她，」她若無其事地說下去，「每個人都想。」

「讓我再幫妳照張相，光線還足夠再照一張。」

他揭開紅色燈罩，掐熄燭焰，麗塔傾過身去打開窗板。外頭的天色陰冷灰暗，河水冷得像鐵。

「你答應要幫忙我做實驗。」

「妳要我做什麼？」

「你知道以後可能會反悔。」

她告訴他她的構想，他傻眼。

「妳為什麼要我做這種事？」

「你猜不到嗎？」

他當然猜得到。「是她，對不對？她的心跳變慢，妳想知道怎麼會那樣。」

「你願意幫忙嗎？」

♣

第一部分很簡單。她坐在廚房餐桌旁，火上燒著水，一手握住他的手腕，另一手拿著懷錶。他們沉默地坐了六十秒，她數算他的脈搏。一分鐘到了，她用鉛筆作了個紀錄，那枝鉛筆用一條絲繩掛在她脖子上。

「每分鐘八十下，有一點高，可能是在緊張等一下要做的事。」

她把水倒在火爐邊的錫製浴盆裡。

「沒有很熱耶。」他用手指摸了一下水溫說。

「微溫比較好。現在——你準備好了嗎？我轉過去。」

他脫下衣物，直到剩下襯衫和衛生褲，而她望向窗外。接著他穿上大衣。「好了。」

到了屋外，地面凍得很硬，寒意滲透東特的赤腳。前方的河流看來平滑如鏡，但偶爾水面會顫動一下，透露較深處有湍流。麗塔坐進她的小划艇，離開岸邊往河心移動兩碼。她把船首塞進蘆葦叢固定位置，然後將溫度計插進水裡一會兒，並且把溫度記下來。

「好極了！」她喊道，「準備好了就下來。」

「要多長時間？」

「預計一分鐘而已。」

站在岸邊的東特脫下大衣，再脫下襯衫。他只穿著衛生褲，想起自己剛喪妻的那段日子，他曾想過自己還有沒有可能再在女人面前赤身裸體，而這可不是他當時想像的情境。

「都準備好了。」她用穩定而平靜的嗓音說，目光堅定地望著懷錶而不去看他。

他走進河裡。

剛接觸到水的那一剎那，他的骨頭整個收縮。他繃緊下巴，朝水深處再跨出三步。酷寒的水線沿著他的雙腿往上漫。他發現他無法忍受寒意慢慢爬向他生殖器的感覺，乾脆膝蓋一彎，一鼓作氣地迎接浸入水中的衝擊。他讓自己被水泡到脖子，倒抽一口氣，訝異他的胸腔在水的箝制中還能夠擴張。他划了幾下水游到船邊。

「手腕。」她指示。

他舉起手腕。她用右手握住他，左手拿著懷錶，什麼也沒說。

他忍耐著，感覺一分鐘一定已經到了。她仍看著錶，不時平靜地眨一下眼睛。他又忍耐了感覺像一分鐘那麼長的時間。

「老天！還有多久？」

「如果我算的時間亂掉了，我們就得重來一遍。」她喃喃道，臉上專注的表情毫無變化。

他忍耐了和永恆一樣久的時間。

他再忍耐了一次永恆。

他忍耐了一千次永恆——然後她放開他的手腕，拿起鉛筆在筆記紙上寫下整齊的字跡，而他倒抽一口氣站直身體，濺起許多水花。他趕往岸邊，衝向小木屋，目標是他們事先預備好的那一浴盆溫水，他一泡進去就發現她是對的——暖意湧向他全身。

她走進廚房時，他已經整個人都浸在水裡。

「感覺還好嗎？」她問。

他點點頭，牙齒打顫，接著有一段時間，他的身體接管他的心智，把所有的精力都放在從寒冷中恢復上。等他回過神來，他望向餐桌。麗塔皺著眉望向窗外，天光正漸漸消逝。鉛筆不再掛在她脖子上，而是夾在她耳朵上，絲繩垂在她肩頭。我想要那個，他心想。

「如何？」

「八十四。」她舉起她寫下數字的紙。「你浸在冷水中的時候，心跳會變快。」

「變快？」

「對。」

「但那女孩的脈搏是變慢……我們得出的結果跟預期中恰好相反。」

「對。」

「所以是白忙一場。」

她慢慢搖頭。「不是白忙一場。我排除了一種假設，這是進展。」

「那第二種假設是什麼？」

她仰著頭望向天花板，一條手臂抬起，手肘彎曲抱著頭，充滿挫折感地長嘆一口氣。「我不知道。」

莉莉的訪客

莉莉・懷特沒有睡著，也不是醒著。她處於兩者交界的領域，陰影有如波濤起伏，而光線——微弱而令人困惑——時有時無，彷彿穿透深水的慘淡陽光。接著她突然清醒過來，發現自己躺在編籃人的小木屋中她的床上。

那是什麼？

他跟貓一樣鬼祟，不發出一點聲音就把門打開，腳步極輕地踩過石板地。但她光憑氣味就認出他，他渾身總是散發柴煙、甜膩和酵母的臭味，每每向她的感官示警。那氣味非常濃郁，甚至蓋過木屋中瀰漫的濕冷河水味。然後她也聽到他了：石頭相互磨擦的聲音。他在從藏匿處拿錢出來。

突然迸出擦火柴的聲音。她從放在高臺上的床上看到亮光和一隻手，那隻手布滿瘀青和疤痕，把蠟燭傾斜、燭芯湊向火焰。燭芯點著了，光暈變得穩定。

「妳有什麼可以給我？」他問。

「有乳酪，還有一點你喜歡的火腿。籃子裡有麵包。」

「今天的？」

「昨天的。」

光移向旁邊，傳來窸窸窣窣的翻找聲。

「有一點發霉了，不是嗎。應該給我弄點今天的。」

「我不知道你要來。」

光暈飄回桌邊，然後被放在桌上，有一小段時間，唯一的聲響是狼吞虎嚥的聲音，滿嘴的食物幾乎嚼也不嚼，就飢餓地吞下肚。莉莉躺在黑暗中，默不吭聲、動也不動，她的心在顫抖。

「還有什麼東西？」

「蘋果，如果你想要。」

「蘋果！我要蘋果做什麼？」

光暈再度升起，沿著一個又一個空空的置物架飄過去。它穿越到櫥櫃前，檢視空無一物的內部，伸手到某個抽屜最裡面的角落，仍然什麼也沒找到。

「妳那個牧師，他付妳多少錢？」

「不夠多。你之前就這麼告訴我了。」

她試著不去想她存的錢，它們安全地擱在牧師的書桌抽屜裡；她擔心那懸浮的光暈會讓他看出她在想什麼。

黑暗裡傳出惱怒的咂舌聲。

「妳為什麼沒給我準備點甜的東西？妳在牧師公館都給他做什麼？蘋果派？淋上洋李果醬的麵包布丁？我敢說一定有各種甜食。」

「下次我會準備。」

「妳可別忘了。」

「不會的。」

現在她的眼睛適應了光線，她能在黑暗中看出他的輪廓。他坐在桌邊，背對著她，大衣的肩線凸出來，比衣服裡面的骨架來得寬；他仍戴著他的寬邊帽。聽起來他正在數錢。她屏住呼吸。

如果錢的數目不對，她就要挨罵了。她拿走什麼？她藏在哪裡？她在醞釀什麼自私的計畫？她這算哪門子忠誠？針對這些問題，她不管回答什麼都無法滿足他。無論她說什麼，她的回答總會換來他的拳頭。事實是，她連一次都沒有拿過他的錢——她或許笨，但她沒有那麼笨。不過這些錢確實令她迷惑。她自己也有滿腹疑問想獲得解答，卻不敢問出口。她相當程度地拼湊出錢是哪裡來的。一夜之間，而且是他來訪的那些晚上，那些裝滿濃烈私酒的瓶子和桶子會出現在她的木棚裡。白天它們一直待在那兒，而當夜晚再次降臨，它們就消失了，他底下負責分送酒的人把它們帶走，並留下一批運貨費。然而他把錢拿走以後，那些錢去了哪兒？他在一夜之間從這裡的藏匿處拿走的錢，比她在牧師公館一個月賺的錢還多，而且她相信他還在其他類似的地點使用相同的手法。他躲在某個不用付房租的地方，不賭博也不花錢找女人。他也不碰酒——從來不碰，只一個勁兒慫恿別人用酒精毀了自己，並掏空錢包來交換。她曾試著去加總他一年內從這裡拿走的錢，把它乘上兩倍、三倍或七倍，但那些數字讓她頭暈。即使沒能算出個結果，她也知道那足以使他成為富翁，可是他仍然一星期來這裡一兩回，穿著散發釀酒廠氣味的舊大衣，一身皮包骨，飢腸轆轆。他吃她的食物，老實不客氣地取用她的蠟燭。她不敢在木屋裡放置哪怕是一件好東西，因為不管是什麼東西都會被他拿去變賣，而賣的錢也不知去向。就連一雙手指處有洞的綠色羊毛手套都會消失在他的口袋裡。維克的人生有一個謎團，會把他所有的錢都吸進去，還有她所有的錢。除了她請牧師替她保存的錢之外。她實在想不透這件事。

他滿意地低哼一聲，她恢復呼吸。錢的數目是對的。完成這件事後，他靠向椅背，喘了口氣。他每次數完錢都會放鬆下來。她不會。

「我待妳一向還不錯，不是嗎，莉？」

「是的。」她回應，她在答話之前先在心裡向上帝道歉，因為她要說謊。上帝明白有些時候人就是不能講實話。

「比妳老媽把妳照顧得更好，嗯？」

「是的，對。」

他從喉頭發出滿足的聲響。

「所以妳幹嘛要自稱莉莉・懷特呢？」

莉莉感覺喉嚨一緊。「我來這裡的時候，你叫我不要用你的姓。你說不要讓人聯想到我們有關係，所以……」

「那也不必選懷特啊，不是嗎？世界上有那麼多姓氏可以用。反正那個懷特仔也不是妳老公，在上帝眼裡不是。妳那個牧師，他知道嗎？」

「不。」

「不。」他得意地複誦，「我想也是。」他讓未言明的威脅意味在空中懸了一會兒，然後才繼續說：「我不是傻子，莉。我知道妳為什麼選這個姓。要我告訴妳嗎？」

「告訴我吧。」

「妳從沒巴在那男人身上過，卻緊巴住他的姓不放。莉莉・懷特，意思是白百合，就像原野上的百合花一樣純潔無瑕。妳就想要那樣，對吧？」

她吞了吞口水。

「大聲點，莉！我聽不見。可是給一個東西取名字並不會使它符合那名字的意義。妳緊抓著那個名字，好像它會把妳洗乾淨，就像妳擦亮這張桌子，就像妳為牧師打掃。好像它能解救妳……我說對了吧，莉？」

她的贊同對他來說是理所當然的。

「瞧，我了解妳，莉莉。可是覆水難收，妳避不開過去，有些事情永遠刷不乾淨。」

她用盡全力也只能讓自己不哭出聲音，但即使這一點對她來說也太難了：她的喉嚨顫抖，下一波眼淚在室內爆發出很大的聲響。

「別鑽牛角尖了，」他冷靜地說，「事情本來可能更糟。妳還有我，不是嗎？」

她點點頭。

「嗯？」

「是的，維克。」

「有時候我真懷疑妳配不配擁有我。有時候妳讓我失望，莉。」

「對不起，維克。」

「妳說是很會說。妳讓我失望不止一次。跟懷特仔私奔。我花了好幾年才找到妳。換作別的男人早就放棄妳了，但我沒有。」

「謝謝你，維克。」

「但妳懂得感恩嗎，莉？」

「當然！」

「真的？」

「真的！」

「那妳為什麼又讓我失望了？天鵝酒館那女孩……」

「他們不讓我帶走她呀，維克。我試過了，我盡力了，但他們有兩個人，我——」

他根本沒在聽。「我本來可以在市集裡大賺一筆。『死而復生的女孩』。想想看會有多少人排隊。妳可以不必再替牧師做粗活，而且有妳那張老實臉做招牌，排隊看她的人肯定有一哩長。結果我聽說她去了范恩家。」

她點點頭。他陷入沉思，她心想：也許就這樣了。也許他去了那個類似夢境的地方，當他吃了點東西、口袋裡有錢，他就會去那個地方，他會在那裡擬他的祕密計畫。但接著他又開口了。

「我們是黏在一起的，妳和我，對不對？」

「是的，維克。」

「感覺就像有一條線把我們串在一起。不管妳去了多遠的地方，或是離開多久，那條線一直都在。妳知道它在，因為有時候線會被扯動……妳知道那種感覺，對不對，莉？只不過那不只是扯一下，更像是拳擊手的拳頭在妳的胸口，對著妳的心臟用力揍一下。」

她知道那種感覺。她有過很多次經驗。「是的，維克。」

「而我們都知道那是什麼，不是嗎？」

「是的，維克。」

「家人！」他滿足地大嘆一口氣。

現在他站起來，帶著光暈穿過地板、跨上臺階，來到她的床邊。蠟燭湊近她的臉。她瞇起眼睛。光暈後頭是維克的臉，但她被照得目眩，看不清他的表情。她感覺毛毯被拉開，光線一時間在她胸前的睡衣褶痕間嬉耍。

「在我心裡妳還是以前那個女孩。妳沒有好好照顧自己，一身皮包骨。妳以前很漂亮。在妳逃家之前。」他在床墊上躺平；她一點一點地挪開，而他一點一點地填滿她騰出的空間，並伸出手臂摟著她。大衣袖子裡的手臂很細，但她知道它蘊藏的力量。

他的呼吸變得深沉，他開始打呼。她得救了——至少暫時如此——但她仍止不住心臟的狂跳。莉莉動也不動。她清醒地躺在黑暗中，盡可能輕地呼吸，生怕吵醒他。

將近一小時後，蠟燭燒完了，微弱的天光滲入室內。他不像大部分人醒來的時候那樣蠕動伸展，他一動也沒動，只是睜開眼睛，問：「妳從牧師那裡賺了多少錢？」

「沒多少。」她盡可能溫順地說。

他伸手取出她藏在枕頭下的錢包，然後站起來，把裡頭的東西倒進掌心。

「我得幫你買乳酪，還有火腿。」她解釋，「留一點給我好嗎？一點點就好？」

他哼了一聲。「不知道妳都把錢弄到哪去了。是怎樣——妳不信任我？」

「我當然信任你。」

「很好，這是為妳自己好，妳應該知道。」

她怯懦地點點頭。

「這一切，」他比了個輝煌的手勢，她不知道他指的是木屋還是木棚裡的酒，還是在這些東西之外更大而不具形體的東西。「這一切，都不是為了我，莉。」

她看著他。她必須看著他。在維克面前，她承受不起遺漏任何細節。

「而是為了我們，為了家人。妳等著。總有一天妳不必再替那個老牧師做牛做馬，妳會住在一間比那裡好十倍的白色大房子裡。妳和我和——」

他的話戛然而止，但他的思緒沒有停。它們帶著他繼續走，她看到他的眼神變柔和，沉浸於他一直藏在心裡祕而不宣的未來想像。

「現在這個——」他揮一揮握緊的拳頭，讓她聽見裡頭的銅板咔啦響，「——是一種投資。妳聽過我說起我的計畫，對吧？」

「是的，聽了五年了。」那是一個反覆出現的計畫。無論他心情是好是壞，無論錢的數目是對是錯，那計畫總能使他平靜下來。它讓他安靜，也帶走他眼神中的暴戾之氣。有時候當他提到這計畫，他的薄唇會抽動起來，如果換作別的嘴巴，那動作可能會構成一個微笑。但他對這計畫就和對他做的所有事一樣諱莫如深，從她第一次聽說到現在，她始終不知道計畫的內容。

「比五年要久得多。」他嗓音中的懷念幾乎像是音樂。「那只是我告訴妳的時間。我想我應該是從二十年前就開始計劃了。如果換個角度來看，甚至比二十年還要久呢！」他沾沾自喜地抽搐了一下。「時機很快就會成熟了。所以別擔心妳這幾分錢，莉，它們在我這裡很安全。它們全都——」他的嘴巴扭曲，「——全都用在家人身上！」

他把兩枚硬幣倒回她的錢包裡，然後把錢包丟在床上，起身跨下臺階走向廚房。

「我在木棚裡放了一個木板箱，」他換了個語氣對她說，「有人會來把它拿走，跟以前一樣。還有兩個酒桶放在老位置。妳沒看到它們來，也不會看到它們走。」

「是的，維克。」

他邊往外走邊巡自拿走她的三根新蠟燭，然後打開門離開了。

她躺在床上，想著他的計畫。不再去牧師公館工作？跟維克一起住在白色大房子裡？她皺起眉頭。這棟小木屋又冷又潮濕，但至少她白天能待在牧師公館，晚上也經常能夠獨處。而且——還會有誰住在那裡？他的話再次在她腦中迴蕩。妳和我和——

和誰？

他指的是愛恩嗎？為了家人，他這麼說。他指的一定是愛恩。畢竟是他在夜裡來找她，指示她天一亮就到河對岸的天鵝酒館去，把那個死而復生的女孩帶回來。

她想著她妹妹跟范恩先生太太在一起，在她那有紅色毛毯的臥室裡，木柴籃堆得高高的，牆上掛著圖畫。

不，她決定。她不能落到他手裡。

走了！或是：阿姆斯壯先生去班普頓

「我能做什麼？」阿姆斯壯問了第一百遍，同時在他自家客廳的壁爐前來回踱步。貝絲坐在火邊縫紉。她第一百遍搖搖頭，承認她也不知道。

「我要去牛津。我要跟他把話談開。」

她嘆氣。「他不會領情的，你只會把事情愈弄愈糟。」

「但我必須做點什麼啊。范恩夫婦跟那女孩住在一起，每天都對她感情更深，而羅賓什麼也不做！他為什麼不下定決心？把事情拖著是為了什麼？」

貝絲面帶懷疑地抬起頭。「在他準備好之前，他什麼都不會告訴你的。即使等他準備好了，他都可能不說。」

「這事不一樣，這是個孩子啊。」

她嘆氣。「愛麗絲，我們第一個孫女。」她露出嚮往的表情，但接著又搖搖頭。「如果是的話。你去找他談話不會有好結果的，你也知道他的個性。」

「那我要再去班普頓。」

她抬起頭。她丈夫的臉很堅定，心意已決。

「你去那裡要做什麼？」

「找到認識愛麗絲的人，把他們帶去巴斯考，讓他們站在孩子面前，一勞永逸地搞清楚她到底是誰。」

貝絲皺眉。「你認為范恩夫婦會容許這種事？」

阿姆斯壯張開嘴，又閉上。「妳說得對。」他承認，作了個無助的手勢。然而他無法放棄這件事。「不過，至少我去一趟就能找到知道真相的人，然後我可以找羅賓談，看他要不要找范恩夫婦談，然後——噢！我不知道啦。重點是，貝絲，還能怎麼辦？我不能什麼也不做。」

她愛憐地看著他。「對，你從來就不擅長什麼也不做。」

♣

班普頓那間宿舍看起來並不比之前來得有格調，不過跟他上次看到時相比，倒是多了一股歡樂氣氛。他聽到小提琴樂音從高處一扇打開的窗戶傳出來，還有當酒醉的人把地毯捲起，在裸露的木地板上跳舞時，會製造出的那種毫無節奏的咚咚響。不時迸發的女性笑聲與拍手聲交錯出現，喧鬧聲實在太過嘈雜，他按了兩次門鈴才有人聽見。

「請進，我親愛的！」應門的女人高聲說，她沒穿鞋，喝了酒而臉龐紅通通的，她沒等他回應，就逕自往樓上走，還示意要他跟上。他一邊爬樓梯，一邊回想起上次爬上這道樓梯時，頂樓房間裡死去的可憐女人對他來說還只是個寄件者，愛麗絲也只是個人名。女人帶他到了二樓，一群男女正在以鄉村風格四處蹦跳舞動，而提琴手故意愈拉愈快，想要害他們出錯。她把一杯透明的酒塞進他手裡，他正推拒著，她又邀他去跳舞。

「不用了，不過還是謝謝妳！其實我是來找伊維斯太太的。」

「她不在這裡，感謝上帝。沒有她，你會玩得開心得多，親愛的！」她牽起他的手，再度嘗試讓他跳舞，不過她時不時就無法保持直立姿勢，讓她的努力打了折扣。

「我就不再耽誤妳跟朋友同樂了，小姐，但或許妳能告訴我可以去哪裡找她？」

「她出門了。」

「可是去哪呢？」

她作了個表示神祕的表情。「沒人知道。」然後她拍拍手吸引注意，蓋過音樂大聲喊：「這位紳士要找伊維斯太太！」

「她走啦！」兩三個跳舞的人同時叫道，笑不可抑，他們似乎為了慶祝她不在而跳得更開心。

「這是什麼時候的事？」他拿出錢包握在手中，好讓她在他提問時能清楚看見它。錢包讓她變清醒，她盡可能完整地回答他。「我想是六、七個星期之前吧。有個男的來找她——這是我聽說的——她帶他到客廳，他們在那裡待了整個晚上，他走了以後，她神神祕祕地過了兩三天，接著有一輛輕馬車來到門口，載走她的行李箱，她人也跟著走了。」

「我想知道：妳在聖誕節前就在這裡了嗎？之前有個阿姆斯壯太太住在這裡，帶著她的小女兒愛麗絲？」

「死掉的那個女人？」她搖頭。「我們都是那之後才來的新人。伊維斯太太在的時候誰也待不久，因為大家都不喜歡她，而且她一走，欠她錢的人都趁機開溜了。」

「妳對阿姆斯壯太太有什麼了解？」

「她不適合待在這種地方，我聽說是這樣。她在這裡負責煮飯和打掃。她是那種骨感美人——有些人喜歡，青菜蘿蔔各有所好——一旦客人看到了她，有些人就想嚐嚐味道。但她不肯。這下老伊維斯可不爽啦，說她不會收容裝玉女的蠢姑娘，還把她房間的鑰匙交給一位男士，讓他給她個教訓。隔天，她就幹了那回事。」

「她好像有個情人？後來拋棄她了？」

「我聽說的是丈夫。不過我說啊，情人還是丈夫的，還不都一樣？女孩還是靠自己生活最好。滿足他們的要求，收了錢就一拍兩散。但她不是這樣。她不適合幹這一行。」

阿姆斯壯皺起眉頭。「伊維斯太太什麼時候回來？」

「沒人知道，我希望是很久很久以後。她一回來我就會閃人了，這是確定的。」

「所以說她去了哪裡？」

女人搖頭。「她得到一筆意外之財，所以就走了。我聽說的就只有這些。」

阿姆斯壯給了女人幾枚銅板，她再次熱心地要給他倒酒，邀他跳舞，或「你想要的任何東西，我親愛的」。他婉拒，直接離開。

得到一筆意外之財？也不是不可能，他在下樓的途中心想，但根據他首次造訪這棟房子所留下的壞印象，他傾向於對伊維斯太太的任何事打個問號。

回到街上，他後悔來這一趟，因為浪費了他的時間和他的馬，不過既然來了，他原本想過又打消念頭的另一個主意，此刻重新浮現。現在他再次考慮，倒是覺得這比找到伊維斯太太更理想。他要去找屠夫的兒子班。他記得愛麗絲，只消看一眼就知道范恩家那孩子是不是她。要在法律面前決定這件事，一個孩子的說詞沒什麼份量，但那並不重要——他在想的並不是法律層面。他覺得他自己能篤定真相到底是什麼，這件事本身就很寶貴。如果班認出那孩子是愛麗絲，阿姆斯壯就有立足點去對他兒子曉以大義。如果班沒指認她，他也會與范恩夫婦分享這資訊，給予他們心心念念的踏實感，那是羅賓沒有能力提供的。

阿姆斯壯沿著主要的街道走，有點期望直接撞見班，就像上次一樣。但是班不在他們玩彈珠的那座草丘上，他爸爸的店鋪裡也不見他的人影，他也沒在街上閒晃。他查看過每條小巷和商店櫥窗內都未果，因此他攔下一個剛好經過的雜貨店男孩，那男孩跟班年紀差不多，他向男孩打聽班在哪裡。

「他逃家了。」男孩告訴他。

阿姆斯壯很困惑。「這是什麼時候的事？」

「兩、三個星期前。他老爸給了他一頓好打，打到他全身又黑又紫。接著，他就閃人了。」

「你知道他去哪了嗎？」

男孩搖頭。

「他有沒有提過想去哪裡？」

「凱姆史考特那邊的農場吧。他說那裡有個大地主要給他工作。那裡有麵包、蜂蜜還有用來睡覺的床墊，每個星期五都準時發工資。」男孩聽起來很嚮往這個好地方。「不過我從來就不信。」

阿姆斯壯給了他一枚銅板，朝屠夫的肉店走。砧板後站著一個年輕人，手裡拿著被血染黑的大刀子。他正在把一塊腰肉剁成塊。聽到鈴響，他抬頭看。他的五官跟班極其相似，不過那陰鬱的表情完全是他個人的特色。

「你要什麼？」

阿姆斯壯很習慣接受敵意，還能準確地判斷某個人的敵意有多麼根深蒂固。人們很常對像他這樣的陌生人不假辭色。差異令人不安，人們面對差異時往往用強硬的態度來武裝自己。他通常能用和善的語氣瓦解他們的防備。儘管他們的眼睛要他們懼怕，他們的耳朵卻得到了安撫。可是有些人每天都穿著盔甲行動，對所有人都劍拔弩張。全世界都是他們的敵人。他對那種排斥無能為力，而他在這裡就遇到這種狀況了。他沒有試著討好，只說：「我在找你弟弟班，他在哪裡？」

「怎麼？他闖了什麼禍？」

「據我所知並沒有。我要給他一份工作。」

店鋪內側的拱門傳來一個較年長的嗓音。「那小子什麼都不會，就只會吃掉利潤。」聽起來說話的人嘴裡塞滿食物。

阿姆斯壯身體探向前，隔著拱門看向裡面的房間。有個跟他年齡差不多的男人坐在一張髒兮兮的扶手椅上。他身旁的桌上擺了一條麵包和一大塊火腿，火腿已經切下幾條。屠夫的腮幫子就和火腿一樣粉紅且閃著油光。菸灰缸裡擱著一支菸斗。玻璃杯裝著半滿的不明飲料，來自被男人抱在膝上的酒瓶，它靠著他圓滾滾的肚子，沒有塞上瓶塞。

「知道他可能去了哪裡嗎？」阿姆斯壯問。

男人搖搖頭。「我才不在乎。懶惰的傢伙。」他用叉子戳起另一塊火腿，整個塞進嘴巴。

阿姆斯壯背過身去，不過還沒走，就有個乾巴巴的矮小女人拖著腳步走進內側房間，手裡握著支掃帚。他往後站，讓她能走進店面，她開始掃鋸木屑。她垂著頭，所以他看不見她的臉。

她轉頭。比起她遲緩的動作讓他下的判斷，她其實比較年輕，她的眼神緊張不安。

「不好意思，太太……」

「我在找班，妳兒子？」

她的眼裡沒有光采。

「妳知道他可能在哪裡嗎？」

她無精打采地搖搖頭，似乎連說話的力氣都沒有。

阿姆斯壯嘆口氣。「好吧……謝謝妳。」

他很慶幸能回到室外。

阿姆斯壯替飛兒找到水喝，然後他和馬兒就朝河邊走。這段河流又寬又直，有時候水面靜止到你以為它是固體，直到你丟個東西進去——一根樹枝或蘋果核——才會看到它被強勁的水流快速帶走。他在離橋不遠的一根倒塌樹幹上坐下來，打開午餐咬了一大口。肉很可口，麵包也是，但方才屠夫的貪得無饜害他倒胃口。他把麵包捏碎，撒在周圍讓小鳥啄食，然後他動也不動地坐著望向河水。他在知更鳥和畫眉鳥的圍繞下，回想今天遭逢的一連串失望。

尋訪伊維斯太太無功而返已經夠糟了，但發現班不知去向，讓他的心情更加低落。他記得男孩多麼細心地照顧飛兒。他回想自己買圓麵包給男孩時，他狼吞虎嚥的模樣。他想起男孩開朗的個性。他想著肉店裡的陰沉氛圍，那醜惡的父親、戰戰兢兢的母親以及心如槁灰的長子，不禁要為班的樂觀嘖嘖稱奇。那男孩現在在哪裡？如果像雜貨店的男孩所言，他的目標是凱姆史考特——去找阿姆斯壯和農場——他為什麼沒有到？兩地相隔不到六哩——一個男孩應該走幾個小時就能到才對。他出了什麼事？

還有那女孩。他還能做什麼？他想到一個孩子被卡在兩個家庭之間，難以確認她到底是否找到正確的歸宿，他的心就往下沉。他的思緒又從那孩子身上轉向羅賓，這下他的心幾乎要碎了。他想起第一次抱著他，那嬰兒好小好輕，然而他試探地揮動手腳時，又那麼充滿生命力。在貝絲懷孕期間，阿姆斯壯一直盼望著能給這孩子愛與照顧，興奮而迫不及待地等著孩子出生，然而那一刻真的降臨時，他仍然被席捲自己的強烈感情給震撼得不知所措。他懷裡的嬰兒讓其他一切事物都抹消了，他發誓這個寶寶將永遠不感到飢餓或孤單或面臨危險。他會關愛與保護這孩子，孩子長大後將不知悲傷與寂寞為何物。現在他的胸臆湧上同樣的感情。

阿姆斯壯抹眼睛。這突如其來的動作把知更鳥和畫眉鳥嚇飛了。他站起身，用揉揉拍拍回應飛兒的招呼。

「來吧。我們太老了，沒辦法一起騎去牛津，再說我也沒那個時間。不過我們去萊奇萊德好了，我把妳留在車站附近，我搭火車去。男孩們看我沒回來應該會餵豬。」

飛兒輕輕哼氣。

「愚蠢？」他回答。他一腳踩著馬鐙，遲疑著。「大概吧，但還能怎麼辦？我不能什麼都不做。」他跨上馬鞍，他們轉朝上游。

♣

阿姆斯壯打聽了兒子的住處。他來到一個城區，這裡的街道比較寬，房屋也比較大且維護得比較完善。當他來到他過去兩年寄信去的那條街，他放慢腳步，忐忑不安，走到門牌八號時——大而豪華，漆成白色——他在大門外停住，皺起眉頭。這裡實在奢侈得太過頭了。他自己家那棟農莊並不算是過度簡樸，他在讓家人舒適愉快方面花錢不手軟，但眼前的宏偉完全是另一個等級。阿姆斯壯對高級別墅並不陌生——導致他誕生的意外表示在他幼年時期，有好幾戶顯赫人家曾對他敞開大門——而他並不會被這種炫富行為給嚇住，不過兒子住在這麼一幢豪宅還是讓他很不安。他從哪裡弄來這麼多錢？但他會不會只是寄住在閣樓裡的一個房間？或者——有可能嗎？——城裡另一區還有另一條相同名稱的街道？

阿姆斯壯走進另一扇較小的柵門，這道柵門內是一條窄路，通往屋子後方，他敲了敲廚房門。

應門的是個十一、二歲的女孩，她綁著一條長而直的辮子，一副逆來順受的模樣，聽他提出城裡有兩條同名街道的想法，她搖搖頭。

「既然如此，這裡有一位羅賓．阿姆斯壯先生嗎？」

女孩遲疑著。她似乎同時在退縮以及更仔細地打量他。這個名字對她來說顯然是有意義的，阿姆斯壯正準備鼓勵她開口，有一個三十歲左右的女人出現在她背後。

「你要幹嘛？」她的口氣很嚴厲。她站得直挺挺的，雙臂扠在胸前，長著一看就不懂得微笑的臉。接著她出現某種變化。她的肩膀姿勢有了細微的改變，眼神變得放肆。她的嘴唇仍然抿著，但隱隱透露假如他表現得當，它們是有可能軟化的。大部分的人見到阿姆斯壯先生時，都太訝異他的膚色，以致於看不見別的，但有些人——多半是女人——會注意到他的五官非常英俊。

阿姆斯壯沒有微笑，也沒有改用誘哄諂媚的語氣說話。他會準備蘋果給馬兒、彈珠給小男孩，但遇上這種女人，他很小心地不提供任何交換條件。

「妳是這棟房屋的女主人嗎？」

「差遠了。」

「管家？」

短促一點頭。

「我要找阿姆斯壯先生。」他不卑不亢地說。

她挑戰般地看著他，等著看這俊俏的陌生人是否會努力討好她，當他用堅定而疏遠的眼神直視她，她聳聳肩。

「這裡沒有什麼阿姆斯壯先生。」

她把門關上。

在牛津的高級街道逗留可不是開玩笑的，阿姆斯壯不願意惹人側目，改在跟這條街平行的幾條街上徘徊。他每次走到十字路口都會左右張望，知道他有可能錯過目標，但當他的懷錶指針繞完一圈，而下一個鐘頭又繞完半圈時，他瞥見背後垂著長辮子的瘦小人影。他加快腳步追上她。

「小姐！不好意思，小姐！」

女孩停下腳步轉過身。「噢！是你啊。」

她在這開放空間裡，顯得比在門框內更瘦小、更可憐兮兮。

「別讓我耽誤妳的事，」他看見她顫抖便說，「來吧，我陪妳走。」

「我不知道她為什麼不告訴你，」他問都還沒問，女孩就主動說，「那些信是你寫的嗎？」

「對，我把信寄到這裡給他。」

「但他不住在這裡。」

「是嗎？」

這下阿姆斯壯真的被搞糊塗了。他寄的信都有收到回應。回信很簡短——多半都是為了要錢——但確實有提到他的信的內容。他一定有收到信才對。阿姆斯壯皺眉。

女孩在寒風中吸吸鼻水，彎過一個街角。以她的個頭來說，她走得可真快。

「費雪先生說『別管這些信了』，然後把信放進口袋。」她補充。

「這樣啊。」這總是一條線索。他敢回去前門臺階上拉那個晶亮的門鈴，直接請求面見費雪先生嗎？

女孩彷彿看穿他的心思，告訴他：「費雪先生還要好幾個鐘頭才會回來。他通常睡到中午才起來，因為他在綠龍酒館待到很晚。」

他點點頭。「那這位費雪先生是誰？」

「大爛人。他已經七個星期沒有付我工資了。不過你找他要幹嘛？他欠你錢嗎？你要不到的。」

「我不認識費雪先生。我是阿姆斯壯先生的爸爸，他們兩人想必是朋友吧。」

這時候她流露的眼神，讓他對費雪先生以及他的朋友有了所需的一切了解。接著他發現孩子的眼中出現某種醒悟。既然她對費雪先生以及他的朋友沒有半點好感，那麼她又該如何看待那夥人的爸爸？

「重點是，」他安撫她，「我擔心我兒子可能會跟費雪先生走得太近。如果有辦法，我希望能讓他遠離傷害。妳有沒有看過費雪先生的一個朋友，是二十四歲的年輕人，有淺棕色的頭髮，與衣領交會處是鬈起來的，有時候他會穿一件藍外套？」

女孩停住腳步。阿姆斯壯多走了一兩步才停下來，轉回身看著她的臉。儘管看似不可能，她的臉色又比先前更加蒼白了。

「你說你是阿姆斯壯先生的爸爸！」她尖著嗓子說。

「我是啊。確實，他長得並不像我。」

「可是那個人……你剛才形容的人……」

「怎麼？」

「就是費雪先生！」她朝他啐道，帶著被耍了的孩子氣憤怒。接著她的表情突然由氣憤轉為驚恐。「不要告訴他我跟你說了！我一個字都沒說！我什麼都沒說！」她語氣哀懇，眼中含淚。

眼看她快要逃跑了，阿姆斯壯伸手從口袋掏出幾枚硬幣。她壓抑著跑掉的衝動，打量那些錢。

「他欠妳多少錢？」他溫和地問，「這些夠嗎？」

她的目光在硬幣和他之間來回好幾遍。她戒慎恐懼，好像他是某種怪物，而那些錢極有可能是騙術。她突如其來地伸手抓起硬幣。那些錢一晃眼就不見了，她也一起消失，她的圍裙繫帶和辮子在背後飛舞，她衝到第一條小街處，然後彎進去不見了。

阿姆斯壯離開高級住宅區，來到一條滿是店鋪和商行的繁忙街道，走進他看見的第一間小酒吧。他點了杯酒，也請坐在爐火邊的瞎眼男人喝一杯。他三兩下就把話題從這間酒吧帶到一般而言的各種喝酒場所，然後再帶到綠龍酒館。

「那裡在五月到九月之間算是做著正經生意，」男人告訴他，「他們把木桌放到外頭，找些女孩來送酒。他們在啤酒裡摻水，賣得還比別人貴，但大夥兒都默默忍耐，因為那裡到處都有玫瑰。」

「那冬天呢？」

「那裡不是好地方。木材都很潮濕。我還看得見的時候，茅草屋頂就需要翻新了，而那已經是二十年前的事。聽說窗戶裂痕多得要命，全靠上頭的汙泥才沒散架。」

「那人呢？」

「都不是好東西。你在綠龍酒館什麼都能買、什麼都能賣——紅寶石、女人、靈魂。如果你在生活中遇到什麼困難，在九月初到四月中去綠龍酒館，就能找到人幫你去除障礙。只要價錢談得攏。聽說是這樣，事實也是如此。」

「要是你在春天或夏天遇上麻煩呢？」

「你得等，或是自己動手。」

「這地方在哪裡？」阿姆斯壯問，他的酒杯已見底了。

「你不會想去那裡的，你不是那種人。我的眼睛或許不行了，但我從你的聲音聽得出來。那裡不是你這種紳士去的地方。」

「我非去不可，有個人在那裡，而我得找到他。」

「他想被找到嗎？」

「不想被我找到。」

「他欠你錢？這划不來。」

「不是為了錢。他是——家人。」

「家人？」男人面露深思。

「我兒子。我擔心他交到壞朋友了。」

瞎眼男人伸出一手，阿姆斯壯握住他，感覺男人用另一手抓住他的前臂，掂量他的肌肉量和力量。

「我得說你能照顧自己。」

「如果情勢所逼的話。」

「那我告訴你怎麼去綠龍吧。為了你兒子好。」

♣

阿姆斯壯獲得的指點使他再次穿越整座城，從另一端出城。在半路上開始下雨了。天空漸漸轉為深淺不一的粉紅與杏桃色時，他來到一片草地。草地另一側是泰晤士河。他過了橋，往上游走。這條步道兩側都是刺藤和柳樹，把雨水滴在他帽子上，他腳下則是古老的樹根凸起的指節。天光愈來愈暗，正如同他的思緒，接著他從紫杉、冬青、接骨木密密麻麻的枝葉間隙，看到一棟建築的輪廓，還有一個個透著昏暗光線的方塊，那些是它的窗戶。他知道他找對地方了，因為毫無疑問，這房子散發的氛圍就像是聚集了一群想避人耳目在黑暗中偷雞摸狗的人。阿姆斯壯在窗外駐足，隔著厚玻璃窺探。

窗內是個低矮的房間，在室內中央天花板往下凸的位置還更矮。一根有三個男人站在一起那麼粗的橡木柱被用來把天花板撐住。煤氣燈很費力地想要照亮陰暗處，桌上的蠟燭只能提供微薄的幫助。現在才不過接近傍晚，這地方卻感覺像已入夜。少數幾個獨行的酒客坐在牆邊的陰影裡，但最好的光源來自壁爐中燒得正旺的火焰，靠近火邊有張桌子，桌邊圍坐了五個男人。其中四人低頭專心打牌，但有一個人坐得很直，椅子靠後面兩支椅腳斜立，椅背抵在牆上。他的眼睛幾乎閉起來，但阿姆斯壯從他頭的角度猜想那只是唬人的表情。他的兒子——那是羅賓沒錯——正從眼睛瞇起的窄縫間試著瞄到其他玩家的牌。

阿姆斯壯經過窗戶打開門。他走進店內時，五個玩家都轉向他，但室內空氣菸霧瀰漫，他又半掩在大木柱後頭——因此他沒有立刻被認出來。羅賓把椅腳放回地上，朝某個黑暗角落裡的人打了個信號，同時瞇著眼盲目地隔著悶熱的空氣望向阿姆斯壯所站的位置。

一秒後，阿姆斯壯感覺有個看不見的人從後方抓住他的手臂。攻擊他的人比他矮了一個頭半，手臂也很細，但那雙手有如鐵絲牢牢固定住他。非自願地被人箝制住對阿姆斯壯來說是種不熟悉的感覺。他不確定能夠掙脫，儘管對方個頭矮小，帽沿戳在阿姆斯壯的肩胛骨之間。第二個人湊向前來打量他，這人長著濃黑的一字眉，低低地壓在眼睛上方。

「這傢伙長得怪模怪樣的，不認識。」他宣布。

「那就把他趕走。」羅賓說。

兩個男人試著把他轉朝門，但他抵抗。

「晚安，各位紳士。」他說，知道光是他的口氣就足以擾亂他們。他感覺鐵絲男的抓握怔了一下，但他並沒有放鬆力道。一字眉再次打量他，有點猶豫地回頭望向桌子，不過他沒來得及看到阿姆斯壯看到的畫面：羅賓表情閃現詫異，又立刻壓抑住。

「我想你們的費雪先生會見我。」阿姆斯壯說。

羅賓站起來，朝保鑣們點點頭，阿姆斯壯感覺手臂被放開。

那兩個人回到陰影中，羅賓走向前。他現在臉上的表情，阿姆斯壯從他幼年一直到接近成年那段時間，已經看過上千遍了。那是孩子被父母阻礙而顯露出的任性憤怒。阿姆斯壯訝異地發現，成年男人作出這種表情是多麼猙獰。他若非羅賓的爸爸，若非體格健壯，他很可能會害怕。

「去外面。」羅賓喃喃道。他們走出酒館，相隔一碼站在半暗的天色中，站在河流與酒館之間的長形碎石地。

「你的錢都是這樣不見的嗎？賭博？還是那棟房子讓你總是需要贊助？你根本過不起這種生活。」

羅賓不屑地用鼻子哼了一口氣。「你怎麼找到我的？」他用呆板的語氣問。

阿姆斯壯不由自主地感到訝異。他總是對他期望太高。

「你見到你老爸打招呼的方式就是這樣嗎？」

「你要幹嘛？」

「還有你媽媽——你也不關心她？」

「我想如果出了什麼事，你會主動講的。」

「是出了事，但不是你媽媽。」

「現在在下雨，你想說什麼就快說，說完我才能回到屋子裡。」

「你打算怎麼處理那孩子的事？」

「哈！就為了這個？」

「就為了這個？羅賓，我們講的是一個孩子哪，事情攸關兩個家庭的幸福，這可不是鬧著玩的。你為什麼拖著不管？」

在迅速消逝的天光中，他好像看到兒子的嘴唇厭世地一撇。

「她到底是不是你女兒？如果是的話，你打算怎麼做？如果不是——」

「這不關你的事。」

阿姆斯壯嘆氣。他搖搖頭，換一個角度切入。「我去了班普頓。」

羅賓比較專注地看著父親，但沒說什麼。

「我回到你太太寄住的那棟房子，就是她去世的地方。」

羅賓仍然不說話，他強烈的敵意也沒有動搖。

「你太太相好的情人——他們完全不知道有這麼一個人。」

還是沒反應。

「你對誰說這件事？」羅賓語帶威脅。

「我本來想帶房東去巴斯考看看那孩子，但是她——」

「你怎麼敢這樣？這是我的事——我一個人的事。我警告你——少管我的閒事。」

阿姆斯壯過了半晌才恢復過來。「你的事？羅賓，這關係到一個孩子的未來。如果她是你的孩子，她也就是我的孫女。如果她不是你的孩子，她就是范恩家的孩子。無論是哪種情況，你都不能說這是你的事。再怎麼說，這都是家庭事務。」

「家庭！」羅賓像罵髒話一樣啐出這兩個字。

「羅賓，她的父親是誰？孩子需要父親。」

「我沒有父親也活得好好的。」

羅賓一扭身，鞋跟下碎石飛濺，他開始朝綠龍酒館走回去，阿姆斯壯卻抓住他的肩膀。阿姆斯壯不算太訝異地看到兒子兇猛地回過身來對他出拳。他出於本能舉起手臂自衛，但對方狂亂揮來的拳頭還沒接觸目標，他自己的拳頭已經碰到了血肉和牙齒，羅賓咒罵著。

「對不起，」阿姆斯壯說，「羅賓——我很抱歉，你受傷了嗎？」

但羅賓繼續用彆扭的姿勢對他的父親又踢又打，阿姆斯壯則抓著他的雙肩讓他保持距離，使他的拳打腳踢只能勉強擦過目標，那時大部分的力道都已耗盡了。在羅賓幼年和青少年時期，他曾這樣抓住羅賓很多次；當時他唯一的考量是防止羅賓在盛怒下傷到自己。現在他兒子的攻擊比較專業，力道也更強，但仍然無法與他更加優越的身高與力量匹敵。碎石亂飛，咒罵滿天，阿姆斯壯注意到這噪音幾乎肯定會把看熱鬧的人引到窗邊。

酒館門打開的聲音結束了這場鬥毆。

「沒事吧？」有個聲音透過雨聲傳來。

羅賓突然就停止打鬥。「沒事。」他回答。

酒館門依然敞開；想必有人繼續從門邊往這裡看。

他兒子沒有跟他握手，轉身就走。

「羅賓！」阿姆斯壯壓低音量朝他背後喊道，然後又用更低的聲音喚道：「兒子！」

幾碼外的羅賓轉回身。他也壓低嗓門說話，在雨聲中幾乎聽不見，但他的話語擊中了目標，而且傷人的程度遠非他的拳頭所能及：「你不是我爸爸，我也不是你兒子！」

他走到門邊，跟那裡的同伴交談幾句，接著他們就進屋，頭也不回地把門關上。

阿姆斯壯沿著河往回走。他撞上柳樹，差點被埋伏在黑暗中的扭曲樹根給絆倒，雨水沿著他的脖子往下淌。他的指節在刺痛。當下幾乎沒有感覺的損傷，現在痛得椎心。他打到羅賓的嘴唇和牙齒。他抬起手湊到嘴邊，嚐到血味。是他的還是他兒子的？

被雨和它自己的激流擾動的河川奔騰而過，阿姆斯壯默然靜立在雨中，迷失在自己的思緒裡。你不是我爸爸，我也不是你兒子。他願意拿任何東西換取，只求把那一刻收回。他能做什麼不同的事？他能怎麼說來讓情況變好？他犯了錯，這一錯可能切斷了親情的連繫，而原本或許再過幾週、幾個月或幾年，那股連繫是可以被再度強化成溫暖的感情的。剛才發生的事感覺讓一切都結束了。他失去了兒子，也連帶失去了全世界。

雨水摻著他的淚水奔流，那句話在他腦中一遍又一遍地響起。你不是我爸爸，我也不是你兒子。最後，又濕又冷的他搖搖頭。「羅賓，」他用只有河聽到的話回應，「你可能不想當我兒子，但我不能不當你的爸爸。」

他轉朝下游，開始踏上漫長的歸途。

有些故事不該說

有些故事可以大聲傳誦，有些故事必須悄聲低語，還有些故事從未被述說。阿姆斯壯先生和太太結婚的故事就屬於後者，只有參與的雙方、還有河知道。但我們身為來到這個世界的祕密訪客，身為跨越不同世界的穿越者，沒有什麼能阻止我們坐在河邊張開耳朵；於是，我們也知道了。

羅伯·阿姆斯壯滿二十一歲時，他父親提出要為他買一座農場。土地仲介建議了好幾塊地產，羅伯一一都去現場看過。最符合他期望的一塊地屬於一個名叫弗列德瑞克·梅伊的男人。梅伊先生是個好農夫，但他只有生女兒，而那些女兒嫁的男人自己已擁有足夠的地產，除了一個女兒之外，她身帶殘疾，未婚待在家裡。現在梅伊先生年紀大了，他和他太太決定把地全賣掉，只留下小木屋周圍的一小塊地，那小木屋也是他們的，離農莊不遠。他們打算住進小木屋，種種菜和花，讓別人去操心田地和那棟大房子。賣掉農場的收入能讓他們變得富裕，如果豐厚的嫁妝還不足以把他們的么女嫁掉，也罷，至少等他們兩腿一伸，這筆錢還能讓她安度餘年。

羅伯·阿姆斯壯察看這片土地，發現它受到河流灌溉。他看到河岸很堅實，河道裡沒有雜草和垃圾。他注意到灌木樹籬維護得很好，牛隻毛皮發亮，田地犁得筆直。「好，」他說，「這塊地我要了。」

「你不能賣給他，他是個外國佬。」鄉民七嘴八舌。但所有其他的可能買家都想跟梅伊先生殺價，耍各種手段想占便宜，而這個黑人一口答應他開出的價碼，始終沒有改口，不僅如此，他在看農地的時候梅伊先生陪同在旁，看見他懂得欣賞他的犁線，看見他怎麼對待綿羊和牛，才一會兒工夫，他已經忘了阿姆斯壯先生的膚色，並體認到他若是為他的土地和牲口著想，就該把它們交給阿姆斯壯先生。

「替我賣命很久的那些工人怎麼辦？」梅伊先生問。

「想留下的人就能留下，如果他們做得好，過段時間會加薪，如果做不好，第一次收成之後就得捲鋪蓋。」阿姆斯壯說，雙方一言為定。

有幾個工人不肯替黑鬼工作，但其他人留下了，儘管一開始頗有怨言。一段日子過後，他們對新老闆增進了了解，這才發現他的膚色只是表象，骨子裡他跟別的男人沒什麼不同，甚至更好一點。有少數人——和他一樣年輕的人——堅持抱著鄙夷態度，當著他的面冷笑，背著他做不雅手勢。他們利用對他的輕蔑當作混水摸魚的藉口——他們何苦為他這種人做牛做馬？——但他們星期五照領工資，然後在凱姆史考特周邊的酒館把錢花光，還順便講他的壞話。他貌似沒注意到，不過其實他一直在密切觀察他們，等著看他們會不會漸漸安分下來。

在那之前，羅伯．阿姆斯壯必須交朋友。他最熟識的人就是把農場賣給他的人，他養成習慣，每星期拜訪一次梅伊先生的小木屋，那裡離農莊並不遠。他會在那裡待上一小時，跟這個男人談農活，男人很樂意跟他聊，因為那是他做了一輩子的事，只是身體不行了才停止。梅伊太太會坐在角落裡打毛線，她聽這位訪客說愈多話——他的談吐比多數人更有教養；聽到愈多他的笑聲——爽朗而洪亮，往往惹得她丈夫也跟著笑；她就愈對他有好感。他們的女兒不時會走進客廳，端茶送蛋糕。

貝絲．梅伊幼年時生了一場病，留下的後遺症是她走路時身體會左右歪斜。她跨出左腳時會明顯地往下沉。這會引來陌生人側目，就連認識她和他們家的人都說她應該足不出戶，而不是「像那樣」到處跑。要是只有腳的問題，他們或許還不會那麼大驚小怪，但她眼睛也有毛病。她用眼罩蒙住右眼——不是一直戴同一個眼罩，而是會搭配衣服更換。感覺上她的眼罩就跟衣服一樣多，有時候是用同一塊布料的剩餘材料做的，並且附有綴帶，繞過她的頭部後藏在漂亮的金髮底下。她渾身散發整齊俐落的氣質，她很細心地打理自己的外表，反而讓別人感到困擾。好像她自認為和別的女孩沒什麼不同，好像她期望獲得相同的待遇。根據大眾的意見，她應該躲回家裡，清楚表明她跟大家有共識：她是不可能結婚的，她注定要當個老處女。然而她卻一瘸一拐地走進教堂，大剌剌地坐在中央的長椅上，而不是偷偷溜進來，安安靜靜、不引人注意地坐在後方。天氣好的時候，她會跛著腳走到綠地的長椅邊，坐在那兒看書或刺繡；冬天她會戴上手套，走在任何夠平坦的地面；天寒地凍的時候，她會嫉妒地看著腿腳夠好、能夠冒險走在冰上的人。懷有惡意的男孩們——事實上就是背著羅伯·阿姆斯壯做出不雅手勢的同一幫人——會在她背後模仿她搖擺下沉的走路姿勢。從她小時候還沒戴眼罩時就認識她的人，記得她的右眼露出太多眼白，瞳孔會向上往旁邊亂跑。他們說，你看不出來她在看哪裡，或是她看到了什麼。曾有一段日子，貝絲·梅伊是有朋友的。這一小群姊妹淘一起上學放學，到彼此家作客，走路時手勾著手。但是隨著女孩長成小女人，她們的友情也淡掉了。其他女孩或許是擔心貝絲的畸型會傳染，或是跟貝絲在一起會讓男人躲得遠遠的。羅伯·阿姆斯壯買下農場時，貝絲很孤單。她走路時抬頭挺胸，面帶笑容，從外表看來她對這世界的態度沒有改變，但她知道世界對她的態度已經改變了。

其中一個改變是村裡的年輕男人的行為。十六歲的貝絲有金色鬈髮、甜美笑容和一把纖腰，並非沒有吸引力。如果你從她沒戴眼罩那一側看到她坐在那裡，你會覺得她是村子裡數一數二的美女。那些年輕男人也注意到了，他們開始用下流的目光打量她。當色慾與鄙視共存在人心裡，會製造出邪惡。如果那些年輕男人與她在空無一人的小巷相逢，他們會色瞇瞇地看她，偷襲她，知道她無法輕易跳向一旁躲開他們的鹹豬手。貝絲不止一次辦完事回家時，裙子沾上了泥巴，手掌擦傷，因為她「跌倒」了。

羅伯・阿姆斯壯知道農場裡的那幫小夥子對他有什麼想法。他在暗中觀察他們的過程中，也得知他們對貝絲・梅伊有什麼想法。有一天晚上他按照慣例拜訪梅伊家，梅伊先生卻搖搖頭。「今晚不方便，阿姆斯壯。」他的朋友雙手顫抖、眼眶含淚，使他知道發生了某種危機。他觀察農場裡的年輕人，聽到一段嘻嘻哈哈的對話，其中一個青年誇耀地提到貝絲的名字，還配合下流的手勢，阿姆斯壯擔心他知道梅伊家發生什麼危機。

接下來幾天他都沒見到貝絲。她沒去教堂，也沒坐在綠地的長椅上。她沒去村子裡辦雜事，也沒有照顧花園。當她再度現身，她變得不一樣了。她跟原本一樣整潔而活躍，但她對世界抱持的單純而自然的興趣，被比較嚴肅的態度取代了。一股不被打倒的堅決。

他花了一整夜思考。他作出決定後睡著了，等他醒來，那決定依然像是好的決定。貝絲送午餐給父親時，阿姆斯壯攔截她，就在山楂樹轉變為榛樹的那一段河岸。他看出她發現周遭沒有半個人時，著實嚇了一跳。他把手背到身後，望著自己的腳，喊了她的名字。「梅伊小姐，我們沒怎麼交談過，但妳知道我是誰。妳知道我是妳父親的朋友，也是這座農場的主人。妳知道我總是準時償還債務。我的朋友不多，但沒有人與我為敵。如果妳需要有人支持妳，我懇求妳來找我。我最想做的事莫過於減輕妳的負擔。無論我將以朋友或是丈夫的身分做到這件事，都由妳決定。請妳要知道，我任妳差遣。」他抬起頭，迎向她震驚的目光，對她短促地一點頭，便離開了。

隔天，他在同樣的時間回到同樣的地點，她已經在那等了。「阿姆斯壯先生，」她開口，「我不懂得怎麼像你一樣說話，你比我說話好聽多了。在我能回應你昨天說的事之前，我得做一件事。我現在就要做了，等我做完，你可能會改變心意。」

他點點頭。

她低下頭，抬起手指把眼罩往鼻樑另一邊拽，直到它遮住她正常的眼睛，露出另一眼。然後她用右眼看著他。

阿姆斯壯細看貝絲的眼睛。它似乎擁有自己的生命在顫動著。偏離中央的虹膜表層是跟左眼同樣的藍色，但底下蘊含著更深的色調。在每張臉上每天都可見到的瞳孔，在貝絲臉上因為偏斜而顯得怪異。突然間他從瞪視中轉移了注意力，因為他醒悟到現在被檢視的人其實是他。他感覺自己被拆解，在她的目光下赤裸裸的。曝露在她的凝視中，他突然回想起小時候一些羞於見人的事。他曾經表現得不夠光明磊落，那些時刻現在湧上心頭。他記起自己不知感恩的片刻，他感到強烈的懊悔，決意不再重蹈覆轍。他也鬆了一口氣，因為這些微不足道的疏忽就是他一生中僅有的遺憾了。

這過程並不長。貝絲完成後，低下頭把眼罩拉回去。她把她平常的那張臉抬起來迎向他，而那張臉變了。她的表情很訝異，還有一種令他覺得心裡既溫暖又興奮的情緒。她正常的眼睛目光柔和，含有剛萌發的感情，甚至是崇拜。那種情緒有朝一日——他敢相信嗎？——或許會昇華為愛情。

「你是個好人，阿姆斯壯先生。我看得出來。不過有件關於我的事你應該要先知道。」她聲音低沉，語氣不穩。

「我已經知道了。」

「我指的不是這個。」她指著眼罩。

「我也不是。也不是妳的跛腳。」

她瞪大眼。「你怎麼知道的？」

「那個人在我的農場工作。我猜到了。」

「那你還是想娶我？」

「是的。」

「但是萬一……？」

「萬一有孩子？」

她點點頭，漲紅臉，羞愧地低下頭。

「不用臉紅，貝絲。這件事不會令妳蒙羞，該慚愧的是另外那個人。還有，如果有孩子，妳和我會用愛撫養他，就像我們會用愛撫養我們自己的孩子。」

她抬起頭，迎視他堅定的眼神。「那麼好的，阿姆斯壯先生，好的，我願意成為你的妻子。」

他們沒有接吻，也沒有接觸。他只是要她告訴她父親，他在當天稍晚會去見他。

「我會告訴他的。」

阿姆斯壯拜訪了梅伊先生，把婚事談妥了。

隔天早上，那個在農場裡作亂、對貝絲做了比惡作劇更糟的事的青年，一如往常大搖大擺地來工作，而阿姆斯壯已經在等他了。他把他應得的工資算給他，然後解僱他。「如果讓我聽說你再進入這方圓十二哩的範圍內，你就好自為之吧。」他告訴對方，他把語氣控制得很好，年輕人不禁詫異地抬起頭，確認自己有沒有聽錯。但阿姆斯壯的眼神讓他知道他說的每個字都是認真的，因此儘管他心裡有些無禮的回應想飆出口，他仍然默默離開，只是無聲地咒罵。

訂婚的消息公布了，婚禮緊隨著進行。人們一貫地議論紛紛。婚禮當天，教堂擠滿人，他們對黝黑的農夫和他畸型而蒼白的新娘充滿好奇。他很有錢——噢，在那方面她算是嫁得不錯——而她有一雙藍眼睛、金髮和纖細的身型，至少在外型方面他找到的妻子已是夫復何求。然而祝賀聲中藏著憐憫，沒有人真心羨慕這對夫妻。大家一致公認這兩個結不成婚的人湊成一對算是合情合理，而在場的每個未婚賓客都暗自鬆了口氣：感謝上帝他們不必被迫妥協，選擇這樣的對象。嫁個貧窮的工人，也好過有個黑鬼母親的農場主人；寧可娶個粗魯的洗衣女工，也不要有斜視和跛腳的農夫之女。

婚後兩、三個月，貝絲的肚皮鼓了起來，這簡直是椿醜聞。那會是什麼樣的嬰兒啊？想必是個怪物吧。當街上的孩童對貝絲喊出各種殘酷的外號，她不再離開農場的範圍。她提心吊膽地等著生產日的到來，但阿姆斯壯柔聲安撫她。他的嗓音緩和她的情緒，當他把手貼在她漸漸隆起的腹部，說「一切都會很好的」，她不禁相信真是如此。

產婆接生完孩子，直接就去找她的朋友，她們將消息迅速傳了出去。斜眼貝絲那黑皮膚丈夫種在她肚子裡，最後從她兩腿間蹦出來的，是什麼樣的醜八怪？那些期望有三隻眼睛、毛茸茸頭髮和扭曲四肢的人大失所望。寶寶很正常。應該說不只是正常。「好漂亮！」她狂熱地說，「誰想得到？他是我見過最漂亮的嬰兒。」沒過多久，其他人也親眼見證。阿姆斯壯騎著馬到處走，而大家都看見坐在他膝上的孩子：頭髮微鬈，健康的臉色，以及迷人的笑容，你不得不以笑容回應。

「我們叫他羅伯吧，」阿姆斯壯說，「跟我一樣。」於是他有了正式的名字，但因為他還小，他們叫他羅賓，而他長大後大家還是叫他羅賓，以便於區分父親和兒子。後來他們生了其他孩子，有男有女，全都健壯而快活。有的膚色深，有的膚色沒那麼深，有的幾乎是白皮膚，但沒有一個像羅賓的膚色那麼白。

阿姆斯壯和貝絲很快樂。他們建立了一個美滿的家庭。

給愛米莉雅拍照

三月的最後一週即將開始時，春分的日子到了。這天，光與暗是相等的；白晝與黑夜精準地平分；就連人類的事務都享受了完美均衡的片刻。河流的水位很高——這條河在春分和秋分日一向會漲潮。

范恩率先醒轉。時間很晚了——他們睡過了鳥兒歌唱的時段，睡過了夜色消逝的時段——此時日光已在窗簾後頭等待。

他身邊的赫倫娜仍沉睡著，一條手臂彎在頭上壓住枕頭。他親吻她手臂內側柔嫩的肌膚。她眼睛沒有睜開，只是微笑著挪近他溫熱的身體。她在昨晚溫存過後仍然赤裸著。近來他們往往由歡愉直接陷入睡眠，又從睡眠再度進入歡愉。他的手在被單底下找到她的肋骨，沿著光滑的曲線撫向她的腰、她的臀。她用腳趾頂他。

事後，他說：「妳睏的話多睡一小時吧，我餵她吃早餐。」她微笑點頭，眼睛又閉上了。他們兩人現在都能夠睡上很長的時間，有時候可以一睡睡九或十小時，彌補了那些年的失眠。都是那孩子的功勞。她修復了他們的夜晚，也修復了他們的婚姻。

在早餐室，他和孩子靜靜地陪伴彼此。赫倫娜在的時候總是不斷對女孩嘰嘰喳喳，但他沒有試著對她說話，或是刻意吸引她的注意。他只是在她的麵包塗上奶油和橘子果醬，然後把吐司切成細長條，而她會入迷地看著。她吃東西時很專注，沉浸在自己的遐思中，直到一坨沒抹開的橘子果醬從吐司邊緣滴到桌布上，她才會抬起眼皮看他有沒有看到。她的眼睛——赫倫娜說是綠色的，他說是藍色的，而且深不可測——與他視線交會，他朝她微笑，親切、含蓄、不帶要求的笑容。她的嘴巴會很快地抽動一下作為回應，雖然這情況已經發生過十幾次了，他還是感覺心臟因此而一震。

當她向他尋求安慰時，他也會有同樣的心跳感。雖然她在河邊無所畏懼，卻會因為各種其他東西而膽戰心驚：馬兒沿著卵石地走近、門砰然關上、愛裝熟的陌生人伸手捏她的鼻子、用掃帚拍打地毯的聲音，而當她受到驚嚇，她會找的人是他。遇到不熟悉的狀況，她會想牽他的手，她覺得有危險時會抬起手臂要他抱。她選擇他作為護花使者讓他深受感動。兩年前，他沒能保護好愛米莉雅；這感覺像第二次機會。藉由為她避開所有危險，他感覺自信漸漸回來了。

那孩子仍然沒有說話，她經常心不在焉，有時態度冷漠，然而只要有她在身邊，他都覺得喜悅。他每天思緒會從愛米莉雅連到這孩子身上，再從這孩子連回愛米莉雅身上，來回不下一百遍。兩人之間的路線現在已被走得太順暢，以致於他根本不可能只想到其中一人而不聯想到另一人。她們成為一體兩面。

女僕過來收拾早餐用具。

「攝影師十點半要來，」他提醒她，「我預計先喝咖啡。」

「今天是護士來的日子——她也要喝咖啡嗎？」

「要，大家一起。」

女僕焦慮地看著孩子睡到打結的頭髮。

「我該試著幫愛米莉雅小姐梳頭，準備拍照嗎？」她詢問，用懷疑的表情打量糾結的亂髮。

「等范恩太太起床，讓她去梳吧。」

女僕看起來鬆了口氣。

在東特抵達之前，范恩得先做一件事來作好準備。

「來吧，小不點。」他說。

他抱起孩子帶她到客廳。他坐在書桌前，讓女孩側坐在他腿上，這樣她能看見花園。

他伸手去拿愛米莉雅和他還有赫倫娜的合照。

女孩來了之後，他原本對回憶的恐懼，那強烈到使他想要將女兒的臉永遠埋葬的恐懼，有所減緩了。他有種感覺——他知道這很不理性——愛米莉雅本人也在找他，而他應該迎向她的目光，這是他欠她的。跨越這可怖的阻隔。現在這一刻來臨了，而女孩坐在他腿上，他發現這樁任務並不如他所擔心的那麼艱困。

他把照片轉朝自己，隔著孩子亂糟糟的髮絲看著照片。

這是很傳統的家庭照構圖。赫倫娜抱著愛米莉雅坐著，范恩站在她們後頭。他知道情緒稍有波動可能就會造成浪費時間、金錢和精力的災難性後果，所以太過用力地瞪著鏡頭，以致於不認識他的人會覺得他看起來很兇惡，認識他的人則會覺得他看起來很滑稽。赫倫娜完全壓抑不住笑意，不過她的笑容非常穩定，相機清晰地捕捉到了她的美麗的所有細節。坐在她膝上的是：愛米莉雅。

在一張三乘五吋的照片上，他女兒的臉很小——比現在坐在他腿上的孩子的拇指指甲還要小。兩歲的她面孔仍殘留著嬰兒時期的那種不立體的輪廓。不僅如此，當時她也沒辦法老老實實地待著不動。她那不明顯的五官有種舉世皆通的特質；它們可以輕易套用在他腿上的小女孩臉上，一如他費盡力氣想從眼前和心裡避開的女兒的臉。她的腳一定也有動，因為它們糊成一團，看起來無骨而靈異，像是幽魂飄來飄去時雙腳可能有的模樣。她小小的身軀裹著泡沫般的連身裙，裙襬邊緣融為透明。她的雙手消失在那團朦朧中。

他腿上的孩子動了動，他低頭看。她的手上出現一粒水珠。她抬起手舔掉水珠，然後帶著漫不經心的好奇抬頭看他。

他在流淚。

「笨爸爸。」他說，彎腰吻她的頭，但她扭身掙開。她穿過房間走到門邊，停下來，轉身朝他伸出手。他跟過去，牽住她的手，讓自己被她帶出房子，進入花園，沿著短短的碎石斜坡走到河邊。

「這有什麼幫助？」他說出心中的疑問，「這是為了讓我心情好一點嗎？」

她凝望河的上游及下游，發現沒有東西可看，又四處搜尋一根稱手的樹枝來戳弄河水邊緣。戳夠了之後，她把樹枝交給范恩要他接手，她自己則在斜坡上挑了幾塊大石頭，拿去河裡淘洗。這種淘洗行為似乎毫無意義，范恩突然間心生一念，覺得他曾經站在這裡看愛米莉雅洗石頭。他難道不記得幾年前，他們兩人就像這樣待在河水邊緣，沒有理由地洗著石頭以及戳弄淺灘處的軟泥？他抬起頭，試著想清楚那是真實的回憶，還是現實似乎在過去自我複製，而造成某種奇妙的反向回音。

女孩停止清洗石頭。她四肢著地傾向水面，彷彿它是一面鏡子。回望著她的是另一個女孩——他認識的女孩。

「愛米莉雅！」

他伸手撈她，但被他一碰她就消失了，他的手指濕漉漉的。

女孩坐直身體，用她變化萬千的眼睛望著他，神態帶著微微的關切。

「妳是誰？我知道妳不是她——但如果妳是……如果妳是——我快瘋了嗎？」

她把樹枝遞給他，用熱切的動作指示他用樹枝挖一條水道。她把她的石頭沿著水道排列。她嚴格執行她的期望，花了一些時間才心滿意足。他明白了，他們接下來應該等著看。他們看到河水是如何細細流入水道，如何淤塞，還有河的作用能多迅速地把一個男人和一個孩子的作品給還原。

♣

最後，他們把咖啡端出門拿到船庫去喝。大家一致同意，把場景設在河邊會比室內照更有意思，所以他們必須盡量把握稍縱即逝的乾爽天氣。

他們把相機架設好後，東特就去準備第一片玻璃板。「我離開的時候，你們可以先看一下其他的軟片。上次拍的。」

赫倫娜打開木盒的蓋子，盒內鋪著毛氈。每個夾層裡都有兩片玻璃板。

「噢！」赫倫娜把第一片舉起來對著光看，說：「好奇怪喔！」

「它會讓人有點嚇一跳，對不對？」麗塔說，「明與暗是顛倒的。」她瞥著同一塊板子。「恐怕東特先生是對的，最好的照片已經在你們手上了。這一張滿模糊的。」

「親愛的，你覺得呢？」赫倫娜問，把板子傳給范恩。

他瞄向板子，看到一抹孩子的身影，又移開視線。

「你沒事吧？」麗塔問。

他點點頭。「喝太多咖啡了。」

赫倫娜從盒子裡取出第二塊板子，仔細研究。「是很模糊，不過沒有糊到讓人看不清重點。那是愛米莉雅，沒有任何疑問。」她的嗓音沒有令人不安的強調意味，也沒有因神經質而拔尖。她聽起來很鎮定，甚至很溫和。「阿姆斯壯先生心裡的疑問不會造成什麼結果的，不過律師覺得我們應該作好準備，以防萬一。」

「阿姆斯壯先生還有繼續來訪嗎？」

赫倫娜很平靜地點點頭。「有啊。」

麗塔看到范恩聽見那男人的名字時，臉上露出畏縮的表情。

不過這時候東特回來了。赫倫娜把玻璃板插回盒子裡，然後抱起孩子，露出燦爛笑容。「你要我們在哪裡拍新的照片？」

東特望向天空評估陽光，然後指著。「就在那裡。」

♣

女孩躁動掙扎，轉頭又挪腳，於是一片又一片昂貴的玻璃板只能棄置不用，因為它們不值得拿去沖洗。

正當他們快要陷入沮喪時，麗塔提了個建議。

「讓她到船上，她在水中會安分下來，而且河水很穩定。」

東特打量河流，看看它動得厲不厲害。水流很平靜。他聳聳肩，點點頭。值得一試。

他們把相機搬到河岸。赫倫娜把她從小用到大的小划艇划出來，固定在凸碼頭邊。

河流以平均的力量拉扯小船，讓繫船索繃緊。女孩跨入船中。她沒有搖晃，不需要找到平衡感。她就這麼靜靜地站在波動的河面上。

東特張嘴想叫她坐下，不過這時對攝影師意義重大的剎那突然降臨，令他改變了心意。風趕跑了遮住太陽的厚重雲層，取而代之的是一層白色薄紗，它使得陽光變柔和，也使得陰影變朦朧。作為回應，河水顏色淡化為珍珠般的光澤，而就在同一瞬間，女孩轉頭望著上游，角度恰好符合相機的要求。太完美了。

東特唰地取下鏡頭蓋，全部人都靜下來，用念力期盼太陽、風和河能保持原狀。一、二、三、四、五、六、七、八、九、十、十一、十二、十三、十四、十五。

成功了！

「有看過沖洗過程嗎？」東特問范恩，同時他給玻璃板遮好光，然後把它從相機裡抽出來。「沒有？那來看吧。你會看到暗房，還有我是怎麼把設備裝在裡頭的。」

♣

「那片雲又回來了。」赫倫娜說，她伸長脖子望向天空，而那兩個男人消失在暗房裡。「妳覺得呢？」

「再撐一會兒沒有問題。」

她們把舊的小划艇送回船庫，然後取出較大的一艘，它適合讓兩個大人和一個小孩同時乘坐。麗塔上船時使得船左右搖晃，她得設法找回平衡感。赫倫娜靈巧地跨上船，幾乎沒有改變船身在水裡的平衡，她還沒來得及轉身抱起孩子，她已經出現在她身邊，她剛才從陸地跨到水面上的姿態，彷彿這是世界上最自然的舉動。

她們坐下來，孩子坐在乘客座，後面是赫倫娜，再來是麗塔。從船搭上水流的那一刻起，麗塔就感覺到另外那個女人划槳划得多麼有力。

「愛米莉雅！坐下來！」赫倫娜笑著喊。「她堅持要站著。再這樣下去，我們得幫她弄一艘平底船或貢多拉船了！」

小女孩抬起頭專注地望著前方，她的背變得僵硬，但河面空蕩蕩的，天氣不佳，河上只有她們這一艘船；她的背又垮了下來，麗塔能感覺到她強烈的失望。「她在找什麼呢？」她把疑問說了出來。

赫倫娜聳聳肩。「她總是對河很感興趣，如果可以的話，她會在這裡待上一整天。我在她這年齡也是一樣，這是遺傳。」

這並沒有回答她的問題，倒也不是刻意的閃避問題。麗塔感覺當赫倫娜如此專注而持續地盯著那孩子，她某方面來說反而沒能真正看見她。她看見愛米莉雅，她的愛米莉雅，因為那就是她需要看見的。但這個孩子不只有那樣。麗塔她自己看著那孩子時，總會有股擁她入懷安慰她的衝動。這種本能反應令她不解，她試著用問題來把它封住。

「妳對她先前去了哪裡還是沒有頭緒嗎？」

「她回來了，這是現在唯一重要的事。」

麗塔換了一套策略。「沒有綁匪的消息？」

「什麼也沒有。」

「窗戶上的鎖——妳現在覺得安全了嗎？」

「我還是感覺有人在看。」

「妳記得我告訴妳的男人嗎？問我她會不會講話，還有醫生怎麼說的男人？」

「妳沒再見到他了吧？」

「沒有，但他對於她可能在六個月後恢復說話能力很感興趣，我忍不住要想等六個月期滿，是不是就該留神他會現身。」

「夏至。」

「沒錯。跟我說說以前照顧愛米莉雅的育兒室保姆……她後來怎麼樣了？」

「愛米莉雅回來對茹比來說是個好消息。她後來一直很難找到工作，有太多惡毒的閒話了。」

「當時別人認為茹比跟案件有關，對不對？因為她不在房子裡？」

「是啊，可是——」赫倫娜停止划槳。麗塔划得氣喘吁吁，所以她們讓河流帶著船走，赫倫娜只用一些小動作讓船身保持直向。「茹比是非常好的姑娘。她來我們家的時候才十六歲，她有很多弟弟妹妹，所以她帶小孩很有經驗。而她很愛愛米莉雅，只要看她們相處就知道了。」

「那她在出事那一晚為什麼不在家呢？」

「她無法解釋，這就是為什麼別人認為她有涉案，但他們錯了。我知道她不會傷害愛米莉雅。」

「她有追求者嗎？」

「還沒有。她跟大部分同齡的女孩懷有同樣的夢想：認識一個善良的年輕人、交往、結婚、建立自己的家庭。但那些都還是將來的事。她想要那樣的願景，而且就像頭腦清楚的女孩一樣為了那個願景在存錢，但一切都還是未來式。」

「會不會有祕密仰慕者？某個她不想讓妳知道的迷人小流氓？」

「她不是那種人。」

「告訴我事情是怎麼發生的。」

麗塔聽赫倫娜述說綁架那一夜。她回想起那些事件時，嗓音變得緊繃；每隔一會兒她會暫停——麗塔猜是為了看看孩子——而她再度開口時語氣會比較柔和，因為那出乎意料、憑空返回的孩子的存在安撫了她的不安。

她講到茹比歸來的段落時，麗塔打岔。

「所以她是從花園回來的？她怎麼解釋自己的行為？」

「說她去散步。警方把她帶進安東尼的書房，訊問她好幾小時。天氣這麼冷還出去散步？為什麼要晚上去？為什麼要在附近有水上吉普賽人活動時去？他們糾纏她、嚇唬她，她哭了，他們大吼大叫，但她還是沒有給出別的答案。她是去散步，她只有這一個答案。她毫無理由地去散步了。」

「而妳相信她？」

「我們不都偶爾會做些無釐頭的事情嗎？我們不都會打破習慣，心血來潮想做點新鮮事？我們十六歲的時候還太年輕，不了解自己是什麼樣的人——就算天黑了，女孩突然想散步，為什麼不能去？我在那個年紀隨時隨地都待在河上，不分冬天或夏天。這麼做沒什麼不對。如果茹比是個狡猾或壞心眼的女孩，情況或許不同，但她一點惡意也沒有。既然我身為愛米莉雅的母親都敢打包票了，其他人有什麼好不相信的？」

因為事情需要有個合理的解釋，麗塔心想。

「一旦警方認定是水上吉普賽人搞的鬼，他們就忘了茹比和她夜遊的事。我真希望其他人也都忘了。可憐的女孩。」

淅淅瀝瀝的雨點打亂平滑的河面，兩個女人都抬起頭。烏雲重新聚集起來了。

「我們最好回頭了吧？」

她們遲疑著，但另一陣更大的雨把她們周圍的河水鑿出坑坑洞洞，她們於是調轉船頭。

逆流而上是很吃力的。不一會兒工夫，雨勢已經不是一陣陣試探性的暴風，而是穩定而持續，麗塔感覺她的肩膀已被淋濕了。雨水從她的頭髮流到眼睛裡。她濕淋淋的手在發痛，努力集中精神跟上節奏，她知道換作更強壯的夥伴，赫倫娜會划得更快。

最後赫倫娜高呼一聲，讓她知道她們抵達目的地了。她們靠近凸碼頭，麗塔終於能騰出一隻手抹掉眼中的雨水。她又能看見東西了，而她瞥見河對岸的樹叢裡有一點動靜。

「我們被監視了。」麗塔對赫倫娜說，「現在別看，有人躲在灌木叢裡。聽著，我們這樣做……」

回到船庫裡，赫倫娜把孩子抱出船放在河岸上，然後兩人在傾盆大雨中半走半跑地去火棉膠號躲雨。麗塔帶著繩索跨回船上，拾起船槳再度出發，直接切過水流。她很累，划得不快，但只要有人想逃跑，就得放棄藏身處而被看見。

河對岸沒有適合泊船的地方，只有蘆葦叢能把船卡住。麗塔爬下船沿著河岸往上游走。她毫不在意裙襬沾上了泥巴，或是她膝蓋以下全濕了，肩膀也被雨水浸透，她只是直直走向矮樹叢。隨著她漸漸靠近，樹枝輕輕顫動——不管誰在那裡，都試圖鑽到更深處來隱藏形跡。她隔著迷宮般的樹枝往裡看，那裡有個全身濕透的人影窩成一團背對著她。

「出來吧。」她說。

人影沒有動，但弓起的背在抖動，彷彿那個人在啜泣。

「莉莉，出來吧。只是我，麗塔。」

莉莉開始一吋一吋地倒退，樹枝和棘刺勾住她的衣服和頭髮。她往外爬了一小段，把一些頭髮留在灌木叢裡，這時麗塔能夠幫她一把，伸手進去把卡在莉莉濕衣服上的刺一根一根扳開。

「天啊，天啊……」麗塔一邊梳理莉莉的頭髮一邊咕噥。她的手上全是縱橫交錯的刮痕。一根刺藤劃傷她的臉；莓果般的血珠沿著那條紅痕滲出，直到匯成深紅色的淚水滑下臉頰。

麗塔拿出乾淨的手帕，非常輕柔地按在莉莉臉上。莉莉的目光緊張地在麗塔、河以及對岸間跳躍，東特、范恩和赫倫娜在對岸的甲板上，不顧雨勢朝這裡望著。女孩在他們旁邊，她朝河面探出上身，用深邃的眼神瞪視著，她父親則拉著她的洋裝背部。

「跟我去對面吧，」麗塔誘哄地說，「我幫妳清洗傷口。」

莉莉露出驚恐表情。「我不能！」

「他們不會生氣的。」她用最和藹的語氣說，「他們本來以為是想傷害小女孩的人躲在這裡。」

「我不會傷害她！我從來不想傷害她！從來沒有！」她突然站起身，轉身跑走了。

麗塔伸手想抓她——「莉莉！」——但莉莉不願被留住。她跑到步道前，還沒有脫離聽力範圍時，扭回頭朝著河岸邊的麗塔喊道：「跟他們說我沒有惡意！」然後她就不見了。

♣

等麗塔把衣服清乾淨，並且讓她的靴子有機會晾乾時，天已經快黑了。亨利．東特提議用火棉膠號送她回家，省得她又被淋濕。他們穿過花園走向凸碼頭。遇到步道凹凸不平處，東特伸手要扶她，但她沒有接受，所以他克制自己，只是把低垂擋路的樹枝撥開。等他們兩人在船上了，他藉著月光找到去她小木屋的路。整個下午雨都斷斷續續地下，現在他們到了她家門口，大雨突然重重地落在船的屋頂上。

「等一下就會變小了，」他壓過嘈雜的雨聲說，「沒必要馬上進去，妳在到大門前就會濕透了。」

東特點起菸斗。由於塞滿各種攝影器材，這間船艙有兩個人在時就顯得侷促，她離得這麼近，時辰又這麼晚，讓他不禁意識到她的手腕和手，以及在燭光下白得發亮的喉嚨凹處。麗塔彷彿注意到自己裸著雙手般拉扯袖子，東特擔心她馬上就要決定不顧大雨進屋去了，所以想了個問題問她。

「莉莉還是認為那孩子是她妹妹嗎？」

「我想是的。牧師跟她談過了，而她不動如山。」

「不可能是真的吧。」

「對，可能性非常低。真希望我成功說服她過河，我很想和她聊一聊。」

「聊那個女孩？」

「還有她自己。」

雨勢似乎減緩了。他趕在她注意到之前又問了一個問題。

「之前騷擾妳的男人呢？妳還有再看到他嗎？」

「沒有。」

麗塔把圍巾牢牢地塞在領子裡，遮住她的喉嚨。她準備要離開了，但屋頂上的敲擊聲再度增強。她嘆口氣，那嘆氣同時也是尷尬的笑容，她的手臂重新垂放下來。

「妳介意這菸霧嗎？如果妳想，我就把菸斗熄了。」

「不，沒關係。」

他索性還是把菸斗收起來。

在接下來的沉默中，他敏感地意識到兩人身後的長椅，他們誰也沒打算坐在上頭，而那同時也是他的床。它突然間像是占了很大的空間。他點起蠟燭，清了清喉嚨。

「我們今天曝光時的光線，真是個奇蹟。」他為了驅走寂靜說。

「奇蹟？」她的眼神有揶揄意味。

「唔，不完全是奇蹟啦，如果以妳精確的標準而言。」

「那是一張很好的照片。」她表示。

他解開存放玻璃板的盒子，把玻璃板舉起來，小心不離火焰太近。搖曳的燭焰使畫面鮮活起來。麗塔跨出半步，她現在離他近得不能再近，只是恰好沒有碰觸到他，她傾向前望著玻璃板。

「兩年前的照片在哪裡？」她問。

他從盒子裡取出來，舉起來給她看。她彎下腰時，他能看到她頭髮上的雨珠。

光線太暗了，沒辦法比較兩張照片的細節，但「想要比較」這個想法讓他內心產生疑問，而且他確定她也有同樣的疑問。

「兩年前我給一個兩歲孩子拍照，今天我給一個四歲孩子拍照，但我不知道那是不是同一個孩子。麗塔，是她嗎？是愛米莉雅嗎？」

「赫倫娜認為是。」

「那范恩呢？」

「他沒那麼肯定。我一度覺得他確信那是另一個孩子，不過現在他搖擺不定。」

「那妳怎麼想？」

「兩年前的孩子和今天的孩子夠像，有可能是同一個人，但沒有像到可以百分之百確定。」

她把兩手按在沖洗檯的邊緣，靠在它旁邊。「從另一個角度來看，我是指今天的照片。」

「怎麼呢？」

「你覺得她看起來怎麼樣？我不是指清晰度和構圖，那是你平常評斷作品的標準，我是說女孩本身。她怎麼樣？」

他打量照片，但燭光讓人難以解讀小女孩的表情。「期待？不算是。也不是希望。」

他轉朝麗塔等她說明。

「她很悲傷，東特。」

「悲傷？」他再次看著照片，而她繼續說。

「她總是望向河的上游和下游，在尋找什麼。那是她渴求的東西。她每天都期望看到它，而日復一日它都沒有來，不過她仍然在等、仍然在望、仍然在盼，但她的希望每天都減損一點。現在她已是不抱希望在等待了。」

他仔細看。她說得對。「她在等什麼呢？」

突然間，他知道自己問題的答案了。「她爸爸。」他說，而同時麗塔也張開嘴說：「她媽媽。」

「這麼說來她畢竟是羅賓．阿姆斯壯的孩子？」

麗塔皺眉。「根據赫倫娜的說法，她對他很冷淡，不過如果她很久沒見到他了——他在天鵝酒館也承認是這樣——那她不會記得他。」

「所以她肯定是他的孩子。」

麗塔頓了一下，皺眉。

「東特，羅賓．阿姆斯壯不是表面上看起來的那樣。」他看出她在衡量要告訴他多少。她有了結論。「他在天鵝酒館昏倒的事是裝的，他的脈搏太穩定了。他從頭到尾都是在演戲。」

「為什麼？」

她露出凝重而渴求的表情，每當她無法弄清楚什麼事，她就會有這種表情。「我不知道。但那個年輕人表裡不一。」

雨聲變慢了。她拾起一只手套戴上，伸手要拿另一只時，發現它被東特握在手裡。

「我什麼時候能再給妳拍照？」

「你除了給一個鄉下護士拍照以外，就沒有更好的事情可做了嗎？你現在應該早就拍夠了吧。」

「還差得遠呢。」

「我的手套？」她不容許自己被引導而開始打情罵俏，哪怕只是以一只手套為媒介。調情一點好處也沒有。她拒絕玩話裡有話的遊戲，對男人的獻殷勤也嗤之以鼻。她唯一認同的相處之道就是直來直往。

他交出手套，她轉身準備離去。

「我看見妳和女孩相處時……」

她停住，他看見她的背變僵硬。

「我好奇的是，妳有沒有想過要……」

「生個孩子？」她的語氣帶有某種情緒，彷彿開啟了希望之門。

她轉身，與他面對面。「我已經三十五歲了，老到生不出來了。」

好大一盆冷水。

在接下來的靜默中，顯然雨一定不知什麼時候停了，因為他們聽到雨聲再起，輕柔的滴滴答答。

麗塔驚呼一聲，把她的圍巾重新塞好。他小心翼翼地繞過她把門打開，這是一支舞，兩名舞者都誇張地斜著身體避開對方。

「我可以送妳到門口嗎？」

「才幾碼遠而已，你待在乾的地方吧。」

說完她就走了。

三十五歲，他心想。夠年輕了。她的語氣是不是有一絲猶豫？他重播兩人對話的記憶，試著捕捉每個音調變化，但他的聽覺記憶比不上視覺記憶，他不想讓自己沉溺在虛假的希望和一廂情願裡。

他在她出去後關上門，整個人靠在門上。女人想要有孩子是天經地義的，不是嗎？他的姊妹們有小孩，而他的妻子蜜瑞兒也很失望沒能當媽媽。

他拿起裝玻璃板的套子，在把板子放回去之前，再看了一眼今天的軟片。那孩子的目光穿出玻璃，嚮往地看向上游。在找她爸爸嗎？對，他能說服自己。有很長一段時間，他嚮往地回看著她，然後他把玻璃板放回盒子裡蓋好，用指節按壓閉上的眼睛，想把那股渴望揉散。

茶壺裡的精靈

水位已接近第一根柱子的頂端了，下了這麼多雨，莉莉早就預期水位會變高。每年都這樣，大雨會下個一天或幾天或一星期。這讓她戰戰兢兢。不過並沒有湍急的水流和不懷好意的逗留，河水沒有嘶鳴或怒吼或惡毒地朝她的裙襬噴水。它穩穩地流著，全神貫注在它自己平靜的任務中，對莉莉與她的事沒有半點興趣。

牧師會怎麼說？莉莉把飼料倒進槽中，當她把水桶放在地上時，心想她乾脆也一起坐在地上好了。愛恩回來的那一天，她曠職一天沒去工作，她擔心牧師可能會炒她魷魚，那並不是很久以前的事。後來又有一天很可怕，他想知道她幾歲，還有她最後一次見到媽媽是什麼時候。在那之後，她清理了沉重家具後頭的踢腳板，到從來沒人使用的客房把窗簾的灰拍出來，沖洗廁所牆壁，擦拭蜘蛛喜歡在角落做窩的廚房餐桌底下，但沒有任何事能讓她定下神來，一連好幾個星期四，她都因為領薪水時沒有被順便開除而鬆了口氣。現在更糟了。她躲在范恩家船庫對面的灌木叢裡的事，會不會傳到牧師耳裡？

「該怎麼辦？」她大嘆一口氣，放下水桶，公豬開始用鼻子翻找最好的食物。「我不知道啦。」母豬豎起耳朵。即使心煩意亂，莉莉還是微微牽動嘴角。

「真耍寶——妳看起來簡直就像在聽我說話呢！」

母豬身上掠過一陣顫慄。一開始是牠的鼻孔抖動，然後牠身上每一根薑黃色毛髮都像被微風吹拂，沿著脊椎波動蔓延，最後是捲尾巴抽搐了一下。當這波顫慄走完全程，母豬直挺挺地站著，彷佛準備好迎接什麼事。

莉莉瞪著牠。她注意到長久以來籠罩母豬眼睛的呆滯不見了，現在那雙瞳孔很大的小眼睛亮晶晶的。

接著莉莉身上也起了某種變化。她感覺自己的目光從看著母豬的眼睛轉變為看「進」牠的眼睛，而她看見——

「噢！」她喊道，她的心臟突然狂跳，因為看著某個東西，發現那裡頭有另一個活生生的靈魂在回望是一種很驚人的感覺。若是她的茶壺裡有精靈對她說話，或是燈罩朝她低頭致意，她也不會更驚訝。

「真是想不到！」她驚呼，並喘了幾口氣。

母豬躁動地挪移牠的蹄子，發出一種也表示激動的呼吸聲。

「怎麼了？妳要什麼？」

母豬靜止下來，沒有轉移牠的目光，而是帶著強烈的喜悅盯著莉莉。

「妳要我跟妳說話？是這樣嗎？」

她撓了撓母豬的耳朵，母豬發出輕柔的呼嚕聲，莉莉知道那代表滿足。

「妳很寂寞是不是？是悲傷讓妳眼神呆滯嗎？我猜牠不算什麼好的同伴，惡劣的畜生。他們男人都不是好東西，懷特先生不是好東西，把妳帶來的維克多不是好東西，他爸爸也不是好東西。他們都不是好東西。唔，牧師還不錯啦……」

她對著母豬絮絮叨叨說著牧師的事，說他多親切多善良，她在說的同時，又想起自己的煩惱。

「我不知道該怎麼辦。」她輕聲承認，「他們之中總有一個人會去跟他說的。不是那個攝影師，我從沒在教堂裡見過他，不過范恩夫婦或護士會講。我沒做任何壞事，可是看起來我在做壞事……就算他們還沒說什麼，也要不了多久就會說了。我該怎麼辦？要是我得離開牧師公館……」

一滴眼淚從她眼裡落下，她停止撓母豬，抬起手抹眼淚。

母豬同情地眨著眼睛。

「我自己去跟他說？唔，也許……我想他如果先聽我說過，確實會比較好。我可以解釋，告訴他我沒有惡意。對，就這麼辦。」

對著豬講話是不是很蠢？當然——不過沒人聽到，再說豬的主意很好，說她應該主動告訴牧師。莉莉用袖子把臉擦乾。

她站在那又撓了母豬耳朵一會兒，然後對牠說：「去吃點東西吧，不然牠一點都不會留給妳。」她等到看見母豬把鼻子塞進飼料槽，才收起水桶，把維克多的錢從木柴移到木屋裡的藏匿處，然後去上班。

她往上游走，由於多虧母豬讓她想到的主意，她生出一股新的自信，因而沒有一直盯著河面，反而注意到明亮的天空。她經過范恩家的花園時沒有逗留，只是短暫地朝對岸瞥了一眼，看到屋外沒有半個人影。看見她先前躲藏的那一叢接骨木和刺藤讓她的情緒低迷了一陣，但她靠著在心裡去探望愛恩而重新打起精神。在那裡，在范恩家安全的房子裡，她妹妹過著莉莉從未體驗過的生活。那是舒適而富裕的生活，莉莉只能靠猜想。她看到很大的壁爐裡生著火，籃子裡堆著滿滿的木柴，桌上擺著好幾盤熱騰騰的食物，夠讓所有人吃飽還有得剩下。在另一個房間裡有張床，真正的床，有柔軟的床墊和兩床溫暖的毛毯。這幾個月來，她一直在修飾她對愛恩在巴斯考小屋的生活的想像，不過現在開始有了春意，她想到一個新點子。范恩夫婦有沒有想到給愛恩一隻小狗？

米格魯對她會很溫柔很有耐性，但可卡犬有絲滑的漂亮耳朵，她相信愛恩會喜歡摸可卡犬的耳朵。還是㹴犬？小小的㹴犬寶寶很逗趣。她把各種幼犬一字排開，最後是尾巴擄獲她的心：㹴犬一定最會搖尾巴了，就決定是㹴犬吧。她在愛恩的毛毯和木柴籃和鋪毛靴子之外添加一隻小狗，這新的細節令她喜不自勝。一個歡快的小同伴，一邊追逐叼回愛恩丟的紅球，一邊發出開心的叫聲，之後在她的腿上睡著了。莉莉本人也闖入了這些幻想，她是一個看不見的影子，在愛恩彎腰聞花時把胡蜂趕跑，小紅球滾進樹叢時，她撥開有刺的枝條，火星濺到壁爐邊的地毯上時，她沾水把它撲滅。她擋開所有危機，管理所有風險，保護她遠離所有傷害。愛恩住在范恩家時，沒有任何事能傷害她，因為莉莉遠遠地守護著她：那孩子的生活裡只有舒適、安全和喜悅。

♣

「請進！啊！懷特太太！」

她的名字被他的嗓音唸出來像是一句祝福，給了她勇氣。她把茶盤放在他書桌上。「要我幫你倒一杯茶嗎？」

「不用了，」他心不在焉地嘟噥，頭都沒抬，「我自己來。」

「牧師……」

他用筆尖抵著紙張，在頁緣多添了幾個字，她再度讚嘆他寫字的速度。

「嗯，什麼事？」

他抬起頭，她感覺喉嚨收緊。

「我昨天沿著河走回家時……剛好停下來。停在巴斯考小屋的花園沿著斜坡連到河岸的正對面。范恩太太帶著愛恩在划船。」

牧師皺起眉頭。「懷特太太——」

「我沒有惡意，」她急急地說下去，「可是她們發現我在看——愛恩和范恩太太下船後，護士划船過來我待的地方——」

「懷特太太，妳受傷了嗎？」

「沒有！應該說，只是刮傷，是河岸邊的刺藤，就這樣而已……」

她撥弄頭髮，好像還來得及遮住罪證。

「我不是有意要過去的，」她又說，「我回家的路上剛好經過那裡，我不是專門跑去什麼的——而且看一看感覺沒什麼不可以。我沒有碰她，我沒有靠近，我根本是在河的另一邊，她從來就沒有看見我。」

「要說有任何人受到傷害，懷特太太，那個人似乎就是妳。我會告訴范恩夫婦妳昨天看著愛米莉雅時沒有惡意。她的名字是愛米莉雅，懷特太太，妳應該知道吧？妳剛才說成愛恩了。」

莉莉沒回話。

牧師的語氣和表情都極度和藹地說：「我相信沒有人擔心妳想傷害她。可是想想范恩夫婦吧，想想他們經歷了什麼苦難。他們已經失去過她一回了。有個不是家人的人密切注意著那孩子，對他們來說可能是種壓力。即使她——或許——長得很像妳名叫愛恩的妹妹。」

她還是沒答腔。

「好了，懷特太太，也許今天這個話題我們已經談夠了。」

面談暫時結束了。她悄悄朝門移動。到了門口，她怯怯地轉回身。

牧師已經繼續寫他的文件，茶杯正要往嘴巴送。

「牧師？」她的音量只比悄悄話大不了多少，就像孩子以為小聲說話可以避免打擾正專注於重要工作的大人。

「嗯？」

「她有小狗嗎？」

他一臉困惑。

「范恩家的小女孩——他們喊她作愛米莉雅，她有沒有小狗可以一起玩？」

「我不知道，這我不清楚。」

「我只是覺得她會想要一隻小狗。一隻小㹴犬。等你見到范恩先生，你跟他說我不會再從河對岸偷看的時候，也許可以問問他？」

牧師無言以對。

第三部

最長的白晝

夏天裡，雷德考的天鵝酒館是你想像得到最雅致的一個地方。由酒館傾斜而下的河岸綠草如茵，河流慷慨地滿足人類的休閒與娛樂。這裡有小帆船和雙槳船可供租借，有平底船載客去釣魚或遊覽。瑪歌把桌子搬到戶外的朝陽下，要是到了中午感覺太熱，也可以在濃密的樹蔭下鋪上野餐毯。她把女兒找來幫忙，一次三個人，於是天鵝酒館到處都是小瑪歌，她們在廚房忙碌，倒酒，用托盤端著食物、檸檬水和蘋果酒跑進跑出。她們永遠笑臉迎人，永遠不喊累。你可以很中肯地說，很少有什麼地方比夏天的天鵝酒館更有田園之美。

今年不一樣，是因為天氣。春雨下得很規律，量也很適中，農夫們都很開心，預估今年會豐收。過了幾週進入夏天，大夥兒盼著該出太陽了，雨還是繼續下，愈來愈頻繁，也愈來愈持久。觀光船業者在毛毛雨中樂觀地出發，把希望寄託在稍晚會放晴上頭，但雨一如往常沒有歇止的意思，他們只好早早收工回家。有四次或五次，瑪歌看過天色後把桌子搬出去，不過十之八九她又得出去把桌子搬進屋，夏廳也空空的沒有客人。「幸好我們過了個生意興隆的冬天。」她作出結論，回想起為了聽死而復生的女孩的故事而擠滿房間的人潮。「要不然我們可要撐得很辛苦了。」其中兩個小瑪歌被遣回家照顧老公小孩，她只跟一個女兒再加上強納森幫忙，就足以應付工作量。

喬身體狀況不太好，懸浮在河岸邊濕黏溫熱的夏霧，對他的肺沒有幫助。他通常都仰賴這個時節讓肺變乾燥，不過今年季節的轉換沒怎麼幫上他的忙，於是他跟冬天時一樣頻繁地發病，只能安靜而蒼白地坐在壁爐邊，其他常客則在他周圍喝酒聊天。

「別擔心我，」但凡有人關切他都如此回應，「我沒事。我在想故事。」

「我想，到了夏至的時候就會好一些了。」瑪歌說。

傳統上來說，夏至這天會舉行夏季市集，今年這個日子也是歐文．歐布萊特和他的管家柏莎的大喜之日。早上有婚禮早餐，下午逛市集的人也一定會想解解渴，因此瑪歌預期那會是忙碌的一天。剛開始，她的樂觀似乎有點一廂情願，不過到了六月的第三週，事情確實有了好轉的跡象。首先大家覺得大雨好像變少了，然後可以確定真的變少了。灰色的天空出現一塊塊藍色，而且沒有一下子就消失，連續兩天下午地都是乾的。隨著最長的白晝漸漸臨近，空氣裡瀰漫著期待的氛圍。

♣

夏至日到了——太陽高掛天空。

「事實上，」亨利．東特一邊在教堂外架設相機準備拍婚禮照，一邊心想，「光線太亮了。我得挪到這裡拍，稍微遮遮強光。」

婚禮賓客湧出教堂。牧師已經切換成夏天版的他了：今天早晨他打開窗戶，上半身赤裸地站著，感覺太陽曬在他白皙的胸膛和蒼白的臉上，口中唸唸有詞：「榮光，榮光，榮光！」這件事只有他知道，但每個人都看見他充滿活力的笑容，走下階梯時很開心地接受他強而有力的握手。

東特要歐文和他的新婚妻子站在恰到好處的地點，並且指揮歐布萊特太太用手勾著歐布萊特先生的手臂。老是忘記要叫他老婆柏莎而不是康納太太的歐文知道拍肖像照是怎麼一回事；他在好些年前拍過一次。柏莎看過很多照片，她也知道該怎麼做。這對新人直挺挺地站著，把嚴肅而傲然的臉轉朝相機。就連歐文在天鵝酒館的酒友發出的揶揄都撼動不了他們凝重的表情，於是他們新婚的莊嚴被陽光轉移到玻璃上，它會在他們不在人世後還保存在玻璃上很久很久。

拍完之後，參加婚禮的人聚在一起，沿著河岸散步。「瞧瞧這天氣！」他們邊走邊說，抬頭望著清澈的藍天。「多好的天氣！」這支歡快的隊伍來到雷德考的天鵝酒館，瑪歌在沿著河岸排列的桌上布置了鮮花，小瑪歌們帶著一壺壺冰涼飲料在等待，那些壺口上都蓋著鑲有珠子的布。

六個月前的紛紛擾擾現在感覺已十分遙遠，因為在夏天裡，冬天的事總讓人覺得像你夢到或輾轉聽來的，而不是你的親身經歷。出乎意料的陽光讓他們皮膚酥麻，他們感覺脖子後頭有汗，起雞皮疙瘩突然間成了無法想像的生理反應。然而，夏天最長的白晝和冬天最長的夜晚是雙生兄弟，既然如此，夏至無可避免地讓人回憶起冬至；就算有人沒聯想到這兩個日子的關聯，歐文本人也會提醒他們。

「六個月前，」他告訴婚禮賓客，「我決定娶柏莎當老婆。你們都知道天鵝酒館這裡發生的奇蹟——小愛米莉雅．范恩獲救，她被人發現時死了，後來又活了——而這奇蹟給了我靈感，我好像變成一個新的人，因而向我的管家求婚，而柏莎也很給面子地答應了……」

致詞完畢後，大夥兒重拾女孩的話題。一度在黑暗和寒冷中發生在這片河岸上的事件，如今在蔚藍的天空下重新述說，或許是陽光製造的效果，不過故事中比較陰暗的元素被掃除，大家津津樂道的是更單純的敘事版本。一個被綁架的小女孩被歸還給她的父母，讓她和范恩夫婦以及周圍的所有人都很開心。錯誤被糾正了，家庭又圓滿了。其中一個挖碎石的工人的姨婆試著主張她在河岸邊見過那孩子，而那女孩沒有倒影，不過眾人要她噤聲；今天沒人想聽鬼故事。酒杯被重新斟滿蘋果酒，一個個難以分辨的小瑪歌接連端出火腿、乳酪和櫻桃蘿蔔，婚禮賓客有足夠的歡樂來掩蓋所有疑慮和陰暗。六個月前，一個神奇的故事亂七八糟地闖進天鵝酒館；今日這個故事被整理熨平，沒有一絲皺褶地收起來。

歐布萊特先生親吻歐布萊特太太，她臉紅得像櫻桃蘿蔔，正午一到，全部人準時站起來，到市集去繼續他們的慶祝活動。

♣

在雷德考用樹籬整齊劃分的田野之間有一塊畸零地，它被當作公共空間來使用。今天這塊地布滿各種形式各種大小的攤位。有些看起來很專業，還有遮雨篷來保護商品免於曝曬；其他的不過是一塊防水布，往地上一鋪就把東西擱在上頭。有些東西很實用——水壺、碗、大杯子；布料；刀子和工具；皮革容器——但也有同樣多無用的小東西，專門設計來挑起人們的購買欲。這類東西包括緞帶、甜食、小貓、五花八門的小飾品。有些賣家把商品裝在籃子裡，四處閒晃，每個人都聲稱自己的商品貨真價實，並警告其他騙子賣的是昂貴的假貨，等那奸商一收拾好攤位走得不見人影，他賣的爛貨就會馬上壞掉。這裡有風笛手和鼓手和一人樂隊，逛市集的人時不時會進入演奏範圍，聽到情歌、酒歌以及講述失去與辛酸的傷感歌曲。有時候他們同時聽得見兩首曲子，音符在他們耳朵裡碰撞打滾。

范恩先生和太太從巴斯考小屋沿著河邊走到今天的活動場地。他們各牽著孩子一隻手，讓她在他們中間蹦蹦跳跳。赫倫娜有一點心煩意亂——范恩猜想她是在失望，因為醫生預測女孩的說話能力會恢復，結果卻不如她所期盼的——然而比起她的情緒，實際上他的情緒更加讓今天蒙上一層陰影。

「妳確定要這麼做嗎？」安東尼．范恩問妻子。

「為什麼不確定？」

「她安全嗎？」

「現在我們知道只是莉莉‧懷特在看我們——她是個無害的可憐人——還有什麼好擔心的？」

范恩皺起眉頭。「可是那個找上麗塔的男人……」

「那是幾個月前的事了。不管他是誰，有這麼多認識我們的人在周圍，他總不可能亂來。我們自家的農夫和僕人都在這裡，還有天鵝酒館的人。他們不會讓任何人動她一根頭髮的。」

「妳真的要讓她曝露在指指點點和閒言閒語中嗎？」

「親愛的，我們不可能永遠讓她與世隔絕。這裡有那麼多能把孩子逗樂的事物，她會愛極了賽船，把她關在家裡太殘忍了。」

從這孩子來了以後，生活變得美好太多。赫倫娜的喜悅讓他如釋重負，他自己的心也跟著漲滿幸福。他們重新點燃的愛火是那麼近似於新婚之時，他甚至可能忘卻曾經冰冷而絕望的漫漫長日。他們為了活在愉悅與快樂中而埋葬了過去。然而現在他們新發現的美滿婚姻漸漸失去了新鮮感，他無法再欺騙自己，假裝這種美滿是建立在穩固的基礎上。在他們之間蹦蹦跳跳的孩子，沉默而高深莫測，有著顏色難以歸類的頭髮和變化萬千的眼睛，她對他們的幸福來說既是來源也是威脅。

白天范恩有事要忙，比較能夠分散自己的注意力，不會永無盡頭地在死胡同裡打轉，但是到了晚上，他的失眠又找上他了。同一個夢的不同版本反覆纏擾他。在這個夢裡，他走在戶外——森林、沙灘、田野、山洞，每次都是不同的地貌——尋找某個東西。然後，他進入一片空地，或是繞過一棵樹，或是來到拱門狀的構造前，就會看到她，他女兒在等他，好像她一直都在那裡，只是在等爸爸來找她。她朝他舉起雙臂，喊道「爸爸！」，而他奔過去抓住她，把她抱進懷裡，他的心滿溢著感激與愛——接著他就醒來，沉重地醒悟到那不是愛米莉雅。那是那個女孩。那個調換兒入侵他的夢境，把她的面孔貼附在他對自己失去的女兒的記憶上。

赫倫娜本人對他們的幸福有多脆弱毫無所察；憂慮的壓力由他獨自扛起。這使他和妻子之間有了距離，而她還沒有感覺到。她深信這孩子就是愛米莉雅，而他也已被說服，她在這種信念中建立起強烈的安全感，就跟有護城河的城堡一樣可靠。唯有他知道這城堡只是紙糊的。

當他自己的夢示範給他看，要把那孩子的臉放在愛米莉雅的肩膀上有多麼簡單時，他也有點心動，想要和赫倫娜一樣確信。有時候這麼做看起來是那麼明顯而容易的事，他都要為自己固執地抗拒感到愧疚了。他已經在妻子面前喊那女孩愛米莉雅，革命已完成超過一半。可是他總是卡在另外那件事上，那項事實。在那底下藏著一個小女孩，他甚至想不起她的長相，但他不能——不願——忘了她。

還有另一件事。他夜裡躺在床上時，不管醒著或睡著，當他在幻想的地景中永無休止地找他的女兒，並一次又一次地找到那個小小入侵者，有時候還會有另外一張臉進入他的視線，重重壓迫他的心。羅賓．阿姆斯壯。屈服於快樂，容許那女孩在他心裡腦子裡取代他的女兒，一如她在他家裡取代她，就當這種想法是可行的好了，可是這麼做等於奪走另一個男人的孩子。范恩希望赫倫娜快樂，然而萬一她的快樂是用另一個男人的痛苦為代價換來的，他們自己也才剛脫離那種失去孩子的痛苦，這樣可以嗎？儘管有那女孩，儘管有愛米莉雅，但夜夜煩擾范恩、讓他在床上變成石頭的人，是羅賓．阿姆斯壯。

他們來到市集外緣，人潮出現在眼前。他注意到幾個人不經意瞥見他們，再看一眼，然後交頭接耳、指指點點。農夫們的妻子把花塞進孩子手裡，很多人拍拍她的頭，小小孩跑過來親她一口。

「我不確定來這裡是對的。」范恩溫和地說，因為有個粗壯的挖碎石工人單膝跪在她腳邊，用小提琴為她奏了一小段曲子，然後嚴肅地伸出食指擱在她臉頰上。

赫倫娜懊惱地嘆了一口氣，和平常鎮定的她很不一樣。「都是那個愚蠢的傳言。他們認為她能施展奇蹟——給他們保護之類的。那只是可笑的迷信，過一段時間就沒事了。總之，賽船兩點鐘開始，你如果不想的話不需要待在這裡，我們要看賽船。」她堅定地告訴他。然後她對孩子說：「走吧。」

他感覺小手脫離他的手。赫倫娜轉身離去時，他的腿沒有立刻跟上去，就在那一猶豫間，他底下的一個農夫停下來找他說話。等他好不容易脫身，他的妻子和女孩已經不見蹤影。

范恩繞過場地寬廣的核心地帶，因為那裡人群移動緩慢。他穿過遮雨篷和有蓋布的攤位，努力尋找。不管他往哪兒走，他都刻意忽略賣家的呼喚。他不要買紅寶石戒指給他的心上人。他揮手拒絕椰子球、治痛風和消化不良的藥、摺疊刀（十之八九是偷來的）、讓男人散發無敵魅力的符咒，還有鉛筆。那些鉛筆看起來還不錯，換作別天他可能會買幾枝，但他的頭開始痛了，他覺得口渴。他可以在某個飲料攤停一下，但它們都要排隊，而他寧可先找到妻子和女孩。他繼續在人堆中推進，進度遲緩。為什麼偏偏是今天，在這麼多人聚在一起時，太陽要如此熱辣辣？人群密度增加到整個停滯下來，他不得不跟著駐足，接著他找到一條緩行的動線，又開始龜速前進。他感覺額上全是汗。他的眼睛開始被鹽分刺痛。她們到底在哪裡？

陽光直射他眼睛，他覺得頭暈。他只昏眩了一下子，但他還沒來得及恢復知覺，一隻手落在他手臂上。

「先生，要算命嗎？往這裡走。」

他試著甩開那隻手，但他動作很費勁，感覺有點像在水裡游泳。「不要。」他說，不過或許他只是在心裡想，因為他沒聽見自己說出口。結果一條布幕被隱形的力量拉開，他有感覺到但幾乎沒看見的手把他拉了進去。他踩著沉重的腳步跌跌撞撞進入黑暗。

「請坐。」算命師衣服的布料和帳篷俗麗的內部太像了，可謂融為一體，而她的臉也蒙著面紗。

一張椅子被擺在他身後，往他的膝窩一頂，使他別無選擇只能坐下。他轉頭去看是誰放的椅子。他沒看見任何人，但花俏的布幕絲綢隆起一塊，尺寸和形狀像是一個肩膀。有人躲在那後頭，準備好阻攔沒有為英俊的陌生人或遠渡重洋的旅行付錢就想開溜的顧客。

他只想來一杯冰涼的飲料。

「聽著。」他邊說邊站起身。但他一頭撞上帳篷低矮的交叉支撐條，頓時眼冒金星，他感覺那女人用你無法想像那麼小的手會有的勁道抓住他的手腕，同時後方也有人對他雙肩施壓，強迫他坐回椅子上。

「讓我幫你看一下手相。」女人說。她的嗓音尖細而不文雅，他聽出其中有種奇怪的音質，但沒有馬上把注意力放在它上頭。

他屈服了。也許忍耐一下會比跟他們拉拉扯扯更快讓他脫身。

「你的人生有個幸運的開頭，」她開始說，「好運和才能就是你的教父和教母。而你後來也一路順遂。我看見一個女人。」她細細檢視他的掌心，「一個女人……」

康斯坦汀太太浮現在他腦中。她的手法高明多了！他想起她飄著茉莉香的房間，她平靜安詳的面孔，她素淨的洋裝和潔白的衣領，她那會呼嚕的貓。他渴望回到那房間，可惜他人在這裡。

「金髮還是黑髮？」他假裝愉快地問。

算命師不理會他的評語。「一個快樂的女人，最近不快樂。還有一個孩子。」

他懊惱地叫出來。「妳知道我是誰，也不是什麼奇怪的事。」他暴躁地說，「這真的太無禮了。聽著，我會付妳一點鐘點費，咱們就別再浪費時間了。」他試著把手抽回來拿錢包。

算命師只是把他抓得更緊，他不禁讚嘆這女人的力氣真大。「我看到一個孩子，」她說，「不是你的孩子。」

范恩僵住了。

「瞧，你現在哪也不去了，對吧？」她鬆開他的手，不再假裝替他看手相。她的口吻得意洋洋，他突然醒悟到她嗓音的古怪之處以及她的手勁代表什麼意義。這根本不是個女人。

「這下我引起你的注意力了吧？你家裡那個孩子——讓你的貴婦老婆超開心的孩子——並不是你的孩子。」

「你怎麼知道的？」

「你不用管。重點是，我可以拿同樣的問題來問你：你怎麼知道的？可是注意喔，我並沒有問你。我為什麼不問你？很簡單，因為我不需要問。因為我早就知道答案了。」

范恩感覺自己在飄移，知道沒有東西可以讓他攀附，只好任由冰冷的暗流拉著他跑。

「你想要什麼？」他的聲音很無力，聽起來很遙遠。

「你是說算命嗎？什麼也不要。我太誠實了，不會為了告訴一個人他本來就知道的事情而收費。不過你老婆呢？她會想聽聽自己的命運嗎？」

「不！」范恩大叫。

「我想也是。」

「你要什麼？多少？」

「天啊，你真的很急。你做所有事都這麼趕嗎？不，我們來從長計議吧。搞清楚真正重要的事是什麼。譬如說今天下午會發生的事……」

「什麼事？」

「假設會有事……我給你個建議——這是免費奉送的喔，范恩先生——我建議你別蹚混水，不要下去攪和。」

「你打算做什麼？」

「我？」對方的語氣無辜而受傷，「我什麼也不會做，范恩先生。你也一樣，如果你希望你老婆不知道我們的小祕密。」

帳篷裡突然感覺沒有空氣。

「晚點我們會有時間來談妥條件的細節，」戴著面紗的男人說，語氣表明對話已結束，「我會保持聯絡。」

范恩起身，迫切需要喘口氣，這次他出去時沒有遭到任何阻礙。

回到開放空間後，范恩激動地走著，沒在注意自己往哪裡走。他的思緒亂成一團，他甚至無法把一個想法跟另一個想法並列來看，更別說能推導出任何結論了。他只隱約看見周圍的人群。可是接著樂手和叫賣者都安靜下來，對話都停止了。即使范恩身陷腦內風暴，也不禁察覺有什麼狀況發生了。他重新張開眼睛看向外在世界，意識到所有人都停止漫無目標的閒晃，而是呆立原地。每個人都看著同一個方向。

有個女人慌亂地在尖叫。「走開！別過來！」

是赫倫娜。

范恩狂奔。

另一方面，阿姆斯壯一家也決定來逛市集。羅伯．阿姆斯壯看起來異常地興高采烈，帶著貝絲和七個孩子中的六個一起走著。他的口袋裡裝著羅賓寄的信。這是一封懺悔信，羅賓在信中乞求原諒。他為了自己想打父親而道歉十幾次，他承諾會彌補過錯。他強烈地表示自己想改過自新，會戒賭戒酒，遠離綠龍酒館的狐朋狗友。他會來市集和他們見面，讓他父親看看他的悔意有多誠懇。

「他沒提到愛麗絲。」貝絲越過他的肩頭讀信，皺著眉說。

「他有心改正那麼多事，那孩子的問題勢必也會一併處理的。」她丈夫回答。

阿姆斯壯鶴立雞群地掃視人堆，尋找他的長子。他們還沒找到他，但他很可能已經在現場，在人潮中找他們；他們遲早會遇到他。

阿姆斯壯買了刀子送半大不小的兒子們，緞帶髮飾和胸針送較大的女兒，年紀小的則送他們橡木雕刻的小動物：乳牛、綿羊、豬。他們吃了熱豬肉餡餅，雖然肉質完全比不上阿姆斯壯自家的豬，在戶外烹調還是賦予它一股好滋味。

阿姆斯壯把妻小留在一人樂隊那裡，讓他們隨著音樂拍手，他自己則晃到攝影師的攤位，發現麗塔在那裡。她總是會參加夏至市集，處理昆蟲咬傷、中暑以及喝茫的人，不過在等著有人需要她時，她通常會在最受歡迎的其中一個攤位幫忙，盡可能讓更多人看到她，知道需要時可以到哪裡找她。今天她在幫忙管理排隊等著在小隔間裡照人像照的顧客，並且在東特的記事本裡記下之後預約拍照的紀錄。

「那位應該就是亨利．東特先生吧？」他問她，「比起我上次看到他，他似乎好多了。」

「他痊癒了，不過鬍子底下還有條疤。你是阿姆斯壯先生吧？」

「對。」

阿姆斯壯瀏覽著要出售的照片：河景、船隊、地方教會，以及漂亮的風景。他表明有興趣拍一張家庭照。

「如果你想的話，今天就可以拍了。我把你加到名單上，再告訴你什麼時間過來。」

他遺憾地搖搖頭。「我的長子還沒到，而且我想要大家在家裡，在農場照。」

「那麼東特先生可以到府服務，他會有時間拍一系列照片，包括室內和戶外。我來查一下記事本，看看約哪天比較合適。」

她在說話的時候，阿姆斯壯掃視一面照片牆，都是過去舉辦過的市集集錦。莫里斯舞者、划船隊、叫賣小販、拔河巨人……

他們開始討論日期，但阿姆斯壯突然「噢！」了一聲打斷自己，使得麗塔趕緊抬頭看。

他滿臉震驚地盯著其中一張照片。

「阿姆斯壯先生，你沒事吧？」

他對她充耳不聞。

「阿姆斯壯先生？」

她讓他坐進她的椅子，然後把一杯水塞到他手裡。

「我沒事！我沒事！這張照片是在哪裡拍的？多久以前拍的？」

麗塔看了一下索引編號，然後查閱東特的紀錄簿。

「在萊奇萊德的市集，三年前。」

「是誰照的？東特先生本人嗎？」

「對。」

「我得請教他一些事。」

「他現在在他船上的暗房裡，不能受到打擾——光線會毀了他正在沖洗的照片。」

「那我先買下這張照片，晚點再回來找他談。」

他把銅板塞到麗塔手裡，沒等她把他買的照片包裝起來，就用雙手緊抓著照片匆匆離開。

阿姆斯壯的目光離不開照片，但在差點被一座帳篷的拉索絆倒後，他意識到自己必須先把照片收起來，專心去找他的妻子和孩子。他收起相框，深吸一口氣，朝四周張望。結果看到當天第二個意外。

他原本希望在某座帳篷看到貝絲，結果從帳篷裡走出來的不是他妻子，而是伊維斯太太——羅賓的太太在裡頭了結生命的「壞房子」的房東。他先是看到她的側面：她那銳利的鼻子讓人一眼就認出來。她度完假回來了！他敢發誓她也看到他了，因為她的臉朝他轉過來，而且他好像看到她迅速瞥了他一眼。可是顯然她沒看見他，因為雖然他喊了她的名字，她還是轉身一扭一扭地走開了。

阿姆斯壯一邊閃避擋他去路的閒晃遊客，一邊快步追隨她。有一段時間，他在人群中穩定地拉近距離。他一度幾乎近到可以伸手拍她的肩膀，但是有個六角手風琴咻地一聲拉開來，等他成功繞過它，她已經不見蹤影。他左顧右盼搜尋任何可能的對象，在攤位和桌子之間張望，結果訝異地發現他很快又找到她了。他走到市集中的一處十字路口，看到她站著不動，四處巡視，好像在等人。他舉起手臂要跟她打招呼，但她眼睛一轉到他的方向，她又走掉了。

正當他快要放棄時，前方突然變得極度安靜。沒人動一下。接著一聲呼喊撕裂空氣——女人的嗓音，慌亂地叫道：「走開！別過來！」

阿姆斯壯跑向前。

♣

范恩來到人群聚集處，必須硬擠過去。當他突破到中心，他發現赫倫娜雙膝跪地，裙子被許多雙腳踩上了泥巴。她哭得像個瘋婆子。一個長著尖尖長鼻子和蒼白寬嘴唇的高眺黑髮女人站在她旁邊，不知怎地把赫倫娜和孩子隔開了，而赫倫娜正激烈地在滑溜的泥巴裡掙扎，想繞過那女人的寬裙子，用雙手摸到小女孩。

「我不知道啊，」女人沒有特定對著誰解釋道，「我只是想展現友善，那有什麼錯？我只不過說了一句：『哈囉，愛麗絲。』瞧這鬧成什麼樣子了。」她嗓門很大——或許稍微比必要的程度更大聲一點。她注意到范恩出現，於是把人群當成單一個體般說：「你聽見了吧？你看見了？」有幾個人點頭。「跟我有一陣子沒見到的舊房客的女兒打招呼——不是再自然不過的事嗎？」

高個子女人把雙手搭在女孩肩上。

人群議論紛紛。他們不太情願、不太清楚、不太明白，但他們證實了：的確，事情經過如她所說。女人滿意地兀自點點頭。

范恩蹲下去，保護式地伸手摟住妻子，而她只是在驚嚇中瞪大眼睛，啞然無語地用手勢要他抓住女孩。

人群在嘟噥聲中分開來，走出另一個他們認得的人。

羅賓．阿姆斯壯。

高個子女人看見他，臉上亮起滿意的光芒，好像是欣喜某種計謀成功地實現了，不過她立刻又壓抑住喜色，然後用所有人都沒料到的迅速動作一把抓住孩子把她舉起來。「愛麗絲，妳看！」她嚷嚷，「是爸爸耶！」

赫倫娜撕心裂肺的哭聲伴隨著眾人齊聲發出的驚呼，接著現場在震驚與困惑中靜下來，女人把孩子送進羅賓．阿姆斯壯的懷裡。

還沒有半個人恢復鎮定並做出任何動作前，她已經轉身走出人群。看到她挺著尖鼻子逼過來，人群自動分開，然後在她通過後又密合，她就這麼消失了。

范恩站起來，看著阿姆斯壯。

阿姆斯壯看著孩子，用嘶啞的嗓音往她頭髮裡說了一些話。

「他說什麼？」人們問道，於是大夥像玩傳話遊戲般交頭接耳。「他說：『噢，我親愛的！噢，我的孩子！我心愛的愛麗絲！』」

旁觀者就像在戲院一樣，等著場景繼續進行。看起來范恩太太已經暈厥了過去，而范恩先生變成了石像，羅賓．阿姆斯壯眼中只有孩子，他父親阿姆斯壯先生則不敢置信般瞪大眼睛。戲總要演下去，但空氣中瀰漫著不確定。演員們忘了臺詞，都在等對方推進故事。這一刻彷彿將無窮盡地持續下去，觀眾開始竊竊私語，這時一個聲音打破困惑。

「我能幫忙嗎？」

是麗塔。她走進圓圈，單膝跪在赫倫娜身邊。

「我們得帶她回家。」她說，但她用詢問的眼神看著范恩。范恩死死地盯著羅賓．阿姆斯壯懷裡的女孩，似乎失去了行動能力。

「你要怎麼做？」麗塔焦急地低語。

現在范恩的園丁紐曼出現了，旁邊還跟著家裡的另一個男僕。他們兩人合力攙起赫倫娜。

「怎麼樣呢？」麗塔說，她握住范恩的手臂，想把他從麻痺狀態中喚醒，但他只能夠極其輕微地搖一下頭，然後背過身去，點點頭指示僕人開始把失去意識的赫倫娜帶回巴斯考小屋。

所有人目送范恩夫婦離開，然後又整齊劃一地回過來看著剩下的選手。小傢伙張開嘴，大家都等著她勢必會有的反應：哭號。但她只是打了個呵欠，閉上眼，重重地把頭靠在羅賓・阿姆斯壯的肩膀上。她那小小身軀的放鬆姿態表明她立刻就睡著了。年輕男人用無盡的溫柔表情看著孩子的睡顏。

人群微微移動，有人在說話。

「媽媽，發生什麼事了？」

還有：「為什麼大家都這麼安靜？」

貝絲戴著有緞帶的眼罩、瘸著腿出現了，後頭跟著一串孩子，全都姍姍來遲而錯過好戲。

「看，爸爸在那裡！」有個孩子看到阿姆斯壯，叫道。

「還有羅賓！」另一個稚嫩的聲音說。

「那個小女孩是誰？」最小的家庭成員問。

「是啊，」阿姆斯壯用低沉的嗓音複述，語氣很嚴肅，不過音量放得很輕，以免圍觀的人聽見。「羅賓，那個小女孩是誰？」

羅賓把手指抵在唇上。「噓！」他對弟弟妹妹說，「你們的姪女在睡覺。」

孩子們圍繞著他們同母異父的哥哥，開朗的年輕臉孔轉朝孩子，現在圍觀者已看不到那孩子了。

「下雨了！」有人說。

突然間，幾滴雨水轉成傾盆大雨。臉上雨水奔流，裙子貼在腿上，頭髮緊緊包覆頭皮。隨著降雨，大夥醒悟到他們剛才盯著的不是戲劇表演，而是別人的不幸。他們難為情地回過神來，跑去找地方躲雨。有人跑到樹下，有人跑向餐飲帳篷——還有好些人跑到天鵝酒館。

天鵝酒館的哲學

婚禮早餐時好似已告一段落的故事，此刻又重起話頭，大夥一致同意它有了明確的新轉折。他們一遍又一遍重複下午的事件，回想每個細節：尖鼻子女人、赫倫娜・范恩戲劇性的昏厥、范恩先生僵硬的瞪視，以及羅賓・阿姆斯壯的溫柔。等他們把所有能回想的事情都回想過了，酒精又鼓勵他們回想起只是隱約有印象的事，甚至揑造他們根本沒印象的事。他們滿肚子疑問：范恩夫婦現在要怎麼辦？范恩太太怎麼能承受？范恩還有沒有可能說服羅賓・阿姆斯壯放棄孩子？他們怎麼沒有大打出手？明天或後天還有機會打起來嗎？

酒客們分成幾派，有的堅持女孩是愛米莉雅・范恩，指出范恩太太有百分之百的把握；其他人搖搖頭，提出孩子的淺色頭髮更接近他們印象中羅賓・阿姆斯壯的柔軟鬈髮。他們回溯事件，用最近新披露的真相重新思考故事的每個元素，把證據翻來覆去地檢驗。綁架案那一夜突然浮上檯面，因為如果這孩子確實是愛麗絲・阿姆斯壯，那麼愛米莉雅・范恩到底怎麼了？隨著她重新現身，他們把她失蹤的故事拋在腦後，但現在他們把故事挖出來重溫，再次究柢追根。

拍了整天照、好不容易可以休息一下的亨利・東特，坐在冬廳的角落裡，享用一盤火腿馬鈴薯配水茼蒿。

「是那個育兒室保姆，」靠在窗邊的菜農堅持，「我一向都說她有問題。除了做壞事，女孩子家那個時間怎麼會在外頭？」

「啊，可是壞事有很多種……她在外頭幹的不一定是綁架這件壞事，而是另外那種。」他的酒伴提出。

菜農搖搖頭。「要是她願意接受我，我早就跟她幹壞事了，但她不肯。她不是那種女孩。你有聽說過她跟任何人幹壞事嗎？」他們精確地記錄哪些女孩可能幹壞事、哪些沒搞頭，所以資料一調就有。不，她不是那種女孩。

「事發後她怎麼樣了？」東特問他們。

他們互相詢問。「找不到別的工作。沒人要她替他們照顧孩子。她去了克里克萊德，她奶奶住在那裡。」

「克里克萊德？龍之鄉。」克里克萊德是幾哩外一座古雅小鎮，因為有週期性的龍害而出名。他想過要去那裡拍些照片放在書裡。

東特專心吃喝，一邊聽著兩年前的事件被挖掘出土、重新討論，舊故事與今天的事件中的未解之謎被挑了出來，努力兜在一起，想讓兩件事結合成一個故事。但故事中留下太多難以連綴的空白。

其中一個小瑪歌為東特送上一盤蘋果派，往上頭淋了濃郁的鮮奶油。強納森點了根新蠟燭放在他桌上，並逗留著不想走。

「我可以說個故事給你聽嗎？」

「我洗耳恭聽。說個故事吧。」

強納森望向故事來源的陰暗角落，他的眼神洩露出極度的專注。他準備好之後，張開嘴巴，話語如洪水滔滔湧出：

「從前從前，有一個男人把馬和拖車開進了河裡——然後再也沒人看見他了！——噢，糟糕！」

他的臉皺成一團，挫折地揮手。「不對啦！」他好聲好氣地數落自己，「我漏掉中間的部分了！」強納森跑去找別人練習，東特吃著瑪歌做的派餅，聽著一段又一段對話。羅賓・阿姆斯壯悲慘的故事，他的頭髮跟那孩子有多像，水上吉普賽人，母親的直覺……

其他人把故事拆散，再用一百種方式拼裝回去，而修船匠貝仁特只是坐在那兒。無論是那孩子長得像范恩家的人還是阿姆斯壯家的人，她怎麼會死而復生，這些謎團他都用搖頭來回應，對自己沒有答案處之泰然。但講到他知道的事時，他可不會客氣。「她不是愛麗絲・阿姆斯壯。」他堅定地說。

他們要他給個說法。

「她娘最後是在班普頓被人看見，帶著小傢伙往河邊走，應該是這樣沒錯吧？」

他們點頭。

「欸，我已經七十七歲了，我這輩子還沒看過哪個屍體——或是酒桶，或哪怕是誰掉的帽子——會往上游漂的。你見過嗎？誰見過？」

每個人都搖頭。

「啊，這就對了。」他大功告成般撂下這句話，於是在那脆弱而迅疾的片刻間，感覺這個像水一樣捧不住的故事裡，至少有一項牢不可破的事實確立了。不過接著有一個菜農開口。

「可是在冬至夜之前，你有想過會看到淹死的女孩又活了嗎？」

「沒有，」貝仁特說，「可以說沒有。」

「所以啦，」菜農睿智地作了結論，「一件事不可能發生，不代表它不會發生。」

天鵝酒館的哲學家們陷入思考，很快就吵了起來。一件不可能的事發生了，可以代表第二件不可能的事發生的機率增加了嗎？他們從未碰過這麼難的謎題，他們徹徹底底地加以檢視，不留下任何線索沒去深究。許多瓶麥芽酒灌下肚，許多人絞盡腦汁思考而患了頭痛。他們喝酒然後琢磨然後喝酒然後討論然後喝酒然後爭辯。他們的思緒渦漩著，在水流裡找出暗流，遇上逆流，有時候他們心癢癢的，覺得接近突破點了，可惜儘管他們的辯論極為激烈，到最後誰也沒離真相更近一分。

始終保持清醒的柬特在熱戰方酣時就站起來，不受注意地溜出酒館回到火棉膠號上，他把船繫泊在往上游幾碼外的老柳樹旁。他還有活兒要幹呢。

最短的黑夜

在巴斯考小屋，僕人們把女主人抬到樓上她自己的臥室，然後讓麗塔和管家來照料她。好幾隻手替赫倫娜脫去衣裳，再將睡袍套上她不斷發抖的身體，而她似乎一點感覺也沒有。她的皮膚毫無血色，她的眼睛空洞地瞪視著，雖然她的嘴唇在抽搐，卻既沒有說話也不回話。他們讓她躺在床上，但她沒有睡覺；她反而頻頻坐起身，像之前一樣伸出手想摸到女孩，彷彿市集裡的那一幕就在她自己家重演，一遍又一遍。然後伴隨著劇烈的抽動，大量的眼淚折磨她的身軀，使她不禁哭喊出聲，沒有話語的哀號將她的驚恐和痛苦傳遍整座房屋。

最後麗塔設法讓她服下安眠藥水，但藥效溫和，作用得很慢。

「妳不能給她強一點的藥嗎？她的情緒都這麼激動了……」

「不行，」麗塔皺著眉說，「我不能。」

最後那藥物終於勝過了赫倫娜受到過度刺激的心智，她開始靜下來。即使在被睡意席捲的這最後時刻，她仍然作勢想在床上起身。「在哪裡……？」她囁嚅道，茫然地眨眼，然後又說了一個詞：「愛米莉雅……」不過她的頭總算躺到枕頭上，她閉上眼，白天在她眉眼間留下的崩潰被抹平了。

「我去跟范恩先生說她睡著了。」管家克雷爾太太說，但麗塔把她留住，花了幾分鐘時間詢問赫倫娜最近的健康狀況。

當赫倫娜醒來，她痛苦地想起先前發生的事，心痛和激動都沒有減輕分毫。

「她在哪裡？」她哭得好傷心，「她在哪裡？安東尼去接她回家了嗎？我得親自去一趟。她在誰那裡？她在哪裡？」但她的身體太疲倦，無法將迫切的渴望化為行動，她連推開毛毯、不靠著東西站立的力氣都沒有；划船去凱姆史考特或搭火車去牛津完全超出她的能力。

她的悲傷太過巨大，把她的精力都耗盡了，當她累得受不了，她無語地躺在枕頭上，四肢動也不動，眼神沒有聚焦。

當某一次她又如此間歇性地發作時，麗塔握著她的手說：「赫倫娜，妳知道妳有寶寶了嗎？」

赫倫娜的目光慢慢轉向她，並沒有聽懂。

「我們帶妳回家、幫妳換上睡袍的時候，我不禁注意到妳的體重又增加了。克雷爾太太告訴我妳最近吃了好多櫻桃蘿蔔，吃到都吐了，所以她會泡薑茶給妳喝。但讓妳反胃的不是櫻桃蘿蔔，而是懷孕。」

「這不可能。」赫倫娜搖頭說道，「我們失去愛米莉雅的時候，我的月經就停了，而且一直沒有恢復。所以不可能像妳說的。」

「妳不是月經第一次來的時候才準備好受孕，而是早兩、三週的時候。如果在那段期間有了寶寶，妳的月經根本沒機會來。在妳身上就是這種情況。再過半年左右，妳又要當媽媽了。」

赫倫娜眨眨眼。對於一顆被悲傷弄得混亂不堪的心靈而言，這項資訊要花點時間才會被接收到，但她總算意會過來，而小小聲地驚呼「噢！」並伸手摸著肚子。她的嘴角被笑意微微牽動，她此刻落下的淚水和先前沾濕枕頭的那種很不一樣。

她輕輕皺眉，又說了第二次「噢！」，語氣疑惑，彷彿在最初的訝異過後，領悟之光照向她心智中某個黑暗遙遠的角落。

然後她閉上眼睛，陷入深沉而自然的睡眠。

在樓下，范恩站在昏暗的書房裡望向窗外。他沒有點燈，沒有脫掉外套。他似乎已經動也不動地站了好幾個鐘頭。

麗塔敲門進屋後，發現范恩眼神呆滯、精神恍惚，沉浸在先前的思緒裡而無法覺察當下。她說赫倫娜在睡覺時他用空洞的聲音說「好」，她問他要不要也喝點助眠的藥水時他說「不用」，她強調赫倫娜不能再受到更多驚嚇時他說「好」。

「這非常重要，」她強調，「因為現在有一個新寶寶要來了。」

「好。」他呆呆地說，讓她不確定他到底有沒有聽進去。顯然他認為對話已經結束了，因為他轉回身面向窗戶，回到他的心靈被囚禁其中的那種狀態裡。

♣

麗塔穿過門，自己離開屋子走進花園，然後下到河邊，門上掛著的新鎖現在已屬多餘。夏日的雨用溫熱而肥大的雨滴軟軟地打在她肩上，感覺含水量比實際上多了一倍。雖然已是傍晚，天色還沒全黑，天光落在濕葉子和積水的小路上，讓萬物蒙上一層瑩瑩的銀光。永無休止的雨水讓粼粼的河面有如錘打過的金屬表面。

麗塔感覺喉中哽著個硬塊。這幾個小時，她一直讓醫療事務占據心思，把她的工作中遇到的要求和挑戰當作避難所。現在她獨自一個人，她內心湧現傷悲，她容許淚水加入臉上的雨水。

她還不曾來到巴斯考小屋而沒見到女孩。她每次造訪都會讓孩子坐在她膝上，或是跟她一起往河裡丟小石頭，或是看著鴨子和天鵝悠然滑過水面，在河面留下倒影。當那隻小手伸向她的手，她向自己假裝，她對這表示信任的動作所感到的愉快，只是不重要的細微情緒。可是她看到那個尖鼻子的高䠷女人把孩子從范恩夫婦身邊抱走，送入羅賓．阿姆斯壯懷裡時，促使赫倫娜懇求般朝女孩伸長手臂的本能，也令她心有戚戚焉。

麗塔哭得連她自己都認不出來了，她試著振作起來。「妳真是傻瓜，」她對自己說，「這不像妳。」嚴厲的話語沒有起作用。「她又不是妳的孩子。」她繼續說，可是聽了這話，她的眼淚只是更加氾濫。

麗塔靠在一棵樹幹上，全然屈服於她的感覺，不過痛哭十分鐘後，她的悲傷還是看不到盡頭。她想起在她還有信仰的時候，上帝曾為她帶來慰藉。「祢了解我為什麼不信祢了吧？」她對祂說，「因為在這種時候，我只能靠自己。我知道我是一個人。」

她的自憐並沒有持續太久。「這樣不好，」她規勸自己，「妳到底是怎麼了？」她用力揉眼睛，用會使修女們大驚失色的粗口咒罵這場雨，然後加快腳步沿著小路衝進雨中，直到上氣不接下氣的動作取代她內心波濤起伏的情緒。

她快到天鵝酒館時，空氣中洋溢著嘈雜的人聲。農場工人、菜農和挖碎石的工人辛勤工作一整季，都因為這歡慶的日子而興高采烈，也喝得醉醺醺的。延長的白晝造成各種放縱無度，不論是常客或訪客都盡量享樂。儘管下著大雨，有些人仍待在河岸邊。他們全身濕透地喝著酒，不在意——甚至沒注意到——雨水稀釋了酒液，同時他們零碎地對彼此講述今天下午發生的事。

麗塔一點也不想被捲入人群中。人們看到她跟著范恩夫婦一起離開市集，要是現在被他們看見，他們勢必會攔住她，要她說故事。她無意告訴任何人范恩家的私事，但要把這一點傳達給一群好奇的醉鬼可不簡單。她翻起披風的衣領，試著不去在意沿著衣領流下脖子的水，並垂下頭來掩藏面孔。剩下的她只能寄望於速度以及眾人的酒醉程度，讓她能不受注意平安通過。

由於她低著頭，她沒看見有一個農場工人正往河裡撒尿。他轉過身，大手大腳地扣著釦子，她差點撞上他。他是醉了，但沒有醉到不跟她道歉：「不好意思，星期天小姐。」然後他跌跌撞撞地回到酒伴身邊。他一定會說遇到她了，她成功經過酒館而不被搭訕的機會很渺茫。

「麗塔！」她聽見，她嘆口氣，向無可避免的結果屈服。「麗塔！」聲音再度傳來，低沉而緊急，現在她才醒悟到聲音不是來自河岸邊的那些桌子。是從河上傳來的。是火棉膠號，若隱若現地繫在柳樹下。東特在船上招呼她上船。她走到梯子邊，爬了幾階，然後他伸出手，她握住他，感覺自己被拉上船。

♣

在甲板底下，最後的盒子、瓶瓶罐罐和攝影玻璃板統統都收起來了。忙碌一天唯一留下的蛛絲馬跡是桌上的文件，東特先前在上頭記錄今天拍出來的底片和人事時地物。文件旁邊有一杯霍克酒；他拿了第二個杯子，倒滿以後放在麗塔面前。

他們上一次見面時，是在圍觀范恩夫婦與羅賓·阿姆斯壯那一幕的人群間。東特看到高個子女人分開圍觀群眾離去，便追了上去，就此和麗塔分頭行動。

「你有追上她嗎？」

「她走得太快了，我沒辦法拉近距離。我有太多累贅。」他比向沉重的盒子，他用它來裝備用的玻璃板。「她沒跟任何人說話，沒停下來看任何東西。她直接走向遠處的田野，走到柵門邊時，有人駕著小馬和馬車在等她。她上了車，他們就開走了。」

「回去她在班普頓的妓院？」

「大概是吧。大部分文雅的人稱它為宿舍。就一個在女修道院長大的未婚小姐來說，妳對那種地方還真是直言不諱。」

「東特，我的職業生涯有很大一部分都在處理男人和女人之間的活動所產生的後果，就是文雅的語言會兜著圈子不明說的活動。要是你知道我具體的工作內容是什麼，你就會了解為什麼區區一個詞是嚇不住我的。迎接一個孩子到這世界上太過血腥，不能拍成照片，你也永遠沒機會看見，但我——我早就看多了。」

麗塔一直沒碰她的酒，但她現在拿起杯子一飲而盡。她在喝酒的時候眼皮垂下來，東特注意到她眼睛周圍又紅又腫。

「你會是個好父親，亨利．東特。你有朝一日會成為好父親的。他們不會告訴你血的事，你會被趕開，看不見、聽不見。等他們准你回來時，一切已經清理好了。你的太太會看起來臉色蒼白，你會以為因為她累了。你不會知道她的血被人從床單上擰出來流進排水溝。管家會刷洗床單上的血漬，直到看起來沒什麼大不了，像是某人五年前把一杯早餐茶灑在床上。室內會有丁香和橙皮，讓你不會注意到鐵味。如果有醫生在，他可能會跟你來場男人間的對話，建議你暫時不要進行親密行為，但他不會講出細節，所以你不會知道撕裂傷和縫合的事。你不會知道血的事。你太太會知道，如果她活下來的話。但她不會告訴你。」

他重新斟滿她的酒杯。她把酒喝了。

東特什麼也沒說。

他喝乾自己的酒。

「我現在知道了，」他小心翼翼地說，「因為妳告訴我了。」

「再給我一杯好嗎？」她問。

他沒有往她伸到他面前的杯子裡倒酒，而是把杯子放到桌上，然後握住她的手。「這就是妳沒有孩子的原因嗎？妳不想要孩子的原因？親愛的——」

「別！」她從口袋拿出手帕擤鼻子。「等你太太要生產時，派人來找我。記住，我是以聖瑪格麗特的名字命名的，她是生育的守護聖人。我會為她、為寶寶，還有為你，盡力而為。」

她自己倒酒，這次她沒有一口乾掉，而是抿了一小口，她再望向他時，怒氣已經平息，她恢復了鎮定。

「赫倫娜・范恩懷孕了。」她告訴他。

「啊。」他緊張地說。然後又「啊」了一聲。

「你的反應跟她差不多，她說：『噢』還有『噢』。」

「他們……開心嗎？」

「開心？我不知道。」她對著桌子皺眉。「東特，這是怎麼回事？今天下午究竟發生什麼事？」

她望著他尋求答案。

「感覺不像真的。」他說。

她點點頭。「伊維斯太太說話的方式，聽起來——有排練過。」

「而且她確保每個人都聽見了。」

「羅賓・阿姆斯壯恰巧就在那一刻出現……沒有早一秒或晚一秒，剛好及時讓她抓住女孩交到他手裡。」

「妳有沒有看到他剛出現時，她露出什麼表情？」

「有——好像她預期會見到他——」

「——但見到他出現還是鬆了口氣——」

「——一副『你及時趕上了』的表情——」

「——但誰都沒來得及仔細看就消失了。」

「感覺像劇場表演。」

「精心編排。」

「處心積慮，連伊維斯太太的退場機制都計劃好了，有交通工具在小路上等她。」

「你離開去追伊維斯太太之後，羅賓．阿姆斯壯誇張地表現情緒。他像是徹底被柔情給征服——『愛麗絲，噢，愛麗絲』，聲音小到只有離得最近的人才聽得到。」

東特深思。「妳認為那不是真心的？不過如果他說得很小聲，不像伊維斯太太那樣朗誦……？」

「這讓他更有說服力，而且他可以寄望有人聽見並把話傳出去。他的演戲天分比伊維斯太太要好多了。」

「我有聽到大家對他的看法，他們都相信他。」

「他第一次見到女孩假裝昏倒時，他們並不在場。」

「妳量了他的脈搏……」

「他的脈搏就跟正常人一樣穩定平靜。」

「可是為什麼要裝呢？」

「給自己爭取一點思考時間？」

東特思索半晌，卻沒有結論。「范恩又怎麼說？他為什麼袖手旁觀？」

麗塔皺著眉搖搖頭。「他處於一種奇怪的狀態，好像靈魂出竅似的。我告訴他赫倫娜懷孕了，而他幾乎沒有反應。他似乎無法接收這個消息。東特，我懷疑我們是不是搞錯了。也許他確實相信那女孩是愛米莉雅，因為他看起來被擊垮了。」

他們默然對坐，河流在他們底下晃動，天鵝酒館的噪音刺耳而任性地隨風飄散。

「我們乾脆把這瓶酒喝完好了？」東特說。

麗塔點點頭，打了個呵欠。天黑了。這一天把她累壞了，累到她覺得自己的邊界——皮膚——都消融在空氣裡。再喝一杯酒，她可能會徹底迷失自己。她好想那女孩，她感到喪親之痛。東特的沙發在那裡；她突然幻想自己躺在那上頭。在這個遐念中，東特要待在什麼位置？她的想像力還沒有回答這個問題，而東特拔掉瓶塞準備倒最後一杯酒時，火棉膠號微微下沉傾斜。

麗塔和東特詫異地對看。有人上船來了。

船艙門上傳來敲門聲。女人的嗓音說：「哈囉？」

是其中一個小瑪歌。

東特開門。

「我要找星期天小姐，」她說，「我看到妳往這兒來了，所以爸爸狀況不好時，我想說……抱歉，東特先生。」

東特轉身回到船艙，他身後的小瑪歌用明顯的動作望向別處。麗塔站起來。

她在出去的途中對他露出疲倦的微笑。「很抱歉，我是指我告訴你的事。那是女人家的事。」

他握住她的手，有點想抬起來湊到唇邊，不過他只是友好地緊握了一下，然後她就走了。

♣

大家都知道喬不舒服，所以沒人試圖妨礙麗塔，讓她能跟著小瑪歌爬上河岸、穿過公共空間，進到喬和瑪歌的私人居室。在離河最遠的房間裡有張倉促拼成的臨時床鋪，酒館老闆躺在上頭。他的胸膛一起一伏，發出不悅耳的粗嘎呼吸聲，但他眼神平靜，平靜到他那吵雜掙扎的肺像是長在另一個人身上。他的四肢很有耐性地靜置著。他眉毛抽動一下，示意他女兒可以回到母親身邊幫忙了，然後等他們獨處時，他對麗塔露出溫和笑容。

「我——還能——這樣——撐多久？」他在喘氣空檔問。

她沒有立刻回答。反正他也不是真的在問。她把耳朵貼到他胸口傾聽。她量他的脈搏，評估他蒼白的臉色。

然後她坐下來。她沒有說：我無能為力，因為這可是喬。他已經被死亡追趕了半個世紀，關於死亡，沒有什麼他不知道的。

「我想——再幾個——月吧。」他喘咻咻地說。他停頓了一下，專心從沼澤般的空氣中吸取氧氣。「也許——半年。」

「差不多。」

麗塔沒有迴避目光。她的一部分工作是協助病患面對即將來臨的事。死亡有時是很孤單的。比起家人，跟護士談話通常比較容易。她盯住他的視線。

「我真想要——」另一次不到位的呼吸，「——好一點的夏天。」

「我知道。」

「我會想念——瑪歌。家人。這個世界上有——很多美好的事——我會想念——」

「河？」

「河——永遠都——會在。」

他閉上眼睛，她看著他脆弱的胸膛費力地起伏，思忖她能調配什麼藥水，既能減輕他的痛苦又不會害他更加虛弱，她明天要把藥拿給瑪歌。他陷入沉睡，只有他看得見的生物讓他的睡眠並不平靜。他有一兩次喃喃說了什麼，幾乎無法分辨，但她好像聽見河……默客……故事。

過了一段時間他睜開眼，在清醒過程中眨著眼。

「你有跟瑪歌談過嗎？」她問。

他的眉毛說沒有。

「談一談不會比較好嗎？給她一點預警？」

眉毛說好。

他閉上眼睛，回到夢鄉。她以為這次他會睡久一點，但她正準備起身悄悄溜出房間時，他又睜開眼睛。他露出那種消沉期會有的表情。

「河的另一邊有些妳從來沒聽過的故事……當我回到這一邊時只隱約記得……那些故事啊……」

♣

「他狀況很糟，」她告訴瑪歌，「我明天會帶點藥來，讓他舒服一點。」

「都怪這雨。天氣好轉之前他的情況不會改善。」

有客人點蘋果酒，所以麗塔不必回答。等瑪歌回來後，她對麗塔說：「妳自己看起來也慘兮兮。今晚都快過完了，我猜妳從午餐後就什麼也沒吃吧。坐在這裡沒人會看見妳，吃點東西。不會有人來煩妳，吃完妳可以從後門溜出去。」

麗塔感激地坐下來吃麵包和乳酪。門開著一條縫，外頭的交談聲十分嘈雜，她聽到范恩和阿姆斯壯被提到很多次。她再也無法去想這件事了。幸好有挖碎石的工人。

「有一個老兄，」她聽見其中一人說，「他認為——我告訴你，他認為——像你我一樣的人類，都是某種猴子！」他盡力解釋達爾文的理論，惹來同伴的大笑。

「我聽過一種類似的說法！」另一個人大叫，「說人類以前有尾巴和鰭，住在水裡！」

「什麼？河底下？我從來沒聽過這種事！」

他們來來回回地爭辯這話題，一開始提出的人堅持他是在往上游十哩外的酒館裡聽說的，另外那人則堅持他是在胡謅。

「不可能啦，」另一個人說，「你如果要瑪歌幫你把酒杯裝滿，結果會變成……」他用模仿在水底說話來把句子講完，惹得其他人樂不可支，個個都要試一試。後來他們很聰明地發現一種技巧，可以在杯子裡剩餘的酒水吹出泡泡。笑聲轟然，水聲咕嚕響，最後是某個人樂極生悲摔下椅子的聲音，他像離水的魚一樣在石板地上掙扎。

麗塔把她的盤子交給廚房裡的小瑪歌，自己走出後門悄悄離開。已經快要早上了，她也許可以睡一個鐘頭。

地底大湖

莉莉從人群後方看到了那天下午的事件，工人們寬闊的肩膀和他們女伴頭上的遮陽帽擋住她的視線，使她全靠旁邊的人才拼湊出發生什麼狀況。較高的圍觀者大聲傳誦他們聽見的內容，耳力好的人再把他們聽來的消息複述一遍，但可憐的莉莉，等她好不容易擠過散場的人群、來到事件發生的位置，卻只看到大雨落在空空如也的場地上。

她去了牧師公館，闖進牧師的辦公室，一把鼻涕一把眼淚，口齒不清地說個不停。

「慢慢講，懷特太太。」他建議她，但她聽不進去，最後他總算抓到了故事的重點，她也終於安靜下來喘口氣。

「所以說，已故的阿姆斯壯太太的房東認出那孩子？她現在跟年輕的阿姆斯壯先生在一起？」他搖搖頭，皺著眉。「如果妳說的是真的……我不知道可憐的范恩太太怎麼承受得了。懷特太太，妳確定嗎？」

「確定得不得了！我看見了，我聽見了，算是吧。不過，你告訴我，牧師，像那種年輕男人要怎麼照顧小女孩？他根本不懂。萬一夜裡她醒了，而他不知道怎麼唱搖籃曲？他的壁爐有護欄嗎？很多年輕男人都沒有裝護欄。她的娃娃呢？她有帶在身邊嗎？」

牧師盡了他的全力，但這種焦慮不是凡人能安撫的，因此莉莉離開牧師公館時仍然很沮喪。她沿著河岸往回走，滿腦子都是最壞的想法和回憶。愛恩待在范恩家的這段日子，每當莉莉感到害怕時，她都會去想那孩子過得多舒適而獲得安慰，因為那孩子是跟范恩太太在一起，但現在她失去了這個避風港。愛恩落入一個年輕男人手裡——一個鰥夫，沒有太太——所以現在誰在照顧她？母親值得信任，可是……被抑制了六個月的往事，現在變本加厲地湧上她心頭。她記得一切的起始點。

「妳覺得沒有爸爸的日子是不是很孤單？」她母親有一天問她。「妳覺得再有個爸爸是不是挺好的？」有時候大人問問題，其實早就知道他們想要妳怎麼回答，而莉莉喜歡用回答讓她母親微笑。她母親問她這問題時表面上帶著微笑，但莉莉看得出背後的擔憂。莉莉在思考答案時，感覺母親仔細觀察她。

「我不知道，」當時她說，「只有我們不是也挺好的？」

她母親看來鬆了口氣。不過過了一段日子，這問題又回來了，所以莉莉心想她第一次一定答錯了。她望著母親的臉，一心只想取悅她，她再試了一遍。「嗯，我想要有個爸爸。」

她母親的表情把大部分情緒保留在內心，而莉莉仍然不知道她的答案是否正確。

不久之後，有個男人來到她們家。「妳就是小莉莉吧。」他說，巨大的身影籠罩她。他的牙齒似乎往口腔內傾斜，她只看了他一眼，就知道她不喜歡對到他的眼神。

「這是奈許先生。」她母親緊張地解釋。被男人瞥了一眼後，她急匆匆地繼續說：「他要當妳的新爸爸。」她望向他尋求認可，他點點頭，不帶一絲笑容。

新爸爸站到一邊。

「這，」他說，「是維克多。」

原來有個男孩躲在他身後，他個子比莉莉矮，年齡卻比她大。他的鼻子好像發育不良，嘴唇薄到幾乎不存在。他的眉毛顏色跟皮膚一樣淡，眼睛像兩條縫。

男孩臉上綻開一個洞。他要把我吃掉了，這是莉莉的直接反應。

「對妳的新哥哥笑一下啊。」母親的嗓音敦促她。

她聽出一絲恐懼而抬頭看，注意到母親和新爸爸交換複雜的眼神。那種交流似乎把她母親捲進一團她難以逃脫的網裡。是我的錯嗎？莉莉心想。我做錯什麼了？她不想做錯事，她想讓母親快樂。

莉莉轉向維克多，露出笑容。

♣

莉莉回到編籃人的小木屋時，還沒開門就知道了。河的氣味從來就不足以掩蓋那股水果和酵母的味道，雨水也沖不走它。

「我有事要去牧師公館那裡。」她開口，但她還沒來得及把藉口說完，第一拳已經落在她上臂上。第二拳瞄準她柔軟的肚子，她別過身去躲避他的拳頭，於是輪到她的背和肩膀遭殃。懷特先生也會打她，但他是個酒鬼，雖然他塊頭大，卻不具備維克多的熟練技巧，力氣更不到他的一半。他的拳頭下得雖重，跟這個相比卻顯得馬虎而軟弱。以前她總能閃避老懷特差強人意的揮擊，使他的指節偏離目標，就算真被他打中，瘀青也一個星期就會消。然而維克多已經揍她揍了將近三十年，熟知她每個假裝和花招，他會誘使她朝某個方向移動，好讓他從另一個方向下手；他冷酷而專注地做這件事，對求饒或眼淚都不為所動。她能做的就是任憑宰割。

他從來不碰她的臉。

結束之後，她趴在地上，直到聽見他拉了椅子坐下。

她站起身，把洋裝拉平。

「你餓了嗎？」她試著用正常的語氣說。他不喜歡事後還哭哭啼啼的。

「我吃過了。」

這表示他什麼也沒留給她。

在廚房桌邊，他吁了一口氣，她看得出他很滿足。

「維克多，你今天過得很好嗎？」她怯怯地問。

「過得很好嗎？過得很好嗎？可以這麼說。」他點點頭，有點神祕兮兮的。「事情進展得不錯。」她站著動來動去。除非他開口，否則她不敢坐下，但因為已經沒有食物了，她沒辦法藉著準備餐點裝忙。

他瞥向窗戶。

*他要走了嗎？*她期盼著。

可是今晚是夏至夜，即使下著大雨，人們也會在外頭流連忘返。他會想在這待一整夜嗎？

「河水漲了，我猜妳一定嚇死了吧，害妳做噩夢了？」

事實上，自從愛恩來到天鵝酒館，她的噩夢就停了。她猜想她妹妹沒辦法同時身在兩個地方吧。但她不需要告訴維克多，讓他以為她還是飽受長期以來的探訪之苦，會讓他很滿意。她點點頭。

「怕水可真慘。到處都有水。看得見的地方，看不見的地方。妳知道有水的地方，還有妳不知道有水的地方。水是種奇妙的東西。」

維克多是個喜歡賣弄知識的人。避免被他折磨的一種好方法是裝作不懂某件事，讓他來糾正妳。現在他沉浸在自己的專業當中，想要長篇大論地說明。

「地底下藏著的水和地面上一樣多。」他告訴她。「在地底深處有像大教堂一樣大的洞穴，裡面裝滿水。想想看，莉莉。想想妳最喜歡的教堂，滿滿都是水，又深又暗又靜。想像那麼多水，卻是在地底，像座湖泊。那底下有各種水，真的。」

她瞪大眼睛。不可能是真的！地底下有水？誰聽說過這種事？

「噴泉和泉水和井水。」他接著說，瞇著眼銳利地打量她。她感覺心臟跳得很重。她的喉嚨發乾。「還有池塘。小溪和河流和沼澤。」她感覺膝蓋發軟。「還有瀉湖。我賭妳連聽都沒聽過瀉湖，對吧，莉莉？」她搖搖頭，幻想水做成的可怕生物，像是會噴水而不是噴火的龍。

「這是大自然令人讚嘆的事實，莉莉。我們在地球表面做這做那，可是在我們腳下，那底下——」他指向雙腳，「——地底下有好多大湖。」

「到底在哪裡呢？」她的嗓音充滿恐懼，她在發抖。

「欸，任何地方啊。也許這裡就有，就在妳的小木屋底下。」

她驚恐地顫慄。

他的目光在她身上上下掃視。

或許還沒結束，她心想。他可能還想做另外那件事。

確實如此。

兩件怪事

在凱姆史考特，在阿姆斯壯的農場，今晚又是怎麼結束的呢？他們熬夜到很晚，打破孩子們的晚睡紀錄。桌子上有蠟燭，除了阿姆斯壯以外，所有人都換上了睡衣，但誰也無意去睡覺。那女孩坐在最大的女兒腿上，其他孩子圍在旁邊，帶著微笑撫摸她，送上他們心愛的玩具，阿姆斯壯和貝絲則在一旁看著。男孩女孩都被迷住了，她每動一下、每眨一下疲倦的雙眼，都會引起他們的驚呼。最小的孩子只比女孩大了兩歲，他遞出當天才在市集買來的木頭新玩具，當她用小巧的手指握住它，他興奮地叫道：「她喜歡耶！」比較大的女孩們幫她梳頭髮編辮子，洗淨她的臉和手，給她換上她們自己已穿不下的睡袍。

「她要留下來嗎？」他們問了十幾遍，「她現在要跟我們住了嗎？」

「羅賓要回家來做她爸爸嗎？」另一個小聲音提出，不過對這前景有一絲擔憂意味。

「再看看吧。」阿姆斯壯說，他太太斜睨他一眼。

離開市集後，等他們一跟人群拉開距離，羅賓就把孩子往母親懷裡一塞，自顧自地回牛津去了，也沒有說清楚他有什麼打算，或是他們可以預期什麼時候會再在農場見到他。阿姆斯壯和貝絲到現在都還沒有機會避開兒女們，聽聽彼此對當天的事件有什麼想法。

孩子的眼睛漸漸閉上，她周圍的孩子們都不敢說話。就在她即將睡著之際，她的手指放鬆，小玩具掉在地上發出咚的一聲，又把她吵醒了。她迷迷糊糊地望向四周，疲憊的臉皺起眉頭，她還沒來得及張開嘴巴哭號，貝絲一把將她抱起，說：「好了，大夥兒都睡覺去！」

大家爭了一下那孩子，都想讓她跟他們睡同一個房間，但貝絲很堅定：「她今天晚上跟我睡。要是讓她跟你們睡，誰都不會閉上眼睛。」

她派較年長的女孩們確保弟妹妹都上床睡覺，然後把孩子帶到她自己的臥室。貝絲一邊輕柔歌唱，一邊把她放在床上、蓋好被子，沒過多久女孩的眼睛就眨呀眨的，慢慢陷入淺度睡眠。貝絲在床邊逗留，在孩子臉上搜尋自己五官的蛛絲馬跡。她在那張睡臉尋找羅賓，尋找跟其他孩子的神似之處。她不願想到他，在阿姆斯壯娶她前讓她懷上羅賓的男人。她多年前就把他的臉埋葬了，現在也不會把它掘出來。

她想起揭開這一切的那封信，裝在羅賓口袋裡的碎片，她和阿姆斯壯試了半天也拼不完整。「愛麗絲，愛麗絲，愛麗絲。」當時她重複地說。今晚這個名字掛在她舌尖，她卻猶豫要不要唸出口。

等孩子輕柔的呼吸聲讓她知道她已睡熟了，貝絲躡手躡腳地離開。

阿姆斯壯在未生火的壁爐邊，坐在扶手椅上。這場景有點超現實的氛圍，她穿著睡袍，他穿著外出夾克，黑暗中有蠟燭卻沒生火，白天的悶熱感仍縈繞屋內。她的丈夫心不在焉地在手裡轉動木頭小玩偶，表情相當凝重。

她等著，但他沒有開口，他迷失在自己的思緒裡。

「是她嗎？」過了一會兒她問道，「她是愛麗絲嗎？」

「我以為妳可能知道答案。女人的直覺，或妳的『靈眼』。」

她聳聳肩，摸了一下眼罩。「我希望她是。她是個小可愛，他們都很喜歡她。」

「的確。但羅賓呢？他在盤算什麼嗎？」

「如果我算是了解羅賓，那麼他很可能是在盤算什麼。不過你通常很維護他——你為什麼也這樣想？」

「那個女人，伊維斯太太。是她把我引到那個地點的，貝絲。我有九成九的把握。她故意讓我看見她，然後她帶著我在整個市集玩追逐戰，直到她走到范恩夫婦那裡，還抓好時間讓我及時出現，目睹整齣好戲。」

他陷入深思，貝絲等著，知道等他整理好思緒就會跟她分享。

「她今天表演這一手能得到什麼好處？她才不在乎那是誰的孩子。那女人見錢眼開，所以有某個人在某個地方付錢給她。某人付錢要她出遠門進行神祕的旅行，讓她沒辦法出面指認那孩子是不是愛麗絲，而那個某人現在又要她登場。」

「你認為那個某人就是羅賓嗎？可是……我以為你說他並不關心那孩子？」

他困惑地搖頭。「我是這麼說過。那是我當時的想法。」

「那現在呢？」

「現在我不知道該怎麼想了。」

他沉思了很久，貝絲正準備說夜很深了，他們至少該睡個兩、三小時，這時他又開口。「今天還發生另一件怪事。」

他盯著弗萊迪的木頭玩具，那是一隻木雕小豬。

「我今天在市集參觀了攝影攤位，我琢磨著我們可以拍張照片，大家一起，在農場這裡。我看了那裡展售的照片——有些是在近幾年的市集上拍的——結果看我找到什麼。」

他把手伸進大容量的農夫口袋裡，拿出裝在相框裡的小照片遞給貝絲。

「一隻豬！真想不到。而且牠會看時間呢！」她瞇著眼睛去看豬旁邊的牌子寫著什麼字。「牠還知道你幾歲！真新奇。」

「看仔細點，看那隻豬。」

「湯渥斯品種的豬，跟我們家的一樣。」

「妳不認得牠嗎？」

她再看了一下。貝絲跟他們養的豬很熟，不過對她來說每隻豬仍然長得很像。然而她了解她的丈夫。

「該不會……？難道是……？」

「就是。」他說，「是茉德。」

第四部

接下來發生的事

夏日市集過後兩天，東特回到牛津，發現自己因為那孩子身上的戲劇性轉變太過古怪而無法專心從事日常工作。他對這轉變感到不安，原因有好幾個，而他意識到其中一個原因是他很想她。這太荒唐了——她在范恩家待了那麼久，他也才為了拍照而見過她那麼一次。然而他們之間有某種連結：東特身為女孩的救命恩人，跟范恩夫婦締造了強力的關係，有如創造出一扇門，他可以敲那扇門，並且有把握它隨時都會為他開啟。他在范恩家為女孩拍照，發現他跟這家人算是建立起友情。有短短一段時間，他樂於期待看到他救的孩子長大，幻想他會看到她由小丫頭變成少女，然後長大成人。現在這一切都落空了，他內心一片哀悽。他在悲傷中受到提醒，想起在天鵝酒館時他曾不智而疼痛地拉開腫脹的眼皮來看她，結果有種強烈的熟悉感。他記得他極度迫切地要認領她。後來他的理智恢復了，不過理智緩解不了那股失落感。

他沒在想那女孩時，就會想著麗塔，那也沒有比較好受。如果說女孩做了一件事，那就是讓他意識到他有多想要一個孩子。他的婚姻沒有帶來孩子，當時是他的妻子比較失望；他自己的渴望來得較遲，不過現在他感覺到了。

他在店鋪樓上的房間牆上掛了他蒐集的心愛照片。它們沒有裝框，只是直接釘在牆上。現在他痛苦而困惑地望著它們。有什麼方法可以避免懷孕嗎？他覺得是有的，不過它們或許並不是很可靠。不管怎麼說，他是想要小孩的……麗塔對這件事明明白白表達了她的態度，雖然他很詫異——他看到了她對那孩子多麼溫柔，所以自以為是地作了假設——但他知道試圖說服她回心轉意，對她很不公平。她知道自己要什麼，正是他佩服她的原因。要求她配合他的心願等於要求她不能做自己。不，她是不會動搖的，所以他勢必要改變。

他把照片逐一取下來，按照他的系統編入目錄，然後歸檔在店鋪的抽屜裡。他不會輕易忘了她的——他凝望她的面孔的時間太長，時間把她的臉孔定格。他甚至也無法避免和她本人相處——他不能把自己從女孩的故事裡抽離，而麗塔也在那個故事裡。但他至少可以克制自己，不要刻意想辦法跟她獨處。他下定決心不再拍她的照片了。他得訓練自己不要愛她。

這明智決定的後果是他隔天一早就留助理看店，自己帶上相機、乘著火棉膠號溯河而上，去敲她家的門。

她用無力的笑容迎接他。「你有她的消息嗎？」

「沒有。妳有聽說什麼嗎？」

「沒有。」

她臉色蒼白，有黑眼圈。他設定了標準的四分之三斜側坐姿肖像場景，然後去準備玻璃板。他回來後快速評估了一下光線，知道需要十二秒的曝光時間。麗塔就定位，把她的臉迎向鏡頭。她就像平常一樣直來直往，沒有隱藏任何事。她的目光滿溢悲傷。這會是一張精采絕倫的肖像照，既呈現出她的心情，也呈現出他的心情，然而他感覺不到平素那種愉快的期待。

「我受不了看到妳這麼憂鬱。」他說，同時把玻璃板連同套子插進去。

「你的心情也沒有比我好到哪去。」她說。

他用蓋布蓋住自己，讓玻璃板曝光，迅速取下鏡頭蓋，他還從來沒有在相機後面感到如此愁雲慘霧過。

一——他動作迅速地低下頭，不讓光線進入相機……

二——鑽出黑布……

三——繞過相機奔跑……

四——把麗塔擁入懷中……

五——說：「親愛的，別哭……」

六——不過他自己的臉頰也濕濕的……

七——她的臉抬向他……

八——他們的嘴唇找到對方，直到……

九——想起照片，他跑起來……

十——回到相機旁……

十一——鑽到黑布下，小心光線，然後……

十二——把蓋子放回玻璃板上。

他們把玻璃板帶到火棉膠號上，在暗房裡沖洗出一幅靈異照片。他們兩人都嚴肅地盯著麗塔暗淡的身影，她身上還疊加了模糊的光與影，像是有透明的動作和柔滑如絲的搖晃，沒有實體的動態。

「這是你拍過最糟的照片嗎？」她問。

「是。」

不知怎麼地，他們就在紅光中相擁了。他們不算是接吻，而是把嘴唇用力壓在皮膚和嘴巴和頭髮上；他們沒有愛撫，而是緊抓住彼此。然後，他們像是接收到同一個大腦發送的命令，同時鬆開對方。

「我受不了這樣。」她說。

「我也是。」

「如果我們不再見面會不會比較好過？」

他試著回應她的坦白。「我想會吧，最終看來。」

「那好吧，我想……」

「……我們必須這麼做。」

然後沒什麼話好說了。

她轉身要走，他把門打開。她走到門邊時停住。

「去阿姆斯壯家的事怎麼辦？」

「什麼去阿姆斯壯家的事？」

「要去他們家的農莊拍照。你的記事本裡有寫。我在市集那天幫他預約的。」

「那女孩在那裡。」

她點點頭。「帶我一起去，東特。拜託。我一定要看看她。」

「妳的工作怎麼辦？」

「我會在門上貼一張紙條，要是有人需要我，他們得去那裡找我。」

女孩。他以為他不會再見到她了，結果他的記事本裡早有預約……這個世界突然間似乎沒那麼難以忍受。

「好吧，跟我一起去。」

三便士

「晚點我們會有時間來談妥條件的細節，」算命師當時這麼說，「我會保持聯絡。」六星期以來無聲無息，但范恩知道不能奢望自己獲得了緩刑。該來的總是會來，因此某天早餐桌上他的座位前，終於出現一封放在托盤上的信，信封上的字跡很陌生，這時他幾乎鬆了口氣。信中要他在某天清晨前往河邊一處偏僻的地點。他依約到達時，以為自己先到了，但他才剛下馬，站在泥濘的小路上，就有一個人影從矮樹叢裡冒出來，那是一個瘦巴巴的男人，穿著太過寬大的長大衣。他用一頂帽子低低地遮住臉。

「早安，范恩先生。」

他的嗓音洩了他的底：他就是那個算命師。

「說清楚你想要什麼。」范恩說。

「重點在你想要什麼。你想要她，對吧？你和范恩太太都是？」

赫倫娜這陣子很沉默。她似乎對肚裡的孩子很滿意，三不五時談起他們將來的生活，但她的活力消失了。未來的人生與昔日的失落在她心中並存，可謂同一段經驗的兩半，她很壓抑地懷抱悲傷與希望。

傷心的人不是只有赫倫娜。他也想念那女孩。

「你是在暗示我可以再得到她嗎？羅賓．阿姆斯壯有個證人。」范恩指出，「誠然，因為職業的關係，她不是最理想的證人，但如果我要跟他對簿公堂，我敢說你會再次迅速打垮我。」

「他可以聽得進勸告。」

「你想說什麼？那男人可能在誘使之下賣了自己的骨肉？」

「自己的骨肉……唔，或許是吧，也或許不是。他才不在乎到底是不是。」

范恩沒有回應。這場會面愈來愈令他不安。

「我用白話講給你聽吧，」男人開口，「當一個人擁有他認為不值兩便士的東西，而另一個人又夠想要它，通常三便士可以搞定一切。」

「所以就是這樣，照你的建議，如果我給阿姆斯壯先生三便士，他會放棄他的聲明。這是你來告訴我的事嗎？」

「三便士只是一種比喻。」

「了解。所以是比三便士多一點。你的主人開價多少？」

男人的聲音立刻就變了。「主人？哈！他才不是我的主人。」帽沿下的薄唇抽動了一下，彷彿對話的轉折讓他暗自覺得好笑。

「但是你替他傳遞訊息，確實是在服務他。」

男人以最小的動作聳聳肩。「你也可以當作我在服務你。」

「嗯。我猜你要抽成吧？」

「這個安排對我有利——這是當然的。」

「跟他說如果他放棄主張權利，我會給他五十鎊。」范恩已經受夠這件事了，轉身準備走開。一隻手像老虎鉗一樣落在他肩膀上。它抓住他，把他轉回去。他再度踉蹌，這次他在起身時瞥見男人的面孔：看起來像半成品的鼻子和嘴唇，一發現自己被看見了，他的眼睛便瞇成兩條縫。

「我看這樣不成。」男人說，「要我建議的話，我會說一千鎊左右還比較像話。仔細想清楚，想想范恩太太有多想念那個小姑娘！想想即將到來的新生命——你沒有祕密，范恩先生，在我面前沒有！資訊會游進我的耳朵，就像魚兒自投羅網——讓我們祈禱范恩太太一切安好，不要受到悲傷的打擊。想想你的家庭！因為有些東西是無法標價的，范恩先生，最重要的就是家人了。仔細想想吧。」

男人猛一轉身就走了。范恩伸長脖子去看彎道前方，卻沒看見任何人。他在某處拐進田野中了。一千鎊。正是他付的贖金金額。他思考房子和土地和其他財產的價值，估算要怎麼湊出這筆錢。用來買一個謊言。謊言就是謊言，隨時都可能被揭發。這謊言可能要分期付款來購買，而這只是頭期款。

他的思緒像退去的潮水，快到來不及抓握，結論總是在他伸手不可及之處。

范恩朝另一個方向走回家。他來到自家的凸碼頭邊，走到碼頭盡頭，然後坐下來，腳在邊緣外晃蕩。他雙手抱頭。

以前的他或許能夠想出該怎麼處理這件事，採取行動達到乾脆俐落的解決辦法，因為那時他還是他自己，他是比較好的人，他是個父親。可是現在，他無力主導人生的流向，就像一塊漂流物無法控制乘載它的水流。

范恩凝視水面，關於默客的老故事浮現腦中。當你的時候到了，那個擺渡人會帶你去河的另一邊，若你的時候還沒到，他會把你安全地送回岸邊。他好奇：淹死需要多少時間？

他看著他的腳，離碼頭邊緣那麼近。再往外、再往下，就是無窮的黑水在波動，沒有想法也沒有感覺。他在水裡尋找自己的倒影，但黑暗不肯充當他的鏡子，他在腦中看到水裡有一張臉。不是他自己，而是他失去的女兒。他想起在東特的暗房裡，毫無形體的臉孔轉為清晰，液體在表面流動，而在河水的黑色鏡面中，他看到愛米莉雅。

范恩蹲在碼頭邊緣，一邊哭泣一邊前後搖晃。

「愛米莉雅。」

「愛米莉雅。」

「愛米莉雅。」

他每重複一次她的名字，他就搖晃得更劇烈。就是這樣結束的嗎？他心想。他照著某個標準去調整身體的前後擺動，知道他總是掌控者。每次動作往前，他都能確定接著會往後。但隱然有一股衝力在累積。如果他什麼也不管，擺動的程度將大到他無法控制反向的力量。有何不可？他心想。我什麼也不必做，只要任由事情發生就好。往前再往後。往前再往後。往前再往後。一點一滴地趨近於往前然後——往下——達到物理原則會接手的程度，身體會屈服於重力。可是還沒有。要再過幾下。往前再往後。往前——快要可以了，就差不到一吋——再往後。往前——

空洞吞噬他，他墜入空洞時，有個聲音在他腦中說：你這樣沒辦法再撐多久了。

聽到這句話，他迅速伸出手臂。他的身體被重力主宰，但他的手伸出去想抓住什麼——什麼都好！——結果握住了繫在碼頭柱上的繩索。他往下墜落，心臟猛跳，肩膀被狠狠拽了一下。他單手懸吊，感覺身體往下滑時繩索磨破掌心，他的另一隻手抬起來抓住繩子，雙腿則狂亂地擺動想找立足點。他痛苦萬分地用雙手把自己的身體——他那迫切的、活生生的軀體——往上拉向碼頭，爬上去以後他癱倒在地，氣喘吁吁，痛覺由肩膀往外擴散。

你這樣沒辦法再撐多久了，康斯坦汀太太曾說。她是對的。

故事重述

他彎進那條路時，有種鬆口氣的感覺。長久以來侵擾他頭腦的混沌，現在聚焦為單一目標。帶他來到這裡的不是計畫，也不是想法。他幾乎不是出於自由意志來到這裡，因為他已經放棄決策也拋開意志，累到什麼也不能做，只能向無可避免之事投降。他來到這裡是為了更基本的理由。范恩不是會把「宿命」和「命運」這類詞彙掛在嘴邊的人，但他也不否認是類似的事物引導他來到柵門邊，看著門前的步道以及粉刷得潔白的康斯坦汀太太家的前門。

「妳說過我可以再來。妳說妳能幫忙。」

「是的。」她說，瞥向他包紮起來的手。

原本放著茉莉花的位置，現在換成一瓶令滿室芬芳的玫瑰，不過貓還在老地方。他們入座以後，范恩開口。

「他們在河裡找到一個溺水的孩子，」他開始說，「在冬至的時候。她在我們家住了半年。妳或許有聽說。」

康斯坦汀太太擺出不予置評的表情。「告訴我。」她說。

他說了。追著妻子騎馬去天鵝酒館，在那裡找到她和孩子，赫倫娜的篤定，他自己對相反結論也同樣篤定。其他出面聲明的人。帶孩子回家。隨著時間過去，他的篤定漸漸受到侵蝕。

「所以你終究開始相信她是你的孩子了？」

他皺眉。「幾乎……對……我不確定。我上次來見妳的時候，有提到我想不起愛米莉雅的長相。」

「嗯，沒錯。」

「我試著回想她的時候，看到的是那孩子的臉。她現在沒跟我們住在一起了，她待在另一個家庭。夏日市集時有個女人冒出來，說她不是愛米莉雅。她說她是愛麗絲．阿姆斯壯。現在大家似乎都相信這是真的。」

她等待著，感覺像在鼓勵他說下去。

他定定地凝視她。「他們是對的，我知道他們是對的。」

現在他來了。他終於來到這個他迴避那麼久的地方。可是康斯坦汀太太在那裡。

他的話語順暢地流出來。故事均衡地從他唇間滑出。故事的開始跟第一次一樣，說那天夜裡他昏昏欲睡的狀態被妻子的尖叫聲震碎，但他的字句不再像先前那樣，只是裝著乾枯意義的蒙塵容器。它們是全新打造出來的，充滿生動的意義，它們帶著他回溯光陰，回到起始的那一夜，綁架發生的那一夜。匆忙地趕到女兒房間，震驚地看到敞開的窗戶和空蕩蕩的床。叫醒全家人，徹夜搜索。他說了黎明時收到的訊息。他說了等待約定時間到來的度秒如年。

他又抿了一口水，幾乎沒有因此中斷述說。

「我一個人騎馬赴約。那趟路並不好走——天空裡沒有一顆星星為我照路，而且路面粗糙、布滿坑洞。有好幾度我得下馬來，跟我的馬並排前進。我不是一直都能確定我在哪裡，因為白天我很熟悉的地標，到了晚上都看不清了。我必須依靠流逝的時間和腳下感受到的地形來判斷——當然，還有憑著河流。即使是晚上，河也有它自己的光芒。我很熟悉它的輪廓，三不五時會認出特定的彎弧或角度，讓我知道我在哪裡。當我看到河面粼粼的夜色被一道更黑的長形物跨越，我知道我來到橋邊了。

「我下了馬。我看不見任何東西或任何人——雖然可能幾碼外就站著十幾個動也不動的彪形大漢，而我也不會知道。

「我喊了一聲：『喂！』

「沒有人回應。

「然後我喊：『愛米莉雅！』我心想這可以讓她安心一點，知道我就在附近。我希望他們有跟她說我要來，說她要回家了。

「我努力聽有沒有回應，或是就算沒有回應，好歹有什麼聲音：腳步聲、摩擦聲、呼吸聲。我只聽到河水拍打岸邊的聲音，還有在那底下潛藏的另一種河水聲，低而深沉，你通常不會去注意。

「我踏上橋，過到對岸。在河的另一邊，我遵照字條的指示，把贖金連同袋子放在橋墩的石頭旁。我站直身體時，好像聽見什麼動靜。不是說話聲，不是腳步聲，而是沒那麼明確的聲音。我的馬也聽到了，因為牠嗚咽了一聲。我在原地站了一會兒，納悶接下來會如何，然後我意識到我應該離橋墩遠一點，讓他們有機會拿錢。我猜想他們會想把錢放在手心掂掂重量，然後才放了愛米莉雅。我回到橋上。我加快腳步往另一頭跑——接著我只知道我臉朝下趴在黑暗中。」

從范恩嘴裡湧出的敘述全是自然流瀉的。他沒有使用任何慣用語，也沒有先打草稿。他的陳述有自己的能量與速度，語句把過往帶進了房間，帶來黑暗與寒冷。他瑟瑟發抖，眼神發直，就像看見記憶中的畫面。

「跌倒的餘震讓我頭暈目眩，我過了一會兒才能呼吸。我動了動身體，確認我有沒有受傷，懷疑是不是有人躲在暗處拿棍子打我。我跪起來，預期另一棍會再把我打趴，但我並沒有被打，所以我知道我只是跌倒而已。我試著回過神來，等著世界恢復秩序。又過了一小段時間，我才振作並站起來，在這麼做的同時，我的腿擦到某個東西。我立刻就醒悟到這個柔軟卻結實的包裹，就是剛才絆倒我的東西。我摸索著想弄清楚它是什麼，可是戴著手套我判斷不出來。我脫掉手套再摸了摸。濕濕的，冷冷的，很扎實。

「我很害怕。即使在我劃亮火柴之前，我就很擔心那會是什麼。

「有了一點光線後，我發現她沒有看著我。這讓我鬆了口氣。她的臉轉向某個角度，眼睛定定地望向河流。這真是最詭異的事了，因為她的眼睛形狀跟愛米莉雅一樣，她穿著愛米莉雅的衣服，腳上套著愛米莉雅的鞋子。她的五官也跟愛米莉雅很像，像得驚人。然而在我看來，不管是當時或後來一段時間，她都顯然不是愛米莉雅。不是我的孩子。她怎麼可能是？我認得我的孩子，我知道她的目光如何落在我身上，她的腳如何舞動挪移，她的手如何探取、躁動、抓握。我握住這孩子的手，它不像愛米莉雅的手那樣緊握住我的手指。有個東西在閃閃發亮。愛米莉雅那條有銀質船錨墜飾的項鍊掛在她脖子上。

「我抱起她，這孩子不可能——一定不能——是愛米莉雅。我找了個不太陡的河岸，七手八腳地下到河邊。我抱著她走進河裡，等河水淹到我腰部時，我把她放下。我感覺河水從我手裡帶走她。」

范恩停頓了一下。

「那是場噩夢，我只能想到用那個辦法讓噩夢結束。我的女兒，我的愛米莉雅，她還活著。妳應該了解吧？」

「我了解。」康斯坦汀太太悲傷的目光毫不動搖地直視他。

「但是我現在知道——已經知道很久了——那就是愛米莉雅。我可憐的孩子已經死了。」

「是的。」康斯坦汀太太說。

現在河岸潰裂了，范恩感覺眼裡有水泉湧而出。他的肩膀顫抖，身體前後搖晃，他的哭泣似乎永遠不會停止。淚水從他眼中滑向臉頰，一路沿著下巴流向脖子，再滲入衣領，也從下巴滴下來弄濕膝蓋。他雙手掩面，眼淚沾濕手指，然後是手腕和袖口。他不停地哭，哭到被榨乾。

康斯坦汀太太用她無所不包又仁慈的目光陪他度過整個過程。

「來自河裡的女孩跟我們回家後，我有些奇怪的想法。有時候我會想……」他難為情地搖搖頭，不過男人可以對康斯坦汀太太說任何事，不用擔心會出醜。「有時候我會想：萬一她沒死呢？萬一我把她放進河裡，她漂走之後又醒了呢？萬一她漂到某個地方——遇見某個人——他們照顧她兩年，然後——我不知道是怎麼樣——或為什麼——總之她又被發現漂在河裡，就這樣回到我們身邊？當然這種可能性很低，可是這種念頭……當人想要尋求解釋……」

「跟我說說愛米莉雅的事，」她在停頓後說，「她生前是什麼樣子？」

「妳想知道哪一類的事？」

「任何事。」

他想了想。「她從來就靜不下來。即使在她出生前她就很愛扭，這是接生婆說的，她出生後被放進小床裡，她的手腳都揮個不停——好像她要游到空中，卻很訝異她辦不到。她以前總是把小手緊握伸直，當她看到自己的拳頭變成有手指頭的手掌時，臉上會出現非常詫異的表情。我太太說她很早就會爬，所以雙腿很有力。她喜歡抓著我的手指，讓我撐她起來，踩著地面，她就能感覺地面支撐著她。她搖搖晃晃到處爬時，我們不能時時刻刻牽著她的手。有一天我在客廳看一些文件，她過來拍我的腳踝吸引我注意，要我抱她站起來，但我太忙了。突然間，一隻小手拽著我的袖子，她就這麼站在我旁邊。她利用椅腳自己站了起來，整張臉洋溢著愉快和驚訝！噢，妳真該看看她那模樣！她跌倒上千遍，但從來不哭，只是撐起身子再試一遍。一旦她學會站立，她就再也不願意坐下了。」

他感覺自己邊回憶邊露出微笑。

「你現在可以看見她了嗎？」康斯坦汀太太的嗓音極為低沉柔和，幾乎沒有擾動空氣。

范恩看到愛米莉雅。他看到她有一綹頭髮亂了，看到她顏色不明確的睫毛和它完美的弧度，看到她的眼角有一點眼屎，看到她臉頰精確的曲線和紅潤的皮膚，看到她飽滿的下唇，看到她短短的手指和精緻的指甲。他看到的她不在這個房間裡，也不是身處這個時間，而是在永恆的記憶中。她不再屬於現實世界，然而在他的記憶中她是存在的，是活生生的，他望著她，她與他眼神交會，並露出笑容。他再度看向她眼睛，感覺四目相接，父親和女兒。他知道她死了，知道她不在了，可是現在在這裡他看到了她，知道在此時此地——也只有在此時此地——她被交還給他了。

「我看見她了。」他說，點點頭，含著淚微笑。

他的肺又是他自己的了；他頭部的重量不再使他肩膀痠痛。他胸腔裡的心跳很穩定。他不知道未來會有什麼，但他知道未來是存在的。他感覺心微微蠢動，對未來有了一些興趣。

「有個新的孩子要出生了，」他告訴康斯坦汀太太，「年底的時候。」

「恭喜！真是好消息。」她的回應讓他重新感受到喜悅。

他刻意吸了一大口氣，把氣呼出來以後，他雙手擱在膝蓋上，準備站起來。

「噢，」康斯坦汀太太微微表示驚訝，「我們談完了嗎？」

范恩停止動作，想了一下。還有別的事嗎？他全想起來了。他怎麼會忘了呢？

他告訴她市集的算命師，他有機會買下羅賓・阿姆斯壯對那孩子的權利，還有對方隱然威脅要把愛米莉雅的死訊透露給他太太。

她很專注地聽。他說完後，她點點頭。「我問你我們是否談完了時，並沒有預期會聽到這種事。我是想起你第一次來找我時，有個特別想解決的難題……」

他回想初次見面的情況。那已經是好久以前了。當時是什麼促使他前來？

「告訴尊夫人……」她繼續說。

「我要求妳告訴赫倫娜愛米莉雅死了。」

「對。我似乎記得，你請我開出價碼。而現在你卻考慮付給陌生人一大筆錢，來阻止他告訴赫倫娜同一件事。」

噢。他靠向椅背。他沒有從這個角度思考過。

「范恩先生，我在想，如果你告訴尊夫人那天晚上發生什麼事，要耗費多少代價？」

♣

稍後，他喝了有黃瓜味的清澈液體，用不會太熱也不會太冷的水洗了臉，把臉擦乾，然後他向康斯坦汀太太道別。「這就是妳做的事，對不對？我現在懂了。我原本以為是煙與鏡那一套，幻術之類的。妳確實會把死者帶回來，但不是以那種方式。」

她聳聳肩。「死亡和回憶應該要合作，有時候有東西卡住了，人們在悲傷中需要一個嚮導或陪伴者。我丈夫和我一起在美國讀過書，那裡有一種新科學：可以用很複雜的方式去解釋它，不過你也可以簡單地把它想成是人類情緒的科學。他在牛津這裡的大學找到工作，而我則實際應用我的所學。我盡力幫忙。」

他把給她的費用留在門廳的桌子上。

要離開房屋前，范恩感覺膝蓋周圍和衣領傳來出乎意料的涼意。他的手腕附近也是。那時他的眼淚流進袖口、滴在衣領和膝蓋上，把他的衣物都弄濕了。真是令人驚奇，他心想。誰想得到人體內竟會有這麼多水？

給愛麗絲拍照

火棉膠號載著麗塔和東特順河而下，前往凱姆史考特的農莊，一路上他們不斷聊天——聊范恩家、聊阿姆斯壯家，但多半還是聊那孩子——有效地掩飾了兩人相處的拘束感。不過當任一方知道對方望向別處，而自己的舉動不會被發現時，總會用充滿愛與悲傷的目光迅速瞥對方一眼，像舀水般舀出一些滿溢的感情，否則他們可能會翻船。

到了凱姆史考特，比較年幼的孩子已經在岸邊等他們了。他們一看到這艘裝飾著鮮豔橘黃色花紋、別致的藍白色相間船屋，就馬上揮手打招呼。麗塔渴望地搜尋，很快就看見那女孩。她跟他們在一起，也在揮手；然後另一個孩子，年齡最小、跟她最相近的男孩牽起她的手，大家一起跑回農莊去了。

「她到哪去了？」東特問，他試著專心泊船，卻因為她不見而分心。

「回到屋子裡了。」麗塔焦慮地說，不過馬上又說：「她來了！他們只是去叫年紀較大的孩子來。」

阿姆斯壯家的孩子都發揮了用處，大男孩們仔細聽東特的吩咐，然後扛起沉重的器材，小傢伙們則接過麗塔給的比較輕且摔不壞的東西，他們鄭重其事地帶著那些東西穿過田野回到農莊。這回卸貨的速度可說破紀錄了。

麗塔始終在留意那女孩。不論她在做什麼，她都用眼角餘光盯著她，注意到其他孩子都很寵愛她，大孩子對她很有耐性，小孩子刻意走得慢一點，免得把她落在後頭。她想到這小女孩在范恩家是否可說是缺乏其他孩子的陪伴，而不禁覺得這些孩子的善意對她肯定是有益的。

貝絲把他們迎入飯廳，大夥兒又忙了一陣，阿姆斯壯和他年紀大的兒子們依照東特的指示挪動桌椅。

「我不要入鏡喔，」貝絲說，「如果有人想知道我長什麼樣子，我隨時都在這裡！」

但阿姆斯壯堅持，孩子們也聲援他，他們很快就決定了拍照的場景：第一張是阿姆斯壯和貝絲；他們晚點再照全家福。

「羅賓在哪？」阿姆斯壯焦躁地說，「他半小時前就該出現了。」

「你也知道年輕男人是什麼樣子，我就叫你別寄望他會來。」他妻子咕噥。

羅賓的懺悔信大大感動了她的丈夫，卻沒有消除她對自己兒子的疑慮。「他總是說得出做不到。」她提醒他，可是阿姆斯壯選擇原諒——他一向如此——而她也沒再咄咄逼人。後來，她在市集上看到長子抱著孩子，她訝異地發現希望的種子在她心裡悄悄生根。她留意著它，像是園丁在心痛中又帶著好奇，觀察一棵不可能欣欣向榮的植物脆弱地生長。她兒子沒來探望這孩子，她都看在眼裡。阿姆斯壯寫信通知羅賓拍照的日期和時間，好像他現在可以理所當然地假設羅賓會出席，不過羅賓沒有回信，而她並不意外他不見人影。

「我們先拍你和阿姆斯壯太太，」東特說，「這能給他充裕的時間，如果他是有事耽擱了。」

他要貝絲坐在椅子上，讓阿姆斯壯站在她身後，然後把玻璃板插到正確的位置，同時再度解釋一定要保持靜止。當一切就緒，他鑽到黑布下，取下蓋子，麗塔則站在照相機後頭，鼓勵兩名拍攝對象持續望著固定方向。在十秒的時間裡，阿姆斯壯夫婦充分感受到第一次拍照的人會有的所有情緒：尷尬、僵硬、緊張、自豪，也有一點愚蠢。不過半小時後，他們看著完成品，經過顯影、沖洗、風乾、裝框的照片，他們看到前所未見的自己：永恆不朽。

「唔……」貝絲煞感奇妙地說，她似乎還沒把話說完，可是她卻沉默了，眼光在照片上滴溜溜地梭巡，看著那個戴著眼罩、俐落的中年婦女，以及站在後頭，一手搭著她肩膀的嚴肅的黑皮膚男人。

與此同時，阿姆斯壯越過她的肩頭看著照片，告訴她照片裡的她有多美，但他的目光不時回到他自己凝重的臉龐上。當他看著自己，他的情緒似乎變得低落。

對這張照片的興趣讓大家都分心了，不過最後終於到了該為第二張團體照準備的時間，而羅賓還是沒來。鵝卵石地面沒有傳來馬蹄聲，門廳也沒有傳來開門聲。阿姆斯壯還是不死心地跑去問女僕，看他是不是悄悄從後門進來了，可是沒有，他就是不在。

「得了，」貝絲強硬地說，「沒來就算了，我們也沒辦法。反正他住在牛津，他隨時都可以去東特先生的工作室拍照，對他來說那輕鬆一百倍。」

「可是把所有孩子聚在一起多好啊！而且愛麗絲也在！」

的確，愛麗絲也在。

貝絲嘆口氣，挽著丈夫的手臂給他打氣。「羅賓現在是大人了，不是父母怎麼說就怎麼做的孩子。來吧，我們該珍惜眼前擁有的，另外六個孩子都在這裡，開心又熱切地想跟我們還有愛麗絲合照。來吧。」

她哄勸阿姆斯壯就定團體照的位置。所有孩子都稍微往左或往右挪，來填補留給大哥的空位。

「都好了嗎？」東特問，阿姆斯壯看了窗戶的方向最後一眼，以防萬一。

「都好了。」他嘆口氣回答。

有十秒的時間，阿姆斯壯、他太太和六個年幼的孩子都盯著相機鏡頭，盯著時間和未來的眼睛，將他們自己化為永恆。麗塔在房間角落旁觀，注意到他們喚作愛麗絲的女孩把目光聚焦在更遠的一個點，超越相機，超越牆壁，超越凱姆史考特，遙遠到可能超越永恆的地方。

東特在沖洗相片時，阿姆斯壯太太和她的女兒們忙著在桌上擺設茶具，男孩們則換上工作服去餵牲口。正當雨停了、太陽露臉的時刻，麗塔發現她和阿姆斯壯獨處一室。

「妳想去看看農場嗎？」他提出邀請。

「好啊。」

他拎起小女孩，似乎感覺不到她的重量，他們走出屋外。

「她怎麼樣？」麗塔問，「你覺得她好嗎？」

「我不確定我能回答妳。通常我很了解生物，不論是人或動物。重點在於觀察。如果是雞，從牠們的羽毛可以看出牠們的焦慮。如果是貓，牠的呼吸方式透露許多資訊。如果是馬——唔，牠們全身上下都有一點線索可循。豬會用眼神傳達心意。這個小傢伙很難看透。妳很神祕，對不對，小豬仔？」他憐愛地摸摸她的頭髮，溫柔地望著她。

女孩看看他，然後看看麗塔，沒有顯露出任何認得她的跡象，反倒像是從沒見過她似的。麗塔提醒自己她一直都是這樣，即使她還在范恩家，而自己經常造訪時，也是如此。

他們一邊走，阿姆斯壯一邊指出麗塔或孩子可能感興趣的東西，女孩乖乖地望向他指的地方，不過在那之間她會把頭擱在男人寬闊的肩頭，收回目光，再度封閉在自己的內心世界。麗塔感覺這位農夫表面上在聊農場，其實心裡暗藏憂鬱心事，她猜想是因為他兒子沒有出現。她沒有東扯西聊，只是靜靜地走在他身旁，直到他鼓起勇氣一吐為快。

「像我這樣的人習慣由內在來辨認自己，我熟悉的是我的內在。我也不常在鏡子裡打量我的外表。看到照片裡的自己很奇妙，等於是跟外在的我面對面。」

「真的是這樣。」

阿姆斯壯再開口時，他問了個問題：「我想妳沒有孩子？」

「我沒有結婚。」

「祝福妳會有那麼一天。在我心裡，沒有任何快樂比得上我的太太和小孩，沒有什麼比我的家人更重要。我想妳應該對我的故事有些猜測吧？」

「我不喜歡猜測，但我知道天鵝酒館的人是怎麼說的，他們說你父母是王子和女奴。」

「很有想像力，不過倒也不是完全偏離事實。我父親是個有錢人，我母親是黑人僕役。他們年紀很輕、幾乎還是孩子的時候，住在同一棟房屋裡，而我是他們愛情與無知的結晶。我想妳可以說我很幸運，我母親也是。大部分人家會把她趕走，但我父親扛起責任。我相信他是想娶她的。當然，這種事是不可能發生的，不過那戶人家很有同情心，他們盡量做他們能做的。我母親受到照料，直到我出生、斷奶，然後她搬去另一個城鎮，找到合適的工作，可以自食其力直到她結婚——幾年後她也確實嫁給與她門當戶對的男人。我被安置在一個機構，那裡的孩子因為各種原因而不能住在家裡，不過家裡都算有錢；之後我又被送去上學，是滿好的學校。於是我就在兩個家庭之間成長，一個家有錢、一個家貧窮，一個家是黑人、一個家是白人，但我只在邊緣徘徊，從未處於任何一個家的核心。我大部分時間是在家庭之外長大的。我的早期記憶多半都是在學校裡，不過我知道我的父母是誰。我父親每年會來兩次，帶我離開學校跟他共度一天。我記得有一次他在馬車上等我，我爬上車後驚訝地發現有另一個看起來比我小的男孩在車上。『羅伯，你覺得這小傢伙如何？』

我父親對我說，『跟你弟弟握個手吧！』那天真是不得了！我記得有個地方——老實說我不知道那是什麼地方——有草坪。我一遍又一遍把球拋向我弟弟，最後他總算接住了一兩次，他樂得手舞足蹈。我永遠忘不了。後來，我教他爬樹時腳要踩哪裡，我父親則站在樹下，以防我們墜落時可以接住我們。那棵樹不很高，但他也不是個大男孩。我們兩人年紀都還太小，看不出我們之間的差異，但我們回到學校時我開始懂了，因為我爬下馬車後，他們兩人一起離開，回到一個稱為『家』的地方。我不知道後來發生什麼事，我從沒再見到那個男孩，不過我知道他的名字，也知道在他底下還有其他弟弟妹妹。也許我父親不該鼓勵我們認識彼此，而他的行為被察覺了。也許他只是自己覺得不妥。無論是什麼原因，我都沒再見過我弟弟。我想他根本不記得我了，我甚至不確定他知不知道有我這個人。我父親的家庭就這樣與我絕緣。

「我在我母親家不完全是個陌生人。我獲准在放假時偶爾去短暫停留作客，那些時光是我的美好回憶。她的家充滿話語和動作、笑聲和愛。在我面前，她盡可能鼓起勇氣當個好媽媽；她不止一次張開雙臂摟著我，跟我說她愛我，雖然我對這種待遇太不習慣了，以致於我的舌頭打結，也不懂得如何抱回去。她的丈夫人也不壞，不過他總是告誡我的弟妹們在我面前講話要注意。『羅伯不習慣你們這些胡言亂語。』他總在談笑聲變得太喧鬧時說。我一直都不想離開那棟房屋。我總是想下一次去的時候，他們就會允許我留下了，而每次離開我都好失望。最後我注意到，我每次拜訪都變得更不像我的弟妹，而不是被他們同化。後來，這類放假時的拜訪——已經降低了頻率——完全停止了。並不是突然就結束，也沒有人明說以後不會再有了，只是連續好幾個假期都沒有人找我去，而我才恍然醒悟一切都結束了。我和弟妹之間的界線強化成一堵堅硬的牆。

「我十七歲那年，我母親捎來訊息要我去看她，她快死了。我回到那棟屋子。它比我記憶中要小得多。我進入她的臥室，房間裡有好多人。當然，我的弟妹們已經在那裡，有的坐在床邊、有的跪在地上，圍繞在她附近。我原本可以要求站到她身邊，握著她的手一會兒，如果她意識清楚且知道我來了，我相信我會那麼做的，但已經太遲了。我站在一進門處，看我的弟妹或坐或跪在床邊，當她嚥下最後一口氣，我的妹妹們想起了我，說或許可以讓羅伯來朗讀──『因為他朗讀得如此優美，』她說──所以我用白人的腔調唸了幾段《聖經》經文，唸完之後，我似乎沒有理由繼續待著。我在臨走前問我繼父我是否能提供任何方面的協助，他說：『我能照顧好我的孩子，謝謝你，阿姆斯壯先生。』他原本總是叫我羅伯，但我想現在我是大人了，於是他給了我這個稱謂，這姓氏完全是憑空冒出來的，不是我父母任何一方的姓氏，只屬於我一人。

「我出席了她的喪禮，我父親跟我一起去。他刻意安排，讓我們悄悄溜到後方，然後在其他弔唁者轉身離開前就消失。」

說到這裡，阿姆斯壯停頓了一下。穀倉裡走出一隻貓，牠一看到農夫就小跑步過來，在男人一碼半外停下，蹲坐下來，然後像嚇人玩具一樣彈跳起來，落在他的肩上。

「好精采的一幕。」麗塔說，貓兒安坐下來，用臉頰摩蹭他下巴。

「牠是隻奇怪又有感情的小動物。」阿姆斯壯微笑著說，他們繼續往前走，貓兒像海盜養的鸚鵡一樣穩穩地待在主人肩頭。

「星期天小姐，妳要知道，我沒有歸屬感。我不屬於任何一個家，不是任何一個家的重心。就是這樣。我知道被排除在外的感覺。請不要誤會，我不是在抱怨，而是在解釋，雖然我絮絮叨叨這麼久還沒講到重點。請原諒我，身為男人我鮮少會說起這些事，而說出來讓人感覺──我不知道該怎麼形容……愉快？不管怎麼說，如釋重負是有的。」

麗塔迎向他的視線，點點頭。

「我的父母內心都是好人，星期天小姐。我相信他們兩人都在可能的限度內愛著我。事實是，他們不能隨心所欲、自由自在地愛我。我的財富成為我和母親那方的手足之間的隔閡，我的膚色則是我跟另一邊的弟妹之間的障礙。不用懷疑，我的繼母和繼父都把我視為令人尷尬的難題。不過我一向非常清楚我的運氣有多好。噯，甚至在遇到貝絲之前我就知道我很幸運了。

「是這樣的，我知道沒有歸屬感有多可憐，而羅賓出生時，我在他身上看見我自己。說來可能很奇怪，但老實說，他比其他所有孩子都更像我。就世人的定義，其他孩子才是我的親生骨肉，我愛他們，我熱愛我的兒女更甚於生命。看到他們在一起，我彷彿看見我母親的孩子，他們從彼此以及父母身上得到快樂。知道是我讓他們擁有這樣的生活，我非常開心。可是當我看見羅賓——他不是我的骨肉，跟其他人不一樣，而這是我的好貝絲的不幸，不是她的過錯——唔，我看到的是一個走在邊緣的孩子。我看見這孩子很容易就會掉進家庭之間的裂縫，可能會就此迷失。而我下定決心——不是在他出生那一天，而是更早之前——要打心裡重視他。要給他一個孩子需要的珍惜，要給他所有孩子都值得擁有的愛。我一直以來的願望，就是確保他隨時都知道他在我心裡。因為若說有什麼事是我不能忍受的，那就是有孩子在受苦。」

阿姆斯壯沉默了，麗塔瞥向他的臉，看到他的臉頰上有濕亮的淚水。

「這種感情證明你是最好的父親，」她說，「今天看著你們一家人，我就知道是這樣。」

阿姆斯壯望向遠方。「那男孩讓我心碎了一百次，在我的時辰來臨前，他還會再讓我心碎一百次。」

他們來到豬圈外。阿姆斯壯從口袋裡摸出幾個橡實，年輕的豬發出友善的呼嚕聲和抽鼻子的聲音靠向他，他把橡實分發給牠們，拍拍牠們的臀部、撓撓牠們耳朵後頭。

現在東特在呼喚他們。他從火棉膠號回來，帶著沖洗完成並裱框的阿姆斯壯全家福。他拿給阿姆斯壯看，阿姆斯壯點點頭，向他道謝。

「可是，東特先生，我必須和你談談你拍的另一張照片。」

他從口袋取出小小的相框，轉過去拿給麗塔和東特看。

「會算命的豬！你在市集那天買下來的。」

「是的，星期天小姐。」阿姆斯壯面色凝重。「妳應該也記得，我看到這隻豬的時候情緒激動。東特先生，我認得這隻豬，牠的名字叫茉德，牠是我的豬。這隻豬——」他指著正優雅咀嚼橡實的小母豬，「——是牠的女兒梅波，那邊那隻小豬是牠的外孫女瑪蒂達。大約三年前，牠就從這個豬圈裡被人悄無聲息地帶走，從此我沒再見過牠，直到你的照片映入我眼簾。」

「牠被偷了？」

「被偷……被綁架……看你用什麼說法了。」

「偷走一隻豬很容易嗎？我可不想試著搬運豬。」

「我不知道牠為什麼沒有抱怨，一隻豬想要的話可以發出吵醒全家人的尖叫聲。從這裡到大路之間有紅色痕跡——一開始我擔心是血，但其實是覆盆子汁液。牠非常喜歡覆盆子，我猜那就是他們誘騙牠的手段吧。」

他重重嘆口氣，指著照片一角。

「好，你在這看見什麼？我相信我看見一個影子。我盯著看了又看，在我看來這影子可能是個人影，而那個人在照片曝光時站在旁邊，刻意沒有入鏡。」

東特點點頭。

「這張照片是將近三年前拍的，我了解過了這麼久，你可能不會記得那個人是誰。那個人甚至可能不是照顧茱德的人，而是別人。但我在想，要是你剛好記憶力很強，你或許能告訴我一些影子主人的事。」

阿姆斯壯在說話時，望著東特的表情含有更多對失望的預期，而不是希望。

東特閉上眼。他回顧儲存在腦中的畫面。照片本身讓他的回憶鮮活起來。

「一個小個子男人，比星期天小姐矮了大概八吋，很瘦。他最引人注目的地方是他的大衣，它太大了，對他來說不但太長，肩膀也太寬。我當時就納悶，在那晴朗的夏天，大家都只穿襯衫，他為什麼還穿著大衣。我猜想他或許自慚形穢，希望大一號的衣物能給人視覺上的錯覺，好像衣服裡頭的人也有那麼魁梧。」

「可是他長得什麼模樣？是老還是年輕？髮色是淺是深？有鬍子還是沒鬍子？」

「沒鬍子，而且他的下巴很窄。再多的資訊我就說不上來了，因為他把帽沿壓得很低，我幾乎看不到他的臉。」

阿姆斯壯瞥向照片，彷彿光靠凝視的力量就能看到相框外的畫面，找出那個矮小的陌生人。

「他跟那隻豬是一起的？」

「對。關於他我只能再告訴你另一件可能有用的事。我問他能不能站到豬旁邊一起入鏡，但他不肯。我再次提出要求，他還是拒絕。今天聽你說你的豬是被偷了，那麼那個男人堅持不肯被拍攝，豈不是很可疑嗎？」

現在阿姆斯壯最小的女兒由他們後方跑過來，大聲說下午茶已經準備好了。她要求把她的姪女放下地，於是阿姆斯壯讓女孩自己站在地上。姪女和小姑姑兩人手牽手跑向屋內，較大的孩子配合小傢伙放慢速度。

「有失禮數很抱歉，」阿姆斯壯說，「但我們都在廚房喝下午茶，這樣可以節省時間，而且我們不必換掉工作服。」

進屋之後，大桌子上擺滿麵包和肉，還有各種不同的糕餅，空氣中瀰漫美妙的烘焙香。較大的孩子們替較小的孩子在麵包上塗奶油，其中最小的一個坐在最大的叔叔膝上，大家都把最好的讓給她。阿姆斯壯一心要確保不管是孩子或客人都被照顧好，忙著給整桌的人遞盤子，最後只有他的盤子還是空的。

「也要顧到你自己啊，親愛的。」阿姆斯壯太太嗔道。

「先等一下，只是皮普搆不到李子……」

「他寧可餓到自己，也不願看到孩子將就。」她告訴麗塔，同時把李子往兒子面前推近一點，另一隻手則把麵包和乳酪放在丈夫盤中，雖然此刻他又跑到廚房門外，在小碟子裡倒牛奶餵貓。

阿姆斯壯的其中一個女兒追著麗塔問醫學與疾病的話題，而且很快就能抓到重點與理解，因而麗塔轉頭對著女孩的母親說：「妳這裡有個未來的護士呢。」桌子另一端則是一群孩子對東特疲勞轟炸，問他攝影、駕船和四輪車的細節。

等到大家盤子裡只剩麵包屑了，東特注意到室內光線，把頭探出門外。

「暗房還沒收吧？」

麗塔點點頭。

「妳想我們能不能善用這光線？阿姆斯壯先生，或許拍一張務農照如何？你的馬可以保持不動十秒嗎？」

「如果我陪著牠就可以。」

飛兒被牽進庭院，裝上馬鞍。東特緊盯著天空。阿姆斯壯騎上馬。

「那隻小貓咪呢？」麗塔提出想法，「牠跑哪兒去了？」

貓被找到並帶過來，送去坐在主人肩膀上呼嚕。

現在阿姆斯壯的孩子們抓到了這張照片的本質，又跑去把狗帶過來。那隻老狗友善地讓他們帶牠到飛兒前腿旁的定點，牠直挺挺地坐著，眼睛直盯著鏡頭，像是最聽話的拍攝對象。就在一切就緒時，阿姆斯壯驚跳起來。

「瑪蒂達！」他叫道，「我們不能漏了瑪蒂達！」

他排行中間的兒子一扭身飛速狂奔。

原本靜止掛在天上的雲開始緩慢飄移。東特看著它漸漸移動，焦慮地望向男孩消失的方向。就在雲加快速度橫越天空時，他張嘴說：「我想我們必須——」

男孩跑回來了，腋下夾著什麼東西。

雲愈飄愈快。

男孩把一團扭動的粉紅色肉體遞上去給父親。

東特苦著一張臉。「我們不能有會動的東西。」

「牠不會動的，」阿姆斯壯說，「只要我跟牠說不要動。」他把小豬舉起來，在牠耳邊喃喃說了什麼，貓兒歪著頭在偷聽。他把小豬夾在臂彎，讓牠的屁股坐在他手肘上，接著整幅活人畫——男人、駿馬、狗、貓和小豬——都完美地靜止不動，維持了足足十五秒。

✣

麗塔和貝絲在廚房裡等，阿姆斯壯的兒子們則協助東特把設備搬回火棉膠號。貝絲的目光不斷回到照片上，麗塔也越過她的肩頭看。孩子坐在阿姆斯壯較大的女兒膝上，另外五個孩子圍在旁邊，臉上是藏不住的笑意，眼神晶亮地望著相機。家裡的新成員盯著鏡頭，在現實生活中，她那雙眼睛令人迷惑，帶著難以定義的綠中帶藍帶霧灰的顏色，然而在照片中因為沒有色彩而變得單純，麗塔覺得不安，就像愛米莉雅在船上的照片給她的感覺。照片中那孩子有種聽天由命的頹喪感，在本人身上比較不明顯。

「貝絲，她快樂嗎？」她懷疑地問，「妳是個母親，妳覺得呢？」

「唔，她玩得還不錯，也會跑來跑去。她胃口很好。她喜歡下去河邊，大孩子每天都會帶她去散步，讓她能東看西看，踩踩水什麼的。」貝絲的話是一回事，她的語氣又暗示另一回事。「可是一天下來她會變得很累，比正常程度更累，好像跟一般孩子比起來，她做每件事都要耗費雙倍體力。這小可愛失去光采，疲憊不堪，而她不睡覺，只是哭。我怎麼做都安慰不了她。」

貝絲撥弄她的眼罩。

「妳的眼睛是什麼狀況？我能幫上忙嗎？我是個護士——我很樂意看一看。」

「謝謝妳，麗塔，不過不用了。我很久以前就把我的眼睛收起來了。只要我不用它來看人，它就不會讓我心煩。」

「為什麼？」

「有時候我不喜歡我看見的事。」

「妳看見什麼？」

「人們的真面目。我還小的時候，我以為每個人都能看穿別人的心。我沒發現我能看見的東西，對其他人來說是隱藏起來的。人們不喜歡真實的自我被看透，那讓我惹上不止一回麻煩。我學會把我看見的事藏在心裡。要知道，我只能理解我那個年齡能理解的部分，我想這算是某種保護吧，不過隨著我漸漸長大，我愈來愈不喜歡我看到的事。太多資訊是種負擔。我十五歲時縫了第一片眼罩，從此之後我就一直戴著。當然，大家都以為我是以我的眼睛為恥。他們以為我是在掩蓋我的醜陋不讓他們看見，事實上我掩蓋的卻是他們的醜陋。」

「真了不得的能力，」麗塔說，「我很好奇。後來妳還有拿下眼罩試著看人嗎？」

「兩次。不過自從我們家來了這個新成員，我就一直在考慮。我在想要不要拿下眼罩來『看』她。」

「弄清楚她是誰嗎？」

「這我看不出來。我只看得出她的感受。」

「妳能看出來她快不快樂？」

「對。」貝絲面露猶豫看著麗塔，「我該看嗎？」

她們望向窗外，女孩們正在跟貓玩。阿姆斯壯的女兒拿一條線逗貓跳起來撲抓，個個笑得很開心。孩子無精打采地睨著她們滑稽的動作。她不時會試著微笑，但那似乎讓她很累，她揉揉眼睛。

「是的。」麗塔說。

貝絲走進院子，抱著孩子回來。麗塔讓女孩坐在膝上，貝絲坐在她對面。她把眼罩滑過去蓋住正常的眼睛，別過臉去不看女孩，直到她準備好。然後她轉過頭，用她那隻看得很遠的眼睛看向女孩。

貝絲飛快掩住嘴，發出沮喪的驚呼。

「不！這可憐的小女孩迷失得太遠了！她想回家找爸爸。噢，可憐的孩子！」貝絲把小女孩擁在懷裡搖晃，拿出她所有的安撫本領。她越過女孩的頭對麗塔說：「她不屬於這裡，妳得把她送回范恩家，今天就帶她回家！」

真相、謊言和河流

「妳的醫學知識對阿姆斯壯太太的『靈眼』有什麼看法？」東特邊掌舵邊問。

「你才是光學專家，你有什麼看法？」

「不管是人眼或機械的眼睛，都不可能看見孩子的靈魂。」

「然而我們卻在這裡，根據貝絲的反應把這小女孩送回范恩家。因為我們信任她。」

「我們為什麼要信任我們誰也不相信的事？」

「我可沒說我不相信。」

「麗塔！」

「也許是這樣的：貝絲小時候生了一場病；她的跛腳和眼睛讓她和其他孩子不一樣。她有更多機會觀察——也有更多時間思考她所觀察到的事物。她逐漸培養出對性格的優異判斷力，並學會如何在跟別人一同生活中，了解他們甚於他們自己。但是像她那般強烈體會其他人的悲傷、希望、感情和意圖一定很累人，她覺得自己的天賦讓她不安，就說服自己這天賦附加在她的眼睛上，並且拿一塊布把它遮住。

「她原本就頗為確定那孩子並不快樂，我自己也察覺了。我猜你也是吧？」

他點點頭。

「她對孩子非常有經驗。當她移開眼罩時，只是容許自己看見她已經知道的事。」

「而我們信任她的判斷，所以才要把孩子帶回巴斯考小屋。」

女孩在甲板上，手握著護欄，眼睛望著河水。每經過一個彎道她都會朝前方張望。當她檢視過舉目所及每一艘船後，她的目光會回到河面。但她看的似乎不是因為被火棉膠號擾動而變得不透明的表面，而是深入水底。

他們來到巴斯考的船庫，把船泊好。東特抱孩子下船；她不慌不忙也不驚訝，只是認出路線並帶著他們回到房屋。

女僕詫異得倒抽一口氣，連忙把他們直接迎入客廳。

他們進入客廳時，范恩夫婦緊靠彼此坐在沙發上，他的手撫著她的肚子。感到有人闖入，他們抬頭看。范恩帶著淚痕的臉，以及赫倫娜瞪大眼睛臉色發白的模樣，都還顯露出他們剛才經歷了強烈的情緒風暴。麗塔和東特用火棉膠號帶著孩子回到巴斯考小屋時，感覺他們身處於重大事件的核心，而現在進入這間屋子，發現這裡也發生了重大事件，一時間令他們倉皇失措。不過那是真的：這個房間確實有什麼大事來了又走了，空氣凝重到因為知道一切都將變得不同而微微顫慄。

可是現在，看到這孩子，范恩站起身來。他跨出一步，再一步，然後奔向門口把女孩擁入懷裡。他伸直手臂舉著她，好像他幾乎不敢相信她在這裡，然後把她放在妻子腿上。赫倫娜親吻女孩頭頂一百下，喊了她一千遍「親愛的」，然後夫妻兩人同時又是哭又是笑。

東特主動回答亂了手腳的范恩夫婦沒問出的問題。「我們今天下午去阿姆斯壯家拍照，他們很確定她不是愛麗絲。她畢竟屬於這裡。」

范恩和赫倫娜互看一眼，默默達成某種共識。當他們轉回頭面向東特和麗塔時，他們異口同聲地說：

「她不是愛米莉雅。」

♣

他們坐在河岸邊。要講述這樣的故事，貼近河流要比坐在客廳裡更適合。話語在室內會堆積，會受困於牆壁和天花板之間。已經說出來的話可能太沉重，壓住尚未說出來的話、讓它窒息。而在河邊呢，空氣會帶著故事去旅行，一個句子隨風遠颺，讓出空間給下一個句子。

孩子剝掉鞋子站在淺灘，繼續她用樹枝和石頭玩的老把戲，三不五時暫停一下，朝河流兩端眺望，而范恩則告訴東特和麗塔他的故事，他剛才告訴赫倫娜這故事，更早之前則是告訴康斯坦汀太太。

他一五一十地說完後安靜下來，赫倫娜說：「我知道她已經死了。他那天晚上沒有帶她一起回來，我就知道了，事情全寫在他臉上。但我無法承受知道真相，他也沒有說，我們就假裝事實不是如此。我們是共犯，我們一起營造假象。這幾乎摧毀我們。沒有真相，我們就不能哀悼；沒有真相，我們就不能安慰對方。到最後，我緊抓不放的虛假希望實在太折磨人了，我甚至準備好投河自盡。然後這女孩來了，而我認得她。」

「我們很快樂，」范恩說，「或者應該說，赫倫娜很快樂，而我因為她快樂而快樂。」

「可憐的安東尼說的謊比較嚴重，但不像我的謊那麼持久。我盡情享受與眼前的女孩相處，我把所有痛苦的真相埋起來，眼裡只有她。」

「然後伊維斯太太說：『哈囉，愛麗絲！』」

「改變一切的人不是伊維斯太太，而是妳，麗塔。」

「我？」

「妳告訴我有另一個寶寶要來了。」

麗塔回想當時。「妳說『噢』，然後又說了一聲『噢』。」

「第一個『噢』是為了新寶寶，第二個『噢』是隨之而來的醒悟，我醒悟到這個小女孩從未在我的子宮裡蠕動過。我知道她不是愛米莉雅。不過我還是像想念愛米莉雅一樣想念她，她讓我恢復生命力，讓我回到安東尼身邊，我不由自主地愛她，我們神祕的小小孩，不管她是誰。

「她改變了我們。我們曾為愛米莉雅哭泣，也將再為她哭泣。未來還有好幾條淚河等著泉湧而出。但我們會像對親生女兒一樣愛這女孩，她會是即將到來的寶寶的姊姊。」

他們走回房屋，范恩夫婦走在前面，那個既不是愛米莉雅也不是愛麗絲的孩子在他們中間。她似乎就像接受自己必須離開巴斯考小屋一樣，又接受了她返回的事實。

麗塔和東特刻意落後一點跟著。

「她不可能是莉莉的妹妹，」東特壓低音量說，「那仍然說不通。」

「那她到底是誰的孩子？」

「她不是任何人的孩子。所以范恩夫婦怎麼就不能擁有她呢？他們愛她，她跟著他們可以過好日子。」他的嗓音中帶有一種麗塔認得的語氣，因為她自己心裡也有同樣的遺憾和渴望。她還記得那一晚，她在天鵝酒館的椅子上睡著了，室內有東特的呼吸聲，孩子在她懷裡沉睡，她的肋骨與她自己的胸膛和諧地一同起伏。*我可以養她*，當時這個念頭飄進她腦中，從此就不曾消失。但這不是好方法。她是個有工作的未婚女人。范恩夫婦遠比她適合照顧這孩子。她必須滿足於從遠處愛著她。

麗塔吸了一小口氣，吐出來，下定決心把心思轉向別的事情。她思考范恩剛才告訴他們的事代表什麼，並喃喃與東特分享她的想法。「不論是誰綁架愛米莉雅……」她開口。

「……也是殺了她的凶手。」東特用同樣低的音量接口。

「不能讓他們逍遙法外。一定有人知道什麼線索。」

「總是有人知道線索的，不過是誰呢？他們知道什麼？他們究竟知不知道自己掌握了重要線索？」

東特靈光一閃，暫時打住。「可能有個辦法……」他有些懷疑地撓著頭。

他們追上范恩夫婦，東特講出他的主意。

「可是會有用嗎？」赫倫娜問。

「沒辦法預知。」

「除非我們試試看。」范恩說。

他們四人站在房屋前面。管家克雷爾太太聽到他們靠近，把門打開，看他們不動，又把門關上。

「要嗎？」麗塔問。

「我想不出還有別的辦法。」赫倫娜說。

「那好吧。」范恩說，轉向東特。「你要怎麼開始？」

「從克里克萊德的龍開始。」

「龍？」范恩一頭霧水，但赫倫娜知道東特在暗示什麼。

「茹比的奶奶！」她高呼，「還有茹比。」

克里克萊德的龍

克里克萊德是個塞滿故事的小鎮。他們騎著四輪車經過教堂時，東特向麗塔解釋了其中一些故事。

「根據傳說，」他說，他們滿載沉重的攝影器材穿過小鎮，「如果某人倒了大楣，從高塔上掉下來，他的朋友和家人在悲傷之餘，會看到所愛之人的石雕從他墜落的地點自然冒出來，沖淡他們的哀悽。我真懊惱，拍下那一幕的機率微乎其微。」

他們沒有在教堂停留，而是往北走，來到一條延伸到村外、通往下安姆尼村的道路時，他們開始搜尋一座有蜂箱的茅草屋。

「妳一定要去，拜託妳。」赫倫娜懇求麗塔。「東特一個人一定從茹比身上問不出任何事的。她會信任妳，大家都信任妳。」

所以她就來了，坐在東特身後的那些箱子之間，磕磕碰碰地行經鄉間道路，警覺地打量四周。

「那裡。」她指著，一眼看到樹籬後頭明顯的蜂箱頂部。

花園裡有個白髮女人，正蹣步蹣跚地走向蜂箱。聽到麗塔的問候聲，她把清澈的眼睛轉向他們。「是誰？我認識妳嗎？」

「我叫麗塔．星期天，我是來買蜂蜜的。妳一定是魏勒太太吧。跟我一起的是東特先生，他是個攝影師。他想和妳談談龍的事，這是為了他的書。」

「書？那我可不懂……但我不介意跟你說龍的事。我是九十歲了沒錯，但我的印象還像昨天的事一樣鮮明呢。來這裡坐，我們吃點麵包配蜂蜜，你想問什麼儘管問。」

他們坐在陰涼角落的長椅上，女人走到門邊，跟門裡的人短暫交談。她回來之後，就對他們說了龍的事。那些龍來到這一棟小屋時，她還是個三、四歲大的孩子。那是將近一百年來，頭一回有龍來到克里克萊德，在這之後也沒有人再見過牠們。現今她是克里克萊德唯一見過那些龍的人。她醒來時忍不住咳嗽，喉嚨裡熱熱的，還看到原本的茅草天花板上有個洞，洞裡有火焰。「我下床走到門邊，但我聽到龍在外頭的樓梯平臺上吼叫，所以我不敢開門。我轉身走到窗邊，看到我爸在朝裡張望——他爬上屋外樹木的枝條，雖然它們已經在悶燒了，隨時有可能整個燒起來；他用腳踹破玻璃，伸手進來把我抱出去。我們手忙腳亂地回到地面，接著鄰居從他懷裡把我接過去，把我放在地上，讓我滾來滾去。我簡直搞不懂他們在做什麼！不過你們知道嗎，我的睡衣著火了，但我自己不知道，他們讓我打滾是為了滅火。」

老婦娓娓道來，神態安詳，好像這故事發生在那麼久以前，簡直就像是另一個人的故事了。偶爾他們提出疑問，她那淺色眼珠會坦率而慈祥地望向說話的人，雖然她很明顯是失明的。一個蒼白而瘦弱的女孩端了個托盤送上桌，擺出麵包片、一碟奶油和一罐插著湯匙的蜂蜜。她板著臉對訪客點了一下頭，眼皮都沒抬一下就回到屋裡。

「我來塗奶油吧？」麗塔熱心地說，魏勒奶奶說：「謝謝妳，親愛的。」

「我奶奶把她的蜂蜜存放在那裡，」她朝著戶外的石屋點點頭，「在一個跟澡盆一樣大的罐子裡，她把蓋子拿掉，然後把光溜溜的我放下去，我就在那裡泡了一夜。那一年沒蜂蜜可賣，因為我脖子以下都浸在裡頭，誰也不想吃它了。」

「那妳有看到龍嗎？妳聽到在門後的那些龍？要是能拍到一張龍的照片，要我做什麼都行——

我會變成大富翁！」

她呵呵笑。「如果你看到牠們，還有比傻站著拍照更該做的事情！對，我有看到牠們。我坐在蜂蜜裡的時候，看到牠們飛走了，總共有好幾百隻哪。」她抬起頭，好像現在仍看得到牠們。「巨大的飛行鰻魚，想像那種生物，你在腦子裡看到的畫面就八九不離十了。就我所見，沒有耳朵也沒有眼睛。沒有鱗片，甚至不算有翅膀。一點也不像我在圖畫裡看過的龍，只是很長、很黑、很光滑、很迅速。牠們捲曲扭動，占滿整個天空，抬頭看著牠們就好像盯著一鍋沸騰的墨水。我說，你們覺得我的蜂蜜怎麼樣？」

他們吃飽喝足，老太太又回憶起龍來的那一夜。

「看那裡！」她指著屋頂。「我現在看不到了，我的眼睛不行了，但你們能看見。窗戶上方的黑色痕跡。」

果不其然，在茅草屋頂的下緣有燒灼痕跡。

「那會是照片中一個很棒的細節，」東特提出，「妳本人在蜂箱旁邊，被火燒過的地方作為背景。畫面裡也會有天空——也就是龍待的地方。」

他沒有費太大力氣就成功誘哄魏勒奶奶入鏡，東特在準備器材時，麗塔繼續和她攀談。

「妳一定受到嚴重燒傷吧？」

魏勒奶奶捲起袖子露出手臂。「我的整個背部都像這樣，從脖子一直到腰。」有一大片皮膚都變色了，光滑而緊繃。

「真是太不尋常了，」麗塔說，「燒傷面積這麼大。妳後來沒有後遺症嗎？」

「噢，沒有。」

「因為蜂蜜嗎？我的病患燒傷時我也用蜂蜜治療。」

「妳是護士？」

「是，也是助產士。我在下游幾哩外執業，在巴斯考。」

老太太一怔。「巴斯考？」

停頓了一下。麗塔吞下麵包和蜂蜜，等待著，直到老太太試探地說下去。

「妳或許知道兩年前那裡有個孩子失蹤了……」

「愛米莉雅．范恩？」

「就是她。聽說她回來了——但我現在又聽說那可能不是她。他們現在怎麼說？她到底是不是愛米莉雅？」

「確實有個女人出面，表現出她認得那孩子是另一個小女孩，但另外那個女孩的家人後來覺得她不是他們家的孩子，所以她又回到范恩家了。沒有人知道她的真實身分，不過她並不是愛米莉雅。」

「不是愛米莉雅！我多希望……為了范恩夫婦，也是為了我自己家好。我孫女之前是范恩家的保姆，自從那小娃兒被擄走，她的苦難就沒停過。人們用各種謠言攻擊她。認識她的人當然一個字也不信，但有太多人先聽到流言才用有色眼光看她。她對人生唯一的期望就是找到一個好青年、建立自己的家庭，可是能有多少男人願意娶牽扯進這種事的女人為妻！她焦慮不安到都生病了，睡也睡不好，吃也吃不下。她不肯出門，怕別人對她說話不客氣，有些日子甚至連房間都不出。我可以一連好幾個月聽不到她一次笑聲……後來聽說那女孩回來了！是被河送回來的，他們說。拿茹比嚼舌根的人現在可是自打嘴巴了。風向開始轉變，茹比也稍微離開她的殼。她甚至找到工作，在她以前讀的學校幫忙。她的臉色恢復一點紅潤，對生活又開始有了興趣。有時候晚上她會跟學校裡的其他年輕小姐去逛街，想到她受了那麼多苦，我有什麼立場阻止她？她怎麼就不能像其他年輕人一樣找點樂趣呢？她認識了厄尼斯特，他們訂婚了，預計要在七月結婚。可是夏至過後，一個嫉妒她的女孩把她拉到一邊，小聲說他們在巴斯考找到的女孩不是愛米莉雅，說失蹤的女孩仍然沒回來。閒話又開始了，茹比仍然受到指指點點。她隔天就取消婚禮。『每個人都對我竊竊私語，我怎麼能結婚生子？別人對我連照顧好自己的孩子都沒有信心！這對厄尼斯特不公平，他值得比我好的對象。』大意是這樣。厄尼斯特盡了全力說服她回心轉意，他才不管什麼閒言閒語。他說婚禮只是延期，婚約仍然有效，但她不肯見他，雖然他每天都來問她怎麼樣了。學校說她最好離職，現在她大門不出二門不邁。」

盲眼老太太嘆口氣。「我原本期盼會聽到好消息，但妳只是證實了我本來就知道的事。」她作勢要用老邁的骨頭站起身來。「我們在等的時候，我先去把蜂蜜拿過來好了。」

「請待久一點吧，」麗塔說，「我認識范恩夫婦，他們信任茹比，他們知道她沒做任何壞事。」

「這倒滿窩心的，」老太太承認，重新坐回椅子上，「他們是好人，他們從沒說過她一句重話。」

「范恩先生和太太非常想查出這樁綁架案的真相。由於妳的孫女沒有涉案，表示犯人另有其人——而那個人一定要被逮住，接受制裁。如果能實現這件事，對茹比的處境也有很大的幫助。」

見過龍的老太太搖頭。「當時他們就查過了，什麼都沒查出來。我猜是水上吉普賽人，現在絕對逮不到他們的。」

「可是假設可以嘗試新方法呢？」

老太太抬起頭，透明的眼睛困惑地盯著麗塔。

「我相信妳所說的關於茹比的一切，相信她是個好人，因為我早就從范恩夫婦那裡聽過同樣的說法了。她不能結婚太不公平了。她不能擁有她想要的孩子也太沒道理了，尤其她會是那麼棒的母親。告訴我，有沒有什麼方法可以讓真相浮出水面，可以揭發真正的犯人，洗刷茹比的汙名？她會幫忙嗎？她願意參與嗎？」

老太太目光游移。

房屋的門打開了，剛才送來麵包和蜂蜜的瘦巴巴年輕女人走出來。

「我得做什麼？」

♣

東特讓魏勒奶奶站在蜂箱旁邊，上方是被龍焰染黑的過樑，麗塔則和茹比坐在一起，頭湊得很近說明計畫。

當她說完後，女孩瞪著她。「可是那是魔法！」

「並不是，不過看起來像是。」

「那會讓人說實話？」

「或許會。如果有人知道什麼還沒說出來的事，或許是他們不知道很重要的事。如果那個人在場，而我們又很幸運，那麼就會有用。」

茹比再度垂下目光，看著她交互緊握放在腿上的手，指節發白，指甲啃得光禿禿的。麗塔沒繼續遊說她，而是讓她自己考慮。那雙手躁動、扭轉，最後平靜下來。

「不過你們需要我做什麼呢？我不會變那種魔法。」

「妳不用變魔法，妳只需要告訴我，那天晚上是誰慫恿妳離開巴斯考小屋。」

剛才茹比眼中燃起微弱的希望之光，現在她嘴唇顫抖，光芒熄滅。她把頭垂放在手裡。

「沒有人！我已經說了一遍又一遍，他們就是不相信！沒有人！」

麗塔牽著女孩的手，溫柔地拉開。她牢牢握住它們，轉頭直視她淚漬漬的臉。

「那妳為什麼出門呢？」

「妳不會相信的！沒人會相信，他們會罵我是愚蠢的騙子。」

「茹比，我知道妳是個誠實的女孩。如果這件事背後有什麼令人難以置信的事，妳應該要告訴我。也許我們兩個人的腦袋可以想通答案。」

綁架案以來的時光已經徹底消磨了茹比。她臉色蒼白，眼窩深陷發黑。很難相信她還不到二十歲。愛米莉雅看似歷劫歸來，她跟人訂婚，那時似乎有希望的未來又破滅了。她絲毫未顯露對麗塔能幫她有信心。雖然她不相信說出實話對她有任何好處，但她確實已到臨界點，疲憊到沒辦法再堅守立場。於是茹比垮著肩膀，用平板的語氣無力地開始述說。

許願井

凱姆史考特有一座許願井。傳聞說這座井有很多魔法力量，包括能治癒各種常見的生理疾病，還能協助調解各種婚姻與家庭不合。人們對這座井的力量所抱持的信念，因為一項可以驗證的獨特現象而獲得強化：不論在什麼天氣，不論在什麼季節，凱姆史考特這口井的水永遠都冷冽如冰。

這座井的構造是樸素的石材加上一座木頂，看起來十分古雅，東特曾不止一次拍攝它。春天裡，泡沫般的山楂花是很漂亮的背景。夏天則會有爬藤玫瑰沿著支柱往上竄。他拍的第三張照片是冬天，木頂上積了一點雪，看起來非常漂亮。他還缺一張秋天照來湊齊一套。

「我們停一下吧。」他提議，指著那座井，它四周圍繞著常綠樹樹葉做成的花環，村民們在樹葉間繫上緞帶和乾草作裝飾。「光線正好。」

他架設好相機，回到火棉膠號準備玻璃板，麗塔則待在井邊，她汲了一桶水，測試它的溫度。果真如傳言：這水冷得刺骨。

東特回來後，把玻璃板插入相機。

東特已經有一陣子沒給麗塔拍照了，她知道原因。他們的攝影活動太過親密。為了找到適合的姿勢，他會用手捧住她的頭，朝各種角度調整，他在看著光線如何根據她的骨架而蓄積或流瀉時，她則觀察他的臉。當他找到對的姿勢，他們會默默眼光交會，然後他才放開她，回到相機後頭。當玻璃板曝光，他躲在黑布底下，一切都靜止無聲，她仍然會感到熱切的交流，好像她沒有對他說出口的所有話，都由她的目光中漫溢出來。他當然要停止給她拍照，這是必要的。

今天拍這張照片是突然的轉變，她有點困惑。也許這表示他已成功打開心結，現在可以用平常心跟她相處了。他或許這麼容易就做到這一點，讓她不禁有點不快，因為她自己的感情仍洶湧未平。

「我該站在哪裡？」她遲疑地問。

「就在相機後面。」他說，指著黑布。

「你要我拍照？」

「妳見過我掀起玻璃板的遮罩然後取下鏡頭的蓋子，別讓光線鑽進布幕底下。數十五秒，然後把遮罩放回去。等我把水提上來、浸下去以後再開始數。」

「什麼意思？」

「許願的人要把臉浸入水裡，這表示你的願望完成了。」

麗塔在黑布底下隔著玻璃看著東特把指尖探入水中，然後邊打冷顫邊甩掉冰水。這讓她想起那一次，他幾乎脫光衣服、脖子以下泡進河裡，協助她作實驗，後來展示與她期望中相反的結果。那天他蒼白的臉龐都凍僵了，但他沒有抱怨，持續讓水泡到他的喉結，等她數完六十秒。

「你要許什麼願望？」她喊道。

「講出來不會讓魔法失靈嗎？」

「可能會。」

「那我不說。」

她的願望多到不知道該從哪個開始。她希望看到綁架愛米莉雅的人受到懲罰。她希望照顧那女孩，讓她遠離傷害。她希望能在愛東特與害怕懷孕的永恆拉扯中找到出路。她希望弄清楚冬至夜那女孩的心跳是怎麼回事。

「我準備好了。」東特吸了一口氣，把臉埋進冰冷水中。

數到一，麗塔掀開玻璃板遮罩並取下鏡頭蓋。

數到二，她察覺有個念頭由她腦海深處冒出來。

數到三，念頭變得明確，她立刻確切地知道這很重要。

數到四，她的頭腦運作得快到她跟不上，她拋下相機，不在乎匆匆掀開布幕會讓多少光跑進去，她奔向井邊，同時從口袋拿出懷錶。

數到五，她已來到井邊，用拇指和指尖握住東特的手腕量脈搏，並且打開懷錶的蓋子。

六已被徹底遺忘——她現在數的是別的數字。

東特的脈搏在麗塔指尖下鼓動。她懷錶的秒針在錶面上轉動，她腦袋放空，只專注在錶和人的兩種律動上。它們並行出現，各自依循自己的節奏，然後——震驚。事情發生那一刻，她的心智沒有動搖，反而是把焦點集中在更窄更遠的位置，以致於她能讀取東特的心臟有什麼變化以及那代表什麼，清楚得就像她把它捧在手裡。整個宇宙都不見了，只剩下這顆心臟的生命以及她自己那顆在數算、在理解的心。

過了十八秒，東特脫離井水直起身，臉被凍得又僵又白。他的五官凝結成生硬的面具，使他看起來更像屍體而非活人，只不過他喘著大氣，跌跌撞撞地坐下來。

麗塔繼續握著他的手腕，連眼皮都沒抬一下，心裡的默數沒有中斷。

一分鐘後，她收起懷錶。她從口袋取出鉛筆和紙，用顫抖的手指匆匆寫下數字，發出一聲短促而驚訝的笑聲，然後轉向他，瞪大眼睛搖搖頭，對這發現感到不可思議。

「怎麼了？」他說，「妳沒事吧？」

「我沒事吧？東特——你沒事吧？」

「我的臉好冷。我想我要——」

她憂慮地看著他側過身，好像想吐，但隔一會兒又轉回來。「沒有，過去了。」

她握住他的手，緊盯著他的臉。「對，但是——東特——你有什麼感覺？」

面對她熱切而困惑的盯視，他的回應是稍微沒那麼熱切的困惑表情。

「其實我覺得有一點怪怪的。一定是冷到了。不過我沒事。」

她舉起那張紙。

「你的心臟停了。」

「什麼？」

她低頭看她的筆記。「我是在——就當作是你浸入水中後六秒好了——趕到這裡的，差不多就那時間。那時候你的心跳頻率正常——每分鐘八十下。到了第十一秒，它完全停止足足三秒。重新開始跳動時，頻率是每分鐘三十下。你離開水以後這個頻率又維持了七秒，之後就迅速回升。」

她握著他的手，再度感覺脈搏，數算。「恢復正常了，每分鐘八十下。」

「停了？」

「對，停了三秒。」

東特注意自己的心跳，他意識到他從未這麼做過。他把手伸進外套裡，感覺胸腔傳來有力的鼓動。

「我很好，」他說，「妳確定嗎？」這問題很荒謬。這可是麗塔，她不會在這種事上犯錯。「妳怎麼想到的？」

「冷水讓我想起第一次在河裡作的實驗，我突然發現那天你沒有完全浸在水裡，只有脖子以下，所以今天你泡在冰水裡的部位剛好是上次沒泡水的部位。我一定是把這一點跟我治療過的頭部創傷聯想在一起了，我知道腦袋裡有好多使我們成為人類的重要成分……一切都湊在一起，我丟下相機跑過來……」

這是個大發現。她心中湧現巨大的喜悅。她直覺地想伸手握住東特，但她沒有，因為很明顯地只有她一個人歡天喜地。他從草地上站起來，垮著臉，看起來很疲憊。「我最好去把那片過度曝光的玻璃板拿出來。」他生硬地說，並走向相機。

他們在緊繃的沉默中拆解和收拾，所有東西都裝箱後，他靜下來。

「我沒有許任何願望，」他唐突地告訴她，「我不相信什麼許願井。雖然妳的願望好像實現了。如果我是會許願的人，我或許會祈求擁有妳和一個孩子，兩者兼得，一同獲得。但我不知道我能否狠下心許願得到妳不想要的東西。我想像過，麗塔。我們兩個容許我們的感情跟我們一起奔馳，讓自然主宰一切，意識到有個孩子即將來臨……如果只能以另一個人的絕望作為代價，幸福還有什麼價值呢？」

火棉膠號帶他們前往上游麗塔的小木屋，切穿水流，製造出攪水和噴濺的聲音，所經之處留下長長一道湍流。他們一逕沉默著。他們來到麗塔的小木屋時，生硬地喃喃互道晚安，接著他就往天鵝酒館去了。

麗塔開門進屋，把筆記本放在當作書桌的餐桌上，翻到今天的紀錄。繼發的興奮讓她的心飛揚起來。多麼棒的發現！但接著她的心又沉下去。那是什麼樣的許願井啊，它實現你最想要發生的事，你甚至不必許願，可是它同時也讓你心痛地意識到其他所有不可得的事物。

幻燈秀

在天鵝酒館，夏天轉為秋天，雨仍然沒有停歇。已經沒有人會皺著眉頭談論今年可能會歉收，因為那已成了確定會發生的事。再多的陽光都改變不了結果。發育不良的農作物在田野中變黑，再說地面都泡在水裡，你要怎麼採收？被辭退的農場工人都試著找挖碎石的工作或其他出路，雖然大夥兒都去天鵝酒館想暫時擱下煩惱，冬廳裡仍瀰漫著焦慮氛圍。

在這種氛圍下，消息傳開來，說那孩子從阿姆斯壯家回來了，又跟范恩夫婦住在一起了。他們該作何感想？他們猜測她畢竟不是愛麗絲，他們猜測她又是愛米莉雅了。故事此番轉折沒有獲得眾人的支持。一個故事應該要有明確的走向，然後在重大危機之後，轉朝另一個方向發展。像這樣一聲不吭地又折回原點，缺乏了必要的戲劇效果。後來有人說聽到范恩夫婦喊那孩子叫米莉。這究竟是愛米莉雅的簡稱還是另一個名字，引起了一番辯論，不過比不上先前他們對她眼睛顏色的爭辯；若是跟「不可能發生的事是否代表不會發生」這個熱門題目來比，更是相形失色。下個不停的雨也澆熄了他們的熱情。事實上，故事開始像田裡的作物一樣長不起來。有時候那些說故事的人甚至發現自己在喝悶酒。當強納森試著說那個故事——有個農夫把馬和拖車都開進湖裡，還有一些他完全想不起來的情節，結局是「從此再也沒人見到他了！」——沒有什麼人鼓勵他。

喬也病懨懨的。他愈來愈常躺在屋後的房間裡；當他偶爾來到冬廳，看起來總是比以前更虛弱更蒼白。雖然他連呼吸都很吃力，他還是會說一兩個故事——奇怪的故事，很快就說完了，聽了卻讓人不安；故事結尾似乎有無限可能，事後沒人能解釋或重述他的故事。

在這樣的背景下，受到孩子身分始終懸而未解的滋養，一顆幾個月前就種下的種子當時毫無動靜，現在卻遲來地發芽了。其中一個挖碎石的工人的姨婆曾說那孩子望向河水時，水裡沒有她的倒影。現在某個菜農的遠房表親說這話大錯特錯。他看到那孩子盯著河水，目睹神祕現象：那孩子有兩個倒影，兩個倒影一模一樣。受到這個說法刺激，其他故事開始流傳。那女孩沒有影子；那女孩的影子形狀是個醜老太婆；如果你盯著她古怪的眼睛看太久，她會趁你恍神把你的影子從你腳跟旁切下來吃掉。

「這事發生在我身上了！」一個同時真的有病也幻想有病的老寡婦對麗塔說，盯著自己的腳指著。「女巫的孩子把我的影子吃掉了！」

「妳該往上看，」麗塔鼓勵她，「太陽在哪裡？」

寡婦搜尋天空。「被淹死了，淹得很徹底。」

「對，今天沒有太陽，所以妳沒有影子。事實就這麼簡單。」

寡婦似乎受到了安撫，可惜好景不常。麗塔從下一個病人口中聽說那女孩吃掉了太陽，並帶來大雨來破壞農作物。

天鵝酒館的人聽了這話只是聳聳肩。這說得通嗎？他們記得她死而復生，這不是普通人類能辦到的，但女巫的孩子？他們仔細思考，但克制自己沒有認同這說法。

接著，在九月初，這一切都被一件新奇的事給擠到一邊了。出現一張海報，釘在天鵝酒館牆壁的一根橫樑上；它宣布在秋分那天晚上，將舉辦一場幻燈秀。牛津的東特先生將免費提供這場表演，來感謝大家以迅速的行動和靈敏的頭腦幫助九個月前受傷的他。

「這是用圖片來說故事，」瑪歌向強納森解釋，「貼在玻璃上的圖片，光會穿透玻璃，我相信是這樣。我不曉得實際的操作方式，你得去問東特先生。」

「什麼樣的故事？」

但那是祕密。

♣

秋分那一天，酒館暫停營業至晚上七點，不供應酒水給客人——甚至連常客都不例外。有些常客無法相信自己會受到這種待遇；他們還是來了，結果吃了閉門羹而暴跳如雷。他們聽到屋內一直傳出噪音，看到門不停開開關關，讓年輕力壯的小夥子把大箱子往裡搬。他們走開了，告訴別人他們不讓進去，而且好像有什麼不得了的表演要登場。

東特很早就開始準備。他在火棉膠號和酒館之間來回一百遍，調度他自己的助理以及阿姆斯壯的兒子。哪些容器，以什麼順序，拿去哪個房間……一度需要動用六個壯漢合力搬運、很大又很重的方形物體，被包起來，看不出名堂。他們極其注意地抬起它，一吋一吋地爬上斜坡，個個滿頭大汗、表情緊繃，而東特連眼睛都沒眨一下，只是專注地盯著。等他們成功把它搬進酒館，大家都鬆了一口氣，休息休息喝點飲料，然後再繼續比較尋常的搬運工作。唯有當東特和歐克威爾家的人獨處時，毛毯和包裝紙才被取下，那神祕物體原來是一塊大玻璃板。

「我會把它放在這裡。任何人都不能到布幕後頭來，玻璃在黑暗中會是隱形的，我們不希望任何人受傷。好，主廳裡那個幻燈要用的油漆乾了沒？」

下午麗塔來了，同行的還有另一個女人，但她被一條大披巾包得密不透風，根本看不到她的臉。大部分的小瑪歌都來幫忙，其中一個帶了最小的女兒來，那小女孩才三歲，她要扮演很重要的角色。

六點半，強納森獲得授權打開門鎖，拉著門放好奇的客人進場。他們都被引導向右走，進入寬敞的夏廳。天鵝酒館被改造了，絲絨布幕蓋住一面牆，遮掩通往冬廳的拱門，而另一面牆——正對著座位的那面——被重新粉刷成白色。桌子都收掉了，一排排椅子挨得很近，面向那面白牆。座位區後方架起一座小平臺，亨利．東特站在平臺上，旁邊還有一個奇特的機械裝置與一箱玻璃板。

大批人潮湧入，許多對話同時進行，嗡嗡作響：農場工人、挖碎石的工人以及所有常客和他們的妻小，再加上鄰近村鎮聞風而來的數不清的人。阿姆斯壯帶著貝絲和幾個較大的孩子在現場，他嚴肅而焦躁地坐在那兒。他對表演的部分內容略有所知，實際上也參與了準備工作。羅賓有受邀，但沒出現，不出大家的意料。范恩夫婦沒有出席。他們事先就知道故事內容，一致同意最好不要現身會場。畢竟他們並不確定表演是否會有效果，他們已經作出必要的貢獻，而且他們也會以另一種形式讓大家感覺到他們的存在。小瑪歌們為所有人奉上蘋果酒，七點一到，東特就簡短致詞感謝喬和瑪歌。喬正準備關門時，莉莉．懷特氣喘吁吁地趕到，手裡還提著用布蓋住的籃子。

由於所有位子都被占據了，莉莉只得坐在最後面的凳子上。她把蓋著紅布的籃子擱在膝上，布底下有什麼東西在扭動。她手按著布讓小狗靜下來，那是她下午特地買來要送給愛恩的。愛恩在哪裡呢？她越過觀眾的頭頂望去，尋找兩個大人間的孩子的頭，但她才檢查完兩排，燈光就暗下來，整個房間一片漆黑。

室內充滿期待的氣氛，腳在地板上磨擦，有人整理裙襬，有人清喉嚨；接著在這些聲音之外，傳來一聲清脆的機械咔嗒響，然後——

噢！

幽靈般的巴斯考小屋在白牆上浮現。那是范恩夫婦的家：正面的白色石牆上開了十七扇窗戶，看起來是那麼井井有條，沒有人會預想在那灰色屋頂下會發生任何不和諧之事。少數幾人回頭看影像是怎麼從東特的機器投射到牆上的，但大部分人看得入迷而無暇他顧。

咔。巴斯考小屋消失了，畫面突然被范恩先生和太太取代。他們中間是模糊扭動的孩子——兩歲的愛米莉雅。觀眾中的女性發出喃喃的感嘆。

咔。笑聲四起——這張照片出乎大家意料：一張宣傳單，在光束中寫下大大的字。東特為那些不太會認字的觀眾唸出內容，在他唸的時候，其他人竊竊私語：

史黛拉

智豬

最了不起的動物

懂得拼字和閱讀、算術、

玩牌、

根據你的錶

告訴你現在幾點幾分，

還有

說出群眾中任何人的年齡；

更驚人的是，牠能

看穿你的心思

這是前所未見的事

再加上

牠能在私下會面中

揭露未來

包括

財運和婚姻

「是市集上那隻豬！」

「智豬？那是什麼？」

「智就是用比較難的字表示聰明啦，如果你有智的話就會懂了。」

「那隻豬的拼字能力比我厲害！」

「真希望牠不是那麼會玩牌，我輸給牠三便士呢。」

「那隻豬說我七十三歲！氣死我了！」

「我在牠開始看我的想法以前就走了，我可不能忍受讓一隻豬亂翻我的腦袋，絕對不可以！」

「私下會面每次要收一先令。瘋了！誰有這個閒錢花一先令跟豬私下會面？」

機械聲又響起，宣傳單取代為豬本身的照片。其實那不是茉德，而是牠女兒梅波，除了阿姆斯壯以外，在所有人眼裡牠們長得都一樣。豬的對面坐著一個大家都認得的年輕女人。

「茹比！」

嗡嗡的交談聲戛然而止。

照片中的茹比奉上一先令，一條穿著黑色袖子的手臂從上往下把錢拿走。與此同時，她凝望著豬的眼睛。

現在有個嗓音在黑暗中響起——正是茹比本人的聲音。

「史黛拉，告訴我，我的命運如何。我會結婚嗎？我會在哪裡遇到未來的如意郎君？」

觀眾倒抽一口氣，紛紛在座位上轉頭看向聲音來源，但在黑暗中什麼也看不見，而且就在此時，房間另一端由一個小瑪歌替豬配音，回答道：「在冬至那天午夜十二點去聖約翰水閘，往水裡瞧，妳會看見妳的如意郎君的臉。」

咔。黑暗中有個時鐘表面微微發光：正是午夜十二點！

咔。聖約翰水閘：每個人都認得出來。而茹比又現身了，她趴跪在地，專注地望著河水。

「我的老天爺。」有人說，大家都用噓聲要他安靜。

咔，又是聖約翰水閘。茹比站著，雙手扠腰，一副懊惱樣。

「沒有！」茹比的聲音再度響起，「什麼都沒有！這是個惡劣的騙術！」

這次沒人盯著聲音來源了，他們全然沉浸在故事裡，看著畫面在魔幻的黑暗中展現在他們眼前。

咔。又是巴斯考小屋。

咔。一個孩子的房間裡。毛毯下有個幼兒的形體。

咔。同一個房間，但有個一身黑的人影背對觀眾、彎向小床。沒有人挪腳，沒有人搓手。觀眾屏息以待。

咔。同一個房間，現在床上空無一人。窗戶打開對著天空。

觀眾畏縮一下。

咔。從側面看向房屋外。一把梯子靠在敞開的窗戶外。

觀眾個個搖頭表示不認同。

咔。兩個人的背影。他的手臂環著她的肩膀，兩人的頭向彼此低垂表示哀傷。他們的身分毋需多言，正是范恩先生和太太。

咔。一張紙，曾被揉皺又攤平。

范恩先生：

一千英鎊換取你女兒平安歸來。

觀眾憤怒地驚呼。

「安靜！」

咔。書桌上擺著一袋錢，多到快要滿出來。

咔。同樣一袋錢，這次放在雷德考橋的另一端，離他們現在坐的位置非常近。

駭然的喃喃聲四起。

咔。范恩先生和太太在壁爐邊等待，在他們中間明顯可見的時鐘顯示為六點。

咔。同一張照片，只是變成八點了。

咔。十一點。范恩太太的頭靠在丈夫肩上，看起來很絕望。

觀眾發出同情的啜泣聲。

咔。一聲驚呼！又是雷德考橋底部——但那袋錢消失了！

咔。從背後看去，范恩先生和太太崩潰癱軟在彼此懷裡。

天鵝酒館群情激動。有人毫不掩飾地痛哭，有許多人發出憤怒和驚恐的叫聲，有人揚言對犯人不利：一人說要扭斷他們的脖子，另一人說要吊死他們，第三人說要把他們裝進布袋從橋上丟下去。

咔。**是誰綁架了小愛米莉雅？**

觀眾安靜下來。

咔。豬的影像重新出現。東特拿了一根棍子，用它在光束中描繪觀眾先前沒注意到的輪廓。那裡有個影子。

眾人低聲驚呼：「噢！」

咔。看起來像同一個場景，只不過現在又是梅波代母上陣。這次畫面經過剪裁，所以只看得到豬的尾巴——而畫面中央是一件長大衣的底部、幾吋穿著長褲的腿和一雙靴子的尖端。

觀眾震驚地倒抽一口氣。「對茹比使出詐術的不是豬！是他！」

有人站起來，指著畫面大叫：「所以是他擄走愛米莉雅！」

整個天鵝酒館被恍然醒悟的浪潮席捲，他們現在化作一百個嗓音同時開口：

「他是個矮傢伙！」

「瘦得跟掃把一樣！」

「他身上根本沒有肉！」

「那件大衣——肩膀太寬了。」

「而且對他來說太長了。」

「他總是戴著那頂帽子，對。」

「從來不摘下來！」

沒錯，他們記得他。每個人都記得他。但是除了大衣、帽子和體型，沒人有辦法形容他。

大家最後一次看見他是什麼時候的事？

「兩年前。」

「兩年？我看至少是三年吧！」

「嗯，將近三年。」

大夥兒達成了共識。跟豬在一起的男人個子特別小，大衣特別寬，帽子特別低，而且已經將近三年沒有人見過他了。

東特和麗塔湊在一塊兒商量。他們一直豎直耳朵，但看起來這裡的人透露的都是已知的資訊。

他傾向前在她耳邊低語：「我好像浪費了所有人的時間。」

「還沒有結束呢。來吧，第二段。」

室內仍鬧哄哄時，東特和麗塔溜到一塊布幕後頭。麗塔再次向小瑪歌和她的孩子講了一遍注意事項，東特則在檢查藏在另一處的裝置，那裝置由外觀無法看出作用，不過任何劇場特效管理員或靈媒都對它很熟悉。「我準備好時會點頭，妳就拉開布幕，好嗎？」

房間後方黑暗角落裡的莉莉，從沒見過牆上這種巨大的圖片，它是那麼逼真又不可思議。當他們說這場表演將是用圖片來說故事，她想像的是有插圖的兒童版《聖經》，以前她媽媽邊唸文字她就邊翻頁。她沒想到會是黑白的真實畫面，有如壓花一樣被壓平，然後放大投射在整面牆上。她也沒料到故事會觸及她自己的生活。她一手抓著喉嚨，瞪大眼睛，脈搏加速、汗水滲出、身體顫抖，在她驚恐的腦子裡，沒有任何念頭能找到立足點。她掉進了清醒的噩夢中。

一支叉子輕敲玻璃杯的清脆聲響把她嚇得跳起來。空氣中迴蕩著低鳴，觀眾安靜下來。他們在座位上坐好：還有更多節目要登場。

他們聽見的不是一聲「咔」，而是布幕被拉到一邊的呼咻聲。離絲絨布幕最近的人感覺到動靜，現在通往冬廳的拱門露了出來，室內突然有了光線。

眾人轉頭，迷惑不解。

緊繃而震驚的靜默降臨。

冬廳裡有個孩子。但那不是普通的孩子，也不是照片。女孩的頭髮像被水抬起一樣飄動，白色連身裙像紗一般浮起，而且——最奇怪的是——她的腳沒有碰到地面。她的身形幻變波動，若隱若現。她的臉上隱隱約約看得出五官：小小的鼻子，暗淡的眼睛瞪視著，嘴巴模糊到無法說話。她的白色衣裳在周圍飄浮，彷彿空氣變成了水，而她虛幻地在水中漂著。

「孩子，」茹比的嗓音響起，「妳認得我嗎？」

女孩點點頭。

「妳知道我是妳以前的保姆茹比，知道我愛妳、無微不至地照顧妳？」

又點點頭。

沒有人動一下。讓他們安分地待在座位上的可能是恐懼，也可能是生怕會錯過任何細節。

「是我把妳從床上帶走嗎？」

孩子搖頭。

「所以是別人囉？」

孩子慢吞吞地點頭，好像問句要經過很遠的距離，才能傳到她現在所在的異世界。

「是誰？是誰把妳帶到河邊讓妳溺水？」

「對，告訴我們！」觀眾席裡有人嚷嚷，「告訴我們是誰！」

那個面孔透明到有可能是任何一個孩子的女孩，舉起一隻手，她的手指指向……不是投影牆面，而是房間裡的觀眾群。

一片混亂。有的人尖叫，有的人困惑地嚷嚷。人們在驚愕中站起身，椅子都被撞倒了。他們在反射的燈光中轉頭察看，左看右看，望向那隻虛幻的手指可能指的任何位置，而不管往哪瞧都只見到跟他們自己一樣的表情：驚駭、呆滯、淚漣漣。有人昏倒了；有人在哭號；有人在呻吟。

「我不是故意的！」莉莉小聲地說，在混亂中沒人聽見。她涕淚縱橫，用顫抖的手推開門逃走，好像那視覺幻象仍緊追著她。

♣

散場以後，小瑪歌們和阿姆斯壯的孩子忙著把酒館恢復原狀。那個小鬼魂是瑪歌最小的外孫女，平常總是生龍活虎，現在她打著呵欠讓大人脫下她身上飄逸的白衣服，然後穿著木屐咔嗒咔嗒地走來走去。大鏡子被收回它巨大的方形保護盒裡，然後在工人的悶哼中小心地搬走。絲絨布幕拆下摺好，輕飄飄的薄紗被放進袋子。煤氣燈也拆了。營造出鬼魂幻象的元素一一分解、收起、移除，等收拾完畢，天鵝酒館內部恢復成平日的樣子，大夥兒彼此互看，他們看到他們的希望也不見了。

羅伯．阿姆斯壯垮著肩膀，瑪歌異常沉默。東特搬著箱子在酒館與火棉膠號之間來回，他的情緒低落到沒人敢找他說話。麗塔去看躺在床上的喬的情況，他期待地抬起眼皮看她，她搖搖頭，他眨眨眼，面露遺憾。

只有強納森還是平常歡快的樣子，低迷的氣氛沒有影響到他。「我幾乎以為那是真的，」他不斷地說，「雖然我知道有鏡子和薄紗和煤氣燈，雖然我知道那是波莉，但我差點就相信了！」

他跟其他人一起把椅子放回原位。當他要去搬房間後頭剩下的幾張凳子時，他驚呼一聲：「我的天啊！是誰把你留在這裡？」

有一隻小狗蜷縮在房間角落最後一張凳子底下。

羅伯．阿姆斯壯過去看。他彎下腰用大手把小狗抱起來。「你還太小，不能自己在這世界上闖蕩。」他對小狗說，牠嗅了嗅他的皮膚，便揮舞手腳想更貼近他。

「牠是最後進來的一個女人帶來的。」東特說。他調閱記憶，列舉她的外表細節。

「莉莉．懷特。」瑪歌說，「她住在編籃人的小木屋。我根本不知道她有來。」

阿姆斯壯點點頭。「我會把這小傢伙送回家。那裡不遠，而且反正我兒子也還沒忙完。」

瑪歌轉頭看外孫女。「好了，小姐，我看我們今天扮鬼也扮夠了吧？該睡覺了！」於是小女孩被拎走了。

「只是幻象，」東特說，「沒發揮多少作用。」他轉向茹比，她正坐在角落裡的箱子上，努力忍著不哭。「對不起，我原本期望更高的。我讓妳失望了。」

「你努力過了。」她對他說，但眼淚還是滑下來。「最難受的是范恩夫婦。」

豬和狗

阿姆斯壯把小狗塞在大衣裡保暖，留了一顆釦子沒扣，讓牠能伸出鼻子嗅聞夜晚的空氣。牠靠著他舒舒服服地扭動調整姿勢，然後安靜下來。

「我最好跟你一起去。」麗塔說，「時間這麼晚了，又經歷一場讓人不安的活動，陌生人上門可能會嚇到懷特太太。」

他們默默往橋上走，各自品嚐心裡的失望，今晚耗費那麼多時間和力氣，最後卻一無所獲。他們越過盛滿星辰的河，到了對岸後沒走多久，就遇到一個河岸塌掉、河流變寬的區域。他們必須聚精會神地在黑暗中跨過糾結的樹根和繩索般的藤蔓。他們在隆隆的河水聲中聽到一個嗓音。

「她知道是我！我不是有意要做壞事！我發誓！我根本不想傷害她一根頭髮！她好氣我把她帶去淹死——她舉起手指！她指出我！她知道是我幹的。」

這一對偷聽者用力瞪著眼往黑暗裡看，好像這樣有助於聽得更清楚，他們等著她說話的對象回答，但沒有任何聲音。麗塔作勢要往前走，不過阿姆斯壯伸出手攔住她。另一個聲音傳進他的耳朵，是模糊的吸氣聲。那是動物的聲音，豬的聲音。

他的大腦開始運轉。

豬的聲音停歇後，莉莉又開始說話。「她永遠不會原諒我的，我該怎麼辦？像我這樣的惡行太可怕了，我永遠不能得到原諒。是上帝派她來懲罰我。我必須做編籃人做過的那件事，可是我好害怕。噢！但我必須做，並承受永恆的折磨，因為我不配在這世上多活一天……」

嗓音化作哽咽的哭泣。

阿姆斯壯伸長耳朵去聽那頭動物回應莉莉的吸氣聲。難道是……？不會吧。可是……

小狗發出稚嫩的叫聲，他們曝光了，只好從藏身的白楊樹後走出來，開始爬上斜坡。

「懷特太太，只是朋友來了。」麗塔人未到聲先至。「我們來把小狗還給妳。妳把牠留在幻燈秀現場了。」現在已可看到沮喪的莉莉。「牠沒有受到傷害，我們有照顧牠。」

但正當麗塔一邊說些安撫的話一邊接近莉莉時，阿姆斯壯勢如破竹地衝上斜坡。他經過莉莉直奔豬圈，噗通跪在泥巴裡，兩手伸進圍欄的欄杆，呼喊：「茉德！」

阿姆斯壯滿懷著感情與不可置信，看著那張他以為再也看不到的臉。雖然牠變老變瘦了，看起來疲憊而悲傷，雖然牠的皮膚失去玫瑰般的光澤，毛髮也不再如閃亮的紅銅，他仍認得牠。豬也牢牢盯著他不放。就算原本有一絲懷疑，牠歡迎他的態度也驅散一切猶豫，因為牠立刻站起來，蹄子踏來踏去有如在興奮地跳舞，還把鼻子湊到圍欄邊，讓他能愛撫牠的耳朵和毛扎扎的臉頰。牠用力推擠圍欄，好像想撞翻它來貼近牠親愛的老朋友。重逢的喜悅讓茉德眼神變得柔和，阿姆斯壯感覺淚水刺痛他的喉嚨。

「親愛的，妳出了什麼事？妳怎麼會在這裡？」

他從口袋掏出橡實，茉德以溫柔親吻般的動作從他掌心取走橡實，能學會這一招的豬少之又少，他的心中漲滿喜悅。

與此同時，莉莉一直在揉眼睛，不停地重複：「我不是故意的，我不知道！」

麗塔的目光由莉莉移向阿姆斯壯和豬，再移回莉莉身上。該從何著手？

「莉莉，我們剛才過來時妳在說什麼？妳說什麼事妳不是故意的？」

莉莉好像沒聽到似的，重複說：「我不知道！我不知道！」

麗塔又努力了一陣子，她終於好像聽到她的問題了。

「我全都告訴豬了，」她抽抽噎噎地說，「牠說現在我得向牧師認罪。」

妹妹和小豬

穿著睡衣睡袍的牧師邀請他的夜間訪客坐下。阿姆斯壯坐在靠牆的椅子上，麗塔坐在沙發上。

「我在牧師公館從來沒有坐下來過，」莉莉說，「但我是來認罪的，今天過後我不會再來了，所以我想我就坐下吧。」她緊張地坐到麗塔旁邊。

「好了，這所謂的認罪是怎麼回事？」牧師問，目光瞥向麗塔。

「是我做的。」莉莉說。她一路哭著沿河岸走來，不過現在身在牧師公館，她的嗓音似乎已流乾了淚。「是我。她從河裡出來，用手指指著我。她知道是我。」

「誰用手指指妳？」

麗塔向牧師解釋天鵝酒館的幻術表演，還有他們希望藉此達到什麼目的，然後她轉向莉莉。

「那不是真的，莉莉。我們不是想嚇妳。」

「她之前會來編籃人的小木屋。她從河裡出來，用手指指著我——她是真的，我知道她是真的，她會往地板上滴水，讓那一塊濕濕的。我沒有認罪，反而隱瞞著邪惡的祕密，她就去了天鵝酒館，現在她在那裡指著我。她知道是我幹的。」

「莉莉，妳做了什麼？」麗塔蹲在莉莉面前，握住她的雙手。「明明白白地告訴我們。」

「我把她淹死了！」

「妳把愛米莉雅．范恩淹死了？」

「她不是愛米莉雅．范恩！她是愛恩！」

「妳淹死妳妹妹？」

莉莉點點頭。「我淹死她了！在我認罪之前，她不肯放過我。」

「我明白了，」牧師說，「那妳必須認罪。告訴我事情的來龍去脈。」

現在真的事到臨頭，莉莉反倒平靜下來。她的眼淚乾了，混亂的思緒也清晰了。她的髮絲從髮夾鬆脫，瘦削臉龐上的眼睛又大又藍，她就著牧師公館的燭光說故事，模樣看起來比實際上年輕。

「我當時好像是十二歲，也可能十三歲。我跟我媽媽住在牛津，住在一起的還有我繼父和繼兄。我有個小妹叫愛恩。我們在後院養了小豬，養肥之後賣掉，但我繼父沒有好好照顧牠們，牠們都病懨懨的。我妹妹身體不強壯，她個頭很小，雖然我和我媽媽很愛她，我繼父卻對她很失望。他想要的是兒子，在他眼裡只有兒子才重要。他很氣我吃掉食物，還有我妹妹吃掉食物，我們——包括我媽媽在內——都很怕他，我試著少吃一點，讓我虛弱的妹妹能多吃一點。但她並沒有變得健壯。有一天，我妹妹生了病躺在床上，我媽媽要我看著她，她自己要出門幫妹妹買藥。我要負責煮飯，還有留神聽我妹妹有沒有咳個不停。我繼父會很生氣她去買藥，因為藥很貴，女孩不配花這些錢，所以我很緊張，媽媽也是。媽媽出門以後，我繼兄拿著一包東西走進廚房。那是個麻布袋，用繩子綑得緊緊的。他告訴我有一隻小豬死掉了，我繼父命令我把牠帶去河裡扔了，省得還要挖洞去埋。我跟哥哥說我得準備晚餐，他應該帶小豬去河邊，但他說要是我不乖乖聽話，我繼父會把我揍個半死。所以我去了。那包東西很重。我到河邊以後，把包裹放在河岸與水面落差很大的地方，把它推下水。然後我就回家了。我走到我們家那條街時，所有鄰居都跑到家門外，到處亂哄哄的。我媽媽朝我跑過來。『愛恩在哪裡？』她說，『妳妹妹呢？』

「『在我們的臥室啊。』我回答，她叫了一聲大哭，又問一遍：『愛恩在哪裡？妳為什麼不在家，她又到哪去了？』

「有一個鄰居早先看到我出門，看到我懷裡抱著很重的東西，她說：『麻布袋裡是什麼？』

「『一頭死掉的小豬。』我說。但他們開始問我把它帶去什麼地方、做了什麼事，我回答不出來，只是慌得舌頭打結。

「有些鄰居就跑去河邊了。我想要待在媽媽身邊，但她太氣我沒有看好妹妹，而不肯安慰我，最後我就跑去躲起來。

「我的繼兄很精明，他知道我繼父發脾氣時我都躲在哪些地方。他跑來找我。『妳知道麻布袋裡是什麼吧？』

「『是一頭小豬。』我說，因為我相信就是。

「然後他告訴我我真正做了什麼事。『麻布袋裡是愛恩，妳把她淹死了。』

「我逃走了，從那天起直到今天，我從來沒告訴任何人關於我妹妹的真相。」

♣

後來，麗塔提議讓莉莉在牧師公館的客房過夜，牧師也同意了。莉莉像個小小孩默默聽話。床鋪好了，莉莉正準備上樓睡覺，麗塔也在向牧師道別，阿姆斯壯清了清喉嚨，第一次開口說話。

「我在想——在我們離開之前……」

大家都看著他。

「這是漫長的一晚，對懷特太太更是很疲憊的一晚，但我們走之前我能不能問最後一個問題？」

牧師點點頭。

「莉莉，我的豬茱德怎麼會來到編籃人的小木屋？」

莉莉既已供認了她犯的最大罪行，現在她其他的祕密也不再緊守不放了。「是維克多帶牠來的。」

「維克多？」

「我的繼兄。」

「妳的繼兄姓什麼？」

「他的全名是維克多．奈許。」

聽到這個名字，阿姆斯壯嚇了一大跳，好像他用屠刀把自己的手指切斷了。

河的另一邊

「他不可能在工廠裡，」范恩說，「我一直在賣掉工廠裡的東西，這幾個月都有很多人進進出出。要是有人躲在裡頭，一定會被看到。而且硫酸製造廠的窗戶很高——有人點燈的話，幾哩外都看得到燈光。不，唯一大到可以釀酒又可以躲人，而且隱密又不受打擾的地方，就是舊倉庫。」

他用食指用力戳著白蘭地島平面圖上的倉庫位置。

「登陸點在哪裡？」東特問。

「他會預期有人從這裡來。如果他有在警戒，這是他會監視的地方。但我們也可以從島的另一頭上岸，遠離工廠和其他建築，殺他個措手不及。」

「我們有多少人？」阿姆斯壯問。

「我可以從家裡和農場撥出八個男丁。要再多也是可以，但那需要派出更多划艇，可能會打草驚蛇。」

「我用火棉膠號可以載更多人，但它很吵也很醒目。壓低人數划小船是唯一的辦法。」

「八個人，加上我們三個……」他們彼此互看，點點頭。十一個人，應該夠了。

「什麼時候？」范恩說。

♣

深夜，一小支划艇船隊由巴斯考小屋的凸碼頭出發。沒人交談。船槳進出水面時幾乎沒有擾動墨黑的河水。槳柄嘎吱響，水波拍打船身，不過這些聲音都被河流低沉的隆隆聲蓋過。划槳手們由陸地越過水面再到陸地，沒有被任何人看見。

到了白蘭地島的另一頭，他們把船拖出河拉上陡峭的斜坡，藏在柳樹低垂的樹枝底下。他們由輪廓就能認出彼此，只要點頭就能溝通，因為每個人都收到了個別指示。

他們分成兩兩一組，沿著河岸散開，各自從不同路線穿過植被朝工廠前進。只有東特和阿姆斯壯對這座島不熟悉。東特跟范恩一組，阿姆斯壯則和范恩的手下紐曼一組。他們撥開擋路的樹枝，跌跌撞撞地跨過樹根，在黑暗中盲目移動。等植物變得稀疏，地上開始有路，他們知道他們接近工廠了。他們繞著牆走，快步穿越開放區域，幾乎沒發出任何聲音。

東特和范恩來到倉庫外。倉庫一側緊貼工廠，另一側是濃密的樹叢，從兩側河岸都看不到它的窗戶透出的燈光。兩人在黑暗中互換視線。東特指向另一側。樹叢裡有一點微微的動靜，被建築裡微弱的燈光照亮。其他人也到了。

阿姆斯壯率先發難。他衝到門邊，用全身力量踢門。門被踢開，半掛在鉸鍊上。范恩把門整個推開，東特緊跟在後，他們掃視室內。大缸、瓶子、酒桶，空氣中瀰漫濃郁的酵母和糖味。有個小炭盆，最近才使用過。一張空椅子。東特伸手摸椅墊。還是溫的。

他原本在這，但跑掉了。

范恩讓一聲咒罵脫口而出。

有個聲音，在外面，在樹叢裡。

「那裡！」有人喊道。東特、范恩和阿姆斯壯加入其他人。大夥兒循著聲音來源追過去，手忙腳亂地通過矮樹叢。他們撞開樹枝、踩斷小枝條，被絆到時發出驚呼，直到他們搞不清楚他們追蹤的聲響究竟來自獵物還是獵人自己。

他們重新集合起來。雖然他們士氣受挫，卻還沒有放棄。他們把小島分成四塊區域，一碼一碼地搜。他們鑽進每個灌木叢，抬頭窺探每棵樹的樹枝，搜索每棟建築的每個房間和每條走廊。范恩的兩個手下接近一叢糾結的荊棘樹枝，開始拿粗棍子依序敲打每一吋。樹叢另一端出現動靜：有個彎著腰的人影突然一竄，然後隨著嘩啦一聲消失無蹤。

「喂！」他們大叫向其他人示警。「他跳下水了！」

不一會兒，其他人都聚過來。

「他在那附近。我們把他從藏身處逼出來，然後就聽到水聲。」

獵人們望向黑暗的河面。河水閃著波光，但沒有獵物的跡象。

♣

他剛落水時，還以為自己當下就會被凍死。可是他浮出水面後，發現自己離死亡還很遙遠，這才知道這條河也沒那麼危險。他潛水游了一大段之後浮出來的位置對他有利，看來這條河是他的盟友。他旁邊有一根彎向河面的大樹枝，所以他可以攀著樹枝半泡在水裡，思考現在該怎麼辦。回到小島是根本不用考慮的。他必須過河。一旦進入河心的水流，河會把他帶往下游，而如果他在這過程中慢慢往河岸靠近，一定就能找到爬上岸的地方。在那之後……

在那之後他會盡可能解決問題。

他鬆開抱住樹枝的手臂，讓自己整個浸入水中，開始踢水。

小島上傳來一聲吆喝——他被看見了——他潛入水中。在水底下，他被熱鬧的動態和頭頂的光芒給轉移注意力。星星有如一支艦隊迅速駛過。上千個小小的月亮發著光經過他身邊，像是魚群中的幼魚般拉長。他是小仙子中的巨人。

他突然覺得一點都不急著做什麼。我甚至沒在發抖呢，他心想，這裡幾乎很暖和。

他的手臂沉甸甸的。他不確定他到底有沒有在踢水。

當冰冷的河水感覺不冷，你就知道你有麻煩了。他曾在某個地方聽到這個說法。什麼時候？很久以前。這令他困擾，一股不祥的預感籠罩他。他慌亂地揮動手腳，但他的四肢不肯聽他指揮。

現在他把河弄醒了；它的暗流攫住他。他嘴裡有水。他腦子裡有月亮魚。認知：這是個錯誤。他用力探向水面；他的手摸到漂在水面的長條狀植物。他抓著想把自己往上撐，但他的手指握到一把碎石和泥巴。拍打——扭轉——水面！——又不見了。他吸到的水多於空氣，當他放聲求救——不過這輩子有誰救過他了？難道他不是最眾叛親離的人嗎？——當他放聲求救，只有河的嘴唇吻住他的嘴，它的手指捏住他的鼻孔。

這將永遠延續下去……

直到他再也沒有抵抗的力氣，他感覺自己像是跟柳葉一樣輕地被抓住、抬起、離開水面，然後放下來休息，在一艘平底船底部。

是默客？他知道那些故事。這個擺渡人會把時辰已到的人送到另一邊，把時辰還沒到的人送回安全處。他從來就不相信這是真的，可是現在他卻在這裡。

那個又高又瘦的人影把篙往天空用力一抬，再讓它從手指間掉落，直到插入河床，然後平底船便以那種優雅、那種驚人的力量，迅速切穿黑暗的河水。維克多感覺到船的拉力，不禁面露微笑。安全了……

一半的人待在島上，守著幾個可以看到他試圖上岸的位置。其他人回到船上划到河裡搜索。

♣

「現在冷得要命。」東特喃喃道。

阿姆斯壯把手伸進水裡，迅速抽回來。

「我們要找的是活人還是屍體？」他問。

「他撐不了多久的。」范恩沉重地說。

他們繞著小島划了一圈、兩圈、三圈。

「他活該。」范恩的一個手下說。

其他人點點頭。

獵捕結束了。

划艇隊回到巴斯考小屋的凸碼頭。

♣

牧師寫信給莉莉以前和媽媽與繼父住的那個教區的牧師，很快就收到了回信。那裡的會眾中有一個人還對三十年前的事記憶猶新。剛發現愛恩失蹤時，大夥兒便群情譁然。謠傳他們家較大的女兒因為嫉妒而把妹妹丟進河裡淹死了。鄰居衝到河邊，但沒有馬上找到那個麻布袋。孩子的母親加入搜索行列時，她的大女兒逃走了。

幾小時後，那孩子被找到了，還活得好好的。她身在離房子有好一段距離的地方，她不可能靠自己走那麼遠。她發著高燒，藥石罔效，幾天後就病死了。

麻布袋也被找到了，裡頭裝著一隻死掉的小豬。

他們始終沒找到莉莉。她心碎的母親幾年後也死了。她的繼父因為之前犯下的另一樁罪行而終於被逮到，獲判吊刑；她的繼兄不是什麼好東西，每個工作都做不久，已經很多年沒人聽說他的消息了。

「妳沒有做錯事。」牧師告訴莉莉。

麗塔伸出手臂摟住困惑的女人。「妳的繼兄騙了妳，因為他嫉妒妳，或單純就很壞心眼。他知道妳是無辜的，但他從那時候起就一直慫恿妳相信妳犯了罪。妳並沒有淹死妳妹妹。」

「那麼愛恩從河裡出來去了天鵝酒館，目的是什麼？」

「那不是愛恩，愛恩已經死了。她沒有生妳的氣，她已經安息了。」

麗塔對她說：「妳在編籃人的小木屋看見的是噩夢場景，在天鵝酒館看到的則是幻覺表演。煙與鏡的效果。」

「現在妳繼兄也淹死了，」牧師對莉莉說，「他不能再嚇唬妳了。妳可以自己保管妳的錢，放棄編籃人的小木屋，來住在溫暖的牧師公館。」

但莉莉比任何人更了解河流，知道淹死這回事比人們所想的複雜。在她心裡，維克多淹死了就跟維克多還活著一樣可怕——事實上，應該說更可怕。他會氣她洩了他的底，她萬不敢離開他知道可以找到她的地方，生怕惹得他更生氣。只要回想一下她跟懷特先生私奔的時候發生什麼事就知道了。懷特先生死了，而維克多揍她的狠勁——她很意外她沒有也被打死。不，她不敢惹他生氣。

「我想我還是繼續住在編籃人的小木屋就好。」她說。牧師試著說服她，麗塔試著說服她，但她以怯懦而堅持的態度贏了辯論。

♣

阿姆斯壯去編籃人的小木屋接茉德時，發現牠懷孕了。

他不願意在牠這種脆弱的狀態下移動牠。他看得出牠受到良好的照顧。

「懷特太太，妳能不能幫忙照顧牠，直到牠生產？」

「我不介意。茉德呢？牠介意留下嗎？」

茉德不介意，所以事情就談定了。

「我帶牠回家時，會給妳一隻小豬來交換。」

第五部

刀

雞群驚慌躁動，貓避開他的手不給摸，反倒悶悶不樂地貼著牆溜走，豬一隻隻瞪大眼睛，眼神訴說著不祥。阿姆斯壯皺起眉頭。怎麼回事？他才不過離開兩個小時，去看一些待售的牛隻。

他排行中間的女兒從屋子飛奔而出，當她緊緊抱住他，他毫不懷疑確實發生了壞事。她喘到沒辦法說話。

「是羅賓？」他問。

她點點頭。

「媽媽在哪？」

她指著廚房門。

一切都亂了套。爐子上的湯無人看顧，兀自咕嘟冒泡；糕餅被留在大理石檯上。貝絲站在搖椅後頭，緊抓著椅子扶手，帶著一股兇猛而有保護性的態度。他的大女兒蘇珊坐在搖椅上，彎著腰，臉色蒼白。她的姿勢古怪，手臂在胸前交叉，雙手按在脖子旁邊。最年幼的三個孩子聚在她周圍，憂心忡忡地輕扯她的裙子。

當他進屋時，貝絲如釋重負地鬆開抓著椅子的手指，不安的眼神投向他。她比了個手勢，警告他什麼都別說。

「來，」她對圍著大姊的小傢伙說，「把這拿去餵豬。」她把菜皮掃到一個大碗裡，交給最大的孩子；他們拍了姊姊的膝蓋最後一下表示安慰，就乖乖離開了。

「他要什麼？」門一關上他就問道。

「老樣子。」

「這次要多少？」

她告訴他數字，羅伯僵住了。這遠超過羅賓先前從他們這裡拿到的金額。

「他惹上什麼樣的麻煩，才需要那麼多錢？」

她不置可否地擺擺手。「你也知道他那個人，謊話一個接一個。很好的投資、畢生難得的機會、下星期就要還的貸款……我沒被騙到，他也知道。打從很久以前他的花言巧語就對我沒有作用了。」她皺起眉頭。「不過今天的他騙不了任何人，他喘得上氣不接下氣，沒有一刻能安分下來，急著想拿了錢就走。他不斷走到窗戶邊張望，整個人處於緊繃狀態。想要派他弟弟去大門邊站崗，但我不許。才沒過多久他就放棄扯謊，開始大吼大叫：『我告訴妳，把錢給我就對了！否則我會死！』他用拳頭搥桌子，說都怪我們，要不是我們把女孩還給范恩夫婦，他也不會被逼到死角。他聲音顫抖，他被什麼事嚇個半死。

「『你究竟怎麼會變成這樣？』我問他，他說有人盯上他了，那個人會不顧一切得到他想要的。」

「他說他有生命危險，」搖椅上的蘇珊補充，「『如果妳不給我錢，我就死定了。』」

阿姆斯壯揉著額頭。「蘇珊，這不是妳該參與的談話。去客廳裡坐，讓我跟妳媽媽談。」

他女兒望向母親。「媽，告訴他。」她說。

「我拒絕給他錢，他很生氣。」

「他說她總是跟他作對。他說她不正常。他提到她嫁給你之前的事——」

「蘇珊在外面都聽到了，她跑進來。」

「我想要叫他不可以對媽媽發脾氣，我想要——」

他女兒眼中充滿淚水。

貝絲一手按在女兒肩膀。

「他轉身速度好快。一眨眼，他已經從你掛在門後頭的刀鞘抽出刀子，他抓住蘇珊……」

阿姆斯壯僵住了。掛在門後頭的是他的屠刀，他總是把它磨到鋒利無比才會收回刀鞘。他恍然大悟地看著女兒駝背的姿勢和餘悸猶存的表情。

「我本來會逃開他，」蘇珊說，「我本來可以逃開，只不過……」

羅伯從地板跑過去，抓著女兒的手從脖子上移開。她握著一塊染血的布，在她柔嫩的皮膚上有一條鮮明的紅線，傷口深到劃破皮膚，只差一點就會割到攸關生命的主動脈。他一時間無法呼吸。

「媽媽大叫，男孩們跑進來。羅賓看到他們時猶豫了一下——他們現在幾乎和他一樣高一樣壯了，而且他們有兩個人。他抓著我的手有點鬆開，我扭身掙脫……」

「他現在在哪裡？」

「他去河下游靠近白蘭地島的老橡樹了，他要我們告訴你去那裡找他。他要你帶錢過去，否則他的命就要沒了。這是他的口信。」

阿姆斯壯離開廚房往屋裡走。她們聽到他的書房門打開又關上。他只在裡頭待了一會兒，當他回來時，他在扣大衣的釦子。

「爸爸，拜託不要去！」

他把手輕輕擱在女兒頭上，親吻妻子的太陽穴，然後不發一語地出門。他才剛把門帶上，門又開了，他伸手探摸門後的刀子。刀鞘還在，但裡頭空無一物。

「還在他那裡。」貝絲說。

她的話迎向關上的門。

♣

白天的傾盆大雨現在轉為持續而平均的雨。每一滴水，不論是落在河流、田野、屋頂、樹葉或人身上，都有製造出聲響，而每個聲響都與其他聲響混雜難辨；所有雨聲合起來變成一張潮濕噪音構成的毛毯，把阿姆斯壯和飛兒裹起來，與外界隔絕。

「我知道。」騎士對座騎說，並拍拍牠，「我也寧可待在室內，但事出無奈。」

小路布滿坑洞和石塊，飛兒走得小心翼翼，在凹洞和障礙物之間揀選落腳處。牠不時揚起頭來嗅聞空氣，耳朵警覺地豎立。

阿姆斯壯在沉思。

「他要那麼多錢做什麼？」他講出心中疑惑，「又為什麼是現在？」

小路往下傾斜時，他們踩過積水而濺起水花。

「他妹妹！他的親妹妹！」阿姆斯壯叫道，忍不住搖頭，飛兒也用嘶鳴表達同情。「有時候我覺得一個人能做的有其極限。孩子並不是空的容器，飛兒，不是可以任由父母去捏塑的。他們生下來就有自己的心，不管我灌注多少愛在他們身上，都改變不了他們。」

他們繼續往前走。

「我還能多做什麼？我漏掉什麼？嗯？」

飛兒搖搖頭，把韁繩上的水珠甩得飛出去。

「我們愛他，不是嗎？我把他帶在身邊，讓他認識這世界。我教他我所知道的……他知道是非黑白，我教過他了，飛兒，他不能說他不懂。」

飛兒在黑暗中前進，阿姆斯壯嘆口氣。

「妳從來就不喜歡他，對不對？我試著視而不見。他接近妳的時候，妳會把耳朵壓平、身體往後躲。他對妳做過什麼？我以前不願意把他想得太壞，現在也不想，但即使是作父親的也不可能永遠裝瞎。」

阿姆斯壯抬起手抹掉眼裡的水。

「只是雨而已。」他告訴自己，只不過喉嚨的刺痛說明不是這麼一回事。「然後出現那個女孩。我想知道該怎麼看待那件事，飛兒，他在那裡惹出什麼事？沒有哪個父親會像他那樣吊兒啷噹。天底下有哪個父親會不認得自己的孩子？她不是他女兒，他一開始就知道了。所以他在演哪齣？妳想他會告訴我他惹上什麼麻煩嗎？如果我不知道問題是什麼，要怎麼修正問題？他把我的手綁在背後，然後抱怨我沒有盡力幫他。」

他感覺到口袋沉甸甸的。他在錢袋裡裝滿保險箱裡的錢，拿起來很重。

飛兒停下腳步。牠在原地緊張地踏步，在挽具中抽搐躁動。

阿姆斯壯抬起頭想弄清楚怎麼回事，他只看到黑暗。雨水沖掉空氣裡的所有氣味，也讓聲響變得模糊。以他人類的感官來說，他察覺不到任何異狀。

他在馬鞍上向前傾。「飛兒，怎麼了？」

牠再次躁動，這次他注意到牠腳下的水聲。他滑下馬背，水淹到超過他的靴子頂端。

「洪水來了。」

在天鵝酒館開始，也在天鵝酒館結束

雨已經下了好幾個星期。要防堵洪水就有夠多事要忙了，更別說他們還得為水上吉普賽人作好準備，因為又到了他們到上游來的時節，區區洪水是阻止不了他們的。事實上，洪水還能幫他們更接近居民的地產：房屋、小木屋、附屬建物、穀倉、馬廄。每一件設備和器械都得收到室內，每一扇門都必須上鎖。水上吉普賽人會老實不客氣地取走任何沒藏好的物品，哪怕是感覺沒什麼好偷的東西。把花盆放在窗臺上並不安全，園丁若把鋤頭或爪耙靠在後門上可要倒大楣了。再說冬至夜要來臨了，也就是那孩子到來滿一年的日子。最重要的是赫倫娜，在等待孩子出生的最後一段時光，她幾乎完全失去了往日的活力與敏捷。不過范恩的手下現在已經盡可能做好防護措施，他向他們道謝，便去找他的妻子。

「我好累，」她說，「不過你先別脫大衣，陪我們去花園吧。我們想看河。」

「河水已經淹到花園二十碼深了，在黑暗中一個孩子去外面不安全。」

「我告訴她河可能會淹到花園裡，她很興奮。她一直很想瞧一瞧。」

「好吧。她在哪裡？」

「我在沙發上睡著了——她大概跑去廚房找廚子了吧。」

他們去了廚房，但她不在。

「我以為她跟你們在一起。」廚子說。

范恩突然警覺起來，與赫倫娜四目相接。

「她應該去看河了——我們會在外頭找到她，就在前方。」雖然赫倫娜用確定的口吻說出這些話，嗓音的顫抖卻洩露她的懷疑。

「妳待在這裡——我一個人行動比較快。」她丈夫說完便跑出房間，但赫倫娜跟過去。

她走得很慢。草坪泥濘不堪，鋪路的碎石被幾週來的豪雨給沖走。現在她的雨衣因為肚子太大而扣不起來，當冷雨打濕她的洋裝，她不禁懷疑自己是不是太逞強了。她暫停腳步休息，然後繼續走。她幻想自己將看到什麼畫面：那孩子出神地站在水的邊緣，著迷地看著上漲的河水。

她走到可以看見河流的樹籬缺口處，停下腳步。她丈夫在那裡，邊搖頭邊急切地配合手勢對著園丁和另外兩個男員工說話，他們一臉嚴肅地點點頭，接著便匆忙跑去辦他吩咐的事。

她全身發熱，心跳如雷。她笨拙地邁開步子奔跑，邊跑邊呼喊范恩的名字。他轉身看到她因為腳下在泥巴裡一滑而瞪大眼睛，雖然他及時趕過去扶她，她沒有摔倒，她還是痛得大叫一聲。

「沒事的，我已經吩咐下去了——他們正在找她。我們會找到她的。」

她上氣不接下氣地點點頭，臉色非常蒼白。

「怎麼了？扭到腳踝了嗎？」

她搖頭。「是寶寶。」

安東尼往花園高處望去，咒罵自己把所有人手都派出去找那孩子了。他計算了一下到房屋的距離、滑溜的步道、黑暗，再比對妻子眼中劇烈的痛苦。他做得到嗎？沒有別的辦法了。他感覺她全身的重量壓向他的手臂，他作好動身的準備。

「喂！」他聽到。然後又傳來更大聲的：「喂！」

火棉膠號在寬闊的河面上靜靜漂來。

當他們把赫倫娜弄上船，再度開動時，東特告訴他：「麗塔在天鵝酒館，我會把赫倫娜送過去，然後我們再開火棉膠號回來找女孩。」

「麗塔的小木屋淹水了嗎？」

「對，但不止如此……是喬。」

♣

天鵝酒館只有少數酒客。今天或許是冬至，但洪水就是洪水，所有年輕男人都需要待在別的地方，在門上釘木板、把家具搬到樓上、將牲口趕到高地……酒館裡的人都是不適合減少河流殺傷力的人：年老的、病弱的，以及洪水來時已經醉了的。他們沒有說故事。說故事的喬快要死了。

喬躺在床上，在盡可能遠離河流而仍然在天鵝酒館裡的小房間，而他快要溺死了。在一陣一陣掙扎呼吸之間，他口中唸唸有詞。他的嘴唇不停蠕動，但由水底發出的聲響沒有轉化為任何人能聽懂的字句。他的表情猙獰，眉毛生動地抽搐。這是個扣人心弦的故事，只可惜除了他沒人聽得見。

喬的女兒都來了，在病床和冬廳之間往返。小瑪歌們今天把她們快活的微笑收起來，跟她們的母親一樣露出凝重而悲傷的表情，她坐在床邊握著喬的手。

有片刻時光，喬似乎暫時浮出了水面。他半睜開眼睛，吐出幾個音節，然後又沉下去。

「他說什麼？」強納森困惑地問。

「他在呼喚默客。」他母親平靜地回答，她的女兒們點頭。她們也聽見了。

「我該去找他來嗎？」

「不，強納森，不用，」瑪歌說，「他已經在路上了。」

麗塔聽到了這一切，她站在窗邊望著圍繞天鵝酒館的大湖，它像一張空白的紙，逼近到離牆壁只有幾呎距離，將酒館孤立成島。

火棉膠號映入眼簾。她看到東特在深水區放下小船，協助赫倫娜坐進去──她是個深色的人影──然後划向天鵝酒館入口。麗塔由他戰戰兢兢的態度明白赫倫娜突然來這裡代表什麼。

「瑪歌──范恩太太來了，看來她要生了。」

「幸好我們這裡有這麼多人，我的丫頭們可以幫忙。」

在赫倫娜進門後的忙亂中，東特把麗塔拉到一邊。

「女孩失蹤了。」

「不！」她抱住肚子，感覺裡頭在縮小。

「麗塔──妳沒事吧？」

她努力振作起來。有個男人快要死了，有個寶寶即將出生。

「多久了？最後一次有人看到她是什麼時候？」

東特把他知道的有限資訊告訴她。

其中一個小瑪歌呼喚麗塔，尋求指示。

麗塔臉色蒼白。她的表情呈現極度的恐懼，東特難得一次不想用照片記錄它。

「我得走了，喬和赫倫娜需要我。可是東特──」他轉身回到房間，聽她最後一句用力說出的話：「找到她！」

接下來的時光很漫長，也很短暫。當屋外被漠不關心的水給包圍，天鵝酒館內的女人忙著處理送往迎來的人生課題。在牆的這一側，赫倫娜掙扎著把寶寶帶到這個世界上。在牆的那一側，喬掙扎著要離開這個世界。小瑪歌們動手進行所有必要工作，讓生命可以開始與結束。她們提來水和乾淨的布，添補柴薪和生火，點起蠟燭，煮了一盤盤誰也沒胃口但還是明理地吃下的食物，與此同時還要忙著哭泣、哄誘、勸慰、安撫。

麗塔在兩個房間來回，該做什麼就做什麼。強納森待在兩個房間中間的走廊上，不安又害怕。「麗塔，他們找到她了沒？她在哪裡？」每次她從赫倫娜那裡走出來他都會問。

「在他們回來告訴我們之前，我們什麼也不知道。」她告訴他，再度進入喬的房間。

他們把自己交給時間擺布，有幾個小時感覺像幾分鐘，於是麗塔聽到瑪歌說：「默客要來了，喬。再見，我的愛。」

麗塔想起一年前在天鵝酒館聽到的話：只要看一個人的眼睛，就知道他是死是活。它們會失去視覺。她看到喬失去視覺。

「麗塔，為我們禱告，好嗎？」瑪歌問。

麗塔禱告，等她說完，瑪歌鬆開喬的手。她把他的雙手疊在一起，然後把自己的手擱在腿上。她容許自己溢出兩滴淚，一眼一滴。

「不用管我，」她對麗塔說，「妳去忙吧。」

牆的另一邊，幾分鐘有如幾小時，最後的收縮終於讓寶寶誕生，他滑溜地落在麗塔手裡。

「啊！」小瑪歌們錯愕又驚喜地低語。「那是什麼？」

麗塔詫異地眨眼。

「我聽說過，但沒有親眼看過。通常在寶寶出生前羊膜囊就會破了，那就是破水，但這個羊膜囊沒有破。」

完美的嬰兒身處水中世界。眼睛緊閉，液體波動，小小的拳頭夢幻般的一開一合，他在充滿水的膜裡面夢游。

麗塔用刀尖輕戳珍珠白的膜囊，一道裂縫順著周圍迸開。水嘩啦湧出。

男嬰同時張開眼睛和嘴巴，訝異萬分地發覺空氣和世界的存在。

父與子

飛兒的馬蹄踩得水花四濺。在夜晚昏暗的天色下，四周都鋪開一層白鑞般的平坦微光，只會被它們本身的動靜給干擾。阿姆斯壯想到各種小型陸生動物：老鼠、田鼠、鼬鼠，暗自希望牠們都到了安全的地方避難。他想到鳥還有夜間狩獵的動物都被趕離平常捕食的場地。他想到那些魚不知不覺地偏離主要水流，現在發現自己在離地幾吋的位置游在草莖之間，與他和他的馬共享領土。他希望飛兒不會踩到任何迷失在這片土地上的動物，牠們究竟屬於陸地還是水中已不再有明確答案。他希望大家都好好的。

他們來到靠近白蘭地島的橡樹。

他聽到一個聲響。他轉頭，看到一個人影從黑暗的樹幹旁剝離。

「羅賓！」

「你還真是不慌不忙！」

阿姆斯壯溜下馬。在半暗不暗的天色中，他的兒子冷得弓起背，在薄薄的外套裡發抖。他剛才很唐突地發話，口氣很大，只可惜嗓音微微顫抖，讓他的氣勢減了三分。

阿姆斯壯出於本能心生同情，但他想起女兒頸部的紅色弧線。「你的親妹妹，」他陰沉地說，搖搖頭，「實在令人不敢置信……」

「都怪媽，」羅賓說，「要是她照我的話做，根本不需要搞成這樣。」

「你怪你媽？」

「很多事都要怪她，對，包括這件事。」

「你怎麼能把這件事推給她？你媽是全世界最好的女人。是誰的手握著刀子抵在蘇珊喉嚨上？是誰的手仍然握著那把刀？」

沉默。然後：

「等會兒會有時間談錢的事。我們必須先談別的事。」

「沒有時間了。現在就把錢給我，然後讓我走。一分鐘都別浪費。」

「羅賓，你在急什麼？誰追著你要錢？你做了什麼？」

「你有把錢帶來嗎？」

「債務。」

「靠工作還債啊。來農場工作吧，像你弟弟們一樣。」

「農場？每天早上五點起床，在又冷又黑中餵豬，這是你的生活。我天生就該過更好的日子。」

「不管是誰借錢給你，你得和對方談條件。我沒辦法付清全額，實在太多錢了。」

「我說的不是什麼紳士間的借貸關係，對方可不是銀行家，還願意重新談條件咧。」他發出一個聲音，不知道是哭聲還是笑聲。「把錢給我——否則等於送我上絞刑臺。噓！」

他們在黑暗中豎起耳朵。什麼都沒有。

「錢拿來！要是我今晚沒能逃走——」

「去哪裡？」

「離開，任何地方都好。去沒人認識我的地方。」

「留下這麼多問號？」

「沒時間了！」

「羅賓，告訴我關於你太太的真相，告訴我關於愛麗絲的真相。」

「那有什麼重要？她們都死了！結束了，沒了。」

「你一點都不悲傷？懊悔？」

「我以為她會帶財！她說她的父母會轉變心意，資助我們的生活。結果她卻成了我的重擔。她死了，也把孩子淹死了，能擺脫她們兩個我高興還來不及。」

「你怎能說出這種話？」

那個瘦削而顫抖的人影突然僵住了。

「你有沒有聽到什麼？」羅賓壓低嗓門喃喃地問。

「沒有。」

他兒子仔細聽了一會兒，然後把注意力轉回阿姆斯壯身上。「就算他還沒來，也很快就會來了。把錢給我，讓我走。」

「天鵝酒館那孩子呢？你既不爭取也不放棄的孩子。夏季市集那場表演。告訴我那一切。」

「都一樣啊！難道你到現在還不了解我？就是裝在皮囊裡、掛在你腰帶上的那玩意兒啊。」

「你想利用她來賺錢？」

「從范恩夫婦那裡賺錢。那天晚上我一走進天鵝酒館，就明顯看出范恩知道那女孩不是他女兒了。她不可能是，我知道，他也知道。我知道只要給我點時間好好想一想，這其中必定有利可圖——所以我暈倒了，至少他們這麼認為，我就躺在地上當下想出一個計策。他們想要那女孩，又有錢，而我想要錢，又可以對女孩主張所有權。」

「你打算假裝認領那孩子，再把監護權賣掉？」

「范恩差一點就要付錢了，但媽把女孩送回去，他就不必付了。我會欠債都是她害的。」

「不准說你母親的壞話。她教導你是非曲直，要是你受教的話，現在或許是個比較好的人。」

「但她的行為不檢啊，不是嗎？她只是說得好聽！要是她是比較好的女人，我才會是比較好的男人。我認為她要負全責。」

「說話當心點，羅賓。」

「瞧瞧我們三個！她那麼白，而你那麼黑！再看看我！我知道你不是我爸，我從小就知道我不是你兒子。」

阿姆斯壯一時啞口無言。

「我就像親生父親一樣愛你啊。」

「她擺了你一道，對不對？她懷了另一個男人的孩子，急著找人娶她，但是誰想娶一個瘸腿又斜眼的女人當老婆？至少孩子的爸是不肯的。結果你出現了，黑人農夫。所以她勾引你，對吧？好一樁交易啊，黑人農夫的白人新娘——八個月後就有了我。」

「你弄錯了。」

「你不是我爸！我一直都知道。而且我知道我真正的父親是誰。」

阿姆斯壯畏縮了一下。「你知道？」

「你還記得我撬開書桌抽屜偷錢的事嗎？」

「我寧可忘了。」

「我就是那時候看到信的。」

阿姆斯壯一頭霧水，然後他恍然大悟。「安伯里爵爺寫的信？」

「我父親寫的信。信裡說他的親生兒子將得到什麼，你和我媽扣住屬於我的錢，我只好用偷的。」

「你的父親……？」

「對，我知道安伯里爵爺是我父親，我從八歲就知道了。」

阿姆斯壯搖頭。「他不是你父親。」

「我讀了信。」

阿姆斯壯又搖頭。「他不是你父親。」

「信在我這裡！」

阿姆斯壯搖第三次頭，張開嘴準備重複他的話。字句在濕潤的空氣中響起——「他不是你父親！」——但不是由他的嗓音說出來的。

羅伯．阿姆斯壯覺得那嗓音似曾相識。

羅賓的面孔因絕望而扭曲。

「他來了！」他壓低音量呻吟。

阿姆斯壯轉頭看向周圍，但他的眼睛無法穿透黑暗。每棵樹幹和每個草叢都可能躲著一個人，黑暗又潮濕的空氣裡還懸浮著一大群霧濛濛的魅影。最後他憑著持續的瞪視而看出一個輪廓。它半是水半是夜，朝著他們涉水而來，那人身型矮小，寬大的衣物拖在水裡，帽沿壓低遮住五官。

隨著一聲聲濺水聲，它逐漸接近羅賓。

年輕男人退後一步。他恐懼的目光離不開逼近的人影，但同時他又不停地退縮。

當那個男人——他是個男人沒錯——來到距離羅賓五呎遠時，他停下腳步，月光突然把他的面孔照得一清二楚。

「我才是你父親。」

羅賓搖頭。

「兒子，你不認得我嗎？」

「我認得你。」羅賓的嗓音在顫抖。「我知道你是出身低賤的惡徒，一個靠刀子和犯罪為生的卑鄙小人。我知道你會吹牛、偷竊和說謊，甚至還會做更惡劣的事。」

男人皺著臉露出得意的笑容。

「他認得我！」他對阿姆斯壯說。「看得出來你也認得我。」

「維克多．奈許。」阿姆斯壯沉重地說，「多年前我把你趕出我的農場後，希望永遠不必再見到你。你就跟假硬幣一樣難以擺脫，我本來以為你在白蘭地島附近淹死了，而我一點都不難過。」

維克多行了一個禮。「淹死？我的時候還沒到。我活下來是為了拿回我的東西。我要謝謝你，阿姆斯壯，謝謝你養大我兒子並讓他受教育。瞧他談吐多麼文雅？聽他說的話——嗳，當他說起拉丁語和希臘語和那些沒人懂的冷僻詞彙，我根本不知道他在說什麼呢。而且他也很會寫字。給他一枝筆，你就能看到他能多快把你嘴巴講出來的概念用墨水記下來，而且從來不會讓墨滴暈開！那些彎彎曲曲的線條看起來就像一幅畫。還有他的儀態！沒人能挑出他一點毛病——他就像最尊貴的爵爺。我以我兒子為榮，真的。因為他身上有我的優點——精明狡猾——再加上你老婆的優點——看他柔順的頭髮和白皙的皮膚，可不是俊得很哪？你也出了一份力，阿姆斯壯，你也用你的優點打理他了。」

羅賓打了個冷顫。

「這不是真的！」他對維克多說，然後轉向阿姆斯壯，「這不是真的，對不對？告訴他！告訴他我父親是誰！」

維克多嘿嘿笑。

「是真的，」阿姆斯壯告訴羅賓，「這個人是你父親。」

羅賓瞪大眼睛。「可是安伯里爵爺！」

「安伯里爵爺！」男人竊笑複誦，「安伯里爵爺！他是某人的父親沒錯，嗯，阿姆斯壯？你何不告訴他？」

「安伯里爵爺是我的父親，羅賓。他很年輕的時候愛上我母親，而她是個女僕。書桌抽屜裡那封信講的是這件事，他想在他去世前安排好未來給我的財產。我才是信裡說的羅伯．阿姆斯壯。」

羅賓大受打擊，望著阿姆斯壯的臉。

「那我母親……」

「這個惡棍以最卑鄙的方式奪取她的貞操，而我盡我所能為她解決問題。也為你解決問題。」

「對啦，嗯，說夠了吧。我是來要回他的，該把他還給我了。你獨占他二十三年，現在他必須回到真正的父親身邊，對吧，羅賓？」

「回到你身邊？你以為我會回到你身邊？」羅賓失笑，「你瘋了。」

「啊，但你沒有選擇，小子。血濃於水，你和我是一家人。有了我卑鄙的計策加上你俊俏的外表，有了我下流的知識加上你高貴的儀態，想想我們能做什麼！我們才剛開始呢！我們必須繼續把事業做大！兒子，我們可以一起創造奇蹟！等了那麼久，我們的時機終於到來了！」

「我才不會跟你扯上關係！」羅賓咆哮，「我告訴你，別來煩我！我不承認我是你兒子。如果你敢說出去，我就……我就……」

「你就怎樣？我的乖兒子羅賓？嗯？」

羅賓氣喘吁吁。

「羅賓，我知道什麼？告訴我。你有什麼事是除了我以外沒人知道的？」

羅賓僵住了。「你要說的話會把你自己也拖下水！」

維克多慢慢點頭。「那也沒辦法。」

「你不會供出自己的罪行。」

維克多望著河水。「自己的兒子都不肯認自己了，誰還說得準我會做什麼？這跟家庭有關，兒子。我有記憶以前就失去了母親，我所知的一切都是父親教的，但我還沒成年他就被吊死了。我曾經有個妹妹——至少我稱她為妹妹——可是就連她都背叛我。你是我僅有的了，我的羅賓，包括你柔軟的頭髮和動聽的話語和尊貴的風度……你是我的全世界，如果我不能擁有你，我的人生還有什麼意義？不，我們的未來緊緊相繫，羅賓，至於那是什麼樣的未來就看你了。我們可以一起做生意，就像之前一樣，或是你可以推開我，那我會告發你，我們可以一起被關在牢裡，一起上絞刑臺，父子一起，這是自然的道理。」

羅賓落下淚來。

「這男人握有你什麼把柄？」阿姆斯壯問，「你跟他合作執行過什麼陰謀？」

「我該告訴他嗎？」維克多問。

「不！」

「我還是說吧。我要關閉這個避難所，等他不再挺你，你就只剩我這個依靠了。」他轉向阿姆斯壯，「我知道這個英俊的年輕人喜歡在牛津外圍的一家店喝酒，我在那家店慢慢與他熟識起來。我在他腦中種下一個計畫的雛形，讓他以為那是他自己想出來的。他以為我亦步亦趨地跟著他，實際上是我鋪了那條路。我們一起偷了你的豬，阿姆斯壯——那是第一步！那天晚上我幸災樂禍，想到二十三年前你叫我滾得遠遠的，不准進到你和你的貝絲方圓十二哩的範圍內，而我卻被內應放進你的院子，偷走你最心愛的豬，而且打開柵門、用覆盆子引誘牠來幫我忙的正是我兒子！他逃家跟我走，我們有一陣子把事業經營得有聲有色。我知道該用什麼技巧包裝出一頭會算命的豬。那些市集讓我們賺了不少錢——我們手頭寬裕，以下等人的標準來說啦，只不過你的兒子並不滿足。他想要更多。所以我們利用手頭的資源——豬和市集——進行更大的計畫。對吧，我的兒子羅賓？」

羅賓打了個冷顫。

「范恩家的孩子……」阿姆斯壯驚駭地低喃，「綁架……」

「聰明！羅賓用他的花言巧語引誘那個笨姑娘茹比拿出一先令，你的薑黃色豬用溫柔的眼神望著女孩愚蠢的圓眼睛，然後羅賓躲在布幕後頭，用他最甜美的豬嗓音吩咐她晚上到河邊去，就能看到真命天子的長相。不是嗎，兒子？」

羅賓雙手掩面，轉向阿姆斯壯，但阿姆斯壯握住他的手腕，強迫他看著自己的眼睛。

「這是真的嗎？」

羅賓畏縮，臉孔皺成一團。

「還不止是這樣呢，對不對，小羅賓？」

「別聽他的！」羅賓哀號。

「對，因為那只是開始。羅賓，一開始是誰的主意？是誰想到要擄走范恩家的小女孩，還有怎麼下手？」

「那是你的點子！」

「是沒錯，但你想最初是誰想到的？」

羅賓別開臉。

「是誰誇耀自己有多聰明？是誰對船上的人發號施令，是誰寫了勒贖信，是誰分派每個人躲在各自的位置？是誰在當天晚上到處巡視，確認每個人都知道自己該做什麼事？我那時候真以你為榮！我看到你雖然只是個毛頭小子，卻信心滿滿，毫不手軟。虎父無犬子，我心想。他的血管裡流著我的血，他的心裡充滿我的邪惡，阿姆斯壯再怎麼樣都清不掉那些遺傳。他是我的，身體和靈魂都是。」

「把錢給他。」羅賓在阿姆斯壯耳邊低語，但說得不夠小聲，話語從上漲的河水上端傳出去，男人笑起來。「錢？對，我們要拿錢，對吧，兒子？平均分享。我會跟你對分，羅賓，五十五十！」

水已經淹到三人的膝蓋，雨水浸濕他們的帽子，沿著脖子流進上衣，沒過多久，他們的上半身便跟下半身一樣濕了，無論他們有沒有泡在水裡都沒有差別。

「還有剩下的部分，羅賓，」維克多繼續說，「剩下的部分！」

「不要……」羅賓哀鳴，但在落在水面的豪雨聲中，他的聲音幾乎聽不見。

「對，剩下的部分……我們把那小丫頭弄到手了，對不對，羅賓？我們把她抓在手裡。鑽出窗戶、爬下梯子，然後穿過花園衝到河邊，我們的船在那裡待命。」

他轉向阿姆斯壯。「他多精啊！他有擅闖人家的花園嗎？他有爬梯子嗎？他有侵入人家的屋子嗎？他才不幹！危險活兒都是別人做的，他在船上等，因為他的腦袋太重要了，只負責規劃，不能冒險行動，你懂吧。他的頭腦可不簡單呢，嗯？」他轉向羅賓。「所以我們把用氯仿弄昏的孩子裝在麻袋裡，抱著她穿過花園。負責抱她的人是我，因為別看我瘦巴巴的，我的力氣可是很嚇人的，我把她像一袋水茼蒿似的拋到羅賓懷裡。」

羅賓悲泣。

「我隔著水把她丟給在船上等的兒子。結果怎麼了，羅賓？」

羅賓一直搖頭，肩膀瑟瑟抖動。

「不！」阿姆斯壯驚呼。

「對！」維克多說，「對！船身傾斜，他幾乎沒接到她。她啪的一聲撞在船身側面，他想把她拉回去時，又沒抓穩，她就掉進水裡了。她像一袋石頭似的沉下去。他命令我們的手下用槳到處戳，我不知道我們怎麼辦到的，但最後還真給我們找到她了。過了多久，羅賓？五分鐘？十分鐘？」

羅賓沒有回答，他只剩下黑暗中一張蒼白的臉。

「總之我們找到她了，然後我們趕快開溜，回到白蘭地島。我們在那裡把她放下來，打開袋子，對不對，羅賓？一切可能都完了。」他面色凝重地說，還嚴肅地搖搖頭。「原本一切都結束了，但我們的羅賓頭腦很清楚，他扭轉了劣勢。『她是死是活並不重要，』他說，『因為范恩夫婦要等付了錢才會知道！』於是他寫了那封信——我從沒看過寫得這麼好的信——把它送出去，雖然我們沒有貨物，至少沒有狀態良好的貨物，但我們還是開了發貨單。有何不可呢，他說，我們出了人力，也擔了風險啊。對吧，羅賓？那時候我就知道他果然是我兒子。」

從剛才開始，阿姆斯壯就一點一點地爬上斜坡，遠離迴旋的洪水，但羅賓呆立不動。水繞著他旋轉，他卻似乎沒有感覺。

「所以我們拿了范恩的贖金，我們拿了，也把他女兒還他了，不是嗎？雖然他騙大家說我們沒還他。那筆錢夠我們花好一陣子。羅賓弄了棟漂亮房子，我有看過。我兒子能住在牛津市一棟漂亮的白房子裡，我那個驕傲勁兒啊。對了，他沒有邀我去過，一次都沒有。我們共同經歷了那麼多事：偷豬、在市集行騙、綁架、謀殺——你或許會以為這些消遣活動能讓兩個人產生革命情感，對吧？我真心痛，真的，羅賓。等那筆錢快花光了——阿姆斯壯，我們這個孩子是個賭鬼，你知道嗎？我警告過他，但他聽不進去——對，等錢花光後，是我資助他。我分到的每一文錢都進了他的口袋。我工作到骨頭都快斷了，好讓他維持光鮮亮麗，我的兒子，所以現在你可以說他屬於我了。「現在你知道我是你父親了，你不會再那麼無情了吧？有那麼多借條，那棟漂亮白房子現在是我的了，不過我的東西都會和你分享，兒子。」

羅賓看著那男人。他的眼睛黝深而沉靜，身體的顫抖也停止了。

「看看他，」維克多嘆息，「看看他長得多好看，我的兒子。好了，阿姆斯壯，我們拿了錢就要上路了。羅賓，你準備好出發了嗎？」

他走向羅賓，朝他伸出手。羅賓用手劃過空氣，維克多踉蹌後退。他訝異地舉起手瞪著看，看到它流下深色液體。

「兒子？」他遲疑地說。

羅賓朝他跨出一步。他再次舉起手，這次光線映照在阿姆斯壯的屠刀刀身上。

「不！」阿姆斯壯大吼，但羅賓的手再次劈下來，在空氣裡劃出流利的線條，維克多再次後退。這次地面沒有出現在他預期的位置。他站在水與陸地的交界處，搖搖晃晃地揪住兒子的大衣，後者拿刀劃了他一下、兩下、三下。他們就站在河岸邊緣，於是他們一起掉進奔騰的河水中。

「爸爸！」羅賓跌落時叫道，在河水把他捲走前的瞬間，他朝阿姆斯壯伸出絕望的手臂，再次喊道：「爸爸，救我！」

「羅賓！」阿姆斯壯踩著水趕到他看見兒子落水的位置。他感覺水流在拉扯他的腿。他看到羅賓沉到水裡，焦急地掃視河面等著他再浮上來，當他看到羅賓胡亂揮動的手腳時，震驚地發現水流已把他的兒子帶往下游很長一段距離。他原本已準備縱身躍入這狂野的河流，但意識到自己無能為力，因而克制住衝動。

雨中出現一艘平底船。一個很高的人把篙舉向天空，當它落下來插入河床，那艘又長又窄的船便以驚人的力量穿過河流，優雅而輕鬆地切過水面。擺渡人朝水裡伸出手，用赤裸而細瘦的手臂輕易地撈起一個男人的軀體，那男人穿著濕透的長大衣。他把那具軀體放在平底船底部。

「我兒子！」阿姆斯壯叫道，「老天，我兒子在哪？」

擺渡人再伸手，同樣輕而易舉地從水裡拖出第二具軀體。他把軀體拉上船時，阿姆斯壯瞥見羅賓的臉，它靜止而毫無生命力，而且很像——非常像——另外那個男人的臉。

他發出悲痛的呼號，知道了心碎是什麼感覺。

擺渡人把篙撐向空中，然後讓它由指間落下。

「默客！」阿姆斯壯朝他喊道，「把他還給我！求求你！」

擺渡人似乎沒聽見他的話。平底船迅速消失在雨中。

♣

阿姆斯壯沒有騎上飛兒，一人一馬只是在滂沱大雨中走出積水，前往天鵝酒館避難。他們大部分時間都保持沉默，阿姆斯壯被悲傷的重量壓得喘不過氣。但他三不五時會對飛兒說幾句話，而飛兒也會輕柔嘶鳴來回應。

「誰想得到呢？」他喃喃地說，「我知道默客的故事，不過我從沒相信過。我以為人的腦袋是有辦法製造出那種幻覺的。在當下感覺很真實，妳不覺得嗎？」

稍後又說：「故事一定沒有我想得那麼簡單。」

再更久之後，他們已經快到目的地了：「我敢發誓我還看到……在平底船上——在擺渡人後面……我瘋了嗎？飛兒，妳看見什麼？」

飛兒發出不安而緊張的嘶鳴。

「不可能！」阿姆斯壯搖頭想甩開那畫面。「我的腦袋在戲弄我，那些幻覺一定是絕望引起的胡言亂語。」

莉莉與河

冷。好冷。既然莉莉知道自己很冷，那表示她是清醒的。室內的黑暗正慢慢褪去，黎明即將到來，而毫無疑問地，還有別的東西也在靠近。她睜開眼睛，寒冷刺痛她的眼珠。有什麼事情不對勁？是他嗎？從河裡回來了？

「維克多？」

沒有回應。

那表示只剩下一種可能。她的喉嚨緊縮。

今天下午，她注意到廚房裡有一塊地磚翹了起來。地磚邊緣總是這裡凸那裡翹的，她早就習慣她踩過它們時會稍微移動。但這塊地磚似乎特別不平整。她用腳趾去推凸起來的邊緣想把它弄平，當它被壓下去時，邊緣滲出一圈濕濕的銀色線條。莉莉把地磚撬起來，看到底下有水。當時她很快就忘了這件事，現在她又想起來了。

莉莉用手肘撐起上半身，往廚房張望。

在微弱的光線中，她的第一個印象是所有東西都縮水了。桌子比正常情況來得矮，水槽也離地板比較近。椅腳也變短了。接著她發現有東西在動：錫製澡盆輕柔地搖擺，像是搖籃。單調的赤陶地磚消失了，上頭鋪了一大片平坦的物質，還像是在考慮什麼似的波動著。

雖然她看不到它變多，但它確實在上漲：一開始它離臺階最底下那一級還有幾吋遠，然後它碰到那一級，接著更整個漫過那一級。它緩慢但堅定地爬上牆面、壓向門。

莉莉想到，那東西或許根本不是在找她。「它想出去。」她心想。當它靠近臺階的第二級時，她對行動的恐懼被不行動的恐懼給取代。

「這跟站在澡盆裡沒什麼兩樣，」她邊告訴自己邊爬下臺階，「只不過比較冷而已。」

她爬下四分之三的距離後，撩起連身裙的裙襬夾在腋下。再往下一步，然後下一步——下水了！水淹到她的膝蓋以上，她在水中前進時遭到阻力。她奮力堅持下去，她的動作激起水波在她周圍迴旋。

門不願意打開。木頭被泡得發脹，使得門板變形而卡死在門框裡。她用盡全力去推，但沒有用。她在慌亂中用肩膀去頂；門板與門框分離，微微敞開一條縫，但仍然很緊。莉莉鬆開她的連身裙，讓它拖在水裡，並且用雙手使勁推門。她不顧阻力把它整個推開——看到一個新世界。

天空掉進莉莉的院子裡，那黎明時分的灰降到人間，鋪在草地、石頭、小徑和雜草上。雲在她的膝蓋高度漂浮。莉莉困惑地瞪大眼睛。編籃人的洪水柱在哪？新的洪水柱又在哪？她反射性地望向河流，但河不見了，靜止而平坦的銀色水面蓋住所有東西。樹木東一棵西一棵地伸出來，與天空一起倒映在光滑如鏡的水面上。地勢所有的起伏與縫隙都被抹平，所有細節都被掩藏，所有斜坡都被抹消。一切都單純、赤裸、平坦，空氣裡彷彿有光。

莉莉吞了吞口水。她眼中冒出淚。她沒想到會是這樣。她預期看到洶湧的波濤、狂猛的激流和致命的巨浪，而不是這無邊無際的靜謐。她呆立在門口，瞪視這可畏的美景。它幾乎不會動，只偶爾泛起漣漪，展現安詳的生命力。一隻天鵝滑過水面；牠在雲朵間留下的波紋一下子便平息了。

*這裡有魚嗎？*她好奇。

她小心翼翼地走出小木屋，盡可能避免擾動水面。她睡衣的下襬本來就濕了；現在水慢慢往上爬，將布料貼在她腿上。

她沿著坡道往下多走了兩步，水升到她的大腿。繼續走。水淹到腰了。

水裡面看得到一些形狀，有活的東西在表面下快速移動。一旦你的眼睛弄懂要搜尋什麼，就會發現處處皆有動靜，莉莉感覺自己的血管也活躍起來，一陣興奮湧上心頭。再一步。再一步。她來到一個地方，心想：這是舊柱子的位置。你可以隱約看到它在水底下。站在河岸這裡，看到水位比舊柱子存在以來都還要高，這種感覺多麼奇妙！這是恐懼嗎？她陷入一種強烈的情緒，比恐懼還要大了許多倍——但她並不害怕。

我看起來一定很奇怪，她心想。露出水面的頭和胸部，從下巴之下就上下顛倒地映在水裡。草和植物在水面下的新世界夢幻地搖擺。她前方的銀色轉變成更深色的陰影，那是河岸更陡峭的位置。在那裡，水流還在表面下奔騰。我不會再走遠了，她心想。我就待在這裡。

這裡有更多魚，還有——噢！——某個體積比較大、呈粉紅色、肉乎乎的東西。它在水中頗有分量地緩慢漂移，朝她的方向而來，但恰好超出她搆得著的範圍。

莉莉朝那身軀伸出手臂。要是她能單手握住一隻手腳，把牠拉過來……太遠了嗎？小小身軀漂得更近了。再過一會兒，牠會來到離她最近的位置，但仍搆不著。

莉莉沒有思考，也沒有恐懼，就這麼撲向前。

她的手指握住粉紅色的一條腿。

她的腳下除了水什麼都沒有。

強納森說了一個故事

「我自己的兒子！」阿姆斯壯講完故事後悲鳴，崩潰地搖頭。

「不過他不是你兒子，」瑪歌提醒他，「很遺憾，我得說他頗有乃父之風。」

「我得彌補他的罪過，該怎麼做不知道，但我得找個辦法。在那之前，我得先完成一項我深感恐懼卻不能拖延的任務。我必須告訴范恩夫婦他們的女兒出了什麼事，還有我兒子在這件事上扮演的角色。」

「現在不是告訴范恩太太的好時機，」麗塔溫和地告訴他，「等范恩先生回來，我們再一起告訴他們。」

「他為什麼不在這裡？」

「他跟他的人馬在外面搜尋那孩子，她失蹤了。」

「失蹤？那我得跟他們一起找。」

女人們看到他茫然的神情和顫抖的手，都試著勸阻他，但他不肯聽。「在這當下，這是我唯一能幫他們的，所以我非做不可。」

麗塔回到赫倫娜身邊，她正在餵寶寶喝奶。

「有什麼消息嗎？」她問。

「還沒有。阿姆斯壯先生加入搜索了。盡量別太擔心，赫倫娜。」

年輕的母親低頭看著新出世的孩子，臉上的憂慮消融了一些，她用小指頭貼著他的臉頰撫摸。

她露出微笑。「我可以在他臉上看到我爸爸的影子，麗塔！這豈不是一種禮物嗎！」

沒聽到回應，赫倫娜抬頭看。「麗塔！妳怎麼了？」

「我不知道我爸爸長什麼樣子。甚至也不知道媽媽的長相。」

「別哭呀！親愛的麗塔！」

麗塔坐到朋友身邊的床上。

「妳受不了她不在，對不對？」

「對。一年前的晚上，你們來認領她之前——阿姆斯壯和莉莉．懷特出現之前——在那個漫長的夜晚，東特就不省人事地躺在這張床上，而我坐在那張椅子上——我把她抱在懷裡。我們一起睡著了。當時我想，要是後來發現她不是東特的女兒，如果她舉目無親，那我……」

「我知道。」

「妳知道？怎麼會？」

「我看到妳跟她相處的模樣，妳跟我們大家都有同樣的感覺。東特也是。」

「是嗎？我只想知道她在哪裡，我受不了她不在這裡。」

「我也是。但對妳來說更難熬。」

「對我來說更難熬？可是妳——」

「我認為自己是她的母親？我也以為她是我幻想出來的。妳還記得我說過，有時候我會懷疑她是不是真的嗎？」

「我記得。為什麼妳說對我來說更難熬？」

「因為我有他。」赫倫娜朝寶寶點點頭。「我自己的真實的寶寶。來，抱抱他吧。」

麗塔伸出手臂，赫倫娜把寶寶遞給她。

「不是那樣抱，別像護士一樣。像我這樣抱，像媽媽一樣。」

麗塔把嬰兒調整成舒適的姿勢。他睡著了。

「瞧，」一段靜默後赫倫娜悄聲說，「現在感覺怎麼樣？」

♣

洪水拍打天鵝酒館周圍。它直逼到門邊，但沒有更進一步。火棉膠號回來了，阿姆斯壯也隨後跟來，大家都面色凝重地搖搖頭。范恩直接去看他的妻子和寶寶，兩人都睡著了。他看到麗塔守在一旁。

「找到了嗎？」她悄聲問。

他搖搖頭。

他小心翼翼地保持安靜，以免吵醒兒子，等他看過癮了，他親吻沉睡妻子的頭，然後與麗塔一起去冬廳。大家都剝掉濕透的靴子，把腳伸過去烤火，襪子也放在火邊烘乾。小瑪歌們往火上多添了些柴火，並為大家送上熱飲。

「喬？」范恩問，雖然他能猜到答案。

「走了。」其中一個女兒說。

接著大家都沉默了，他們一分鐘一分鐘地吸氣、吐氣，直到累積成一小時。

門打開了。

不管是誰，那人並不急著進屋。冷空氣讓燭焰搖曳，也把濃郁的河水氣味更強烈地帶進室內。

所有人都抬起頭。

每雙眼睛都看到了，卻沒人有反應。他們都努力想理解自己看見了什麼，在那敞開的門框內。

「莉莉！」麗塔驚呼。她像是夢裡的人物，白色睡袍淌著水，頭髮平貼在頭皮，眼睛受驚地瞪大。她的懷裡抱著一具軀體。

一年前的冬至夜曾在這裡的人，看到她都嚇了一跳。先是東特抱著一具屍體來到門前，之後在同一晚，換成麗塔抱著女孩站在那裡。現在同樣的畫面重複上演第三次。

莉莉在門邊搖搖晃晃，眼皮一開一闔。這次當新來的訪客摔倒時，是東特和范恩跳過去扶住她，而阿姆斯壯則伸長手臂，接住那隻溺了水但大難不死的小豬扭動的身軀。

「老天！」阿姆斯壯驚呼，「是梅西！」

的確——牠是茉德這一胎裡面最可愛的小豬，當他來接茉德回到農場時，他遵守承諾把牠送給莉莉。

小瑪歌們好心地照料莉莉，幫她換上乾衣服，還泡了熱飲讓她停止顫抖，當她回到冬廳後，阿姆斯壯讚許她勇敢地在洪水中救了小豬。

小豬在阿姆斯壯腿上變暖和，牠恢復精神後，便活潑地扭動和吱吱叫。

這陣意料之外的嘈雜，惹得在房間裡守護父親遺體的強納森走出來。他其中一個姊姊邊打呵欠邊跟在他身後。

「你們沒有找到她嗎？」那個小瑪歌問。

東特搖搖頭。

「找到誰？」強納森不解。

「失蹤的小女孩啊。」麗塔提醒他。時間很晚了，她心想，他累到想不起來，我們得送他去睡覺。

「但她被找到了呀，」他訝異地說，「你們不知道嗎？」

「找到了？」他們困惑地互看，「沒有，強納森，我們不認為。」

「有。」他很肯定地點點頭，「我看到她了。」

他們瞪著他。

「她剛才來過。」

「來這裡？」

「在窗外。」

麗塔跳起來，衝向他剛才待的房間，焦躁地往窗外左右張望。「強納森，在哪裡？她在哪？」

「在平底船上。來接爸爸的平底船。」

「噢，強納森。」她沮喪地帶他回到冬廳。「按照順序，從頭開始，告訴我們你看見什麼。」

「唔，爸爸去世了，他在等默客，默客就來了，就像媽媽說的一樣。他划著平底船直接來到窗邊，要帶爸爸去河的另一邊，我往外看的時候，就看到她啦，在船上。我說：『大家都在外面找妳耶。』她說：『告訴他們我爸爸來接我了。』然後他們就走了。她爸爸力氣真大，我從沒看過平底船走得那麼快。」

長長的沉默。

「那孩子不會說話，強納森，你忘了嗎？」東特和善地問。

「她現在會說話了。」強納森說，「他們要走的時候，我說：『別急著走嘛。』她說：『我會回來的，強納森，不會待很久，但我會回來，我們會再見面。』然後他們就走了。」

「我想你可能睡著了……也許你是在做夢？」

他努力想了一會兒，然後堅定地搖頭。「她睡著了——」他指著姊姊，「我沒有。」

「這事太嚴重了，不該成為男孩說故事的素材。」范恩提出。

在場所有人都張開嘴，異口同聲地說：「可是強納森不會說故事。」

♣

阿姆斯壯在角落裡，悄悄搖頭表達驚訝。他也看到她了。她坐在身為擺渡人的父親身後，而他強而有力地撐著船，來回生者與亡者的世界，穿梭在現實與故事之間。

兩個孩子的故事

凱姆史考特的農莊裡，火焰在壁爐中燒得亮晃晃的，卻無法為那一對坐著的人提供暖意；他們各坐在一張扶手椅裡，分占壁爐兩側。

他們剛才擦乾了眼淚，現在只是帶著最悲痛的心情凝視著火焰。

「你盡力了，」貝絲說，「你沒辦法再多做什麼。」

「妳是指在河邊？還是他這一生？」

「都是。」

他跟她一樣直視著火焰。「如果我從一開始就對他嚴厲一點，會不會有所不同？他第一次偷東西時我該打他嗎？」

「結果可能不同，也可能沒差，這種事永遠沒有答案。就算結果不同，是更好或更壞也很難說。」

「還要怎麼更壞？」

她把原本藏在陰影中的臉轉向他。

「你知道嗎，我有『看』過他。」

他抬起頭，思索她的話。

「在書桌事件後。我知道我們說好我不會這麼做，但我忍不住。那時候我已經生了其他男孩，我光用普通眼睛看他們就知道他們是哪種孩子。他們的嬰兒臉直率坦白；他們是什麼人一清二楚。但羅賓不一樣，他不像其他嬰兒。他總是隱藏自我。他對弟弟妹妹並不好，你還記得他怎麼掐他們、欺負他們嗎？有羅賓在的地方總是有人在哭，但只要他不在，他們玩得可融洽了。所以我經常想做那件事，但我說過我不會用那隻眼睛，我想最好還是信守承諾。直到書桌事件那一天。我知道是他幹的——當時他說謊的技巧還不像現在一樣高明。應該說他後來就成了個厲害的騙子——所以當他說他看見一個男人沿著小路跑掉，並發現書桌被硬是撬開，我並不相信。因此我拿掉眼罩，握住他的肩膀，用『靈眼』看他。」

「妳『看』到什麼？」

「不比你今晚看到的多，也不比你今晚看到的少。我看出他說謊成性、投機取巧；看出他除了自己以外，對這世上的任何人都沒有絲毫關懷；看出他人生中唯一的考量就是他自己的舒適和輕鬆，如果能為他帶來一點好處，他不惜傷害任何人，哪怕是他的弟弟妹妹或爸爸。」

「所以這一切都沒有出乎妳意料之外。」

「對。」

「妳說結果會更好或更壞很難說……但沒什麼比這更壞了。」

「我不希望你今晚去找他。明知道他拿了那把刀。他對蘇珊做了那種事，我很怕他會對你不利——雖然他是我的親生骨肉，雖然我應該要無條件愛他，但失去你會更糟，這是我的真心話。」

他們靜靜坐了一會兒，各自想著心事，而他們在想的事其實並沒有太大的區別。

這時出現一個微弱的聲音，像是隔著一段距離的敲擊聲。他們沉浸在自己的思緒中，起初沒理會它，但它再度響起。

貝絲抬頭看著丈夫。「是有人在敲門嗎？」

他聳聳肩。「沒人會在這個時間來敲門。」

他們繼續沉思，但聲音又來了，沒有比較大聲，不過持續得比較久。

「真的有人在敲門，」他邊說邊站起身，「真是多事之夜。不管是誰，我都要把他們打發走。」

他拿了蠟燭，穿過門廳走到橡木大門前，拉開門閂。他把門打開一條縫，往外窺探。外面沒有人，他正準備把門關上，有個細微的嗓音阻止他。

「拜託，阿姆斯壯先生……」

他低頭看。有兩個男孩站在他及腰的高度。

「今晚不行，孩子，」他開口，「我們家有喪事……」然後他再仔細一看。他舉起蠟燭，定睛望向較大的男孩。他的衣服破破爛爛的，瘦弱的身體在發抖，但他認得他。「班？你是屠夫的兒子班嗎？」

「是的，先生。」

「快進來。」他把門開大。「今晚不適合招待訪客，但進來吧，天氣這麼冷，我不能讓你們待在戶外。」

班小心翼翼地把第二個孩子推到自己前面，當較小的男孩走入燭光，阿姆斯壯一時屏住呼吸。

「羅賓！」他驚呼。

他彎下腰，把蠟燭湊近去照男孩的臉。這張臉的骨架很漂亮，只是因飢餓而沒什麼肉，看得出羅賓的纖細特質；那對鼻孔也像羅賓一樣秀氣。

「羅賓？」阿姆斯壯的聲音顫抖。

這事集合了多少的不可能？羅賓已經是成年人了，而且他今晚才剛死去，阿姆斯壯親眼看見了。這孩子不可能是羅賓，然而……

那雙眼睛眨了眨，於是阿姆斯壯看出這個長著羅賓臉孔的孩子不是羅賓，而是另一個男孩。他的眼神溫和而順從——而且是灰色的。阿姆斯壯還在驚訝，這時聽到班喃喃說了什麼，看到他身體搖搖晃晃。他在班昏倒時接住他，大聲呼喚貝絲。

「是離開班普頓後不知去向的屠夫的兒子班，」他解釋，「他在外面待了太久，一時不適應屋裡的高溫。」

「而且看起來他最近都在挨餓。」貝絲說，蹲下來撐住孩子，他現在慢慢恢復了意識。

阿姆斯壯站到一邊，讓妻子看見班的同伴，並作了個手勢。「他帶著這小傢伙一起。」

「羅賓！可是——」貝絲盯著孩子。她幾乎無法移開目光，最後好不容易才看向丈夫。「怎麼會……？」

「這不是羅賓，」班的聲音很虛弱，但還是很有他的本色，習慣一口氣講出一長串話，「先生，這是你在找的小孩子，愛麗絲，我把她頭髮剪短了——請原諒我，我也不想，但我們在外頭走了好久，感覺兩兄弟一起走會比一個男孩和一個女孩來得安全，如果我做錯了，我很抱歉。」

阿姆斯壯盯著看。羅賓的五官在他眼裡重組。他伸出手，顫抖地放在孩子的短髮頭頂。

「愛麗絲。」他輕聲說。

貝絲過來站在他身旁。「愛麗絲？」

孩子看著班，他點點頭。「在這裡沒關係，妳又可以當愛麗絲了。」

她把臉轉向阿姆斯壯夫婦。她想微笑，半途卻張大嘴打了個大呵欠。她的爺爺把她擁入懷裡。

♣

稍晚，大家坐在廚房，吃了頓午夜的豐盛餐點——湯、乳酪和蘋果派。愛麗絲在奶奶懷裡睡著了，她的姑姑和叔叔們都被家裡的動靜吵醒，個個穿著睡衣聚在廚房壁爐邊，一起聽班敘述他怎麼找到這孩子。

「我上一次見到阿姆斯壯先生後不久，我爸拿了條皮帶來抽我，打得好用力、打了好久，整個世界都變黑了，等我醒過來我以為我一定在天堂，可是其實我在廚房地板上，全身連骨頭都在痛，我媽悄悄靠過來，說她以為我死了，還說下次我肯定活不成，所以我決定是時候執行逃家計畫了，我早就想好計畫了，覺得最好有所準備，我遵照計畫，去橋上爬上欄杆，在那裡等船經過，雖然在黑暗裡未必總是能輕易看到船來了，不過可以聽到，所以我站在那裡不敢坐，怕會不小心睡著，我一直發抖，因為那樣挨鞭子總會讓人身體抖個不停，最後黑暗中總算來了一艘往下游的船，我爬到欄杆頂端，跨過去把自己垂降下去，用指尖抓著吊在半空，我的肩膀和手臂都被打得又黑又紫，痛得要命，我以為我會掉進水裡，但我沒有，因為我一直撐到船開到我正下方，然後我鬆手讓自己掉下去，希望掉在羊毛之類柔軟的東西上，而不是掉在酒桶之類的硬玩意兒上，到最後不算好也不算太壞，因為我掉在乳酪上，它不軟也不硬，但我還是跌得夠慘，本來就在痛的部位更痛了，不過我沒有慘叫，我怕洩露我偷上船的事，我只是小小聲地叫，盡可能躲好，試著不要睡著，可是我還是睡著了，後來被人粗魯地搖醒，有個船夫站在我面前，生氣地不斷大叫同樣的話：『孤兒院！他們把我當什麼了？我不是該死的孤兒院！』一開始我不懂他在說什麼，因為我還沒完全清醒，但後來他的話在我聽來像鐘聲一樣清楚，他的話傳進我腦袋，跟其他的話撞在一起，也就是聽說愛麗絲掉進河裡就不見了的事，我問那男人上次是不是有個小女孩掉在他船上，她後來怎麼樣了，他氣到不肯回答我，也不聽我在問什麼，只是威脅要把我丟下船，讓我自己游泳逃生，我心想：這是愛麗絲遇到的狀況嗎？我問他，他又發飆一陣子，然後他突然餓了，打開一包乳酪吃起來，但沒有分給我，等他吃完，他不吭聲，我又問了他一遍，這次他說：對，上次是個小女孩；不，他沒有讓她自己游泳逃生，不過他到了倫敦以後，送她去某個孤兒院了，他們專收沒人要的孩子，所以我說：『那地方叫什麼名字？』他不知道，但他告訴我它在城裡的哪一區，我留在他船上，幫忙他卸貨搬貨，他給我乳酪當工資，但沒給多少，我們到倫敦後，我下船，找了十幾個人問路，他們害我一下子往東、一下子往西，什麼方向都去過了，最後我找到那地方，說我要找愛麗絲，他們說他們那裡沒有愛麗絲，再說那裡的孤兒也不能讓任何人帶走，最後他們在我面前把門關上，所以隔天我選了個不同時間再去敲門，這次應門的是另一個人，我跟他說我肚子餓、我沒有家、沒有爸媽，他就讓我進去，分配工作給我，我一直都在找愛麗絲，還問了其他所有男生，但男生跟女生是分開的，所以我始終沒見到她，直到有一天他們派我去孤兒院院長辦公室刷油漆，我從窗戶看到牆的另一邊，那是女生宿舍的中庭，我看到她了，我知道我來對地方了，我很高興沒有白白浪費時間，至少目前還沒有，我想了又想該怎麼接近她，結果簡單得要命，因為有個高貴的女士想要為孤兒做點好事，送來一大堆食物讓我們分享，可是只有院長和他的同伴們吃了，我們一點都沒分到，不過事後我們全都被帶去教堂，感謝別人對我們做的大善事，我們坐著、站起來、再坐下，為那個好心的女士禱告，然後我們又都被帶出去，女生離開她們那一邊的座位，我們男生在這一邊，結果愛麗絲就走在我旁邊，我小聲對她說：『妳記得我嗎？』她點頭，所以我說：『我說跑的時候妳就跑，好嗎？』我牽著她的手，我跑，她也跟著我跑，不過沒有跑很久，因為我們躲在一座雕像後面，當時沒有人注意到我們不見了，等大家都離開教堂，我們就上路了，每天順著河流走啊走，有機會的時候我就做點搬貨卸貨的活兒，能弄到什麼吃的就吃什麼，後來有一個壞女士想把她從我身邊偷走，我就剪了她的頭髮，想說兩個男孩走在一起比較安全，我們花了很長時間才到這裡，因為船夫不肯讓我們兩個都上船，因為只有我大到可以幹活兒，但我們兩個都要吃飯，所以我們的腳很痛，有時候肚子餓，有時候覺得冷，有時候又餓又冷，現在……」

他停下來打呵欠，他打完呵欠時，他們突然發現他的眼神多麼渙散，他已經快睡著了。

阿姆斯壯先生抹去一滴淚。

「班，你做得很好。你做得再好也不過了。」

「謝謝你，先生，也謝謝你的湯和乳酪和蘋果派，實在太美味了。」他從椅子上溜下來，對這一家人敬了個禮。「現在我最好繼續上路了。」

「可是你要去哪裡？」阿姆斯壯太太問，「你家在哪裡？」

「我逃家了，我得離家遠遠的。」

羅伯把雙手按在桌上。「我們不能接受這種事，班。你一定要留在這裡，成為我們家的一份子。」

班看著圍在壁爐邊的女孩和男孩。「可是你這裡已經有很多張嘴在吃掉利潤了，先生，現在還加上愛麗絲。你知道，利潤可不是長在樹上的。」

「我知道，但如果我們齊心合作，我們可以創造更多利潤，而我看得出來你是個勤勞的男孩，絕對會賣力工作。貝絲，有床可以給這孩子睡嗎？」

「他可以跟排行中間的男孩睡，他看起來跟喬還有尼爾森差不多大。」

「瞧，這不就好了嗎？你可以幫忙照顧豬，好嗎？」

於是一切都安排妥當了。

很久很久以前

事後，但洪水尚未退去前，東特用火棉膠號載著麗塔回到她淹水的小木屋。他們換搭小船划到門口，當東特跨下船，用全力頂開變形的門時，水的高度淹到他膝蓋。屋內牆上有一圈水痕，顯示這裡的水曾淹到三呎高。室內每面牆壁的油漆都剝落了。水退了以後在麗塔的寫字椅上留下一堆小樹枝、石子和其他不太明確的物質，好像其中暗藏什麼玄機似的。她很有先見之明地把藍色扶手椅搬到箱子上；椅腳泡了水，但椅墊完好無缺。紅色小地毯拿不定主意是要浮起來還是沉下去，每次水的波動都使它沉重而猶豫不決地晃一晃。四周瀰漫著潮濕而難聞的氣味。

東特站到一旁，讓麗塔能看到屋內。她涉水穿過前門，走進客廳。她在審視自己家時，他看著她的表情，不禁佩服她能無動於衷地評估損失。

「要過幾星期才會完全乾燥，甚至幾個月。」他說。

「嗯。」

「妳會去哪兒？天鵝酒館嗎？女孩們回家以後，瑪歌和強納森可能很高興有妳作伴。還是去范恩家？他們一定很樂意招待妳。」

她聳聳肩。她的思緒集中在更重要的事情上，她的家被毀了只是微不足道的小細節。

「先救書。」她說。

他涉水走到書架前，看到較低的書架都是空的。水線以上的高層書架擠了兩層書。

「妳早有準備了嘛。」

她聳聳肩。「既然住在河邊……」

他一次遞給她幾本書；她把書送出窗口放在小船裡，小船就漂在窗臺下緣的高度。他們默默地工作。有一本書她特別挑出來，放在藍色扶手椅的椅墊上。

第一個書架清空了，小船也吃水很深了，東特便把它划回火棉膠號，將書搬過去。他回到小木屋時，發現麗塔坐在仍用箱子墊高的藍椅子上。她裙子的水讓布料變濕而顏色變深。

「我一直想拍妳坐在那張椅子上的樣子。」

她抬起本來看著書的眼睛。「他們已經中止搜索了，對不對？」

「嗯。」

「她不會回來了。」

「嗯。」他知道是這樣。他感覺若是少了那女孩，世界很可能會停止轉動。每個小時都很難捱，當一小時結束，你又得重新開始過另一小時，而且情況沒有好轉。他很懷疑自己能堅持多久。

「妳看，」他說，「妳大費周章地救了那張椅子，現在它卻被妳的衣服弄濕了。」

「那不重要。重點是，在她來之前，世界似乎是完整的。後來她來了，然後現在她走了，感覺像少了什麼。」

「是我在河裡發現她的，我覺得我能夠再找到她。」

麗塔點點頭。「我以為她死了的時候，我好希望她活過來。我沒有把她一個人留在那裡，而是待在她身邊。我握著她的手腕，結果她活了。我現在想做一樣的事。我一直在想默客的故事，想他為了救他的孩子做了什麼。我現在懂了。東特，為了再次抱著我的孩子，我哪裡都願意去，什麼苦都願意受。」

她穿著濕裙子坐在架在水面上的藍椅子裡，而他動也不動地站在水中。他們不知道該怎麼處理這股傷痛。接著他們不發一語地又開始搬書。

他們清空了第二個書架，他再次划小船去火棉膠號把書移過去。

他回來時，麗塔在讀她從其他書裡挑出來的那本書。

雖然天空很陰暗，光線很差，但即使在室內，那股灰濛都被無盡的水那帶有銀質的波光給反射得鮮活起來，讓麗塔身上有著漣漪狀的光紋。東特看著她的臉在變幻的光線中時亮時暗。然後他穿透捉摸不定的表象，去研究底下她靜止的表情。他知道他的相機捕捉不到這個，有些事物只有靠人眼才能看透。這是他畢生難逢的珍貴畫面。他純然地用視網膜來曝光，讓愛把她閃爍、搖曳、專注的面孔烙印在他的靈魂上。

麗塔慢吞吞地把書垂放在身側。她持續盯著書本原來的位置，好像文字還停留在那裡，寫在含水的光線中。

「怎麼了？」他說，「妳在想什麼？」

她沒有動。「菜農。」她仍然眼神發直。

他一頭霧水。他沒料到菜農可以讓她想得這般專注。「天鵝酒館遇到的？」

「對。」她望向他，「我想到那天晚上，寶寶是在胎膜裡出生的。」

「什麼是胎膜？」

「那是一個裝滿液體的囊，寶寶在整個孕期都在那裡頭成長。通常在分娩時它都會破，但有時候——很罕見——它不會被分娩給破壞，而寶寶出生時胎膜還是完整的。我昨天晚上把它割破，他就乘著水游出來。」

「可是那跟菜農有什麼關係？」

「因為我在天鵝酒館聽到他們說了怪事，他們在討論達爾文以及人類原本是猿猴的理論，而其中一個菜農認為他還聽過一種說法，說人類原本是水中生物。」

「真荒謬。」

她搖搖頭，舉起那本書戳了戳。「這裡面有寫。很久很久以前，一隻猿猴變成人類。而更久更久以前，有隻水生動物從水裡出來呼吸空氣。」

「真的？」

「真的。」

「所以呢？」

「所以很久以前——十二個月以前，有個應該淹死的小女孩沒有死。她沉到水裡，似乎也死在水裡。你把她拉出來；我發現她沒有脈搏、沒有呼吸、瞳孔擴張，所有跡象都告訴我她死了。結果她沒死。怎麼可能會這樣？死人不會復活。

「把臉浸入冷水會讓心跳劇烈減緩。有沒有可能突然浸入非常冷的水裡，會讓心跳變慢、血流受阻，達到讓人看似死亡的程度？聽起來太奇怪了，不像是真的。但如果你想想我們每一個人自從存在以來的最初九個月，都浮在液體裡，也許那種理論便不是那麼難以置信。再想想我們在陸地上活動、呼吸氧氣的身體其實是源自水中生物——我們曾經活在水裡，就像現在活在空氣裡——想想這件事，『不可能』是不是開始朝『可理解』靠攏了？」

她把書塞進口袋，伸手要東特扶她爬下椅子。「我想我不會再鑽得更深了，我已經來到了極限。想法、概念、理論。」

麗塔打包她的藥品、一捆衣物和被單、正式一點的鞋子，然後他們便走出屋外，沒有嘗試把門關上。他們划船到火棉膠號。

「現在去哪裡？」他說。

「不去哪裡。」她躺在長椅上，閉上眼睛。

「那在河的哪一邊？」

「就在這裡，東特。我想待在這裡。」

♣

後來，河水把火棉膠號變成了搖籃，而在那張窄床上，東特和麗塔獻出彼此的愛。在黑暗中，他的手看到他眼睛所看不到的：她披散下來的鬈髮、她胸部的弧度與尖端、她後腰淺淺的凹陷、她臀部往外的凸出。它們看到她平滑的大腿，以及大腿之間結構複雜的豐潤的膚肉。他觸碰她，她也觸碰他，當他進入她，他感到內心湧出一條河。有一小段時間，他駕馭那條河，後來它愈來愈壯大，於是他任由河流帶著他走。接下來只剩河流，其他一切都不存在，這條河就是所有——直到水流最終泉湧、迸發、衰退。

事後他們躺在一起，低聲談著各種玄奇的事：他們好奇東特是怎麼從惡魔堰到天鵝酒館的，還有為什麼每個人第一眼看到女孩都以為她是個人偶或娃娃。他們問道她的腳為什麼如此完美，好像從來沒踩在土地上，還有作父親的要怎麼到另一個世界把女兒帶回家，這時他們又想到，不知道為什麼都沒有孩子到另一個世界找尋父母的故事？他們疑惑強納森從他父親死去的房間窗戶究竟看到了什麼。他們討論喬每次消沉期後帶回來的奇怪故事，以及在天鵝酒館講述的所有故事，好奇冬至跟這些是否有任何關聯。他們不止一次繞回同樣的兩個問題：女孩打哪裡來？她又去了哪裡？他們沒有結論。他們也想到其他事，有的不重要，有的很重要。河流並不強硬地推進、後退。

從頭到尾，東特的手都按在麗塔肚子上，她的手蓋在他手上。

在他們的手底下，在她腹部的濕潤容器裡，生命正在力爭上游。

他們兩人都在想：有事要發生了。

從此過著幸福美滿的生活

在接下來的幾個月裡，茹比．魏勒嫁給了厄尼斯特；在教堂，她的奶奶牽起東特和麗塔的手，說：「祝福你們，我祝你們白頭偕老。」

在凱姆史考特農莊，愛麗絲的頭髮長回來了。她漸漸不像她爸爸小時候的樣子，而更像個小姑娘。貝絲移開她的眼罩，宣布：「她身上沒有什麼羅賓的影子，他娶的女孩一定是個好人。這孩子很可人。」阿姆斯壯說：「我覺得她在某些方面很像妳，親愛的。」

洪水過後，編籃人的小木屋不能住人了，而且永遠無法復原。莉莉搬去牧師公館。她敬畏地環顧管家的房間，輕摸床頭和床邊桌和桃花心木材質的五斗櫃，提醒自己那段面對哪怕是再小的物品都要說「我無法擁有它」的日子已經結束了。小狗睡在廚房的籃子裡，牧師現在和莉莉一樣喜愛牠。事實上，她仔細想想，發覺或許從小就想養小狗的人是她——也可能她和妹妹都是。

水終於退了以後，在氾濫平原上留下一具小小的骨骸。它的脖子上掛著一條金鍊子，肋骨間垂著船錨墜飾。范恩夫婦埋葬他們的女兒，為她哀悼，並從兒子身上獲得喜悅。他們一同前往牛津的一所屋宅，康斯坦汀太太聽他們訴說一切，他們在她寧靜的房間哭泣，之後把臉洗乾淨，沒過多久，巴斯考小屋、周圍的農田和白蘭地島都掛牌出售。赫倫娜和安東尼與朋友們道別，帶著襁褓中的兒子去紐西蘭住在新的河流旁。

喬走了以後，瑪歌決定是時候讓新的一代來掌管天鵝酒館了。她的長女帶著丈夫和孩子住進酒館，把店鋪經營得有聲有色。瑪歌還是整天待在酒館裡，負責調製蘋果酒，不過她讓女婿——一個強壯的男人——負責砍柴和搬酒桶。強納森就像以前幫媽媽忙一樣協助姊姊，並經常講那故事：有個孩子在冬至夜被人從河裡撈出來，本來已經溺死了，後來又活了，她一個字都沒說，直到一年後，河水淹上河岸把她帶回去，她跟她的擺渡人爸爸重新團圓。但如果你要求他講別的故事，他是辦不到的。

天鵝酒館裡的人讓說故事的喬停留在他們的記憶裡很久很久。雖然最終說故事的人本人仍被遺忘，他的故事卻持續流傳。

東特完成了他的攝影集，在書市引發小小的旋風。他原本有意創作一本鉅著，收錄每座城鎮和村莊、每個神話和民間故事、每個凸碼頭和水車、河流的每個彎道和弧度，但無可避免地，這本書沒辦法實現這樣的野心。不過他仍然已經賣出超過一百本，足以下單再刷，這本書讓很多人讀得津津有味，包括麗塔在內。

東特站在火棉膠號的舵輪前，不得不承認這條河太遼闊了，無法用一本書來道盡。壯麗、洶湧、充滿未知，它包容人類的所作所為，直到忍無可忍，於是任何事都可能發生。今天河水熱心幫忙轉動水車來碾磨你的大麥，明天它就淹死你的作物。他看著河水誘人地滑過船邊，河面反射的光芒中似乎含納過去與未來的碎片。多年來，這條河對許多人來說有各種意義——他在書裡用一小篇文章來加以探討。

他天馬行空地好奇是不是能用什麼方法討好河精，促使它與你站在同一陣線，而不是對你造成危害。河床上散落的除了狗屍、私酒、衝動丟下的婚戒和贓物之外，還有小塊小塊的黃金和白銀。那是儀式性的供品，在數百年後已經難以洞察其意義。他自己或許也該丟個什麼下去。他的書？他考慮著。一本書值五先令，而他現在有麗塔了，他要經營一個家、一艘船、一項事業，還要裝潢育兒室。為了安撫一個他其實並不相信的神靈而犧牲五先令太划不來了。他要拍它的照片。人一生可以拍幾張照片？十萬張？差不多。十萬張人生的吉光片羽——十到十五秒的長度——被光捕捉到玻璃上。他會在大量的拍攝過程中弄懂該如何抓住這條河。

隨著幾個月過去，麗塔肚子裡的寶寶長大了，她的身形也變得圓潤。她和東特討論孩子要取什麼名字。艾瑞絲，他們心想，這個名字的原意是長在河岸的鳶尾花。

「萬一是男孩怎麼辦？」瑪歌問。

他們都搖頭。這是個女孩，他們確定。

麗塔有時候會想到在生產時死亡的那些女人，也常常想到她自己的母親。當她感覺到寶寶在她的水中世界裡轉動，她就會想到默客。有的時候，一度消失的上帝似乎離得不是太遠。未來不可預測，但隨著每一次心跳，她都帶著女兒更接近未來。

那女孩呢？她怎麼樣了？有傳言說看到她跟水上吉普賽人在一起。她在那裡顯然很自在。據說第一個冬至夜她從船邊掉落，而她的父母直到隔天才發現她失蹤了。他們以為她死了，放棄尋找，直到他們聽說有個孩子在巴斯考被有錢人照顧著。聽起來她平安無事，沒必要急著回來，反正明年同一段時間他們又要經過這裡。據說她似乎很開心能在走失了一年後，回去過吉普賽人的生活。

這些故事是某天很晚從遠方傳過來的，只有一兩句話，缺乏細節，沒有增添色彩或趣味。天鵝酒館的常客短暫地拾起這些故事，把玩了一下，又丟開不要了。他們覺得這算不上什麼故事，但說到底，他們本來就不像喜歡自己的故事一樣欣賞別人的故事。強納森的版本更合他們的意。

有些人仍然會在河上看見她，不論天氣好或壞，不論水流急或緩，不論是濃霧遮蔽視野或水面波光粼粼。酒客們因為貪杯而狀況不佳、踏錯腳步時，他們會看見她。毛頭小子們在夏天從橋上往下跳，發現在平靜的河面下暗藏強勁的水流時，他們會看見她。人們在入夜後出河，發現自己來不及舀出船身漏進的水時，他們會看見她。有一段日子，這類目擊報告說看到平底船上有一個男人和一個孩子。幾年後孩子長大了，直到她可以自己撐船，後來——沒人記得確切的日子——船上不再是他們兩人，而剩她一個人。力大無窮，他們說；跟三個男人一樣強壯；跟霧一樣虛無縹緲。她流暢而優雅地控船，跟她父親一樣熟悉水域。如果你問她住在哪裡，他們會鼓著腮幫子，困惑地搖搖頭。「大概在雷德考吧。」他們在巴斯考時會如此猜測，但他們若在雷德考，又會聳聳肩，猜想是不是在巴斯考。

在天鵝酒館，如果你追問他們，他們會告訴你她住在河的另一邊，雖然他們也不知道確切的位置。但是不管她住在哪裡——前提是她有住所，而我傾向於懷疑這一點——她從不會離得太遠，有人遇到危險時，她總會出現。如果跨越界線的時候還沒到，她會確保你待在對的一邊。當時候到了，噯，她也會確保你抵達另外那個目的地，你不會知道你要去那裡，至少不知道是否今天就要去。

現在，親愛的讀者，故事結束了。你該過橋回到你原本的世界。這條既是泰晤士河、但也不是的河，必須在沒有你的情況下繼續奔流。你已經在這裡逗留了夠久，再說，想必你也有屬於自己的河要照料吧？

後記

泰晤士河灌溉的不止是大地，也包括想像力，而在過程中它會隨之變化。有時候為了故事需要，我必須在旅行時間上動點手腳，或是把一些地點往上游或下游挪一段距離。如果讀了我的書讓你起心動念要去河畔散步（我真心推薦你這麼做），儘管把這本書帶在身邊吧——但你最好也要帶地圖或旅遊指南。

亨利・東特這個角色，靈感源於真實歷史上專門拍攝泰晤士河的攝影師亨利・通特（Henry Taunt）。他就像我筆下的亨利，有一艘設有暗房的船屋。他一生中用濕版火棉膠攝影法拍了大約五萬三千張照片。他去世後，因為房屋出售、花園裡的工作室也被拆除，幾乎使他的畢生心血毀於一旦。當地一位歷史學家哈利・潘廷（Harry Paintin）得知儲存在那裡的幾千片玻璃板已經被砸碎，或是被洗乾淨用來當溫室的建材，趕緊通報牛津的市立圖書館館員史古斯（E. E. Skuse）。史古斯設法停止工程，並安排將倖存的玻璃板運送到安全的地方。我在此特別提出他們的名字，以感謝他們快速採取行動。多虧了他們，我才能夠親眼看到維多利亞時代的泰晤士河，並且根據通特的照片編織出這個故事。

人真的會溺死後又復活嗎？唔，其實不會，但有可能表面上看起來是這樣。當人的臉和身體突然浸入非常冷的水裡，會觸發哺乳動物潛水反射反應（mammalian dive reflex）。這種反射反應會讓血液由四肢抽離，集中在心臟、大腦和肺部，進而減緩新陳代謝。心跳會變慢，氧氣保留給最重要的生理機能，好盡可能延長生命。一旦脫離水，差點溺斃的人看起來就跟死了一樣。這種生理現象最早的書面紀錄，是在二十世紀中葉的醫學期刊裡。據信，所有哺乳動物，包括陸生和水生動物，都會出現潛水反射。這個現象在成年人類身上曾被觀察到，但據知在幼童身上尤為明顯。

致謝

有些時候，朋友能改變一切。Helen Potts，這本書欠妳大大的感激。Julie Summers，我們在泰晤士河畔的「作家式散步」實在珍貴無比。謝謝妳們二位。

Graham Diprose 針對攝影史提供有益的指點，John Brewer 則極有耐性地向我講解濕版火棉膠攝影法的顯影流程。

位於沃靈福德的生態與水文中心（Centre for Ecology and Hydrology）的 Nick Reynard 導正我對洪水的認知，而且他的用字遣詞證明了科學與詩有多麼相似。

泰晤士傳統船舶協會（Thames Traditional Boat Society）的 Cliff Colborne 船長協助我弄懂東特那樣的意外是怎麼發生的。

金斯頓大學（Kingston University）的 Susan Hawkins 博士提供十九世紀的護士以及他們如何使用溫度計的寶貴資訊。

Joshua Getzler 教授以及 Rebecca Probert 教授針對十九世紀發現落單兒童時如何提出法律上的主張，提供有益的建議。

Simon Steele 講起釀酒的話題真是清楚易懂。

Nathan Franklin 對豬的了解，恐怕世上無人能出其右。

許多人都向我講解划船這回事；儘管他們已盡全力，我還是沒能完全開竅。Simon、Will、Julie、Naomi，還是謝謝你們。

還要感謝Mary and John Acton、Jo Powell Anson、Mike Anson、Margot Arendse、Jane Bailey、Gaia Banks、Alison Barrow、Toppen Bech、Emily Bestler、Kari Bolin、Valerie Borchardt、Will Bourne Taylor、Maggie Budden、Emma Burton、Erin、Fergus、Paula and Ross Catley、Mark Cocker、Emma Darwin、Jane Darwin、Philip del Nevo、Margaret Denman、Assly Elvins、Lucy Fawcett、Anna Franklin、Vivien Green、Douglas Gurr、Claudia Hammer-Hewstone、Christine Harland-Lang、Ursula Harrison、Peter Hawkins、Philip Hull、Jenny Jacobs、Maggie Ju、Mary and Robert Julier、Håkon Langballe、Eunice Martin、Gary McGibbon、Mary Muir、Kate Samano、Mandy Setterfield、Jeffrey and Pauline Setterfield、Jo Smith、Bernadete Soares de Andrade、Caroline Stüwe Lemarechal、Rachel Phipps of the Woodstock Bookshop、Chris Steele、Greg Thomas、Marianne Velmans、Sarah Whittaker、Anna Withers。

參考資料

Peter Ackroyd, *Thames: Sacred River*

Graham Diprose and Jeff Robins, *The Thames Revisited*

Robert Gibbings, *Sweet Thames Run Softly*

Malcolm Graham, *Henry Taunt of Oxford: a Victorian Photographer*

Susan Read, *The Thames of Henry Taunt*

Henry Taunt, *A New Map of the Thames*

Alfred Williams, *Round About the Upper Thames*

我在寫這本書的時候，逛了這個網站上千遍，它對我來說是無價之寶。它能帶你穿越時空，沿著河馳騁：Where Thames Smooth Waters Glide（www.thames.me.uk）是由John Eade所創建的，他非常用心地在維護這個網站。如果你無法親身造訪泰晤士河，這個網站是次佳的替代方案。

臉譜小說選 FR6565

從前從前，在河畔

Once Upon a River

原著作者	黛安・賽特菲爾德 Diane Setterfield
譯　　者	聞若婷
書封設計	蕭旭芳
責任編輯	廖培穎
行銷企畫	陳彩玉、薛　綸
業　　務	陳紫晴、林佩瑜、葉晉源
出　　版	臉譜出版
發 行 人	凃玉雲
總 經 理	陳逸瑛
編輯總監	劉麗真 城邦文化事業股份有限公司 臺北市民生東路二段141號5樓 電話：886-2-25007696　傳真：886-2-25001952
發　　行	英屬蓋曼群島商家庭傳媒股份有限公司城邦分公司 臺北市中山區民生東路141號11樓 客服專線：02-25007718；25007719 24小時傳真專線：02-25001990；25001991 服務時間：週一至週五上午09:30-12:00；下午13:30-17:00 劃撥帳號：19863813　戶名：書虫股份有限公司 讀者服務信箱：service@readingclub.com.tw 城邦網址：http://www.cite.com.tw
香港發行所	城邦（香港）出版集團有限公司 香港灣仔駱克道193號東超商業中心1/F 電話：852-2508 6231　傳真：852-2578 9337
新馬發行所	城邦（馬新）出版集團 Cite（M）Sdn. Bhd. 41, Jalan Radin Anum, Bandar Baru Sri Petaling, 57000 Kuala Lumpur, Malaysia. 電話：603-9056 3833　傳真：603-9057 6622 電子信箱：services@cite.my
一版一刷	2020年9月

I S B N	978-986-235-864-1 售價450元 （本書如有缺頁、破損、倒裝，請寄回本社更換）

城邦讀書花園
www.cite.com.tw

國家圖書館出版品預行編目資料

從前從前，在河畔／黛安・賽特菲爾德（Diane Setterfield）著；聞若婷譯. -- 一版. -- 臺北市：臉譜出版：家庭傳媒城邦分公司發行, 2020.09
面；　公分. --（臉譜小說選；FR6565）
譯自：Once Upon a River
ISBN 978-986-235-864-1（平裝）
873.57　　109012072